有爱的青春陪伴者

澄以 / 著

四川文艺出版社

目录

第一章 001
我的心，它缠上你了

第二章 027
你是我的仙女呀

第三章 061
“知情 CP”是真的

第四章 083
一吻便偷一颗心

第五章 104
光的名字，叫沈清河

第六章 130
新婚营业日记

第七章 159
千万次动心

第八章 189
命中命中，人间太阳

第九章 206
我带你去疯狂一场

第十章 234
热爱温柔，热爱你

番外一 261
余生多关照

番外二 269
致璀璨的你

番外三 276
我天生属于你

番外四 288
卿卿我我

第一章 我的心，它缠上你了

（一）

“演员这个职业，是尽自己最大的能力去走进你所要演绎的角色内心，和他进行灵魂交流，达到统一。就你刚才的表演看来，我会觉得你演的角色并不是个情绪充沛的单亲妈妈，而是……一具没灵魂的干尸？”

综艺节目《天生演员》第三期的录制现场，站在舞台上的年轻女演员谷羽听着导师沈清河这个点评，脸色发僵。

她年初凭借一部大女主剧有了热度，自认自己的演技虽然不算精湛但也不至于让人出戏，这沈清河不会是为了节目效果故意这么说的吧？

谷羽偷偷瞄了一眼台下的导师席，沈清河微垂着脸看着手边的台词本，演播厅里的光投射而下，他高悬的眉骨微蹙，显然是真的对方才看到的表演不满意。

谷羽心底里残存着的自信突然荡然无存，脸色白了又白。

人的细微表情经过屏幕的捕捉都会被无限地放大，更何况是谷羽这堪比调色盘的脸色变化。休息区的液晶屏幕旁，另几组竞演的演员看着弱小可怜又无助的谷羽，都是心情复杂。

“沈老师……真是好严格啊……”

林枝捧着一捧花，在人群最外围仰头看着屏幕。

导播十分懂地切到定点拍沈清河的那台摄像机器，摄像大哥更懂地将镜头特写卡到沈清河的脸旁。沈清河抬起头，那双被粉丝誉为“一秒沦陷”的眼轻轻挑了挑，说：“摄像大哥对我这么近拍，是不是暗恋我啊？”

沈清河的唇边挂着笑，样子慵慵懒懒，却透着三分慑人的冷意。摄像大哥的镜头晃了晃，瞬间往远拉。

一来一回间，他的笑被模糊，像老电影里的不对焦长镜头，连林枝这种路人都有一瞬间心跳怦怦怦，更别说休息区里几个沈清河的粉丝，已经快要发出鸡叫了。

“啊啊啊！我的天，这个视角！”

“沈老师真的绝，等会儿被他骂我也满足了！”

在当下的娱乐圈里，沈清河是个独一无二的存在。

沈清河十八岁出道即巅峰，首部主演的电影《白昼》收割当年国内所有电影节的最佳新人奖，两年后主演的《长生》圈粉无数，让他成为同龄小生中的第一个影帝。

沈清河平时除了拍戏外几乎神隐，参加的节目和采访更是少之又少，这次《天生演员》居然能请到他来参加第三期的录制，让众人不敢置信。

更让大家惊讶的是，沈清河做导师居然一改之前给人的高冷风，毒舌又犀利，让人瑟瑟发抖。

这其中，林枝是抖得最厉害的。

她倒不是怕，而是一种班级成绩吊车尾的学生对考试的下意识颤抖，而且考的科目还是沈清河的代表作《长生》的片段。谷羽的表演都已经被沈清河说成是演了具干尸，那轮到她上的时候，估计会被喷演了个无生命物体。

她对自己的演技还是有点儿认知的。

林枝正抖着，眼睛突然有些泛酸，她心里“咯噔”一跳，恰是屋漏偏逢连夜雨，今天小林就要完。

“第二组《长生》准备上场了。”现场副导演拍拍手，引休息区里参演《长生》片段的演员们到舞台，摆好开场的姿势。

《天生演员》是一档演技类综艺节目，要求参加的演员是出道不满三年的新人。

这档节目对于新人来说是个好机会，表现好的让更多人看到，有助于以后接戏，表现差的也能增加曝光度。

而林枝来参加节目纯粹是想认清自己的真实实力，不想让小粉丝整天用“妹妹是最棒的”“我家妹妹无人可比”这种彩虹屁再给自己洗脑。

她要认清自己，再从零做起，从头开始。

《长生》这一组一共五个人，三个表演系双料第一，一个出身表演世家天赋满点，只有林枝一个人，选秀偶像出身，演技稀烂。

她被分到这一组，就是来献祭的，将自己炸成烟花，点亮同组队友的世界。

林枝拿着花站到队友后面时被自己感动到，她要落泪了。

这时，幕布缓缓拉开，高门显贵的庭院布景里，《长生》片段被重新演绎。

——男主角二皇子谢长生被临安府的郡主困在井下囚禁三年，青梅竹马的女主角轻云来救他。

“长生，我以为你死了，他们都说你早就已经死了。”轻云颤抖着唇，看着谢长生被打断的手脚，眼泪一下涌出来，“你说过要牵我的手，要带我远走……你现在怎么变成了这样？”

“我还活着，轻云。”谢长生气若游丝，可眼中却有不灭的光，那是永恒不变的热望，他一字一顿道，“我啊，活着等到你了。”

……

台上的年轻演员虽然台词稍欠缺，但情感眼神都很到位，短短几个来回的对手戏瞬间把沈清河拉回昔日《长生》拍摄现场。

他对演技一向严苛，遇到演得烂的“口吐芬芳”，遇到好的也不会吝惜欣赏。

沈清河扫了一眼手边的简历。

谢长生—初景 饰

轻云—郑一姿 饰

他伸手在两人名字后面点了一下，心道，还不错。

沈清河的视线往下延。

郡主—林枝 饰

林枝，林枝。

沈清河眉心一跳，仿佛在哪里听到过这个名字，可是搜索了一下记忆，发现没什么印象，他也没再多想。

不过郡主这个反派角色很特别，偏执阴狠，却又为爱疯狂，如果能演得出来会相当出彩。

整个三期的表演中，沈清河最期待郡主这个角色的演绎，他把注意力重新放回到台上。

表演进行到高潮，轻云扶着谢长生，急急地道：“长生快跟我走，再不走一会儿郡主要回来了。”

“走？你以为你们能走到哪里去？”一道轻笑声响起，里面像掺着钩子，听着是在笑，实则下一秒就会要你的性命。

这林枝的声音和原版郡主比都不逊色，沈清河对她的出场又多了几分期待。他的眼睛盯着声音传来的方向，看见有人从暗处出来，穿着一身红裙，手捧着采来的花，皮肤胜雪，妖冶又耀眼。

她脚步顿了顿，开始慢慢往谢长生和轻云那边蹭着前行。

沈清河眸色冷了又冷，这是什么走位？

林枝蹭了几步，停下，深吸一口气，将手里的花摔到地上，动作无比生硬，像在捶天捶大地。

“谢长生！枉我对你这么好，你喜欢花，我就日日晨起给你摘第一束，而你呢，就是这么回报我的？”

她的双手甩完花就无处安放，一边说话一边原地画圈。

几个固定导师都是出道几十年的娱乐圈大哥大姐，就算被尬得脚指头蜷缩，脸上还是云淡风轻。没什么看点，导播再次非常懂地切到了沈清河方的摄像位。

只见沈清河眯着眼，薄唇紧抿，看着没什么表情，但面部每一处都在叫嚣着自己的灵与肉已经无法再忍耐。

“你的对我好，就是给我下药，就是囚禁我让我生不如死？”

“如果我不给你下药，你会跑啊，你会跑的！”

台上林枝拔出剑刺向谢长生，舞台定格在这一刻。

终于结束了。

林枝眼睛酸涩得发痛，她刚才拼了全力睁开眼看着脚下的路防止一脚踩空摔倒，这导致本来就很惨烈的演技看起来尬穿地心。

这就是她的宿命吧，林枝心里叹了一口气，努力保持正常，将“剑”收回来。

初景看出林枝脸色有点儿不对劲，低声问了一句：“你没事吧？”

林枝摇摇头，说：“没事。”

主持人上台，按照流程点导师进行点评：“这就是今天第二组的竞演舞台了，《长生》作为沈清河老师的代表作，真的有太多太多人喜欢这部作品了，今天看到《长生》被再次演绎，沈清河老师有什么感受呢？”

沈清河手拿着话筒，眼皮轻抬看了林枝一眼。林枝几乎是瞬间感受到了一股强大的压力，排山倒海般朝她涌来。

“如果当初是林枝演郡主，我应该就不会接《长生》这部戏。

“刚才的三分钟是我人生过得最漫长的三分钟。

“林枝，其实如果不是非必要的话，你可以考虑下转行。”

沈清河几句话说完，现场陷入一阵死寂。

林枝实在是忍不住了，眼睛太酸了。她眨眨眼，泪就顺着发红的眼眶噼里啪啦往下落，轻轻柔柔，无声无息。

她其实很想表示自己演技不好，以后会努力学习，这样至少能表现出自己的真诚。

可偏偏她非常容易过敏，一过敏就流眼泪，一句完整的话都说不出来，现在委屈巴巴的样子，很像沈清河欺负了她。

沈清河眯了眯眼，看着这个小演员小白花一样落泪，心道，她在戏外倒是比戏里演技好。

现在的演员只想着像这样卖惨造热度，根本不会琢磨演戏，真是娱乐圈的悲哀。

下午六点，《天生演员》第三期录制结束。

济城临海，六月中旬的晚风仍很温柔，云絮是层层叠叠的粉金色，一抹又一抹温和地交叠着。

沈清河让助理绕着湖边开了好几个来回，才吹走了他脑中十分之一的污染源。

宋小野刚到沈清河身边一个月，这是第一次单独送沈清河上下班，他觉得哥哥今天上班大概添了堵，才会一脸郁色。他作为小助理，第一要职是让哥哥放松心情。

“沈哥今天的西装可真帅，帅裂苍穹呢。”宋小野说完等了半天，沈清河也没什么反应。他想着主动搭话不太行，那放个音乐舒缓舒缓气氛好了。

宋小野把自己手机列表切进车载音乐，歌曲随即播放。

“没意见 / 我只想看看你怎么圆 / 你难过得太表面 / 像没天赋的演员 / 观众一眼能看见……”

这歌词让沈清河脑中刚被吹走的十分之一污染源又长回来了，他薄唇紧抿，好友陆经年的电话适时打了过来，隔着电话线都能想到对方那张幸灾乐祸的脸。

“我可听说你在录节目的时候把人家小姑娘给骂哭了，作孽哦！”

“我可没骂她，只是陈述事实而已。多亏了你，我才有机会看到这种空前绝后的烂演技。”

陆经年是一个电影公司的制片人，筹备的新项目想要几个年轻有灵气的演员，软磨硬泡、死缠烂打，终于让沈清河答应参加了《天生演员》的录制，帮他选几个好的新人。

沈清河的眼光很绝，他这么说倒是让陆经年更好奇了：“真的有你说的那么吓人？不至于吧？”

怎么不至于？

沈清河现在满脑子都是林枝瞪圆眼睛吼的那一句——“如果我不给你下药，你会跑啊，你会跑的！”

简直有毒，剧毒。

沈清河对演技有种近乎变态的苛刻，对一些演绎片段也比普通人更敏感，好的

记得很深，差的记得更深，而恨，永远比爱永恒。

“这个人我记住了，她永远不会和我沾上边。”沈清河挂断电话，刚忘记的有关林枝的演戏片段又开始循环往复。

他想杀了陆经年！

宋小野把沈清河送回临江公馆的家里，天已经彻底黑了下去，无星无月，明天大抵会是个阴天。

沈清河脱了外套，走进浴室想泡个澡洗去这一天的疲惫，顺便忘记那个“下药”。刚在浴缸里放好水，电“啪”地断了，周遭陷入一片黑暗里。

这是自他住进来这些年，第一次停电。手机放在了外面，浴室里一丝光都不透。

沈清河的拳头不自觉攥紧，少年时的一些片段和眼下的黑交叠在一起。

小小的他，被关进小黑屋里几天几夜，他无望地带着泣音喊着：“有人吗？有没有人来救救我……”

沈清河的脸色发白，颤着手撑在浴缸边想站起来，不经意将放在旁边的洗浴用具扫到地上，瞬间噼里啪啦响声一片，玻璃碎裂声刺耳得像能割入人的灵魂深处。

沈清河的脑袋混沌成未被神劈开的宇宙，各种思维交杂紊乱。

过去的事情仿佛一面被撞碎的镜子，无数镜面反射着光，晃得他睁不开眼。

隐隐约约间，他看见在被救出小黑屋之后，外面站着一个穿黄色衣裙的小小姑娘，手里抱着一只脏兮兮的猫，对他笑着说：“这里居然有人呀，我叫枝枝，小哥哥你叫什么？”

再之后，画面破碎，耳边只能听见那一声声直击心灵的：“如果我不给你下药，你会跑啊，你会跑的！”

“嗡——”

沈清河眼前一黑，之后就没了知觉。

（二）

早上六点半，林枝的生物钟自动开启叫醒模式。

“三，二，一，起！”林枝大声喊完口号，一秒都不停留地从床上爬起来，趿拉着拖鞋进了卫生间。

镜子里的自己面无血色，眼圈红肿了一圈，眨眼的时候还会有些酸涩的感觉，昨天的过敏症状还没有全消。

她从小就对花粉过敏，一开始犯病的时候只是身上发痒，做练习生之后才恶化到现在这个程度。

林枝十七岁的时候进了栎木娱乐公司做练习生，为了成团出道努力拼搏着。因为只有出道，她才有机会摆脱掉以往所有的桎梏，真正地做自己。

在练习室里，她见过深夜的星光，也见到过初初升起的太阳。

栎木针对练习生，有一节专门的镜头课。

在舞台上无论发生什么状况，当镜头切过来时偶像都要迅速捕捉到，将自己的完美状态表现出来。

镜头课上，老师会制造各种各样的突发情况，再安排摄影师进来拍摄，以这种方式来锻炼练习生的镜头感。

林枝的镜头感很不好，每次摄像机一推进，恐惧不安的情绪就会从心底往外翻涌着，别说表现出完美状态，就连保持正常都很难。

当时刚好是春末，花粉飘飘扬扬的时节，林枝两天两夜几乎没怎么睡，忍着过敏的发痒对着摄像机练习，让身体的每一寸，尤其是脸部，在大量机械重复的动作后形成肌肉记忆。

这种训练真的起了效果，但熬夜过度再加上拖延了治疗，林枝过敏的反应就升级成了一流泪就止不住，并且喉咙发紧说话困难。

昨天《天生演员》舞台上，那把郡主采的花，成为她这一次过敏复发的罪魁祸首。

花是这场的重要道具，她能换，花都不能换。

林枝求神拜佛祈求不要过敏，但最终还是中招了。

“唉　　我真是好惨一女的。”林枝叹了口气，把毛巾扔进冷水里泡一会儿，再拧干小心地擦脸。

“我们一起学林枝叫，一起说：‘天晴了雨停了我今天又行了！’”林枝的私人手机铃声响起，屏幕上偌大的“爸爸一号”闪动着，是她的经纪人郑喻。

林枝连忙接起，说：“喂，喻姐。”

“我到你楼下了，叫一下电梯。”

“哦哦，好的。”林枝挂断电话，飞速地从衣柜里掏出一条裙子套上，又把还没来得及洗的头发扎成丸子头，出门迎接尊贵的喻姐。

林枝在栎木的练习生选拔中最终成功出道，成了 L.M. 女团的 C 位，然而在经历了三个月的辉煌之后就没有之后了。栎木娱乐公司老总卷钱跑了，几个副总斗来斗去，包括 L.M. 女团在内的所有艺人活动都停滞。

组合内除了林枝之外的五个人几经观望，三个站了王副总，两个站了李副总。

而林枝好不容易组合出道刚圈到一波粉丝，不想轻易放弃明明很好的路，就谁也没站。

结果没多久栎木娱乐直接倒闭，王副总带了三个小姐妹开了新公司，李副总带了另两个小姐妹加入别的经纪公司，而C位林枝，成了无家可归的小可怜。

娱乐圈里像林枝这样因为被公司拖累而成为一瞬流星的艺人如过江之鲫，人们只会在多年之后感叹一句：那个谁谁谁如果不是因公司耽误，一定能大红大紫，真是可惜了。

不过，林枝活得好好的呢，才不想这么早早被纪念。

她敲了很多经纪公司的大门，不是条件严苛到近乎是卖身，就是担心栎木公司有什么历史遗留问题祸及自家。

林枝陷入绝境时，一手捧红国内顶流青年歌手尤潜，被称为“新人伯乐”的知名经纪人郑喻找上了她。

郑喻签她的理由很简单：“我不会轻易放弃任何一个长得好看的人，更何况是你这种难得一见的绝美脸。我已经和公司谈过，所有风险我都担，就算你真是个废物，也是绝美废物，留在我身边我看着也养眼。”

郑喻，是个彻头彻尾的“颜狗”。对“颜狗”而言，颜值即正义。

在郑喻面前，林枝可以唱歌跑调，跳舞平地摔，但脸一定要美。

而今天的林枝，显然不算很美。

“叮——”

电梯在十七楼停下，尊贵的喻姐踏出电梯门，看到林枝那张鬼画符般的脸时，眉头皱得能夹死苍蝇，她语重心长地说：“上天恩赐你这张脸，你不好好珍惜，等垮了就后悔莫及了。”

“我才二十岁，还嫩得很呢，等眼睛消了肿又是个仙女。天上地下，唯我美丽。”林枝亲亲热热地挽着郑喻的胳膊进了门。

要是放在平时郑喻真的很吃这套，今天她却无情地抽出了胳膊。

“看样子你还不知道自己上热搜的事情。”

“我？上热搜？”林枝上一次上热搜还是L.M.女团解散的时候，对她而言遥远得仿佛白垩纪。

林枝拿出手机登上微博，郑喻加了一句：“记得切小号。”

林枝的微博小号ID是：@尤潜和应筱今天公开了吗？

尤潜，是郑喻手下第一大摇钱树。如果让郑喻知道，她是尤潜和别的女明星的CP粉，她会死的。

林枝轻咳了两声，站得离郑喻远一些才上了小号微博。

微博上，# 林枝 戏精 # 词条经过一夜之后还坚挺在热搜第七位。

她点进热搜词条，蹦出来最热门的微博是一个手机录屏视频。

镜头里，林枝一身红衣站在光影里，无辜地睁着眼，泪珠盈睫，哭得楚楚可怜。

而沈清河则用致命迷人的嗓音开启嘲讽大招：“如果当初是林枝演郡主，我应该就不会接《长生》这部戏，刚才的三分钟是我人生过得最漫长的三分钟。林枝，其实如果不是非必要的话，你可以考虑下转行。”

……

这条微博的评论区迅速被沈清河的粉丝占领。

[为了不让大家误会是沈老师欺负新人，粉丝在此科普，我家沈老师对演技有严格的标准，许多新人演员接受采访都说过拍摄时沈老师对演技精益求精，指出他们很多的问题并给予指导意见→→采访汇总链接在这儿]

[录制这期节目时我在现场，林枝的演技……我只能说沈老师的评价很客观了。]

[昨天节目才录，今天热搜就安排上了，沈老师实在惨，好不容易戏外营业一次，还被人登月吸血。]

林枝在热评翻了十来条，才看到不一样的声音。

[天生 C 位林小枝 / 绝美容颜林小枝 / 可盐可甜林小枝 / 一骑绝尘林小枝 / 未来可期林小枝！]

即使在这种恶劣的状况下，她的粉丝还能保持初心，努力控评，林枝都要感动得落泪了。

“不管这个视频的源头是谁，上了热搜，还是和沈清河沾边的，这就是绝好的曝光机会。”

郑喻说着，伸手从 LV 经典款大包里拿出一沓文件：“这周末的念广告直播改到今天，趁着这波热度你多带点儿货品牌方也高兴，下次再合作也好谈价格。”

这种念广告的直播品牌亲民又有钱，相应的是档次也很低，一般明星艺人不愿意降低身价去接。而林枝为了拿到《天生演员》的参与资格，主动揽下了这份工作。

吃得了苦，能屈能伸，她清纯的外表下，有野蛮生长的灵魂。

郑喻认定自己不会看错人。

文元传媒的官博号发了旗下艺人林枝即将在上午十点直播的消息，从热搜词条

赶来的各路人马集结，浩浩荡荡地杀进了林枝的直播间。

[来围观新晋吸血泵！]

[人呢人呢？怎么镜头一直对着只樱桃小丸子玩偶？]

……

“现在直播间的热度已经破百万了，沈清河这国民度真的是绝了。”

“那和尤潜比呢？”卫生间里，林枝在眼下盖一层遮瑕，脸颊上打了腮红，萎靡小白菜瞬间脱胎换骨，又变得水灵灵了。

郑喻思忖了会儿，斟酌用词道：“是尤潜熬到下辈子才能达到的水平。”

林枝嘴角一抽，手机铃声响起，是一串陌生号码。

林枝接通，“喂”了一声，对方陷入沉默，沉默到林枝都要挂断时，低沉的男声才透过电波传来，有些哑、有些犹豫，贴着她的耳朵响起：“你什么时候回家做鸡？”

林枝脑子一瞬间炸了，对着电话“口吐芬芳”：“我做你仙人板板的鸡？黄泉路上还不够你走，何必人间再逗留！”

骂完之后，她直接挂断了电话，并把对方拉进黑名单。

林枝很震惊，问：“现在激情一夜的广告都从旅店小卡片发展到电话直销了吗？”

郑喻抬手看表，将林枝推出去，说：“别管他了，还有一分钟就十点了，快直播吧！”

另一边，济城市中心的私人医院，四楼。

宋小野提着一袋干净衣服，左右看看没什么人跟着，才闪身晃进了 VIP 病房。

他早起去沈家接人，发现沈清河在家里晕倒了，把他吓得够呛，立刻把沈清河送到常来的这家医院。主治医生宋医生说沈清河没什么事，只是最近压力比较大累到了，挂点儿葡萄糖再休息休息就没事了。

宋小野这才松了口气，万一沈清河出了什么闪失，他这个生活助理以死谢罪都不够。

病房里，沈清河斜靠在床边柜子上，死死地盯着手里的手机，下颚线条绷紧。

宋小野心里“咯噔”一跳，怎么他出去一趟，沈哥脸色又变得阴恻恻的呢？

宋小野露出灿烂微笑：“沈哥，你要的衣服拿来了，等下就可以出院回家啦！”

“回家”两个字，让沈清河的手背青筋鼓了鼓。

那个女人在和他生气，就因为昨天参加节目他说实话批评了她的演技，她就一直气到现在，甚至都不回家给他炖鸡汤了。

要知道自从打听到他喜欢喝鸡汤，过去一年，她每天都炖汤，风雨无阻。

那一夜不过是她下了药之后处心积虑的靠近，他自认对她并没太深的感情，可想想一会儿回家面对着的是冰冷的厨房，他突然就觉得烦躁。

那个女人，终是以这种方式挤进自己的生活了吗？

沈清河掐了掐眉心，问宋小野：“林枝现在在哪儿？”

“林枝？正在直播呢，直播间可热闹了。”宋小野眨巴眨巴眼睛，觉得沈哥这次昏迷醒来后整个人都不大对头，刚醒来就让他想办法找林枝的电话号码，现在还问林枝在哪里。

沈清河这种平时连人的名字都懒得记的人这么关心昨天才第一次见的林枝……宋小野心道，肯定有问题。

听到宋小野的回答，沈清河在微博搜索栏输入那个名字：林枝。

一进直播间，他就看见林枝双手各拿着一卷卫生纸摇摇晃晃，甜甜地笑着对镜头眨眼睛：“郑老大牌的卫生纸，真的轻轻柔柔，拿在手里，触感像牵着心上人的手，能让幸福感加倍，快乐满分哦！”

这女人，就是长了一张很有迷惑性的脸，会卖惨还会勾人，他才会受了蛊惑一般在一年前的那场宴会上喝下她敬的加了料的酒。

直播间里有眼尖的人注意到刚才一闪而过的系统提示：[用户 @ 沈清河 river 已进入直播间。]

[刚刚进来的是沈老师本人吗？]

[肯定是高仿号，沈老师怎么可能会给她眼神。]

[上面的都是吸血泉粉吧，坑什么串皮带沈老师给你家加热度。]

林枝像完全没看到这些弹幕，笑容弧度分毫都不变，放下郑老大牌卫生纸，拿起同系列的棉签。

屏幕前的沈清河越看她这个淡定的样子越碍眼，他长指翻飞打下几个字，点击发送。

下一秒，一条弹幕飞了出去：

[@ 沈清河 river：晚上六点，家里见。]

这条弹幕像游戏里从天而降的空投炸弹，将毫无准备的所有人都炸得粉碎。

[我没眼花吧，这就是沈老师本尊没错吧？]

[他们肯定是有什么合作了，那昨天放出来的视频大概是拿来先炒热度的。]

［只有我觉得，沈老师这话说得很亲昵吗？像对情人说的哎！］

［楼上滚！］

……

直播间弹幕的走向彻底歪了，而林枝从练习生时期就努力训练出的完美表情有一瞬间的僵硬。

就算她昨天演了一场令他窒息的戏，沈清河也用不着说这种话来害她吧！谁不知道沈清河的粉丝对和自家哥哥相关的女明星历来是挑剔得要命，只有长相天仙下凡、演技三金大奖在手的女明星才配和沈清河这样的神仙站在一起，她林枝不配。

果然也就短短三分钟，弹幕的内容就从割裂到统一，最终走向了对林枝的抨击。

［有一说一，林枝长得是好看，但整容痕迹还是挺明显的，粉丝就不要吹天然美女了哈！］

［演技这么烂破苍穹可以考虑继续做个小偶像，唱唱跳跳把钱拿，不必出来祸害人眼睛。］

……

林枝脸上残存着的笑敛得干干净净。

郑喻也觉得直播间有些人说话过了些，不过对于现在的饭圈而言已经司空见惯，只不过一直以来林枝所接触和面对的人群构成很简单，粉丝们每天喊口号“妹妹一定可以的”“妹妹全世界最甜”……

她的世界布满奶油泡泡，而现在有人将泡泡吹散，让她看见真实世界的荆棘密布，这落差一时半会儿还接受不了也是很正常。

郑喻看着始终一言不发的林枝，准备让直播先停下。

可林枝突然间有了动作，她转身快步往房间走，没一会儿回来，手上多了一沓东西。她对着镜头笑着说：“这是医大三院开的病历本，这里写着我的名字：林枝。看清楚一点儿哦，就是我本人。

“来，我们翻开病历第一页……医生的专用字体看不懂不要紧，我这儿还有开药的打印单。但凡接受过九年义务教育的人都认得这些字吧，可以搜索一下看看这些药是管什么的哦！”

林枝扬着一张清丽的脸，话音也轻轻的，和平时没什么两样。可她唇边溢出的笑却很张扬，像沾了被阳光吻过的樱花色，整个人明媚到艳丽。

“我昨天参加节目录制的时候刚好过敏症犯了，一直流泪说不出话。所谓戏精哭泣，完全没这回事。

“当然，我知道有人该不信还是不信，我本来也没指望你们真的会全信我的话，我只是想说——”林枝顿了顿，笑意加深，“沈清河老师，如果你觉得谁的演技不好，你就去培养她。如果你觉得谁碍你的眼，那么你就去改造她。你所存在的地方，正是你的娱乐圈。你怎么样，娱乐圈就怎么样。”

她最后一个字音刚出了一半，郑喻就动手直接把直播关了。

郑喻脑子嗡嗡响，无奈地道：“你知道自己都说了些什么吗？”

林枝点头，说：“知道。”

好，那就是明知故犯了。

郑喻快被气死了：“你知道以沈清河在圈里的人脉和地位，你这番话要是惹怒了他，你会有什么下场吗？”

“知道，其实我这么说，有三个理由。”林枝掰着手指头，“第一，沈清河的粉丝已经认定是我戏精卖惨，这是目前所有争议事件的开端，我如果一直不回应，在她们眼里就是默认，所以我必须要回应。

“第二，沈清河进直播间发了条喊我回家的弹幕，这和让我当活靶子没区别了，他摆明了是在针对我，虽然我也不知道他是因为什么。那如果我正面回应一下，他可能觉得和我这个小糊咖计较太掉价从而放过我。”

这个逻辑听起来莫名其妙，但仔细想想还算有道理，郑喻又问：“那第三呢？”

林枝深深叹了口气，说：“我引以为傲的绝美脸被人说是整的，不能忍不能忍。”

郑喻：“……”

“嗡嗡——”

手机屏幕亮起，郑喻面色微变：“是周总的电话，这个时候找来，估计是为了你的事。”

林枝笑了笑，样子还挺无辜。

其实只要是向上的路，林枝从来不怕曲折。

她只怕道路平坦，往前走，走到尽头都还是平地，永远不能站上顶端去触碰星星。

（三）

文元是国内一流的文化传媒公司，主影视和音乐两大块，旗下有上百号签约艺人。

老板周奕白手起家，能让文元有今天的规模和影响，可见其绝佳的判断力和强悍的执行能力。林枝签约文元这么久，还是第一次单独和周奕见面。

“周总不喜欢人多说话，你等会儿注意点。”把林枝送进周奕专用的电梯里，郑喻小声叮嘱了一句，按下按钮。

电梯的镜面映出林枝没什么表情的一张脸，“叮”的一声，电梯在二十二楼停下，她抿了抿唇，走了出去。

周奕办公室的门大开着，像在无声地等待她。

林枝敲了三下门，里面传来低沉男声：“进来。”

这声音，听起来有点儿耳熟。

办公室的落地窗前，站着一道颀长身影，喧嚣的光从外面涌进来，凝聚在他周身，从肩到腰，再到长腿，每一处都是神造之作。

林枝以前倒是没发现，周总的身材居然这么好。

“你究竟要闹到什么时候？”“周总”开口，语气有些烦躁，“既然当初下了药，现在再‘沈老师’长‘沈老师’短，想装作和我毫无关系，甩手就走，是不是把我想得太好糊弄了些？”

林枝一怔，这不是周总，这是沈清河。

可是他在说什么？她怎么一个标点符号都听不懂？

沈清河转回身，一步一步，向林枝走来。没几秒，林枝就被笼在他高大的身影下。他咬牙切齿，又无可奈何地吐出一句：“林枝，我们谈谈。”

林枝看着他一脸无动于衷，他一下就想起她挂断自己电话还“口吐芬芳”的事情。

压在心里的无名火一下蹿得老高，沈清河还记得门开着，克制着越过她将办公室的门带上。

他短短几步路间，林枝将自己和沈清河有交集的事件飞速在脑中过了一遍：

1. 昨天白天《天生演员》第三期录制现场，沈清河批评了她的演技。

2. 昨天夜里，有关沈清河批评她演技的视频在网上发布，她上了热搜。

3. 今天上午，沈清河冲进她直播间，留下莫名其妙的话，她反击。

然后就没了。

现在沈清河说要跟她谈谈，还是借着周总的名义叫她过来的、门都关了的“密谈”，她镇定了一路的心一下提起来，突突突跳得飞快。

所以，沈清河不光没有像她预想的那样放过她这个“糊咖”，反而被激怒了，动用自己的人脉直截了当地找上她。

林枝懂了，她的娱乐圈生涯貌似要就此结束了。

沈清河走回来，见林枝的表情变了不少，从面无表情、无动于衷，变成有些疑惑、有些担忧，他满意地嘴角一勾，说：“看来你终于想起来自己的身份了。”

林枝：“糊咖”身份我一直铭记的啊！

沈清河坐到手工定制的真皮椅上，骨节分明的长指敲了敲桌子，说：“坐下聊吧！”

林枝深吸一口气，坐到他对面，面上抿出一个乖乖巧巧的笑容：“您在我心中就是艺术家级别的老师，艺术家都是不食人间烟火，不管俗世爱恨的，所以我相信沈老师应该不会太和我这样的小人物计较的。”

沈清河从善如流地点点头，说：“是不应该和你计较。”

林枝暗自松一口气，沈清河突然站起绕了出来，双臂撑在她的椅子扶手上，淡淡地说：“可我就想计较。”

距离一下被拉近，他身上的味道很清淡，是浅浅甜甜的橘子香，仔细闻……还有点儿 84 消毒水的味道。

林枝头昏脑涨地想，沈清河，真是好特别一男的。

沈清河看她眼中瞬间的迷醉，喃喃道：“你当初，就是用这样的表情接近我的。”

林枝惊呆：“什么？”

沈清河的下颚紧绷，盯了她一会儿，突然冷笑一声：“林枝，我昨天说你演技烂还真的说错了，你现在这装失忆的演技精湛得连我都差点儿信了。”

林枝脑袋疼，从沈清河张口说第一个字的时候，她就开始疼了。

林枝眨巴眨巴眼，顺着他说：“好吧，被你看穿了，我只是不太记得我当时接近你时是什么表情了。”

“就是刚才那样，眼睛圆圆的，里面晶晶亮，像落满了星辰。”沈清河直起腰，眼神幽远，回忆道，“那晚你说自己是我的粉丝，给我敬酒，我喝了那杯酒就没了知觉，等我醒来之后是第二天……而你，在我的怀里。”

林枝的表情被沈清河的剧情震得稀碎：“我为什么要这么做啊？”

“馋我的身体，还有演技，还有地位。”沈清河顿了顿，“主要是身体。”

之前也不是没有人对他动过歪心思，可他对这种事情向来厌恶至极，他又是个极度敏锐的人，一旦发觉对方企图不对就立刻远离。

只有林枝……他看错了她。

事情既然已经发生就要去解决封口，做这种事的人想要的无非就是名和利。

可当时林枝却说：“那些我都不要，我只是觉得你好看，所以想亲近你。”

沈清河问：“想亲近就下药？”

林枝说得有理有据："如果我不给你下药，你会跑啊，你会跑的！"

林枝像是真的不图他的名和利，从不伸手管他要什么，只是一有时间就凑到他身边，给他做喜欢的鸡汤，寻隙往他的生活里钻。

不想承认，却又不得不承认，他已经隐隐习惯了她的存在。

这种习惯，想割舍，太难。

沈清河疲惫地揉了揉眉心，声音软了一分："我承认我昨天批评你演技的话，有些过了。"

林枝稀碎的表情更碎："你在向我道歉？"

"虽然我说的那些并没错。"沈清河的职业素养不允许他骗自己的良心，不过为了鸡汤他还是可以低一次头的，"但是，只要一切如旧，我可以道歉。"

林枝暗自掐了下自己，摆出一副无辜的样子："哎呀，我有点儿不记得我们怎么'如旧'了，你告诉我一下嘛。"

这女人和他撒娇了，那问题就是解决了。

沈清河嘴角翘起，语气又缓又撩："当然是你回家给我做鸡……"

"汤"字还没说出去，林枝霍地抬起脚踹上他笔直的小腿。

这一下用了大力气，沈清河毫无防备，膝盖往前一栽差点儿跪地上。他有力的手撑在桌子上，再回头一看，林枝已经小蜜蜂一样飞速着逃离案发现场。

"跑得还挺快。"沈清河捏捏酸疼的小腿，奇怪的是并没有生气。

可能是因为她发脾气时比平时看起来有趣，整个人都鲜活起来了。

像那天在他怀里醒来的样子，可爱又多姿。

晚上九点，济城的望山影视城仍旧人来人往，好几个剧组都在争分夺秒进行拍摄。

影视城的小吃一条街装潢布置仿造古代的市集，青石板的路，各色小店开在两边，休息的剧组工作人员三不五时地过来垫垫肚子，好有力气投入下一轮高强度的工作中。

"什么，沈清河真的这么说？"

"嘘，小点儿声。"林枝压低声音，看到外面街上没有什么人经过，才放心下来。

姚秋秋捶着自己大腿，义愤填膺地说："我一直觉得他是娱乐圈少有的洁身自好的人，没想到玩得这么野，是我瞎了眼，我为曾喜欢过他而羞愧。我呸！"

姚秋秋和林枝一样，曾经也是栎木公司的练习生，只是姚秋秋更惨一点儿，压根儿没出道。栎木不给什么资源，姚秋秋就跑到剧组去做群演，栎木倒闭之后她常年在影视城住，偶尔能捞到个小配角演演，境况不好但她自己倒是很满足。

在做练习生的时候，林枝就是所有女孩中最耀眼的存在，姚秋秋为林枝着迷，两人的友情自此发展起来。

在姚秋秋眼里，枝枝最好，不接受任何反驳。

“沈清河居然还编你们相遇的故事，玩什么‘影帝的契约情人’这种游戏，他也配？”

林枝面无表情地戳着碗里的酒酿汤圆，糯白的皮被戳破，黑芝麻馅儿汩汩往外淌。

骂了半天，姚秋秋才解气，深吸了口气问：“你打算怎么办？”

林枝放下筷子：“没什么打算，他想打压我不是我能管的，可如果他再要我做‘那种事’，我会跳起来打爆他的脑壳。”

“好样的，不愧是我爱的枝枝！”姚秋秋拍拍手，“啊”了一声，“对了，你上次让我找靠谱的表演老师我找到了。你今晚就住在我这儿，明早我带你去见见。”

林枝对自己的演技非常有数，她想走演员路就必须要努力下苦功，有一个好的老师带着她能少走不少弯路。

但是好的、不贵的老师，太难找了，姚秋秋也是找了两个月才有了目标。

这个好消息让林枝瞬间忘了沈清河给她添的堵，结了账挽着姚秋秋离开了这家甜品小客栈。

小客栈有大堂散座，也有几个独间雅座。林枝和姚秋秋坐的散座后面，刚好就是个独间。

陆经年也没想到，自己就是过来喝杯清茶提提神，就听到了这么劲爆的消息。

他拿出手机，发了条微信给沈清河。

[经年有雨：有人要跳起来打爆你的脑壳。]

沈清河很快回复。

[沈清河：是你的话，跳起来都够不到我的脑袋。]

比沈清河矮五厘米的陆经年无语。

陆经年是个大度的人儿，像这种层次的精神伤害也就窒息了三秒就抛到一边。

他现在满心满意想的，都是深度挖掘刚才听的故事“沈清河怎么会这样子”的内幕真相。

[经年有雨：我有点儿事要和你当面商量，人在哪儿呢？]

[沈清河：家。]

沈清河住在临江公馆的一栋别墅里，陆经年上车前订了一份雀楼的鸡汤。在济

城论起做鸡汤，雀楼称第二无人敢称第一。当初沈清河就是为了能随时喝到雀楼的鸡汤，才一掷千金在附近买了别墅。

沈清河对鸡汤，爱得深沉。

有了鸡汤，他就不会无情地不让自己进门了。陆经年如是想。

果然，听说陆经年带了雀楼的鸡汤一起来，沈清河很快就让保安把他放进来了。

“就咱们这关系，你现在都不给我张通行卡说不过去吧！”陆经年一进门就开始哀怨腔，“搞得我每次过来找你都像见皇帝一样得层层通报。”

沈清河提着鸡汤坐到餐桌边，眼皮都没抬，道：“我不想闲杂人等总来找我。”

陆经年控诉道：“我是闲杂人等？沈清河，你没有心！”

“没有心”的沈清河拿起汤匙，舀了一勺鸡汤，视线凝在奶白的汤底，动作就这么顿住。

陆经年到冰箱拿了瓶橘子汁过来：“怎么不喝？这是按照你一贯的口味做的。”

沈清河喜欢甜，纯奶独特的甜和鸡肉的香碰撞出来的味道，是他的最爱，今天的汤材料依旧，可他怎么尝都不对劲儿。

可能是因为，不是那个人做的。

沈清河抿了一口就放下勺子，心底隐隐冒出些烦躁：“你有什么事快点儿说，我要睡了。”

陆经年记起此行目的，联想沈清河今天的不正常，大胆“开麦”：“在咱们这个圈子，像你这样只想着走心，不想着‘走肾’的人真是太少了。这么多年我都没见你对哪个姑娘动过心，现在终于有了动心的对象却被人家拒绝，你伤感难过，这也正常。”

沈清河终于肯撩开眼皮看他一眼：“你深夜来这儿是来开脑残座谈会的？”

他急了他急了他急了！

陆经年心里沸腾，面上高深莫测地念了一个名字：“林枝……”

沈清河冰封的眼底几乎是瞬间就出现一道裂痕，按在桌子上的手骨节泛白。

他和林枝的这些纠葛见不了光，要是传出去后果不堪设想。对此他一直缄口不言，林枝也是如此，两个人连联系方式都没有互存，在外人眼里就是毫无干系的陌生人。

陆经年，又是怎么知道的？

沈清河眯着眼，一字一顿：“是谁告诉你的？”

他语气无甚起伏，却带着无形的压迫冲向陆经年。

陆经年甚至有种错觉，他如果哪句话说得不对，沈清河的重拳可能会朝着他英俊的脸部出击。

沦陷了！这次沈清河真的栽了！

陆经年把刚才在小客栈听到的话复述了一遍，末了说：“你都已经卑微到编爱情故事来追林枝，甚至还邀请她做你生命中割舍不掉的鸡汤了，可她还是拒绝你，我真的很想不通。我也想不通你前天还在骂她，昨天就去追人家。唉……爱情这杯酒，谁喝都得醉。”

沈清河：“……”

所以这些是林枝说的，却是以将那段过往全都推到他身上，说是他瞎编的这种方式。

——“可如果他再要我做‘那种事’，我会跳起来打爆他的脑壳。”

林枝最后这句话，在沈清河脑中反复播放。

所以，她根本就不喜欢做鸡汤。她之前装作喜欢做，都是假的，都是骗他的。

沈清河的眉眼笼上一层暗色，一声接一声地冷笑着，笑得陆经年汗毛都要竖起来。

沈清河眼一眯：“你说，林枝找到了演技表演老师？”

陆经年点头：“是啊，说明早就去见。”

那沈清河明白了，林枝当时下药是冲着他的演技去的。

但他没改变她什么，还在综艺节目上戳她肺管子骂她演技。现在林枝找到了新的目标，就要和他断绝关系了。

哪怕他史无前例地反思了自己，还和她说了软话，也无法让她扭转心意。

这女人真是，狼心狗肺。

“想要全身而退？”沈清河看着窗外的清月和星星，冷漠地吐出两个字，“休想。”

（四）

影视城新的一天，从日出那一刻就开始。

今天四点刚过就有剧组开工，只为了捕捉清晨的几个镜头。

六点，林枝准时醒来。昨晚姚秋秋回到住处之后又被剧组揪着补拍了几场戏，熬到三点才回来，现在还睡得昏天黑地，估计得中午才能清醒。

林枝还记得昨天姚秋秋和她说的演技老师的情况，她简单梳洗过后就出了门。

老师叫池非，是表演系专业的博士，毕业后留在学校任教，平时也会接一些剧组的指导工作。这次池非是应《九日》剧组的邀约，到组里给一些参演新人进行培训。

《九日》改编自同名 IP 小说，原著粉丝众多，从立项开始就备受瞩目。林枝走

了大半个影视城才到了《九日》剧组的拍摄场地。

实景搭建的民国建筑，每一处都是参照老照片精心复刻，扑面而来的是独属于那个时代的哀愁与荼蘼，玫瑰与香气。

“码头”处，林枝被人拦下来：“请出示一下您的剧组工作证。”

“我是来找池非老师的，之前约好了今早见面。”

工作人员摇头：“不好意思，组里规定，不是剧组人员不能进去。”

“嘀嘀——”

一辆黑色迈巴赫飞速开了过去，四个“8”的车牌号耀眼又嚣张。

林枝皱眉：“那辆车里的人怎么不用出示工作证就能进？”

“那是我们制片人的车，谁都认识。”

林枝没话说了，又不甘心放弃，就站在原地碰碰运气，看看能不能有机会见到池非老师。思绪刚一转，刚才飞速进去的迈巴赫又开了回来，正正停在她面前。

驾驶室的车窗缓缓下移。

长相矜贵的男人手臂搭着车窗，吊儿郎当地笑道：“小美女要进去是吗，让我旁边的清河哥哥带你啊！”

陆经年眼尖，他刚刚开车过去就觉得站在路边的小姑娘眼熟，想了一会儿才记起来，这不就是沈清河爱而不得的林枝嘛！

虽然沈清河不仁，可他做兄弟的不能不义，要为了兄弟的爱情而努力。

陆经年往旁边侧了侧，让林枝能清楚看到坐在副驾驶室的人，侧脸线条深邃如雕刻，偏过头漫不经心地抬眼，一瞬间就能让无数人心动。

林枝心跳一滞，居然是沈清河。

沈清河眼睛眯了眯，冷冷地道：“你管不相干的人做什么，开回去。”

林枝：“……”

爱心大使陆经年不管他的冷言冷语，再次打算去鼓动林枝。

林枝却先一步开口，指着里面的沈清河对工作人员说：“大哥，他也不是《九日》剧组的工作人员，请您喊他下车。”

林枝的这句话说完，现场有三秒钟的沉默，沉默到被清风扬起的一粒沙，落在地上的声音都清晰可闻。

是沈清河的动作，将短暂的沉默打破。

他斜斜靠在车门边好整以暇地看着林枝，嘴角的弧度很松弛，眼中也无甚情绪，虽然表现得很平常，却不经意间嘲讽她的所作所为幼稚又好笑，是久居上位者嵌入骨子里的高不可攀。

林枝："……"好刺眼的富贵之光。

林枝被刺激得头皮发麻，只一眼就别开脸，继续和工作人员交流："如果并非《九日》剧组的沈清河今天可以进去，那我也应该可以进去。"

工作人员磕磕巴巴地说："这这……这哪能一样……他……他是制片人的朋友，也不能说和剧组毫无关系的吧……"

"可他也没有剧组的工作证呢！"林枝露出标准的完美笑容，眼睛弯弯，"刚才我没有证就被您拦下来了，那也没有工作证的沈清河您是不是也得拦一拦才合情合理呢？"

拦？谁敢拦沈清河？

工作人员一脸死灰，以眼神向车里的陆经年求助。

陆经年放下刚抓起来的一把瓜子，拍了拍手："多大点儿事，小美女跟着一起进去好了。"

林枝已经预料到这结局，微微点头，提步往里走。

"咔嗒"一声，副驾驶室的门突然开了。

沈清河人高腿长，两步就到了林枝面前，让她停了脚步。

夏日上午的阳光，总是明媚又绚烂。眼前站着的这个女孩，肤色白得发光，浓密的睫毛微微颤着，看着是清纯无辜，娇弱可怜，其实她厉害得很。

林枝后退一步，抬脸看他："沈老师还有什么事吗？"

沈清河"哦"了一声："也没什么事，只是觉得你说得对，既然剧组有规定，那我并不是组里的工作人员，自然不应该进去。"

林枝万万没想到，沈清河突然长出了良心，居然认同了她的话，看来今天她是进不去找池非了。

林枝呼吸加重，倒了三道气才勉强维持住礼貌的假笑："既然这样，那我就先走了。"

她瞥了一眼沈清河，唇抿了又抿，转身离开。

林枝今天穿了一条淡绿色的长裙，裙摆垂下，走路时隐隐约约露出来一截笔直修长的小腿和精致小巧的脚踝。

烟雨青色飘飘摇摇，是美人衫。

沈清河看得心神摇曳，敲了敲车窗，扔下一句："我去处理点儿事。"

他朝着林枝的方向走去，脚步不急不缓，像早已布下陷阱的猎人，等到猎物一

头撞进来后，然后慢慢地收网。

陆经年“啧”了一声：“谈恋爱了不起哦！”

其实林枝刚走了几百米就发现沈清河在后面跟着了。

一开始她以为只是顺路，可转念一想，她往姚秋秋的住处去，沈清河要往影视城大门走，方向完全相反，哪儿来的顺路？

那沈清河就真的是在跟着她了。一个对她，心怀不轨的顶级帅哥在跟着她。

虽然林枝觉得沈清河并不是要对她做些要狂打马赛克的事情，毕竟像沈清河这种地位的人，想要什么都是招招手就能得到，不屑于强占。

但她下意识就觉得，和沈清河独处并不会有什么好事。

林枝决定更改路线，她看到前面一座宫殿的门开着，就直接拐了进去。

回廊曲折，她左拐右拐越走越快，身后的脚步声渐渐听不见了。回廊尽头是个小花园，假山嶙峋，搭出曲折小路。

林枝钻进去，顺着小路一直走到出口。

“这下他肯定追不上来了。”她笑了笑，手攀着石头爬上去，下一秒笑容就凝固了。

只见沈清河单手插在口袋里，长身立在前面的石头边，正静静地看着她。

“你……你怎么过来的？”

“这儿是之前《长生》的拍摄场地之一，地形我熟得很。”

林枝叹气，大意了。

快到中午，天热了起来，沈清河走了这一路脖颈后背都是汗，他单手扯了扯领带，连同最上面的衬衫扣一起扯开，那一瞬间性感得要命，看得林枝心尖有些酥酥麻麻的。

沈清河将袖口也挽起，走近林枝。她又闻到了他身上那股淡淡的橘子味，好闻得很。下一秒，她就听他开口：“说吧，你把我引到这儿是想说什么？”

林枝费解：“我什么时候引你到这儿了？”

“你离开前最后给我使了个眼色让我跟你走，以你的演技，是演不出来这种感觉的。所以，你就是想引我过来。”

林枝又开始头疼了：“沈老师，沈清河老师，为什么每次你和我说话都给我一种你在说天书的感觉？”

这称呼生疏又刺耳，沈清河听着尤其烦躁：“我时间不多，想说什么就快点儿说。”

林枝有点儿疲于和脑电波时不时抽搐的沈清河来回扯皮，她叹了口气：“如果非要说点儿什么，那就是，沈老师，放过我吧，我们各自美丽不好吗？”

沈清河一把扣住她的肩膀，瞳仁微缩：“林枝，是你先来招惹我的，你现在说要我放过你，可当初你怎么没放过我？”

枉他跟过来时，心头还松动了三分。想这次她说点儿软话，闹一闹也就过去了，可是偏偏她……这么不识抬举！

沈清河看起来情绪很激动，林枝有点儿怕，抬手推着他胸口：“你说话就说话，别靠得这么近……”

他身上的橘子味怪好闻的，好闻得她又开始头昏脑涨了。

这份推拒让沈清河脸色更难看，阴得像要滴水，偏偏口袋里的手机“嗡嗡嗡”响个不停，他改手肘压着她的肩，另一只手摸出手机，按下接听键。

陆经年的声音近乎是吼着从手机里传出来的：“我刚看到你往《长生》拍摄地那边走了，今天是《长生》首映七周年，有粉丝组团要来拍摄地打卡的。友情提示，人巨多，所以谈情说爱不要在那附近逗留，分分钟会被拍到的！”

爱心大使提醒后干脆利落地挂断了，林枝离手机近，陆经年的话她一个字都不漏地听在耳朵里。

恰在此时，外面响起嘈杂的脚步声，混合着叽叽喳喳的说话声。

《长生》的粉丝来了！

林枝慌乱地挪着肩膀想逃离沈清河的魔爪：“要是被拍到就麻烦了，先出去吧！”

沈清河却纹丝不动：“原来你打的是这个主意。”

他方才的阴沉一瞬间被扫尽，面上漾起春风。能让他情绪在方寸间有这么大起伏的，她貌似还是第一个。

“你知道今天有粉丝到这儿来，就引我过来，让粉丝撞到我们在一起。”他目光幽幽，来回在她面颊逡巡，“林枝，想讨名分，不用这么麻烦。”

沈清河的每一次张嘴，对林枝而言都仿佛是在拆盲盒。没打开之前，你永远也猜不到沈清河究竟会说出多离谱的新鲜故事。

“大家排队有序进场，进去之后注意个人卫生，不能给沈老师丢人。”外面的粉丝随时随地都会破门而入，林枝慌乱得脑仁发麻，偏偏沈清河淡然得很。

他可以不在意，可是她不能。

林枝叹口气，装模作样地道：“又被你看穿了，不过我只是利用粉丝让你发现我隐藏的心意，并不是真的想公开。我们……先躲一躲再说？”

她的演技一如既往的烂，说话时眼神闪烁，笑容僵硬。

沈清河一眼就看穿她在说谎，不过是在玩欲擒故纵的把戏罢了。他现在心情好，她想玩，他就陪她玩一玩。

扣在她肩膀上的桎梏终于松开，沈清河走在前面，手背到身后对她勾了勾："跟我来。"

他推开旁边朱红色的殿门，细碎的阳光将他的身影拖长，斑驳一地。

沈清河身上有一种魔力，能把简单的动作幻化成电影胶片，让人忍不住想铭记每一帧画面。

林枝遗憾地想，好好的帅哥，偏偏长了张歪嘴。

长清殿是男主角谢长生的寝殿，沈清河对这里很熟，带着林枝穿过两道小门，拐进了一间很偏僻隐秘的耳房，里面除了一张盖着厚重毡布的桌案外什么也没有。

沈清河解释道："这里是搭建完之后又单独隔出来供演员休息的，影视城的地图没有标过有这间耳房的存在，没几个人知道。"

林枝松了口气："那就好。"

不过兜兜转转间，她还是落到和沈清河独处一室的境地。外面是狼群，屋内有猛虎。小林进不得，退不得，只能硬着头皮面对。

"沈老师。"林枝眼神恳切，"我能加你微信吗？你要是玩 QQ 也行，都不用的话告诉我你常用的手机号发短信也可以。"

沈清河笑了："以前说好不互存联系方式，免得让人发现我们的关系，现在你倒是不怕了。看我跟你过来，觉得能拿捏住我，就有恃无恐了是吗？"

林枝在心里对自己说，忍住！忍住这一时反驳，赢得之后清静。

她上前一步，紧张得声音发着颤："那沈老师，肯不肯成全我的有恃无恐呢？"

她很少这么说话，虽然还是假得很，可眼神娇娇怯怯，他就心软了。

"勉强成全你。"

沈清河拿出手机，点开二维码给她。

林枝扫一扫，点击添加新朋友。

沈清河的微信名字就是他的真名，头像是一片空白，非常老艺术家风。

林枝斟酌着发了个表情包打招呼，中老年花开富贵，两个七彩特效字：您好！

沈清河奇怪地看了她一眼："你的审美还真是畸形。"

林枝："……"罢了罢了，正事要紧。

[林小枝：我有话想说，打字正式一点儿。]

只要打字速度够快，就不会被沈清河中途带跑偏。

林枝刚发过去，就听见门外的说话声。

“哎，这里居然还有间房，地图上都没有标。”

“还真是，门这么小，不仔细看还真看不到。这里可能也是沈老师待过的地方，我们进去打个卡。”

林枝脑袋轰地炸开，“咻”地钻到了桌案底下，片刻后脑袋从厚毡子底下探出来，招呼着沈清河：“快进来！”

沈清河垂眼：“你这是在邀请我吗？”

“是是是，就是在邀请你。”

沈清河弯腰，林枝嫌他动作慢，还伸手扯着他手腕往里拽。如此迫不及待，沈清河笑意更深。

毡子再次垂下的瞬间，耳房的门被推开。几个小女生一脸兴奋地拥进来，叽叽喳喳地说话：“沈老师一定到过这里，我都能感觉到他的气息。”

戴着鸭舌帽的小姑娘拍了拍桌案：“沈老师喜欢靠着东西，他之前肯定靠过这里。”

她用力地踮着脚追寻沈老师的高度靠着桌案。

桌案下面，林枝紧紧咬着牙不让自己发出一点儿声音。

里面空间不大，沈清河人高腿长，挤挤挨挨地压着她，呼吸就落在她身侧，混合着他身上独有的橘子甜味，搅和得她酥酥麻麻的奇异感觉从后背一直往上蹿。

“你刚才，想和我说什么？”他放轻声音，几乎是和她亲密耳语。

林枝觉得耳朵热得要烧起来。

耳房里的粉丝打卡拍照完往外走，门合上之后林枝动了动手指，在屏幕上打字。

[林小枝：我和沈老师之间应该是有什么误会，我没有想和沈老师发展“任何”私人关系的想法……]

字打到这儿，沈清河伸出修长食指按住她的手，冷冷地道：“下药的事情还用我再提醒你一次？”

又来了又来了，林枝额角青筋狂跳：“那我问你，我是哪天给你下的药？”

“去年四月十七号。”

“地点呢？”

“郑导办的宴会上。”

林枝点进自己朋友圈翻记录：“四月十七号，四月十七号……找到了，那天我一整天人都在直播。上午九点到十一点，在家里直播日常生活，十一点到下午三点，

打广告直播。下午五点到晚上十点，公司的一个姐姐生日会直播。直播都有回放，你可以去看看，我根本没有时间出现在什么宴会上。”

和脑回路清奇的盲盒精人扯来扯去是不会有结果的，只有摆事实、讲道理，才能粉碎他的谎言。

沈清河眼睛发直，一言不发地盯着她的手机屏幕。

林枝就干脆去找当天的直播记录给他挨个看。

屏幕上大块的彩色在涣散的瞳孔里淡成黑白色，沈清河看着林枝张着嘴在说什么，可他一句都听不到。

耳畔嗡鸣，太阳穴一跳一跳的，有什么破碎的画面灌到脑子里。

突然断电的别墅，噼里啪啦碎了一地的玻璃。

小黑屋里的少年，抱着猫的小女孩。

宴会上觥筹交错的满目琳琅。

床上抱在一起的两个人。

最后，是舞台上一身红衣的姑娘，声嘶力竭地喊着：“如果我不给你下药，你会跑啊，你会跑的！”

……

一切画面交杂着，扭曲在一起。不知什么是真的，什么是假的。

“呃……”沈清河的脑子突然针扎一样疼，喉咙里溢出痛苦的呻吟声。

林枝还在就“沈老师请离我这个糊咖远一点”的观点据理力争，肩膀上忽然沉沉地压下一个脑袋。

沈清河晕了过去。

第二章 你是我的仙女呀

（一）

济城市中心的私人医院，四楼VIP病房外，林枝坐立不安，时不时地往楼梯口看。

一个小时前，沈清河在她身边晕倒。

林枝找了沈清河手机里的通话记录拨了第一个号码，陆经年很快赶到，把沈清河送到了他经常去的私人医院。

医生把陆经年叫过去半小时了还没回来，沈清河不会是得了什么不治之症吧？

林枝正胡乱地想着，楼梯口有了动静。陆经年大步走过来，安抚道："你放心，沈清河没什么事，医生说他一会儿就能醒。"

林枝这才松了口气："那就好。"

"只不过他有点儿问题。"陆经年点了点心口，"这里有问题。"

林枝问："心脏病？"

"不，是心理疾病。"

"啊？"

其实陆经年也是今天才知道沈清河在前几天晕倒过，时间就在他和自己通电话骂过林枝演技之后不久。

当时宋医生说他是太累了，休息休息就行了。

……

林枝打断陆经年的叙述："医生都这么说了，那你为什么还说他有心理疾病？"

陆经年"唔"了一声："这是宋医生对外说的版本，宋小野刚到沈清河身边不久，宋医生怕他人不够牢靠就没说实话。"

这个林枝能理解："所以真相是——"

"其实也没什么，就是沈清河小时候出过意外，有段时间精神有些问题，当然，具体什么问题我也不是很清楚。只后来听说那段时间他的情绪有些反常，时常晕倒。沈清河这次也晕倒了，而且在晕倒前还经历了刺激，宋医生是担心他旧病复发，所

以留他住院观察观察。不过沈清河最近也没什么反常的，应该是可以排除旧病复发这个选项的。”

林枝：“……”

大哥，沈清河最近反常已经反到疯魔了好吗？

林枝眼神呆滞，在陆经年眼里就是她听进去了自己的话。

沈清河这经历多么坎坷，这“美强惨”谁能拒绝得了？

陆经年刚想为自己随时随地苏醒的助攻灵魂而鼓个掌，林枝的眼神重新聚焦，甩开步子就往楼梯口跑。

沈清河的主治医生姓宋，四十几岁的样子，穿着白大褂，儒雅又挺拔。见到林枝，他温和一笑，放下手中的笔：“你是来问沈清河的事情吧？”

林枝关好门，点点头：“我想知道……沈清河旧病复发，具体会有什么症状？”

“这个很难具体说清楚，精神类的症状要比身体的病症更难判断，而且仪器很难查出来。不过就沈清河而言，有百分之八十的概率是觉得自己的臆想是真的。”

林枝皱眉：“臆想？”

“这个是他以前的发病症状。沈清河少年时曾被绑架过，小孩子嘛，胆子都不大，再加上劫匪一次次地威胁他，他的神志就开始有些不正常，开始臆想自己是劫匪的同伙，和劫匪一起谋划这场戏，为的是逃学，这样他就很成功顺利地熬过那段痛苦时光，最后得以被救。”

林枝：“……”好叛逆又机智的一孩子。

宋医生又说：“沈清河被救出来之后，周围的环境又回到了原来的安逸，他的情绪被安抚下去之后就清醒了。沈清河这样的人，是天生的演员，为了逃避现实的一些痛苦很容易给自己编一场戏，这也可以看作是他对自己的一种自我保护机制。”

编一场戏……编一场戏……林枝想起沈清河这几天极度反常的种种迷惑行为，恍惚间明白了什么。她问：“那沈清河编戏，就是自己瞎编吗？”

“所有事情的诱发都有源头，臆想的源头多数是来自给自己留下深刻而强烈记忆的人和事。”宋医生说着看向她，“这次应该就是你了，林枝小姐。”

林枝的手指无意识地抠着掌心：“我？”

“之前在病房里清河一直在叫你的名字，我刚才和陆经年聊天时稍微套了一点儿他的话，知道你和沈清河之前没什么交集，在他上次晕倒之后突然走得近了，所以我猜他这次臆想的诱发源头应该是你。

“沈清河今天的晕倒可能是由于他发现了臆想的现实，和真正的现实出现了偏差，从而受到了刺激导致。林小姐，你可以回忆一下，今天是不是发生了类似这样的事情？”

林枝今天拿出证据反驳了沈清河有关于“去年四月十七日，在郑导办的宴会上，她给他下药，然后对他做了要狂打马赛克的事情”。

之后沈清河就晕倒了。

她拿出的证据，是真正的现实。

沈清河说的，是他的臆想现实，总结起来就是：她，林枝，馋沈清河的身体，在去年四月十七日在郑导的宴会上给他下了药。然后那之后……她就和沈清河私下里搅在了一起？

林枝：“……”她到底给沈清河带来了什么强烈记忆，他才会有这样强制爱的臆想？

林枝的脸上一阵红一阵白，宋医生说：“看样子确实是发生过了，那林小姐，能具体和我说一下吗？”

林枝从诊室出来是半个小时之后。

她手里捏着宋医生的名片，看着窗外飘着的大块大块的云絮，看它们变换各种形状，再被清风吹远。

——“沈清河受过刺激之后会怎么样？”

——“有两种可能，一是直接把他刺激得清醒过来，就和他出道两年后因演技瓶颈发病，之后得了个人奖就立刻好了一样；二是他会根据有偏差的现实将他的臆想进行一部分调整，算是填补漏洞，进行升级，等到某一天他从痛苦中走出来之后结束发病。这次具体是哪种，还要等他醒来才能知道。林小姐，得麻烦你去试探一下他。”

林枝想起出来前自己和宋医生的对话，深深地呼吸几次，回到了四楼。

小护士刚从 VIP 病房推门出来，四处张望着，问：“谁是林枝？”

林枝发声：“我是。”

“病人已经醒了，想要见你。”

陆经年气得直跺脚：“不见兄弟见情人，老沈你不是人！”

“情人”两个字让林枝面皮红了红，她捂着脸进了病房。

VIP 病房的装潢堪比三星级酒店，一进门是个小客厅，再往里走才是病房。

沈清河靠在床头，脸色有些苍白，头发也乱糟糟的，可顶级帅哥就是病中随意一歪也帅到会让人发出尖叫。

林枝对接下来的“试探”有些紧张，她演技素来差，沈清河又是个人精，看出她说谎万一再受刺激了怎么办？

“你别紧张，我只是听护士说我晕倒后是你送我过来的，想和你说声谢谢。”沈清河唇畔挂着淡淡的笑，说着揉揉头，“不过我最近脑子乱得很，晕倒前发生了什么我自己都不太记得了，要是对你说了什么奇怪的话你不要太在意，都忘了吧！”

林枝一愣，沈清河这是恢复正常了？

像有小蝴蝶从心底往外飞，一路去见花见月亮，她弯弯眼笑起来，眼角眉梢都是开心：“太好了，你没事就太好了。”

她眼底有光，是夏日专属的西瓜冰沙，又甜又明媚。

而那只小蝴蝶，颤着翅膀，飞进了沈清河的心里。

他放下手，声音放轻：“我没事，你这么开心？”

“当然啦！”以后的生活就都会恢复正常了，她当然开心。

沈清河怔了怔，随后一点头：“你开心就好。”

又在病房坐了一会儿，林枝就说有事离开了。临走前，她又找了一次宋医生，将沈清河恢复正常的情况告诉了他。

林枝走后，陆经年才被允许进病房，他气得骂骂咧咧的：“昏迷醒来第一个见的居然不是我，我还是不是你兄弟了？”

沈清河淡淡道：“兄弟多的是，少你一个也没关系。合心意的姑娘只有一个，不解释挽回一下弄丢了怎么办？”

“我的天，你们这满打满算认识不到一周吧，沈哥就这么情深义重了？”

沈清河侧过脸，看向远方，整个人少见的温柔。

哪里是只认识一周，明明……很久了。

沈清河第一次看见林枝，地点、场景、时间都很普通。可因为她的出现，一切都变得不普通了。

那一次沈清河被陆经年叫去，到一个小公司挑几个底子好的新人。那家公司要走演员路的新人都很平庸，沈清河待得无聊，让陆经年去和那些人客套应酬，自己先回车上等。

经过练习室时，他不经意间往里扫了一眼，一下就看见了人群中的林枝。

她穿着一身红色的运动服，长发扎成马尾，身体随着音乐舞动，发丝在灯光中扬起。舞蹈最后，她旋转着定点，对着摄像机的机位做了个“wink”。

她在人群里是恒星，是太阳，是闪闪发光的存在，叫人一眼就难忘。

沈清河回去之后在那家小公司的练习生名单里找到了她,知道了她的名字: 林枝。

他像个毛头小子一样，在她参加选秀比赛时投票送她出道，让她如愿以偿，做组合的C位。

他想，如果用一个词来形容自己，那就是“男友粉”。

在他的眼里，林枝长得好看、舞台好，简直就是小仙女下凡，等到时机成熟他会以最童话的方式，正式出现在她面前。

几天后，郑导举办一场宴会，席间他喝醉了，迷迷蒙蒙间竟然看见她拿着一杯酒走近，伸手要敬他，那杯酒抿一口就知道是下过药的。

沈清河没想到，林枝居然是这种人。

他庆幸自己还没有深陷太多，决定脱粉，甚至隐隐有了回踩的意思。

在《天生演员》第三期，他对舞台上青涩的她毫不留情地吐槽。私下里，他一次又一次拿她主动下药的事情来刺激她，想要她难堪。

可林枝一脸懵懂无辜，最终痛苦的，只有他一个人而已。

要不是在影视城，林枝给他看了直播的记录，他还不知道自己被人骗了。

那天给他下药的女人不是她，只是长得像而已。酒精作祟，他把靠近的人当成了心里的她。

沈清河回忆这段时间自己说的做的种种，懊悔不已，突然不敢面对她，就干脆直接装晕倒，醒来之后装作不记得这些了。

她可真善良，居然信了他的话，还为他没事而开心，不愧是他的小仙女。

等一切过去，他就重新开始。

开始一步一步，慢慢走进她的世界里。

林枝小仙女，你准备好了吗?

（二）

下午程珂来医院时，宋医生刚给沈清河做完检查送他回病房。

程珂穿着一身白色 chanel 套装，齐耳短发精致又干练：“我给你带了雀楼的鸡汤。”

沈清河接过她递来的汤匙，应道：“谢谢珂姐。”

“你啊，要是真想谢谢我就健健康康的，多参加点儿活动多赚点儿钱。”

两人认识多年，沈清河出道时，程珂刚刚入行，两个新人歪打正着走到一起，

一起经历了风风雨雨。后来，程珂自己创业开了珂业传媒，沈清河也跟着她过来并注资成为第二大股东。

沈清河是珂业的金字招牌，程珂则给了沈清河在事业上绝对的自由和话语权。沈清河平时除了在剧组拍戏和新戏上映宣传之外，出来营业的次数一只手都能数得过来。

沈清河看见鸡汤，想起他之前心心念念想邀请做鸡汤的人，轻轻地笑了一下。

“有什么事这么高兴？”

“没什么。”沈清河放下汤匙，“对了，珂姐，递过来的剧本我都看了，没有特别感兴趣的，可以都推了。这段时间比较闲，我打算去录《天生演员》第四期。还有，陆经年那边的新戏选了几个新人，我帮着指导几天。”

程珂很诧异：“你居然主动要多参加一期综艺节目，你还要去指导新人？最近不开心？想找人骂？”

沈清河套上烟灰色的西装外套，随口道：“我没那么无聊。”

他只是，去看看他的小仙女罢了。

宋医生在旁边叮嘱道：“工作可以，但要适度。一周之后回来复查，程珂你得盯着点儿他。”

程珂点头：“放心吧，宋医生。”

沈清河扣好银色袖扣，拉宋医生到一边，沉声说：“这次装晕，你很配合没有拆穿我，这份人情我记住了。”

人事不省差点儿要电击才能醒过来的……装晕？

宋医生不动声色地看了一眼表情淡然说得很真实的沈清河，笑了笑：“没关系。”

送沈清河和程珂出门之后，宋医生立刻发了条消息给林枝。

[宋医生：注意一点儿沈清河，他可能还没恢复。]

林枝刚回到姚秋秋的住处，看见消息脑仁又开始疼了。

所以，沈清河牌强制爱又要来了吗？

“怎么了，看你脸色怪怪的？”姚秋秋听见动静从卧室里飘出来，她昨晚熬夜熬得眼下发青，一边说话一边打着哈欠。

“没什么，我回来的路上给你带了小馄饨。”

小馄饨瞬间将姚秋秋的注意力转移，她欢快地接过，掰开一次性筷子大口吃起来，嘴巴塞得鼓鼓囊囊的。

林枝把上午去找池非老师的事情，刨去有关沈清河和陆经年的部分，和姚秋秋说了一下。

姚秋秋将汤都喝干，畅快地长叹一口气：“我也没想到他们组这么严格……哎，我想起来了，刚才《九日》的选角导演在影视城群演组内发了个消息，说缺群演，没什么要求，你可以去啊！”

“你是说，混进剧组，然后去找池非老师？”

“没错！”

林枝也觉得可行。

只是千万千万不要再碰上沈清河，还有他的“周边衍生产品”陆经年。

她不想当着剧组那么多人的面，和沈清河上演强制宠爱。

“你是不是在想哪个男人？”姚秋秋凑近盯着林枝白净的巴掌小脸，学着影视剧里算卦的道士翻着白眼，口中念念有词，“我观你眉心隐隐有一朵桃花，头顶红光乍现，应该是个绝美帅哥……沈清河是不是？”

林枝眸色微滞，姚大仙还真的准。

“啪”的一声，姚秋秋豪迈地将桌子拍得震天响，脸变得和调色板一样快，怒道：“那个狗男人又找你说什么肮脏不堪的事情了是不是？”

姚秋秋并不知道所谓“肮脏不堪”的事情都不是真的，可沈清河得病的事情也不好和她明说。林枝站起来，顺着她头上的呆毛：“其实之前是我误会了，沈清河并不是想和我进行什么身体上的交易。”

“那做鸡……”

“是做鸡肉，他还没来得及说后面的字就被我打断了。”林枝支吾着瞎编，她实在是不擅长说谎，都不敢看姚秋秋。

没想到姚秋秋很轻易就信了：“沈清河确实是特别喜欢吃鸡肉来着，尤其是鸡汤，算是他毕生挚爱了。”

林枝：“……”她歪打正着还编进姚秋秋心里了，真是“天才本才”。

姚秋秋拍了拍心口：“我就知道我家哥哥不是那种人，我果然没看错人。”

林枝早就习惯姚秋秋爱恨都随风的性格，看糊弄过去暗自松了口气。

“嗡嗡嗡——”

姚秋秋手机响了。

“喂，您好，我是姚秋秋，请问您是哪位？”姚秋秋本来双腿盘坐在椅子上，听对面开口后双腿顿时放下，脊背挺直，恭恭敬敬地说，“是是是，好的好的，我这就帮您叫她。”

姚秋秋捂着手机，难掩激动地说：“是池非老师！池非老师让你接电话！”

递过来的手机仿佛有千斤重，林枝犹豫了几秒才接过，尽量控制语气平常：“池非老师您好。”

“林枝是吗？”对面人声音很轻柔。

林枝应道：“是。”

“我是池非，明天晚上六点我会有一节课，是针对非表演系专业的同学，不知道你有没有时间过来呢？”

林枝轻轻“嗯”了一声：“我有时间。”

“那好，我待会儿把地址发给你，我很期待林枝同学的加入。”

挂断电话之后，林枝整个人看着还是很淡然：“池非老师，让我明天晚上去上他的课。”

“这也太幸运了吧！你都不用去做群演碰运气去寻觅，池非老师自己就送上门来了！”姚秋秋开心坏了。

林枝却冷静得很，半点儿看不出目的达成的喜悦。

“你怎么面无表情一点儿也不开心的样子？”

林枝揉揉发僵的脸，摇摇头：“快乐来得太突然，我还没准备好。”

姚秋秋拍着她的肩膀：“躁起来就完事，枝枝给我冲！”

林枝也不知道自己是怎么了，一颗心七上八下地乱窜。

可能是她已经习惯了不管是什么东西她都要努力才能得到，冷不防有幸运从天而降，她反倒觉得不踏实。

池非发来的地址在济城城南，离林枝的住处很近，在姚秋秋这儿吃完晚饭后，林枝就回了家。

林枝的房子是她用出道以来攒的钱付首付买的，不算大，九十平方米的公寓，住她一个人刚刚好。

每次回到这里，她就有安心的感觉。这是她自己一点一滴拼凑出的未来，没有人有资格粉碎。

这几天的疲惫涌上来，林枝洗了澡就睡了。

一夜沉眠，第二天早上她依旧六点准时醒来。

外面阴云遮住朝阳金光，没一会儿小雨就淅淅沥沥地下了起来，一直到下午三点多才停下来。林枝戴了个口罩，打车出门。

本来她这种十八线路人糊咖用不着口罩这种装备，但是郑喻说：“万一哪天你红了，以前没戴口罩被抓拍的崩图流出去，你绝美的容颜会受质疑的。”

郑喻，就是这么一个高瞻远瞩的人。

车往怀鹭区开，穿出高楼幢幢，进入矮矮的别墅群，从喧嚣一下跌进静谧。

“小姑娘，就是这儿了。”司机热情地指着前面，“从这个坡下去就是了。”

“谢谢师傅。”林枝付钱下车，顺着小斜坡走下去，第一栋白色的别墅就是她要找的怀鹭区 301 号。

林枝按了门铃，响了三下，门被人打开。她眨巴眨巴眼看着莫名出现在眼前的人，脑子里成串的小灯泡噼里啪啦地碎开，晃得白光一片。

林枝从他手里抢过门把手把门关上，三秒之后再拉开，眼前还是这个人，不是幻觉。

沈清河今天穿了件白色衬衫，鼻梁上多了一副金丝边眼镜，看着有点儿斯文败类的感觉，镜片后面的眼浮出笑意：“怎么，看到我在这儿这么意外？”

不只是意外，还有些害怕。

林枝支吾着问：“沈老师……怎么在这儿？”

“我打算接一个大学教授的角色，池非就是大学教授，我跟他上几节课找找角色的感觉。”沈清河说着举了举手里的文件夹，“不过我也不能白来，还是要替他做点儿事的。喏，这是签到表，每个进来的同学要在上面签名。”

所谓的表，其实就是一张白纸，林枝接过笔很认真地在纸上签了自己的名字。

沈清河让开了路：“可以了，先进去吧！”

沈清河表现得没有任何异常，看起来是个行为稳重的成年人，不再是三句话就要说她卜约的那个人了。

林枝背对着他，抹了抹眼角的泪花。感人，老天爷终是开了眼了！

后面的沈清河端详着她的签名，拿着笔在她的名字上面补了几个字：

To 沈清河

很好，他拿到小仙女的特签了。

上课的教室在二楼书房，空间比大学时上课的教室还要大。

书房后面是整墙的书架，各个国家版本的表演学的书整整齐齐码在上面。书房前面悬着一个巨大的投影仪，在播放最新修复出来的经典电影《美丽人生》。

林枝背着包进门时，书房里已经坐了七八个同样来上课的人，有两个林枝认识，正坐在第一排说话，就是前几天和她在《天生演员》舞台上搭过戏的初景和郑一姿。

林枝还记得初景的好意，点了点头算作打招呼，默默地走向最后一排。

“真是奇怪，这次来上池非老师课的都是有机会参演《九日》的备选演员，林枝怎么会来？”郑一姿往后瞥一眼林枝，心里极不高兴。

圈里稍微消息灵通的人都知道《九日》制片人陆经年和沈清河交情斐然，当郑一姿知道沈清河做《天生演员》第三期导师时，就发誓一定要抓住这个机会好好表现。

节目录制当晚，她就接到了剧组的电话去试镜，演被引诱一点点沉沦，从小白花黑化成迷倒整个上海滩的妖姬，和军阀权贵陈夺虐恋情深的美人顾小蔓。

郑一姿是明艳类的长相，化上浓妆，换上一身贴身旗袍，十分符合顾小蔓的形象。

池非却觉得郑一姿的演绎还差了点儿什么，说：“顾小蔓并不是自愿想做这些事，而是在无奈的现实里被迫的，她的眼里应该有无辜，还有挣扎，感情很复杂，你现在给我的感觉，就是刚刚及格的。”

郑一姿本来以为跟着池非上几节课之后角色就稳了，可刚才林枝探头进来，梳着高马尾清纯又无辜的样子，连她一个女人都不得不承认对方好看得要命。

她突然有了些危机感，嘴上还在强作镇定地挖苦：“我要是她今天都不敢来，公开处刑这种事有一次还不够吗？”

初景合上笔记本，眉心几不可察地蹙了蹙，起身往后排走。

郑一姿没料到初景的这个反应，愤愤地捏紧手里的笔。

“你是第一次跟池非老师上课吧？”

林枝百无聊赖地趴在桌子上发呆，听到声音，她坐起来，笑了笑：“是你呀！”

初景将笔记本放到她的桌边。

“这是我这几天在剧组时记的笔记，你提前看一下，等会儿上课就会很快能适应节奏。不过记得有一些乱，你不要介意。”

初景长相阳光帅气，是现下最流行的校草系长相。有粉丝说每次看到初景都会心里暖洋洋，林枝现在也有这种感觉。

“白用你这么珍贵的笔记，我还挺不好意思的。”

初景提议道：“我知道出了怀鹭区就有个小摊子，做的东西地道又好吃。你要是想谢我，不如一会儿下课请我吃东西吧？”

林枝想初景大概体恤她是个没什么钱的糊咖，才只要她请吃便宜的路边摊，真是个难得的好人。

林枝点点头，说：“好，就这么定了。”

“请各位同学不要乱走，回到自己的位置。”书房天花板左上角的话筒里，熟悉的低沉男声响起，“马上就要开始上课了。”

唯有乱走的初景和林枝点头示意，折身走回了自己的座位。

林枝没想到沈清河这个助手，做得还挺尽心尽力。

她更不会想到，从监控画面里看到初景走向她的时候，沈清河砸飞了一个颇有收藏价值的摆件。

看那小子的长相，平庸至极。

看那演技，勉强凑合能看。

就这样的人也想处心积虑地靠近他的小仙女，配吗？不配！

沈清河对着话筒警告完，将监控画面再调出来，仔细听那小子的发言。

“成年人居然还在玩送笔记的戏码，真是幼稚。”沈清河不屑地嗤笑一声，给池非发了条消息。

[沈清河：你今天别过来了，我帮你代一节课。]

过了三分钟，沈清河走进了书房。

“哇——是沈老师！”

几个女同学惊呼出声，这种只存在天边的神仙突然下凡到了自己身边，没几个人能不激动……除了林枝。

她最近真的见了沈清河太多次了，都有点儿审美疲劳了。

林枝兴致缺缺，沈清河看在眼里，沉声说：“剧组临时有急事，池非老师今天过不来了，我帮他代一节课。我事先没准备什么，就随地取材和大家分析下演戏时需要注意的一些事项吧！”

沈清河将手机里缓存的视频连接到投影仪上，点击播放。

片头在屏幕上跳出来，他信步走到最后一排，坐到了林枝旁边的位置上：“这个位置看屏幕最舒服。”

那股橘子的甜味又飘啊摇啊的往林枝脑袋里灌，她整个人有些眩晕。

沈清河随手翻开桌上的笔记本，他的手纤长如玉，灯光打下来，指骨的凹陷处盛了一抹清光。

他的手，不比他的脸长得差。林枝在心里否认刚刚对沈清河审美疲劳的想法。

“池非的发言合集？今天又不是他上课，这个用不着。”沈清河随手把笔记扔到一边。

“可那是初景——”

"视频开始了。"沈清河打断她。

求学心切的林枝只能将注意力集中在前面。屏幕上，一阵风沙卷过，沉沉天，灿灿光。

白衣的公子背对着立在城墙上，一侧眸，眉眼如画。

……

这是电影《长生》里沈清河扮演的谢长生的出场画面，这么多年来，无数人都在这一眼里沦陷。

沈清河捏着指骨，勾起唇。

就不信看过他惊艳视频大全之后，小仙女还会记得那个平庸的糊咖。

（三）

屏幕上一帧一画，勾勒的是谢长生一生的苦乐喜悲。

沈清河的神演技让他和谢长生这个角色融为一体，每看一次都会惊艳一次。

有的人，老天爷不仅赏饭吃，还安排了满汉全席。而有的人，连汤都喝不上。

学渣和学霸有壁，林枝默默地往里挪了一个位置，离沈清河稍微远了一点儿。她这个人别的优点虽然也有一大堆，但最突出的就是比较有自知之明。

沈清河的注意力一直都在自家小仙女身上，将她远离的动作尽收眼底。

书房内的灯调得极暗，沈清河扫一眼，确定那个平庸糊咖的位置，危险地眯了眯眼。

没想到这个糊咖还挺能耐，三言两语就能让小仙女为了他和自己保持距离。

前排的初景忽略不掉那种芒刺在背的感觉，他往后看了一眼。

一片昏暗里，沈清河冷声出口："上课的时候要专心，不要东张西望。"

初景不甘心地转回头。

本来看到谢长生从井中被救出，忍不住偷瞄身边沈清河的林枝像被点到名，匆忙地收回眼，稳了稳心神，再仰头看屏幕。

下一秒，刚远离一瞬的橘子甜如影随形地再次靠近。

沈清河跟着坐到她旁边的位置，声音压得又低又软："你除外，在我的课上你可以随意东张西望，不过东张西望的对象只能是我。"

《长生》正播到高潮片段，背景音乐恢宏嘹亮，他的声音隐匿其中，除了林枝外，没有人能听得到，不用担心因此再冲上热搜。

即使没人会发现，可天上的星星月亮都能看到。林枝莫名有种做贼的感觉，懵懵懂懂地问了一句："为什么？"

沈清河轻轻笑了一下，故意卖关子地拖长声音："因为……"

"因为？"

"因为今天我是老师，这是我定的课堂纪律，不守纪律的同学要被罚抄写的。"

沈老师说得严肃而正经，可林枝分明听出了他话里的奇异感觉。

就好像……一朵蒲公英，被温柔的风吹散。白绒的小伞从未离开过的出生地，被吹向未知的远方，落地到谁的心上，然后生根发芽，开出花来。

屏幕上的视频临近尾声，沈清河扯了一张纸写了几个字，单指推到林枝面前，起身往前面走，去履行他今天作为沈老师的义务。

书房的吊灯被拍亮，晃晃照出沈清河的字。

不守纪律的同学要罚抄写的内容：沈老师的背不是背，是保加利亚的玫瑰。

林枝看着立在前面的沈清河，面上是一贯的清冷还有些不耐烦。

这样的沈老师，刚刚写了句彩虹屁夸自己，真是好违和啊！

沈清河单手插在板正的西裤口袋里，提问："刚看过这个剪辑视频之后，大家有什么感受？"

郑一姿第一个举手，沈清河微微颔首示意她回答。

"沈老师演谢长生的时候不过才出道两年多，演技却已经臻化入境，在演戏一事上沈老师是有绝对的天赋又异常努力，才有了之后一个个经典的角色。沈老师之前有句话我觉得很对，如果没什么天赋还是转行比较好。有天赋的，要把沈老师当作前进的目标继续努力，不能有任何的松懈，才能演出好的角色。"

在座的都是在娱乐圈里混的，可以说个个都是人精。郑一姿这话指向太明显，几乎是手挽长弓，箭"唰唰唰"地往林枝心口上射。

林枝抿了抿唇，眼底一片清色。

她知道自己的演技不好，这是事实。可不代表，她喜欢别人踩着她捧自己。

林枝站起来刚准备反击，却有人比她更快。

"其实毫无天赋的人也分两种，一种是石头，毫无未来。另一种是璞玉，遇到好的老师打磨就会大放异彩。我之前以为林枝是前者，可现在发现她是后者，如果由我来教，她未来可期。"

郑一姿藏着掖着内涵，沈清河却明晃晃地直接挑明，将之前的言论推翻。他不惜自己打脸来表达对林枝毫不掩饰的欣赏，更能说明他夸林枝的真情实感。

这两年除了林枝自己外，没有人说她选的演员路是对的，她没想到沈清河会是第一个人。

沈清河说完顿了顿，斜睨了一眼脸色非常难看的郑一姿：“其实最要命的是那种自以为有天赋实际上平庸至极，却每天都沉浸在自己的盛世演技中无法自拔的人。刘一姿同学，我相信你不是这种人。”

“老师，她姓郑。”第二排有个女生提醒道。

沈清河毫无波澜地改正：“哦，我记错了。”

郑一姿的脸色唰地白了。

沈清河心里畅快无比，不知道哪里出来的妖怪，还想拉踩他家小仙女，真是不自量力。

沈清河不想再给拉踩咖眼神，很善良很克制地没有再继续和“刘一姿”同学交流，又聊了聊试戏《长生》时发生的事，今天的课就此结束。郑一姿近乎是落荒而逃，第一个离开了别墅。

林枝收拾东西，想到刚才沈清河的话，忍了忍还是没忍住笑了出来。

谢谢，她有被爽到。

等到了门口时，她脸上笑意还没完全散去，眼尾微弯，是天然的一颗糖，一靠近，就甜进人心底。走廊里等着的初景很轻易听到自己怦然而动的心声。

初景上前一步，温和地说：“去外面吃东西，你没忘记吧？”

林枝还真的给忘了，她心虚地“唔”了一声：“那走吧！”

“吃东西？刚好我也饿了，一起去吧！”沈清河挂断电话折身回来，不经意地撞了一下初景的肩膀，人很自然地站到了林枝身边。

沈清河刚帮了自己说话，林枝也不好拒绝，说：“沈老师不嫌弃就一起去吧。”

“怎么会嫌弃？你喜欢吃的，我也会喜欢。”真是爱屋及乌。

初景若有所思地看着前面并排走的两人，脚往前面一跨，站到了林枝的另一边。

沈清河的眼眸暗沉沉的，推了推高挺鼻梁上架着的金丝边眼镜。

很好。

三个人并排走了几步，林枝才猛然想起一件事：“沈老师就这么出去，会被认出来的。”

那站在沈老师旁边的她，也会被连带着认出来，林枝已经能想象出到时候上热搜的盛况——

#林枝 夜半讹诈沈清河吃饭#

#林枝 深夜骗沈清河出来找人摆拍炒作#

想想画面就很震撼。

林枝这句话落在沈清河耳朵里，就是亲切的关怀。

沈清河春风得意地瞥了一眼糊咖初某，“哦”了一声：“你说得对，前面有家便利店，我进去买点儿东西。”

林枝投以一个感激的微笑。

这个别墅区住着不少圈里的人，便利店的营业员明显常常碰见明星，见到沈清河也只是眼底隐隐露出惊喜的光，并没有像外面的人那样激动到泪崩。

沈清河高大的身躯在货架间穿梭，林枝和初景在门口等着。

初景的视线在不远处的沈清河身边流转，问林枝：“你和沈清河……认识多久了？”

“啊？”林枝没想到初景会问这个问题，讶异了一下，回道，“算是《天生演员》录制那天认识的吧！”

那就是还没自己认识她早，初景想那他还是占了些优势的。

两人有一搭没一搭地说着话。

没一会儿，沈清河结了账，提着一口袋东西走过来。

“这家店所有的帽子和口罩都在这儿了。”沈清河拿了个黑色的棒球帽戴上，又翻出个同色的随手扣到林枝头上，左右看了看，“你的头太小了，带子要调一下。”

他很自然地扣着林枝的肩膀，将她像小娃娃一样转了个个儿，替她系紧帽子后面的带子。

沈清河的指尖有些凉，动作间不经意擦过她白皙的后颈儿，她的脊背僵住。

不知道为什么，自从沈清河出院之后，林枝总觉得沈清河对她的态度……很奇怪。

像是一个殷切的老母亲，贴心保护照顾自己的崽儿，这可能就是娱乐圈前辈对后辈的怜爱吧！

她思绪刚一转，“殷切大前辈”又拿了个黑色的口罩绕到她面前，弯下腰，手指勾着口罩的带子，挂到她两边耳朵上，再替她将帽子往下压了压，满意地点点头：“好了，武装完成。”

沈清河也拿了个口罩，单手戴上，低头垂眸间，手腕轻转，性感得要命。

林枝突然发现了一个问题：“我们这样打扮……不太好吧，会让人误会的。”

同款棒球帽，同款口罩，这不就是情侣装扮？她还不想死。

沈清河口罩遮挡下的嘴角在上扬，声调却很冷静：“没什么可误会的，我们清

者自清。再说，不还有他吗？”

被当成背景板的初景在这一刻突然有了姓名，沈清河善良地递了帽子和口罩过去：“三个人都戴的同款，就算被人认出来不过是聚聚罢了。”

林枝暗道自己多虑了，沈清河肯定比她更不想传绯闻上热搜，肯定会准备周全的。

沈清河推门出去，动作顿了一下，回头和初景说：“这家店帽子刚好剩了三顶，但口罩只有一套家庭版的，你凑合用吧！”

家庭版，一套三个：爸爸、妈妈，还有儿子。

爸爸版沈清河戴了，妈妈版在林枝脸上，所以……初景看着只有自己掌心大的口罩，终于没忍住面部扭曲。

现在的年轻人，真是不稳重。

沈清河腹诽一声，手松开，大步去追走在前面的小仙女。

这顿三人行吃饭，在林枝接到一个电话之后彻底凉了。林枝听着电话里略显冷漠的女声，脸色瞬间苍白。

挂断电话，她焦急地一下抓住沈清河的手：“离、离影视城最近的医院，你知道在哪儿的对吗？”

林枝一贯是乖乖巧巧的，虽然偶尔感觉疏离冷漠，但大悲这种情绪从不属于她，她第一次露出这样哀伤的神情。

沈清河心里一紧，没再问她一句，拿起手机给宋小野打电话：“我在怀鹭区门口，找辆靠谱的车十分钟内过来。”

“谢谢你。”脑中有一道白光打下来，林枝扣紧沈清河的手腕无意识地抓得很用力，像抓住了救命稻草。

沈清河任她抓着，仿佛感觉不到痛，脸上没有丝毫表情。

小仙女这么痛苦，他也没心情再装善良，冷冷扫了一眼不断往这边看的初景：“还不走？”

初景虽然平时稳重，但到底还年轻，沈清河又是圈内演员标杆式的存在，眼下这么威慑力十足的叱责，他下意识地就服从了。

再则，他不了解发生了什么，留在这儿也帮不上忙：“那林枝要是有什么情况，麻烦沈老师告诉我一声。”

“嘀嘀——”

宋小野开了最快的越野，一路狂奔踩在十分钟最后几秒停到几人面前。

沈清河侧头：“车来了。”

林枝懵懵懂懂地点点头，像是听见了沈清河的话，又像是没听懂，手还抓着他不肯放。沈清河心疼得要命，反扣住她的手，拉着她坐进了车的后座，说：“去影视城旁边那家医院。”

宋小野点头：“好嘞！”

越野在黑夜里奔驰，林枝一声不吭，浑身上下都满溢着痛苦和慌乱。

和她有关的人，又在影视城，沈清河很快就想到了那个叫姚秋秋的小演员。几个消息发出去，不过十分钟他就知道了事情的经过。

大场面拍摄，是要在正式开机之前反复排练确定的。《九日》剧组今天就在排练一场在歌舞厅的大戏，姚秋秋演台上一个跳舞的舞女。

快拍完的时候，郑一姿到了剧组，和执行导演提出了更好的拍摄方案，执行导演为了更好的效果就答应了。

姚秋秋一遍一遍地跳，然后伤到了脚踝摔下了台。

[经年有雨：这姑娘倒是个狠角色，摔下去之后一声不吭，自己一个人要往医院走，半路就疼晕过去了。]

沈清河扔开了手机，将林枝的手整个包裹在自己的掌心里。

他的指尖凉，掌心却因她而热，一冷一热，激得她霎时清醒。

她歪着脸，看近在咫尺，同样在认真看着她的沈清河，听他说：“今天仙女下凡营业也辛苦了，剩下的，就交给守护仙女的护卫来做吧！”

“仙女？”林枝讷讷地重复着这个称呼。

沈清河指尖微曲，透出三分紧张。

他一不小心把心底的称呼叫出来了，可在林枝看来，他们之间远远没熟到能用这种亲密昵称，她会不会觉得自己轻浮？

再顺道回忆起之前他误会她时说的那些话，做的那些事，沈清河越想越心惊肉跳，可林枝的反应出乎他的意料。

她像是仔细地琢磨了一下这个词的含义，摇摇头，说：“我不是什么仙女，我不会法术。”

不然她远程就可以阻止姚秋秋受伤了。

她说得一本正经，沈清河怔了怔，眼底溢出光。

他的小仙女可真可爱，今天的小仙女也是狙击他少男心的存在呢！

“林 · 少男心狙击手 · 枝”往窗边坐了坐，不动声色地抽出了手，方才她抓着

沈清河死死不放的画面在眼前不断跳动。余光睨着他的手，他手背上被她抠出了一个个小月牙。

“对不起。”她喉咙发紧，声音比平日里还要软，“我刚才一时着急胡乱抓着旁边的人，不小心伤到了你，对不起。”

她一时间远离，沈清河心里难受，把手伸到她面前，不要脸地说：“虽说我不是靠脸吃饭的，不过手如果留疤了出镜会不好看，说一句对不起就完了吗？”

林枝问：“那说两句？”

沈清河不说话，林枝再退一步：“那三句？几句都可以，任你挑，我可以用十八种语言说。”

现在的沈清河让林枝莫名地放松，话也跟着多起来。沈清河也注意到这一点，压着心底的窃喜，一挑眉，吐出那两个字：“罚写。”

林枝想起沈清河之前让她写的“保加利亚玫瑰”，嘴角隐隐抽了一下，还是答应了下来。

“罚写完拍照发微博，置顶，以示郑重。”小仙女的微博没有一条与自己相关的内容，虽然这很正常，但是沈清河已经揪心揪肺很久了。

“不行！”林枝急急地道，“被你粉丝逮到又要腥风血雨了。”

“你不露字，只拍背面就可以了。”

林枝点头，行吧！

林枝不知道沈清河心里的弯弯绕绕，只觉得沈老师真的是很严格，而且还很睚眦必报。

前座的宋小野看似认真地在开车，实际耳朵伸得老长。

上次沈哥在家里昏倒醒来第一件事情就是查林枝的动向，刚才素来清冷的沈哥，又用近乎宠溺的语气逗林枝。

这宋小野不就懂了吗？

车遇上红灯停下，宋小野从储备箱里拿出两瓶水，一瓶递给沈清河，另一瓶递给林枝，恭敬地道：“嫂子喝水。”

林枝一个手抖：“你叫我什么？”

宋小野看了眼沈清河，沈清河第一次对他露出了善意的、温和的笑，显然是肯定了他的称呼。

宋小野放下心：“哎呀，我是自己人。嫂子放心，我不会乱说的。”

林枝脑子里有很多个问号，沈清河接过她的水瓶拧开瓶盖，又递给她：“他这个人有辈分紊乱症，就喜欢乱叫人，你别理他。”

她将信将疑，不过很快就没精力再去想，车转了个弯儿，就在影视城外的第三医院停下。

林枝开车门下车，沈清河拍了拍前面的宋小野：“你实习期过了，以后就是我的正式助理。”

一声预判准确的“嫂子”居然有这么大作用，宋小野又惊又喜：“谢谢沈哥，我会好好干的！”

（四）

第三医院是影视城建设之初就建立的，不算大，林枝很快就找到了姚秋秋所在的病房，二楼 203 室。

林枝刚上二楼，就听见姚秋秋高八度的声音在喊：“我长了嘴凭什么不让我说话，就是郑一姿喊我一遍遍跳舞的，我为什么不能说？她如果没有歪心思为什么不让我说？”

紧跟着是男声耐着性子劝了她几句，听不太清说了什么，随即姚秋秋声音弱下去，似是妥协了。

林枝加快脚步，直接推门进去。

姚秋秋看到林枝，刚一夫当关的勇武顿时收敛，讪讪笑着：“枝枝你怎么来了？”

林枝知道姚秋秋不想让自己担心，还是医生找不到姚秋秋在济城的亲属，最后才打了电话给她的。

病床前站着个男人，三十岁模样，长相清瘦斯文。林枝心里有数，这应该是郑一姿那边的工作人员。

果然，下一秒男人就开口做自我介绍道：“我是南青娱乐公关部的罗维，这次过来是想和姚小姐谈一谈有关今天意外的处理解决方案。”

南青娱乐，就是郑一姿的经纪公司。

“我司旗下艺人郑一姿马上要进组《九日》，为保证拍摄和后续宣传的顺利，我们希望在组内不会有任何对旗下艺人不利的传言在，关于姚小姐的身体和精神赔偿金我们会第一时间付清。”

林枝懂了，他们是要封姚秋秋的口，让她只能吃闷亏。

郑一姿背靠大树，而姚秋秋只是个小小的群演，南青用的是一贯的先谈再打压

的策略。如果姚秋秋不同意，那她之后在影视城也混不下去了。

“枝枝，我觉得这样挺好的。”姚秋秋故作轻松地说，“我演多少个群演角色也攒不了这么多钱，老天爷一定是看我太可怜才送了笔钱给我，我……”

“谁说郑一姿要进组《九日》了？”沉沉的话音从外面飘进来，门被推开，男人逆着光影踏进来，漠然地开口，“角色并没有确定，她最终能不能演顾小蔓还是未知数。”

“沈沈沈……沈清河！”姚秋秋激动得要从床上跳起来，牵连到脚上的伤口疼得龇牙咧嘴的。

罗维没料到沈清河会突然出现，不过专业素养让他很快镇定下来：“顾小蔓一角现在的候选人只有我司的郑一姿。”

“那是今天之前，今天之后，还多了一个。”顿了顿，沈清河站在林枝身后，“就是她，林枝。”

罗维皱眉：“之前剧组并没有说顾小蔓的备选演员还有这位林枝小姐。”

“哦，是吗？那等会儿我打个电话把林枝的名字添上就好了。”沈清河懒懒抬眼，寒光乍现，“还有什么其他不解的地方吗，说出来，我一次性回答清楚，今天我有的是时间。”

沈清河说完，将进门摘下来的口罩拿在手里，带子在长指间无聊地绕来绕去，真的像是时间多得很，在这儿等着罗维问他问题。

沈清河这个人是圈里出了名的不爱交际，和他有来往的人就那么几个，但这次他却为了这两个小演员出头。

罗维思绪转了两个来回，面上浮了丝讨好的笑，说：“沈老师的时间宝贵，我就不多占用了，公司还有事我就先回去了。”

他转头看着病床上的姚秋秋，眉间闪过几分不耐烦：“姚小姐的事情我们之后再谈。”

“要谈的话就今天一次性谈完。”林枝冷硬着声音开口，将罗维又拉了回来，她一米六八的个子在圈子里不算高挑，但此刻面上冷凝一片，气势是意外地迫人，“做错了事情，最起码的道歉应该有的。”

罗维面色一青，仍是淡定：“麻烦林小姐弄清楚一个事实，是姚秋秋自己摔倒的，我今天过来只是不想我司旗下艺人被误传进一些谣言里影响声誉，并不代表着我司艺人有什么过失，当时在场的工作人员应该都可以做证。”

林枝弯起嘴角，粲然一笑：“既然这样，麻烦你回去转告一下郑一姿，现在不道歉，之后角色被人抢了再想着道歉可就晚了。”

把姚秋秋害成这样，郑一姿还想若无其事，心安理得？那是不可能的。

既然沈清河为自己说话，林枝就干脆利落地把“狐假虎威”这四个字演绎得淋漓尽致。就算之后不能行，最起码这段时间内郑一姿会焦躁不安、手忙脚乱。

林枝说着，还往身后沈清河的方向靠了靠。

她自认做得非常自然，但天生烂演技让这个小动作显得无比刻意又做作。

小仙女，向他靠拢了！

沈清河忍着心脏的鼓动和想疯狂上扬的嘴角，手随意搭在她肩膀上看向罗维，替她撑腰：“听懂了吗？听懂了你就可以先出去了。”

本以为是一件处理起来再简单不过的小事，结果碰一鼻子灰，罗维太阳穴直抽抽，识趣地走了。

他一出门，林枝立刻弹开，往沈清河稍远的地方挪了挪，诚挚地说：“谢谢沈老师刚才帮我说话。”

她这一道谢，礼貌又乖巧，却无形中将两人的关系泾渭分明地划开。

可沈清河最擅长的就是敌退我进，林枝往后退，他就往前进，手钩着她掌心攥着的口罩，铺展开，和自己的口罩叠在一起，随手放到桌边。

两个人的口罩，同色、同款，比情侣口罩更像情侣口罩。

姚秋秋的目光顿时激动得晶晶亮，沈清河若无其事地转回身：“我出去等你。”

他贴心地为这对小闺密带上了门，“咔嗒”一声，姚秋秋的目光顿时雷达一样扫向林枝：“你是什么时候和我家哥哥搞到一起去的？”

林枝说：“我什么时候和你家哥哥搞到一起去了？”

“刚才哥哥帮你说话了，粉丝都知道他只有撑人的份，从来不帮人说话的！”

林枝拿了个橘子剥着，随口说：“他是善心大发，想普度众生吧！”

姚秋秋握着拳，声音更高：“他还说要联系《九日》剧组把你的名字添到顾小蔓备选演员的名单上！哥哥从来不帮人拉资源！”她说着想起刚才的一幕幕，气焰突然一下灭下去，讷讷道，“枝枝，你没必要为了我去得罪人。”

“也没有，我只是想着以我天仙下凡的美貌，应该会比郑一姿更适合顾小蔓这个角色，这么好的机会错过可惜了。”

林枝把一瓣橘子塞到姚秋秋嘴里，将姚秋秋心底刚冒出的不对劲迅速给压了回去。

不知不觉天黑得彻底，林枝今夜打算留在医院陪姚秋秋，结果遭到姚秋秋的抵

死反对：“哎，你陪我做什么，我又不是瘫痪了。你赶紧走吧走吧，别让哥哥在外面等太久。”

林枝是被姚秋秋拖着伤残的腿给赶出门的。

姚秋秋这么喜欢沈清河，之前还跟着她一起骂，多么情深义重的姐妹情，林枝又要落泪了。

不过走廊的长椅上没有人，林枝扫了一眼回去敲门：“你家哥哥人走了。”

话音刚落，她的肩膀猛地被人拍了一下，橘子的甜香味卷过来，不用回头就知道是谁。

沈清河声音压得又轻又软，尾音带着笑：“哥哥在这儿呢！”

林枝心尖上一道热浪滚了滚,整个人颤颤的。沈清河这么说话的时候……真的是，很引人犯罪。

林枝深呼吸几次，转回头：“你还没走呀？”

“说了等你，怎么会走。不过这里人来人往的，被人看到太麻烦，我就在旁边杂物间待了一会儿。”沈清河说着拿出手机，切到和她的聊天对话框，输了一行数字发过去。

“这个是《九日》选角导演的联系方式，这周末你过去试镜，到了打电话给他就行。”

“什么？”

沈清河没理她，自顾自又输入了一串数字发过去：“这个是我帮你找的经纪人颜熙的手机号码，很擅长商业合作这块，让她带你一段时间。”

林枝看沈清河发了一个又一个联系方式过来，彻底失语了。一个专门为林枝架构的团队就在沈清河的安排下差不多成型了。

之前送你 C 位出道，现在送你顶流出圈，我什么都要给小仙女最好的！

沈清河胸膛情绪鼓胀得要满出来，一抬头，看见他的小仙女一脸痴呆的表情凝望着他。

林枝抿抿唇，问：“你是……又病了吗？”

她这问题问得没头没脑的。可沈清河是谁？他是林枝粉头。

作为粉头，那自然是自家仙女做什么他都能写篇小作文分析出一二三四五来，说什么他都能有话接个六七八九十。

和暴露自己的粉丝属性相比，让仙女尴尬才是罪无可赦。是以，沈清河只愣了三秒，就嘴角一松，回答说：“是又病了。”

林枝："……"

她猜得果然没错！这几天沈清河反常的和善，甚至还打破原则给她这个烂演技的人无限的关怀，果然是因为病还没好，是上一次被她刺激之后重新架构了新版本的臆想故事。

林枝深沉地思索着，下一秒就听沈清河激情补充道："每次看见仙女的绝美脸庞，我都瞬间病入膏肓。"

林枝："……"

"我可以是假的，仙女的美貌一定是真的。"

林枝："……"

"眼口鼻，都为仙女着迷。"

林枝："……"

这几句，都是林枝粉丝每天吹捧她美貌的语录，沈清河居然深入了她的粉圈内部？

"够了！可以了！"林枝额角青筋突突直跳，忍无可忍地伸手捂住了沈清河的嘴，阻止他继续滔滔不绝地歌颂她的美。

这太诡异了！太诡异了啊！

沈清河像个追星少年一样，星星眼看着她、吹捧她。

这震撼程度，对林枝而言远超上一个故事的霸道强制爱。

沈清河眨眨眼，眸底带笑，鼻尖气息灼灼，一收一放，贴在她掌心，莫名亲昵无间。

林枝唰地收回手，强作镇定："我今晚要住在医院陪秋秋。"

沈清河理解地点点头："那我先走了，小仙女晚安。"

坦诚之后，可以随心所欲地喊心底的称呼，沈清河觉得这波血赚。

林枝嘴角弧度凝住，目送沈清河这尊大佛走远，立刻摸出手机，按照上次宋医生给她的名片打了电话过去。

"喂，宋医生吗？我是林枝，对，沈清河出了点儿状况，他这两天很反常，好像真的像您说的，并没有痊愈。"

宋医生沉吟道："就像上次我们说的，沈清河受了刺激会有两种情况，那么针对这个病情也有两种解决方案，一是直接刺激，当然风险太大了，可以不用考虑。第二种就是摸清他现在的臆想故事是什么，解决他的痛苦满足他的心愿，这件事只有你做最合适了。"

真是任重道远，可谁让她是沈清河臆想的诱发源头呢！

林枝握着手机，睫毛一下一下打着战：“好，我会努力的！”

第二天午后，林枝从姚秋秋这儿离开，直接去了公司。

文元大厦楼下，郑喻亲自在等她：“还舍得回来？我还以为你就要这么被人拐走了呢！”

林枝讪讪笑着挽着郑喻的胳膊：“哪能呢，有喻姐这么好的经纪人在，我怎么舍得跟别人走。”

郑喻嗤笑一声道：“是，你是不舍得跟别人走，你是直接让人跟你来了。”

早上周总亲自通知郑喻，说她手下的艺人林枝，需要一个单独的团队带。这个单独的团队不用郑喻操心筹备，已经有人安排好了——

手握商业资源人脉的圈内著名经纪人，颜熙；时尚品位绝佳，一手打造过许多明星出圈造型的造型师刘嘤嘤。

这两个人各自又带了助手来，一行七人只为了林枝一个人工作。

别人不知道，郑喻却是知道，颜熙和沈清河之间合作甚密，再加上上一次虽然说是周总找林枝，但后来她隐约听到风声，其实找林枝的不是周总而是沈清河。

还有，上次林枝直播时，沈清河以大号直接进了直播间，还留了让全网沸腾的一句话——

“晚上六点，家里见。”

这么几番巧合交叠在一起，郑喻明白了，林枝和沈清河之间，有些说不清道不明的关系。

七楼，郑喻的办公室里，沈清河叫来的人已经到齐。

林枝一进门，一眼看到的就是坐在最中间，留着公主切短发的可爱小姑娘。

小姑娘一双眼睛圆溜溜的，一看到林枝立刻笑眯眯成一条缝，从椅子上站起来：“你好啊，我是颜熙，之后这段时间我就负责你工作的商业活动部分。”

“你是颜熙？”那个手握众多商业资源人脉，圈里很多人都抢破头想合作的经纪人颜熙，居然是这么可爱这么萌的小姑娘？这和林枝想象的完全不一样。

颜熙嘿嘿笑着：“是我，我就是颜熙本熙。唔，因为工作安排有些急，所以我就直接过来了，明晚有个时尚典礼，你要出席一下。”

郑喻摇头：“林枝明晚已经定好要直播卖货，违反合约会丧失品牌好感度的。”

颜熙歪着头，说：“那明晚由沈清河代替林枝来直播卖货，以沈清河的影响力我想品牌方不会有意见。”

林枝怀疑自己幻听了："沈清河替我直播卖货，他怎么可能会做这样的事？"

"嘿嘿，他看到文元之前的预告，说你明天直播，就主动提出换你了，你看。"颜熙神秘兮兮地把自己和沈清河的对话给她看。

沈清河的话，像闪着七彩霞光，无比刺眼。

[沈清河：直播？我来就好了。]

[沈清河：为了小仙女顺利，我什么都可以！]

沈清河真是，病得不轻啊！

林枝遥想一下明晚沈影帝第一次直播卖卫生纸的盛况，林枝眼前一黑。

颜熙注意到林枝表情的变化，猜想是沈清河的所作所为感动到对方了。作为一个贴心的合作伙伴，她尽职尽责为沈清河做助攻："沈清河听说你在直播的时候会跳女团舞，就连夜学了一段，他说你在直播里做的他都会做，不会拖你带货的后腿，砸你的招牌的。"

沈清河跳女团舞？！他粉丝看到之后会众筹给她寄刀片的吧！

林枝眼前的黑色又浓重了。

"直播的事情你不用操心了，只要好好准备出席时尚盛典就好，这儿有一份流程时间表。"颜熙将准备好的文件递给林枝。

林枝大致扫了一眼需要注意的事项，譬如什么时间段会有谁谁谁出现，他们的大致喜好是什么，颜熙都用不同的记号标注出来了。

短短一天时间就做到这个程度，不愧是业务能力巨能打的颜熙。

林枝对工作能力绝对出众的人有天然的滤镜，越看颜熙越喜欢，一开始因为沈清河而对这个临时团队的抵触心理也跟着消散不少。

手机"嗡嗡"响了两下，是宋医生发过来的消息。

[宋医生：小林医生，今天病人情况如何？]

林枝在试着帮沈清河找到痛苦根源走出臆想，而沈清河现在在帮她搞事业。这么说起来，她也算不上欠沈清河什么，如果他痊愈之后觉得自己亏了，大不了她再赔他点儿什么。

想到这里，林枝彻底释然了。

她合上流程时间表，笑着对新团队的几人说："那以后就麻烦你们多多关照了。"

沈清河让颜熙和刘嘤嘤过来时说过林枝不愿意无缘无故，什么也不付出地接受别人的好意。他也说了如果林枝实在抗拒她们就撤回去，不要勉强。

颜熙和刘嘤嘤已经做足了准备，却没想到林枝会接受得这么快。

两人的惊奇只掩在一个对视里，之后就恢复了若无其事，一前一后地回道：

“嘿嘿，以后一起发财，红红火火。”

“不客气。”

（五）

林枝的反应，由颜熙分毫不差地转播给了沈清河。

[沈清河：这也就是我，换做任何一个人这么做，她都不会轻易接受的。]

[颜颜颜熙：是的呢，您开心就好。]

沈清河当然开心，小仙女应该已经知道了他的粉丝属性，然后开始和他亲近了，他当然开心。

“沈哥，回家还是公司？”

“先回家。”

“好嘞！”正式助理宋小野意气风发地将车开出去，想到什么，又开口道，“郑老大那个品牌做了个投票比赛，评选本月最佳带货达人，下单一包卫生纸就有一次投票机会，嫂子成绩可好了，排在第 78 名呢！”

“第 78 名？”沈清河浓眉皱紧，往前伸手。

宋小野机灵的小脑瓜一转，立刻会意沈哥的需求，从车前面把全黑的手机递给他。

沈清河自从和嫂子在一起，整个人都变了，以前什么也提不起兴趣，现在为了第一时间知道嫂子的动态专门买了一个手机网上冲浪，甚至还让他买了个微博小号，打入嫂子粉丝团内部。

宋小野不禁感叹，爱情这东西，真是有魔力哦！

沈清河一进名为“林小枝美少女全球吹彩虹屁集中营”的粉丝群里，就看见大粉声嘶力竭地在群里吼。

[@ 林小枝的小甜甜：朋友们！枝枝前进一名了，我们取得了阶段性的成功，继续冲呀！你不买我不买，枝枝就被金主甩！你不投我不投，枝枝何时能出头？]

沈清河看了一下排在林枝前面的人，连个名字眼熟的都没有，得票最高的目前是 343 票。

343 卷卫生纸，都不值得品牌方这么大张旗鼓地做活动。

沈清河略想一想就明白了，他马上要代替林枝直播，以自己粉丝的鸡血程度，那势必要屠一切榜单登顶才罢休，郑老大品牌临时搞投票，就是想多割一波韭菜罢了。

无商不奸，无奸不商，这话说得一点儿也没错。

沈清河下了单，把票都投给了林枝。

他不打算参加这个比赛，但也不能让品牌方太亏，毕竟他是替林枝直播的，他是无所谓，对林枝就不太好了。

既然如此，就让林枝替他登顶好了。他就是要给小仙女最好的！

沈清河做好事不留痕迹，深藏功与名，刚要阖上眼眯一会儿，微博就有新消息提示。

[你的小宝贝 @ 林小枝 给你发私信了。]

沈清河瞬间坐直身体，双手捧着手机，颇为虔诚地点开了私信。

[@ 林小枝：这个人是小可爱你没错吧？【图片】]

截图是郑老大官博刚发的微博。

@ 郑老大：@ 小仙女又来要我命了 以 10000 卷郑老大纯棉卫生纸助力 @ 林小枝 成功登顶今日份带货达人榜。明天还会不会有人打破这个数据，让我们拭目以待。

[@ 小仙女又来要我命了：是我没错。]

[@ 林小枝：首先很谢谢你喜欢我，但是以你现在的经济能力不可能花这么多钱买这些卫生纸，你和姐姐说实话，是不是拿了家里的钱了？]

“姐姐”这个称呼在沈清河唇齿间轻轻游走，缠绵又新奇。

林枝的粉丝年龄层很低，一万卷卫生纸并不是个小数目，看他没有立刻回，林枝确认自己猜得没错。

[@ 林小枝：做错了事情不要紧，最重要的是要知错能改。这样，你把你父母的银行账号给我一个，我把这笔钱打还给你。这 10000 卷卫生纸就当我自己买来给自己冲数据了，也不亏的。]

[@ 小仙女又来要我命了：可是，不这样做，我表达不了对姐姐的喜欢了。]

[@ 林小枝：表达喜欢也不一定要用花钱的方式，之后你好好学习，争取考第一名，这样我就可以和别人说，那个 ×× 学校的第一名是我的粉丝哦！]

沈清河闷闷地笑出声，冷冽的线条一瞬间柔和成不可思议的弧度。

怎么办，他的小仙女可爱又善良，努力又漂亮。这世上所有的优点都集中在她身上了，除了演技不好。

可演技不好又能怎么样，有他呢！

沈清河眼尾内折，长指顿了顿又打下一行字。

[@ 小仙女又来要我命了：那我以后经常来和姐姐汇报学习进度，我会成为让姐

姐难以忘记的人。]

[@林小枝：乖。]

[@林小枝：快把银行卡账号给我。]

沈清河把颜熙的银行卡号发过去，随后拨通了颜熙的电话："等会儿你会收到一笔钱，是用来给林枝的。你隔三岔五地买一些她能用得到的东西给她，别让她起疑心。"

颜熙："不知道为什么，柠檬它总环绕着我……"

沈清河："别酸了，让你做的事情做得怎么样了？"

"都安排好了，你放心，明晚你的小仙女一定会惊艳全场的。"

颜熙是唯一一个知道沈清河追星男孩身份的人，毕竟林枝的事情需要她尽全力，沈清河就把实情告诉她了。

"不过小仙女第一次在红毯亮相，你要是去了，说不定还会出个什么出圈同框图，这么难得的机会，你真的确定不去？"

"不去，我还有工作，要直播卖卫生纸。"沈清河否认，直接挂断了电话。

颜熙："啧。"

颜熙双手揣在大卫衣的口袋里，推开化妆间的门。

落地立镜前正站着一个人，一身复古的红丝绒长裙，布料细腻贴合身形，勾出窄窄不盈一握的腰身和曼妙的曲线。长发松松地绾起，将最美的一截雪白颈子露出来，因练舞的缘故，她的脊背到脖颈处格外高挑，似高雅纯洁的白天鹅。

这样的仙女别说沈清河，颜熙这个女人都想入非非了。

"啪啪啪！"

颜熙卖力地鼓着掌："美美美，仙女下凡也不过如此了。"

林枝左右看着镜子里的自己，认同地点点头："你说得对。"

颜熙："……"

从某种角度来说，林枝和沈清河倒是挺相通，都有瞬间让她无言的能力。

刘嘤嘤改了好几套造型方案，才最终敲定这一版。林枝试妆试了一下午，中间还自己掏钱买了一万包卫生纸，身体精神都少有的疲惫到极致，看没什么别的事就先回家了。

她这一觉睡得很香，脑子沉沉钝钝。

"我们一起学林枝叫，一起说：'天晴了雨停了我今天又行了！'"电话铃一遍一遍地响，不厌其烦地催促着她。

林枝皱了皱眉，从被子里伸出一只手摸到手机，按下接听键，声音哑哑的："喂，哪位？"

对面一阵短暂的沉默，才开口："阿枝，你不打算回家了？"

这声音……林枝瞬间清醒，一下坐起来，看了眼手机屏幕，是没保存过的陌生号码。

对面的人又喊了一声："阿枝？"

"我说过，你离开那个家，我才会回去，怎么，你被赶出家门了？"

一对上林末，林枝就忍不住火力全开，阴阳怪气。

对面的林末也不甘示弱，冷笑一声："你以为我真的是找你回家？我只是来问问看你死了没有。"

"哦，那可能要让你失望了，我活得好好的呢！"

"那可真是老天爷不开眼。"

互相撑了一波之后，两人结束了这场时隔半年的对话。

凌晨三点，林枝彻底没了睡意，为了她这个毫无血缘关系、名义上的哥哥。

第二日晚，由国内时尚杂志领军者VU主办的盛典如期举办。当红明星汇聚一堂，从还没上红毯前各工作室就开始发造型精修图。

而各家粉丝也迅速集结成军队，为自家偶像吹响战斗号角。

[我家××绝美！]

[请某些人不要倒贴LV最新高定百万珠宝佩戴者×××！]

而颜熙事先没有放出任何图，就等着林枝在红毯上亮相，让所有焦点对准这个第一次出现在红毯上的新人。

可好巧不巧的是，从黄昏时分天上就乌云密布，红毯环节刚一开始就下了雨。林枝的裙子布料厚重，要是打伞显得不伦不类，整体造型会减分不少。若是不打，那就要被雨淋了。

车里，林枝问了一句："这妆是防水的吧？"

"当然。"刘嘤嘤回答。

"那就好。"林枝说完，没犹豫地推开门，提着裙子直接走了下去。

身边的人打着伞，伞面遮住一半的光。而林枝，像懵懵懂懂从森林闯入小镇的小鹿，仰着脸迎着所有的光，毫无遮挡地大步向前。

雨淅淅沥沥地落在她发间，点点滴滴折着灯光，是珍珠，是月华，是天上所有的星。

百无聊赖等着当红明星入场的摄影师迅速将镜头对准她，闪光灯“咔咔嚓嚓”不断地闪，将这惊艳一幕定格。

雨比林枝预想的大，她在红毯候场区停下，拿手帕擦了擦滑过脸颊的雨珠。突然，一阵惊呼声响起，随后她眼前暗了暗。

头顶的光和雨被一把黑伞遮去，林枝听见外面的闪光灯声音比刚才响得还要大，她侧着头，看见骨节分明的手撑着伞柄，看见那个人清冷的眉眼闪过一丝狡黠。

沈清河一脸正经，仿佛只是碰巧遇到她：“绅士是应该为没有伞的小姐撑伞的，刚好我的伞够大，一起走吧！”

（六）

全娱乐圈公认的顶流男神沈清河穿着一身黑色西装，手执一把黑色大伞，伞柄略略往右倾，遮住身边的精灵少女。

少女侧头看，似是在和沈清河说话，露出来的半边脸莹白如玉，下颚边缘还坠着几滴没来得及拂去的雨珠。

这画面美好得仿佛是在巴黎街头拍浪漫至死的爱情电影，照片迅速在网上疯传。

第一时间赶到的，自然是沈清河的粉丝大军。

[我家哥哥人帅心善，只是替普通同事遮一下雨哈，某些人不要借题发挥哦！]

[这年头红毯要蹭，伞也要蹭，蹭蹭侠？]

一溜十几条热评之后，才有围观路人发表自己的看法。

[@ 周而复始再周而复始：这颜值这气场，我莫名看出了 CP 感是怎么回事？]

沈清河粉丝迅速集中火力狙这一条评论。

[我就知道倒贴吸血只会迟到不会缺席，上次直播吸的血还不够你家正主熬粉丝汤果腹是吗？]

[遮个伞就能看出 CP 感了，倒也不必如此费尽心机，捆绑咖糊一生。]

[只有我一个人觉得，林枝根本不够格来这个时尚盛典吗，可以查查她有没有邀请函（微笑）]

……

网上就这一组撑伞双人照争论得天翻地覆，不可开交，盛典会场里面却是一片和谐。

杂志主办的盛典，流水的奖项分猪肉一样发给到场的每个明星。平时明争暗斗，撕出无数台戏的明星们欢聚一堂，露出营业微笑，亲亲热热地合照秀塑料友情。

明星的座位是按咖位顺序排列的，林枝坐在最角落的一桌，本来是无人在意，但因为沈清河也坐在这一桌，而且转了性子对上前搭话的人来者不拒，偏僻的这一角顿时热闹起来。

林枝低头抿着杯子里的红酒，余光瞄着第五个摇曳生姿走过来的女明星，是唱过几首热单的歌手杜弯弯，代表作就是沈清河主演的《长生》主题曲。

她来了她来了，又一个愿者上沈清河钩的鱼儿自己跳过来了！

"沈老师，真是好久不见了。"杜弯弯颇为热络地走过来，手里的酒杯碰了碰沈清河的，发出"叮"的一声。

沈清河单手撑着脸坐着，闻言视线缓缓地转过去，淡漠地打量了一眼面前的人，仿佛在说：你是哪位？

杜弯弯的笑容尴尬地一僵，刚要友情提示一下自己唱过《长生》主题曲，沈清河突然笑了一下。

那一笑勾魂夺魄，杜弯弯差点儿喘不过气来。

沈清河又低头，对着屏幕说话："第五位嘉宾来了，你们可以期待她用什么方法使用郑老大牌卫生纸。"

他说完，又转头看杜弯弯："我正在直播卖卫生纸，能帮我做个试验展示吗？"

在短短五秒内，杜弯弯的笑第二次尴尬地僵住。

沈清河都已经对着粉丝说了，她要是拒绝不就是打沈清河的脸？杜弯弯自认还没这个胆量。

她挤出一个笑："当然可以。"

沈清河弯腰，从桌子下的大袋子里拿出一包郑老大牌卫生纸递给杜弯弯，然后把手机举起来正对着她。

直播间里，弹幕疯狂滚动。

[看沈老师参加时尚盛典我以为他忘了直播这回事，来晚了我恨！]

[参加时尚典礼顺便直播卖卫生纸，沈老师真有您的！]

[来了来了，杜弯弯千里送上门来为卫生纸销量添砖加瓦了！]

[……]

杜弯弯优雅地扯下一截卫生纸，歪着头，轻轻擦着自己颇受赞誉的天鹅颈。怕沈清河看不清楚，杜弯弯还刻意往前站了两步，换了个姿势继续秀天鹅颈。

"好了，可以了，谢谢。"沈清河看都没看一眼，收回手机又转回去，手撑着脸，

等着下一条鱼儿上钩来做卫生纸推广大使。

杜弯弯："……"这男人有毒吧？

林枝眼睁睁看着杜弯弯红着脸过来，绿着脸离开。

在杜弯弯之后又来了两个"免费推广大使"，按照原本颜熙的计划林枝要去见几个导演和制片人，可她怕自己出去被沈清河某些粉丝瞄到影子又要腥风血雨，就干脆窝在最角落，一杯接一杯地喝酒。

等沈清河结束了这一次声势浩大，前无古人后无来者的卖货直播时，林枝手边的一瓶酒已经空了。

她的双颊红扑扑似天边云霞，眼睛盯着虚空的一点发直，安安静静的，像摆在精致橱窗里的洋娃娃。

"林枝，该走了。"

听到有人叫自己，林枝抬头，眼神懵懵懂懂的，像是没听清对方说什么。

又乖又软的小仙女，沈清河都不舍得大声说话，一个字一个字压得很低："盛典结束了，可以回家了。"

林枝这回听清楚了，重重地点点头。她站起来，脚下有些虚浮，但走得还算稳当，沈清河就不远不近地跟在她后面。

"沈哥，刚我听人说你来了，可在会场怎么也没找到你，这下可让我逮到了。"一个之前合作过的年轻男演员快步走过来，和沈清河打招呼。

"好久不见了。"沈清河的余光还放在前面认认真真走路的林枝身上，有些心不在焉地和年轻男演员寒暄着。

"听说陆导的新戏你很有兴趣，那个剧本的男三号找我聊过，真的很希望能和沈哥再合作一次……"

年轻男演员说着说着，身边的沈清河突然急急地往前跑去。

前面会场出口的柱子前，林枝踉踉跄跄就要往上撞。赶在她的额头和柱子贴合的前一秒，沈清河的手向前一捞，扣住她的脑袋用力往回带，避免了明日"不知名女明星酒醉撞柱为哪般"的新闻飘在首页上。

林枝的脑子被酒精灼烧，用力地瞪大眼睛看着面前的这个人："沈、清、河……"

"嗯。"小仙女醉了还能认出他，雀跃、开心。

沈清河回头和年轻男演员打了个招呼，直接以这个姿势带着林枝出了门。

林枝走了几步用力地把他的手扯下去，倔强地自己继续往前走，走出笔直的一道弯。

沈清河叹了口气，又追了上去，直到目送她被颜熙顺利接到才安心。

颜熙的助理扶林枝上了车。

沈清河嘱咐颜熙："你陪她一晚，这个月奖金翻倍。"

"翻倍我感觉都不太够。"颜熙苦着一张脸，"沈老板，您知道您一晚上上了多少个热搜吗？您知道林枝跟着您上了多少个热搜吗？您知道我和您伟大的经纪人珂姐已经焦头烂额到要挠墙了吗？"

沈清河看林枝躺好，淡淡道："不知道，但能猜到。"

颜熙脑袋冒烟："您知道您的所作所为会带来这些连锁反应，您还要做，您真棒棒啊！"

"那不然，要林枝满场花蝴蝶一样和别的男人喝酒？让别的男人对她青睐，然后再让她和别的男人一起上热搜？"沈清河冷笑一声，"想都不要想。"

颜熙："……"

"后续你看着处理，只要对林枝有益你尽管放手去做，不用顾及我。处理好了，奖金再翻倍。"

奖金加到了满意的数字，颜熙立刻眉开眼笑："那我心里有数了，走了。"

月光泠泠，星子漫空。

小公寓的床上，林枝来回翻着身，大脑被酒精腐蚀，她睡得极不安稳。冗长的梦境里，回忆破碎成一段一段的，翻过来调过去地在眼前滚动播放。

"阿枝啊，你要记住，等会儿你看到哥哥的时候要甜甜地和他说话。"

"阿枝啊，你把哥哥的笔记本偷偷地拿给妈妈好不好？"

"阿枝啊，你把妈妈刚才教你和哥哥说的话重复一遍。"

"……"

梦里，那是个温柔的女人，一直在对林枝笑，笑着让她做一件件事，一件件讨好哥哥的事。

梦境的最后，那个温柔的女人面部突然扭曲，声嘶力竭地对着她喊叫着。

林枝猛然惊醒，胸腔里的心跳快得要蹦出来，她的手攥住床头，大口大口地喘着气。

"你醒了啊？"颜熙端着一杯水进来，看见林枝一脸惊恐，理解地点点头，"你看过微博了吧？我知道要你突然接受这个营销方案可能一时间有点儿困难，但既然有热度，那不好好利用让它最大化岂不是可惜？来，喝口水压压惊。"

林枝接过水杯，不明所以地问了一句：“什么营销方案？”

“营销你和沈清河疑似绯闻 CP 的方案。”

“噗——”林枝惊得一口水喷出去，呛得狂咳不止，“什、什么东西？”

第三章 “知情 cp”是真的

（一）

“和沈清河疑似绯闻CP”这几个字，每个字林枝都认识，但是连一起，她看不懂。

林枝深吸一口气，看向颜熙：“怎么能快速了解现在的情况，我需要……嗯，补个课。”

颜熙打了个响指：“我早有准备。”

颜熙将自己的手机递过去：“先看这个ID叫‘每日瞎爆料’的博主置顶微博，再去找这条微博下面热评第一的网友，点进去她主页，看她详扒的‘林枝和沈清河关系知多少’，再然后……”

林枝没想到，就在她醉酒睡着的这一夜，外面已经换了一个人间。

她按照颜熙的指令点开微博，一个全新的世界，向她开启。

@每日瞎爆料：

一个不负责任的料，某影帝（就是全网女友粉最多全网奖项最多全网热搜最多的那位），和今晚频繁上热搜的某糊团前C位，现不知名十八线卖货网红的关系匪浅。卖货网红能做糊团C位和影帝的努力是分不开的，某种意义上来说，某影帝算是追星成功了。

沈清河的粉丝闻讯赶来，这次却让一个ID叫@奶茶七分甜 的路人网友先一步占据热评第一。

@奶茶七分甜：其实我从《天生演员》第三期那个视频流出来时就发现出不对劲儿了，林枝落泪的具体时间点是在视频开始的第一分十三秒二五，而沈清河骂她是在第一分十四秒，林枝在沈清河没开口前就落泪了，那为什么落泪了呢？下面我来仔细分析一下。

这条微博洋洋洒洒几千字，从林枝和沈清河的所有交集入手，分析揣摩两个人的动作代表的意义，眼神交汇所传达的情感。

《天生演员》舞台对视，是一眼万年。

直播间里沈清河突然空降，是彰显主权。

时尚盛典沈清河撑伞出现，是蓄谋已久。

沈清河代替林枝直播卖卫生纸，是赚钱养她。

沈清河把林枝送上车，是小心呵护。

总而言之，言而总之，这对影帝 + 十八线糊咖的 CP，撒糖不要命，不甜不要钱。

该网友文笔流畅细腻，三段一个爆点，五段一个转折，将这段似是而非的绯闻，写成了爆款娱乐圈小说。

林枝津津有味地看到了末尾，觉得真的有点儿甜，随后恍惚想起她是十八线糊咖本咖，瞬间丧失了快乐。

不过连她这个本人都差点儿沉迷，可想而知除沈清河女友粉外的吃瓜网友，沦陷得会有多么彻底。一夜之间，“知情 CP”超话轰轰烈烈地建了起来。

路人网友 @ 奶茶七分甜 占领小主持人，将这对新鲜营业 CP 的超话经营得风生水起。

林枝陷入了长久的沉默，沉默到思维都快静止，半晌才找回自己的声音：“你这么瞎编，沈清河不会炸掉吗？到时候他跳出来否认，那你这些操作就完全没有用处了。”

“沈清河说只要对你有益不用顾及他。”

林枝：“……”

“而且这个 @ 奶茶七分甜 就是沈清河公司的人，这个声情并茂的文章还是沈清河亲自看过批注修改润色过的版本。”

林枝：“……”

“那个 @ 每日瞎爆料 提供的消息还是沈清河授意的。”

林枝：“……”

她脑袋又开始嗡嗡嗡地疼了。

疼痛的脑袋一阵白光划过，林枝精神一振：“沈清河支持我成了糊团的 C 位，现在我和沈清河的‘关系匪浅’，是沈清河追星成功……微博上写的这些内容，都是沈清河自己说的？”

颜熙微笑着不语，算是默认了。

林枝顺着事情发展的时间线往后捋，卡到一个节点：“那沈清河有和你说过，《天生演员》舞台上发生的事情吗？”

“你是指他骂哭你的事情？”

“没错。”

“这一点他自己也懊悔不已，他误会了你在宴会上对他……图谋不轨，等在《天生舞台》上看到你时就堵着一口气说了几句重话，后来才发现是误会了。这些日子，他一直在努力弥补给你带来的伤害。”颜熙动容，眼角沁出晶莹的泪花。

林枝心下一沉，好了，这次沈清河升级的臆想故事被小林医生破解完成。

在上一次影视城里，她指出了沈清河说的现实是假的之后，沈清河就自行把逻辑漏洞补上，升级成为新的、他认定的现实——

追星男孩沈清河，误会小偶像对自己图谋不轨下药，自此由爱生恨，各种针对小偶像。等误会解除，他开启全面捧小偶像模式。造数据、造话题、造资源。小偶像想要的，他都给！

林枝猛然间想起前两天发生的一件小事，颤着手点开自己大号的微博私信。

她看着那个偷偷拿爸妈的钱，买了一万卷卫生纸的小粉丝，微博 ID 从 @ 小仙女又来要我命了，变成了 @ 奶茶七分甜。

“果然，这次帮我冲销量上榜首也是沈清河的人干的。”

如果林枝真的有一个这样满心满意对她的粉丝，她做梦都会笑醒。可是这个人，是沈清河。

林枝看着热搜登顶的那两个并列的名字。

沈清河 林枝

她点进去，最热的微博配图有两张，一张是经典的沈清河为她撑伞照。还有一张，是沈清河的手护着她的脸，带她去找颜熙时被狗仔抓拍到的照片。

昨夜她醉得意识丧失大半，但仍记得她撞到他心口时，迷迷蒙蒙地闻到的橘子甜香。

还有，她听到了他的心跳声，离她很近，怦怦怦，一声又一声。

这个感觉……

林枝抿抿唇笑开，眼角也染上一点甜意。

被人照顾，被人每时每刻放在心上的感觉，这个久违的感觉，还不坏。

就算是沈清河，也不坏。

颜熙在林枝这儿待到下午，手机铃声就没停过。

林枝喝着煮得软烂的粥，看颜熙从容冷静地处理一件又一件棘手的事，不得不佩服沈清河选人的眼光毒辣。

又挂了个电话，颜熙感慨道：“现在你真的是全网都在寻找的女人，已经有十来家媒体想约你做访谈了，不过我都推了。炒绯闻嘛，要的就是扑朔迷离，真假难辨，接受采访容易被剪刀手操控舆论，我们得把话语权掌握在自己手里，才能稳赢不输。”

林枝毫无灵魂地鼓了个掌，又拿起勺子继续吃。

“而且不久之后要录节目，现在不回应任舆论发酵，等到节目一播出，‘知情CP’的糖，都给我按头嗑就完事。”

林枝发声浇灭颜熙的幻想，试图将这对CP掐死在摇篮里。

“《天生演员》这节目参加的明星那么多，我出现的片段也就几分钟，没什么可操作的空间啊！”

“我说的不是《天生演员》，而是《X关系》，节目组一小时前联系公司想要你参加，公司已经答应了。”

《X关系》里，这个“X”是个代词。它可以是朋友、情侣，可以是同学和家人，当然也可以是暧昧和绯闻。

因为这个指代的多样化，《X关系》被称为话题和热点的制造机器。

林枝心里“咯噔”一声，声音发紧问：“我和谁一起上？”

“当然是沈清河，沈清河已经答应了。”

“铛——”林枝一个手抖，勺子掉到桌子上。

所以她和沈清河这对CP不光不会死在摇篮里，还会迎着疾风野蛮生长。而她，从此就要成为万千沈清河女友粉的眼中钉，肉中刺。

林枝要落泪了。

这份来自追星男孩沈清河的爱，太过沉重了！

林枝独自抹泪叹生活不易，颜熙接了个电话回来问她：“常忘忘是你之前的队友？”

林枝点点头，不知道她为什么突然提起这个人。

“常忘忘刚发微博说你上C位是公司内部选拔，和某影帝不可能有关系，现在的传言爆料根本就是想故意把你和某影帝扯上关系。她的意思，是你在拉沈清河单方面捆绑。”

林枝：“……”

颜熙看林枝表情渐渐出现空白，宽慰说：“别急，常忘忘这种跟热点想蹭热度的人我见得多了，很快就能处理好。”

林枝脸上的空白渐渐扩大，整个人像只迷路的小羔羊：“沈清河，会看到常忘忘发的微博吗？”

“那必然的。”有关于林枝的消息，沈清河比谁都刷得多。

所以常忘忘所说的事实，和沈清河认为的事实，又出现了对不上的地方。

林枝闭了闭眼，再睁开，手突地攥住颜熙的手腕，急急地道:“你带我去找沈清河，现在！立刻！再晚可能就要出事了。”

车一路开到临江公馆，尽职尽责的保安将两人拦了下来。

颜熙向林枝解释道：“这个小区管理比较严格，要业主确定访客的身份，保安才会放行。”

保安联系上沈清河，将来访客人的名字报上。过了一会儿，保安将手机递过来：“哪位是林枝，业主想和她说话。”

“我是。”林枝接过手机，贴在耳畔。

对面人的声音恢复正常时的冷冽，听着却比往日里的弱了不少，很像刚昏睡醒了之后的模样。

“炒 CP 是在镜头前营业，没有镜头对着时就是陌生人，这是我们事先已经说好了的。现在不是营业时间，林小姐来找我做什么？”

镜头前营业。

事先已经说好了。

林小姐。

……

林枝绝望地捂着脸，完了，还是晚了一步。沈清河，又升级了。

听不见林枝的回答，电话里的沈清河似是笑了一声：“看来林小姐也不知道。”

林枝眼珠转了转，觉得这是个摸清楚此刻沈清河在想什么的天赐良机，她试探着顺着刚才他的话说：“其实是这样的，我觉得以沈老师的神格来说，参加综艺炒 CP 这种事情不太适合您。我听刚才沈老师话里的深意，像是对这个方案不太满意，那不如，我们就此……解绑？”

颜熙“唰”地扭头看向林枝，她万万没想到林枝立刻要办的急事居然是这个。沈清河殚精竭虑才促成的高甜 CP，林枝居然还想亲手拆了，真是好狠的心啊！

林枝没注意到颜熙眼神里的控诉，她屏住呼吸等待沈清河的回答。

可那头沈清河沉默了片刻，却说：“我们不过是各取所需，没什么不满意的。”

林枝：“……”

宋医生也说过了，沈清河的臆想是对被拆穿的现实查缺补漏的升级，之前那两次都是如此，这回也不可能是陌生人单纯的营业炒 CP。

林枝小心翼翼，继续套话：“那……沈老师确定，我可以帮到您拿到想要的东西？”

沈清河似是不想多说，直接挂断了电话。

“嘟嘟——”

听着电话忙音，林枝仰头看着黑色的大门，内心涌上一种难以言说的疲惫感和隐隐的失望。

她好不容易才摸清楚追星男孩沈清河在想什么，只要多给沈清河甜头，多营业，兴许连痛苦根源都不用找他直接就痊愈了。可惜还没等她开始实施，沈清河就又自动升级了。

她刚遇到个时时刻刻把她放在心上最重要位置的人，还没等她仔细品味这份久违的开心，那个人就消失了。

这一切，都要怪那个黄泉队友常忘忘。

林枝抬眼，眉心一团浓浓煞气：“现在我可以发微博吗？”

“要是发和沈清河没什么关系的微博不可以。”

“不是发这个。”

颜熙的紧张立刻卸下去，手比画了个“请”的姿势：“那随你发，注意尺度。”

林枝和善地笑了一下。

五分钟后。

@林小枝：我们已经不在一个团两年了，这两年，多的是你不知道的事。下回再发微博，记得更新最新版本的消息哦。@常忘忘

[@奶茶七分甜：让我来翻译一下枝枝的话，就是某队友说的内容是两年前的，而枝枝和影帝的关系是这两年中大踏步跃进的。某队友说的是假的，“知情 CP”是真的！]

[@你的黄泉引路人：我觉得甜甜说得对！“知情 CP”给我冲！]

林枝：“……”现在他们这对 CP 粉的出战速度已经这么快了吗？沈清河的团队了不起！

打完常忘忘的脸，林枝的心情好多了，礼貌乖巧的笑又回到了脸上，轻声问颜熙：“我接下来有什么工作安排？”

“这两天的任务是好好准备，周日去《九日》剧组试镜顾小蔓。下周一录制《天

生演员》第四期，下周末参加《X 关系》在省外的录制。”

林枝暂时不去想后两个，毕竟录制综艺的热度、炒 CP 传绯闻的热度只能让她一时被记住，真正能让她长久在这个圈子立足还是要靠作品，就和沈清河一样。

而《九日》的顾小蔓，是她目前能想到的最好的机会。不管多难，她都要拼尽力气演到最好。

（二）

别墅的落地窗边，喧嚣的阳光化作斑点，热热闹闹地挤进来。

沙发上，手速惊人的宋小野在两部手机间来回切换。自从沈清河让他接管 @ 奶茶七分甜 这个“知情 CP”粉的号，他每天兢兢业业写文，勤勤恳恳在超话营业。迄今为止，这个号的粉丝已经涨到 578 个了呢！

宋小野豪情满怀地一拍大腿：“今日份营业搞定！沈哥——”

他转过头，看着站在落地窗前的男人。

男人单手插在口袋里眺望着远方，侧脸的神情落寞又哀伤。

半小时前，宋小野按照原定的时间给沈清河送干洗好的衣服过来，开门就看到沈清河横倒在地上，手机摔到了一边。

宋小野大骇，冲到沈清河身边，一阵按压胸口再加按人中的操作，成功让沈清河清醒过来。沈清河缓缓睁开眼，眼底有一丝痛楚闪过。

“沈哥，你是哪里疼吗？我带你去医院？”

沈清河凄凉一笑，长指点了点自己心口：“这里疼，哪个医生能治？”

宋小野：“……”沈哥，莫不是被嫂子抛弃失恋了？

沈清河坐起来，手不经意按到了地上的手机，屏幕一下亮起。

微博界面一闪而过，宋小野看到了上面是常忘忘的主页，而上午常忘忘发了一条有关沈哥和嫂子的微博，看来沈哥是被常忘忘这条微博给气晕的。

“沈哥对嫂子可真是情深义重啊！”

“够了，不要再提那个人！”沈清河的眉头蹙起，薄唇抿得紧紧，似是在努力压抑某种情绪。

他站起来，到酒窖里拿出一瓶酒，仰头灌了两口，之后就站在窗口，一直到现在，中间接了一个电话。

宋小野能清楚地感觉到接到电话时沈哥周身的哀伤敛了起来，一口一个阴阳怪气的“林小姐”，等到电话挂断后哀伤又被释放出来。

宋小野可以确定，沈哥肯定是失恋无疑了。

宋小野小心翼翼地一步一蹭到沈清河旁边，艰难地开口：“沈哥，俗话说得好，天涯何处无芳草，何必单恋一……”

沈清河冷冷地望过来，眸底碎冰一片，宋小野立刻识时务地闭上嘴。

“事情做完了？”

“做完了。”

“走人。”

“好嘞！”

宋小野马不停蹄地滚走，临出门前又探头高声说：“没有人能抵挡住沈哥的魅力，沈哥不要灰心丧气，沈哥是最棒的！”

“啪”的关门声将宋小野的聒噪声隔绝。别墅内一瞬间安静下来，连粗重的呼吸声和加快的心跳声都清晰可闻。

沈清河摇着手里的酒瓶，透过浅红色的液体看着外面的一切。蓝的天，白的云，都蒙上一层淡淡的红色。

都说酒能让人忘记忧愁，他却是越喝越清醒，清醒地记得有关于那个人的点点滴滴。

沈清河记得那个人喜欢穿裙子，喜欢笑，喜欢撒娇地对着他做着 wink。

那个人喜欢在学校的舞蹈室里对着镜子练舞，喜欢他披着星星赶过去接她，喜欢坐在单车后面时手攥紧他的衬衫衣摆。

她最喜欢的是坐在学校的天台，迎着和风，和他谈起遥远的未来：“我想做众人瞩目的明星，站在最漂亮的舞台，让所有人的目光只看着我。你呢，你未来想做什么？”

“没想过。”他一如既往地淡淡回答。

她颇为失望地摇摇头，但很快又开始说起她的未来规划。他对着清风和明月，在心里说：你去哪里，我就陪你去哪里。

他的人生，自从遇到她的那一刻，彻底脱轨。

他利用课余时间学表演，去了解娱乐圈的各种规则，想先她一步，去替她看那个她向往的世界，防止她受伤害。

可是突然有一天，她从学校消失不见。也是这时他才知道，自己对她的了解是那么少。少到她骤然从自己的世界里远离之后，他连她的住处在哪儿都不知道。

沈清河一脚踏入娱乐圈，他相信这个她最向往的地方，终有一天她会出现。

他凭着自己的能力一路往上爬，爬上了巅峰，他想让她仰着头时一眼就能发现他，知道他从来没有忘记过自己的约定。

一晃九年过去，她并没有出现，他从一开始的满怀希望到失望，再到绝望。

他终于认清事实，从今以后的岁月，他再不会有她了。

沈清河痛苦之际，郑导邀请他参加自己的宴会，他避开了所有人独自坐在角落里喝酒，酒意醺然间，有个女人拿着酒杯走近。

他看着那人熟悉的脸，一瞬间恍惚："枝枝……"

"是啊，我是你的枝枝。"那女人将杯中酒递到沈清河唇边，他立刻闻出了酒里的不对劲儿，这里面被下了药。

他一瞬间清醒，也看清眼前的人并不是他的枝枝，只是长得相像而已。

"滚！"他厉声呵退了那女人，起身走到外面。

门口有人应酬够了过来歇歇，一边聊天一边刷着手机。

沈清河的眼一错，前面人手机屏幕上的身影撞入他的眸底。

窈窕无双，清丽脱俗，是他梦里的仙女。

沈清河一时以为自己出现了幻觉，他紧闭上眼又睁开，那人还在屏幕上，正在一个富丽堂皇的酒店里做直播。

"今天这款红酒，是从法国酒庄空运过来的，现在购买可以打九五折哦。"

沈清河记住直播房间号码，立刻着人去查里面出现的酒店地址。

从宴会上到那家酒店，沈清河几乎横穿了整个济城。

他到时直播刚刚结束，那个他心心念念多年的女人，手里拿着酒杯，在和其他男人推杯换盏。

沈清河双眸灼灼，上前攥住她皓白的手腕，盯着这个消失了多年又突然出现的人。

她似是被吓坏了，一双眼浮出惊色，可又很快恢复如常，笑意晏晏："沈老师如今贵为影帝，怎么还没有上学的时候稳重了呢？"

她知道。

她知道他成了影帝，她知道他还在这个圈子里，可她从来没找过他。

这个认知让沈清河出离的愤怒，他夺过她的酒杯摔在地上，在众人面面相觑中大步离开酒店。

当晚，沈清河就得到了林枝这些年所有的消息。

她的哥哥把她送进栎木娱乐公司做练习生，没多久公司就倒闭了，之后她一路

波折，现在沦落到做直播网红卖货。

沈清河翻来覆去地看她做练习生时的视频，越看越愤怒。

对她而言，曾经的自己是没有用的人，所以她才一声不吭地抛下他。她的未来，从来没有他的存在，一切都是他自作多情。

这种痛苦，对沈清河而言，更甚于找不到她。

那些因找不到她而绝望失眠的夜，那些因思念她而崩溃流泪的凌晨，现在想想都太过讽刺和可笑。

渐渐地，沈清河脑子里浮出一个计划。

录完《天生演员》之后，他让颜熙驻扎到林枝的团队，放出风炒他和林枝的CP。

对外，他是林枝的追星男孩，对林枝情根深种，他们即将以这种关系上《X关系》综艺，向万千观众秀出他们的爱意。

林枝想要出头的门路，想要名气，炒CP能实现她的所有心愿，她不可能会拒绝。

可沈清河没想到，她今天会打来电话，提议取消炒CP，互相解绑。

想到这儿，沈清河嗤笑一声："我怎么可能会答应解绑呢，我要和你炒CP炒到人人都以为我们是真的，然后立刻公开说我们是假的，也像你抛弃我那样当众抛下你一次，这样，我们才能真正两清。"

周日早上，林枝比平时的生物钟早半小时起床。

今天是约好的去《九日》剧组试镜的日子，林枝没吃早饭，只喝了一杯白开水，镜子里的她消瘦了一圈，本来就是巴掌脸，这么再一瘦下去整个人有种病弱的美感。

六点半，郑喻来接她去《九日》剧组。

《九日》还没正式开机，建组以来一直拍的是置景和群演的大场面戏份，今天一如往常，两人到时执行导演正带着摄像等工作人员在民国的长街上拍来来往往的行人。

林枝和郑喻在一边站着，等到这条拍完了才穿过长街去里面找选角导演。

选角导演姓刘，个子不高，长得颇为富态，一笑眼睛眯成一条缝儿。

刘导旁边站着一个林枝很熟悉的人——郑一姿。

"我们组开机的时间定了，在下个月初。郑导说这几天必须把顾小蔓的演员定下来，所以今天除了林枝外，之前试镜顾小蔓的演员也来了，大家一起再试镜一次。"

郑一姿嘴角噙着笑，装模作样地道："林枝你可千万不要放水，故意让我哦。"

林枝很真挚地点头：“好的，刘一姿。”

郑一姿的笑瞬间凝固。

刘导是个钢铁直男，感受不到女人间这番风起云涌，他招呼工作人员简单地在摄影棚内布个景，再喊评委过来。

林枝疑惑地问：“评委？”

“郑导带着编剧去T省了，这几天回不来，他找了几个圈里比较权威的朋友做评委帮忙把关。”

林枝记得这位郑导办了那一场沈清河口口声声说的“下药”的宴会，郑导的朋友，不会有沈清河吧？

不出五分钟，一行评委在工作人员的带领下走进了摄影棚。其中沈清河无论是年纪还是长相，都在一众权威前辈里无比突出，让人第一眼就目光锁定。

林枝和郑一姿，几乎同时窒息。

沈清河淡淡瞟了一眼林枝，那一眼看不出任何情绪，仿佛就像在看一个非生物。

林枝摸不准沈清河现在的臆想剧情是什么，刚刚还在担忧他在试镜时突然发疯，可看他表现得这么冷漠，林枝反倒镇定了。

刘导拍拍手，道：“两位演员各自准备一下，几位评委先入座吧！”

沈清河挑了把椅子坐下，面上平静无波，内心却是波涛汹涌。

今天，她穿了一件淡蓝色的民国风校服，颜色和初遇时她穿的那件几乎一样。

沈清河眸色一黯，心知她是故意穿成这样想勾起他的回忆，靠情怀拉票。可是该死的，他偏偏明知故犯，开始回忆了起来。

刘导喊着：“第一位，郑一姿试戏顾小蔓，开始。”

临时搭的“小茶馆”布景里，郑一姿穿着一身大红色的旗袍，轻移莲步坐到凳子上，一举一动都尽显妖娆魅惑。

沈清河看在眼里，脑海里浮现的却是林枝穿着校服，在炎炎夏日穿过人群，给浑身汗津津的他送水的样子。

郑一姿娇笑着。

沈清河想起放学后林枝站在校门口，遥遥对他摆手。

郑一姿挑眉。

沈清河想起数学课上解出一道难题时林枝得意地挑起小眉头。

……

“够了。”沈清河颇为烦闷地喝道。

郑一姿的表演停下。

沈清河旁边的池非开口："沈清河老师应该也看出来了，郑一姿你的表演还是之前的问题，对顾小蔓这个角色的演绎太浮于表面，只是漂亮，只是勾人，没有内容，沈老师是觉得你不会有什么更深层次的表达就让你停下了，是吧沈老师？"

沈清河："嗯。"

另外几个评委的意见几乎一致，郑一姿不甘不愿地走下来，想起林枝那个烂演技又突然开心了。

就算她还差了点儿意思，那最后这个角色还是她的。

刘导说："林枝，到你了。"

林枝还穿着那件民国时期的女子书院校服，长长的头发绑成了两条麻花辫，清纯素净到了极点。

她走到"茶馆里"，端端正正地坐在凳子上，略显内向羞涩。

突然像听到有人叫自己，林枝抬头，眼底有艳光猛地炸开，嘴角扬起，一张脸清纯又耀眼。

顾小蔓天生撩人，可一开始她并不是风尘中人，只是个普通的学生。她挣扎过，却最终沦陷。

一开始的她，是清纯的，也是艳丽的，这复杂的特质在这一刻，在林枝身上完美地呈现出来。

没有谁会知道，这短短十来步，林枝练了有成百上千遍。这简单的一抬眼，她对着镜子做了无数次。她让自己的动作形成肌肉记忆，这是苦功，但也是独属于她的法宝。

全场屏息中，沈清河突然站了起来。

摄影棚内所有人的目光集中到他身上，包括林枝。

"我突然想起来，为了公平起见，家属不应该参与评审，我应该避嫌的，先出去了。"

"家属"两个字被咬得很重。

众人立刻想起林枝和沈清河那则传播得又深又广的"绯闻"，表情变得意味深长起来。

林枝眯着眼看大步往外走的沈清河。

大哥，摄影机没开您怎么就开始营业上了？您有事吗？

背对着众人的沈清河猛地捂住心口。

刚才林枝一抬眼，像极了当年他对她一见钟情时的场景。

回忆多美，现实多伤。

他难受一次，就要营业一次，让大家对他们的CP是真信上一分，让“抛弃林枝计划”提速一次。

林枝，你知道因果报应一说吗？

（三）

沈清河的“避嫌行为”令这场评比在外界传言中显得公平起来。全票通过，林枝赢了自以为稳操胜券的郑一姿。

几个评委中，池非是看过林枝表演的，今天的林枝给他带来的不是惊喜，而是奇迹。

而沈清河和林枝的绯闻他也是听说过的，他不免想起前不久沈清河推荐一个叫“林枝”的艺人上自己的表演课，之后又主动要求代替自己上那堂课。

再看今天沈清河不放心跟过来，又不想让外人非议林枝拿到角色是靠自己的贴心行为，池非懂了。

这是真爱，无可替代。

评比结束后，刘导攒了个局，郑一姿尴尬非常，当即说身体不舒服迅速离开了剧组，林枝则到后面更衣室换衣服。

池非走出摄影棚，看到沈清河就站在那儿，似乎在等人。他没想到一贯什么也不在意的沈清河，居然也有这么一天。

池非上前调侃道：“看得这么严，难道还怕人家跑了？”

一个“跑”字勾起滚滚回忆无数，满是伤，全是痛。沈清河的嘴角上扬，笑意森然说：“你说得没错，确实是怕人跑了。”

“秀，就在这儿秀，秀足一百八十天！我先走了，前面餐厅等你们。”池非摇摇手。

沈清河的嘴角瞬间拉平，大步往回走。

更衣室里，林枝脱下那身蓝色民国学堂校服，穿上一件及脚踝的黑色无袖长裙，麻花辫拆开，头发自然地微微卷着，随意披散在身后。

她站在镜子前，看自己略显消瘦的脸，喜悦和满足藏不住地往外溢。

成功拿到顾小蔓这个角色，是老天爷给她的一个肯定。这条荆棘密布的路，她并没有选错。

林枝拎着装衣服的袋子，打开更衣室的门，冷不防撞进一双蕴着怒意的冷眸，她吓得一怔："沈清河，你怎么在这儿？"

沈清河像是不想泄露情绪让她知晓，薄怒在顷刻间荡然无存，又是一张看陌生人的不动声色的脸："CP 营业，我怎么能自己一个人先走？"

这话前不久沈清河说过类似的，可今时不同往日。那时是追星男孩"沈甜甜"，而现在……

想到这里，林枝警觉地看了沈清河一眼。她还不知道沈清河现在是个什么属性，就还是闭嘴的好。

下一秒，沈清河浓眉蹙起，视线定在她这条黑色裙子上："你换了衣服？"

"我总不能穿着试戏的衣服去吃饭……怎么了？"

沈清河的拳头紧攥，额角青筋暴起。

黑色裙子，当年她抛弃他前最后一次见他，就是穿的黑色裙子。

心上的伤疤被狠狠地戳痛，他盯着林枝的神情，凄怆得像能滴出血。

林枝感觉他下一秒就要伸出手掐死自己了，谁料他片刻后就又恢复冷静自持，再不看她转身往外走："不能让他们等太久。"

林枝在后面小声嘟囔："这回他是拿了什么人格分裂剧本吗？怎么一会儿阴一会儿阳的？"

"还有——"沈清河的声音从前面洋洋洒洒穿过来，"你穿黑色跟蜘蛛精一样，难看。"

林枝："……"

世上之事大多都是不完美的。

比如，林枝演技不好；再比如，沈清河多长了张嘴。

郑导不在，剧组的一应事情刘导都帮着打理，他时间有限，攒的这个局也没去别的地方，就挑了影视城一家口碑比较好的川菜馆，在上次林枝和姚秋秋喝茶的那家客栈对面。

沈清河和林枝到时，刘导和几个评委已经坐好，非常上道地留了两个挨着的座位给他们。

林枝打起十二分的精神，在落座时挪了挪椅子，离沈清河稍微远了一点儿。

"这次选顾小蔓能这么顺利，多亏了各位的鼎力相助。来，我代替郑导敬各位一杯。"刘导豪迈地将一杯烈性白酒干了。

除了沈清河之外的几个评委连忙客套“都是兄弟朋友客气什么”，纷纷仰头将杯中酒一饮而尽，这架势像在梁山脚下齐齐拜把子，把林枝都看愣了。

池非放下酒杯，见沈清河还没喝，指着他道：“这儿还有个没喝的，可不能放过他！”

沈清河拿着酒杯，轻轻摇晃，指骨微微动着。林枝的眼没出息地被他完美的手吸引过去，就听沈清河说：“我今天也没尽到评委的义务，我只是打着评委的幌子来探班的，这酒按道理我可以不喝。”

众人意味深长的目光又落到沈清河旁边的林枝身上。

林枝慌忙垂头，卷而翘的睫毛不住地颤动，在旁人看来她脸颊红红，羞涩万分。其实她只是怕自己忍不住当众捂住沈清河随时随地营业 CP 的嘴。

“沈 · 营业中 · 清河”站起来，举起杯又说：“不过我还是想喝。这杯，我敬林枝小姐，恭喜你成功拿到顾小蔓这个角色。”

林枝：“……”

“不过你最好别喝酒，以茶代替就好了。”

林枝松了口气，心道，还算你有良心。

林枝整理好表情，乖巧地笑着站起来，拿起手边的冰水，往沈清河的杯子上碰。沈清河拿着杯子的手却往后一退：“女孩子不要喝凉的，服务员，换杯温水过来。”

众人：啧啧啧。

服务员动作很快，一分钟后一杯温度适宜的温水就到了林枝手里。

林枝再一次拿着杯子往沈清河那儿送，沈清河拿着杯子的手又退了一下：“这么干喝没什么意思，我们喝个交杯酒吧！”

众人：啧啧啧啧啧。

林枝一脸僵硬：“这倒也是不必。”

“试试看。”沈清河的表情倒是温和，动作却快而不接受反驳，上前手臂绕过她纤细的胳膊一拉。

两人的距离陡然被拉近，近到林枝能看清楚沈清河眼底一闪而过的快慰。

CP 营业，让他这么开心吗？

林少女的脑袋里有很多问号。

沈清河喝着杯中酒时，眼睛仍紧盯着她，慢慢地喝，细细地品。

他的眼神逐渐炙热而滚烫。

你换黑色衣裙给我带来伤痛，我用力营业一次 CP 还你。林枝你可得好好睁大

眼睛看着，等着孽力回馈的那一天。

这一场饭局因为有营业巨匠沈清河在，林枝的精神世界几近崩塌。

她觉得在场的所有人，回去之后都会把他们这段感天动地的绝美爱情和身边人分享。

身边人再分享出去，一传十十传百。到时候她和沈清河就不是捆绑关系，那是长在一起的关系。

林枝知道沈清河有心理疾病，可别人不知道。等沈清河痊愈了，和她没什么关系了，他们这场轰轰烈烈的营业要怎么收尾？

真是让人头秃。

众人散去，没有了观众，沈清河也没有营业的必要，一句话都没多说直接就走了。

林枝揉着发胀的额角去找郑喻。

七月，天越发热，烤得人头昏脑涨，林枝本来就有些发昏的脑袋更加不清楚。

她鼻尖嗅了嗅，闻到了一股淡淡的馥郁馨香，好像是什么花的花香……

几个穿着清装宫女戏服的群演捧着一溜开得明艳的石榴花路过，林枝脑子“嗡”的一声，连忙屏住呼吸快走几步，她车里备着治疗过敏症的药。

可走了没几步，她的眼眶就酸涩得要命，看不大清路，她就近找了个背阴的墙根坐下，拿出手机给郑喻发了自己的定位。

这里没什么可避忌的，林枝就也没忍着，大滴大滴的眼泪噼里啪啦地往下落，很快视线里水雾弥漫。她努力睁大眼，等着郑喻回消息。

从远处看，一个少女蜷缩在墙角，黑色长裙盖到小腿处，露出一截雪白的脚踝，所有的光和灿烂都不眷顾在她身上，她一个人在阴冷里流着泪，可怜又可悲。

“你也会流泪吗？我以为你的心是石头做的。”

沈清河走得急，手机落在了川菜馆里，他去而复返，看到的就是这样一幅画面。

不过他很快推翻自己刚才一闪而过的怜悯。

林枝惯来会装可怜，她这是在设套，等着自己上钩，他早已看穿。

沈清河缓步走近，冷冷道：“你的眼泪对我而言早就没用了。”

林枝哭得头昏脑涨，听见声音，蒙蒙地抬起头。

为什么？

为什么她每次过敏哭到难以控制都能被沈清河撞见？他是有什么她一过敏发作就出现在十米之内的特技吗？

林枝说不出话，只越哭越凶，眼泪滑过她绝美的脸颊，坠到黑色的裙子上，洇开朵朵轻花。

沈清河的心狠狠地揪了一下。

下一秒，男声响起，带着犹豫和不确定："阿枝？"

林枝循声看过去，哭意一滞。

不远处站着一个高大挺拔的男人，炎炎夏日还穿着一身考究的手工西装，耀眼得像只要开屏的公孔雀。

林末看到林枝的不对劲儿，快步跑过来，蹲到她面前："你过敏症犯了？药带了吗？"

林枝挣扎着推他。

林末不耐烦地要去抓她的手："死丫头，这个时候还逞什么强！"

"啪"的一声，林末的手在半路被人攥住。

原来林枝设的套，不是只对他，而是广撒网。嫉妒又难过的复杂情绪捆住沈清河，他眯起眼，讽刺着眼前人："你居然还信她的眼泪，真是蠢。"

林末："……"

林枝："……"

（四）

林末今天来望山影视城是作为投资方来的。

年初在公司规划会议上副总随口提了一句，说现在影视行业还有得赚，可以投投这行业的项目，获得足够的曝光度，趁机将公司的品牌打出去。

林末接手林氏集团的时候，这家老牌的企业在市场上已经快被淘汰，他大刀阔斧地改革，带领团队开发新软件程序。

新产品除了自身质量过硬之外，还得要足够的宣传才能将市场引爆，林末思考过，副总的建议不失为一个好办法。

影视行业，娱乐圈。

这几个词汇，让林末在会议上想起了林枝。

那个晚上，他鬼使神差地拨通了她的电话，听着她在电话里对着自己"口吐芬芳"，隔着电话线他仿佛都能看到她张牙舞爪的样子，真的是怀念。

林末今天跟着几个下属踏进影视城，脚步不自觉地放慢，想多看看阿枝现在所

在的环境。就这么走走停停，他不经意间就看见蹲在墙根底下的女孩子。

那个人……不就是阿枝吗？

林末能预料到林枝见到他时必定会有的冷嘲热讽，他本来还打算先开口让她落后一步，但再一看，她眼眶红红不停地哭，就什么也顾不上跑了过去。

再然后事情就歪到了一个莫名的发展线上。

林末站起来，看着眼前这个戾气陡生的高大年轻人，皱了皱眉说：“我不信她的眼泪还信你的？你哪位啊？”

沈清河松开手，左手捏了捏右手腕，看林末的眼神像看一个小可怜：“看来，你也没少在她手上吃亏吧？”

林末被戳中某些不堪回首的往事，面色微变。

一边的林枝还在流泪，她哭得脑子有些发蒙，怕错过沈清河诉说什么劲爆的信息，跟宋医生发了条微信之后，悄悄地打开了录音设备开始录沈清河说的话。

她的过敏吃了药就没事，泪流得多了回头多喝几桶矿泉水就好，可走入沈清河内心深处的机会可是千载难逢。

[林小枝：病人的病情升级，等会儿我把沈清河说的话录好传给您。]

[宋医生：辛苦了，小林医生。]

那边的沈清河眸底是看穿一切的锐利：“既然已经吃过亏，就该长点儿记性，不要再犯同样的错误。”

他这话像是对林末说，又像是对自己说的。

一个字一个字，像一层层冰，将他的心冷固住，让自己不再被林枝的眼泪打败。说完，他意有所指地瞟了一眼林枝，林枝连忙把正在录像的手机扣下，将脑袋埋在膝盖间。

林末听着沈清河的话，面上蒙上一层疑惑：“你是阿枝什么人？她怎么会把我们的事情告诉你？”

沈清河淡淡道：“正义路人而已，不忍心看你被她骗，好心提醒罢了。”

林末定定地看了沈清河几秒钟，突然毫无征兆地一脚踹上沈清河的小腿。沈清河被踹得身形一晃，面部一瞬间发青，却是站稳了没有倒下。

林枝想起之前在周总办公室，她踹了沈清河一脚，姿势、位置，和林末的这一脚一模一样，他们不愧是异父异母的兄妹。

那次沈清河被她踹得踉跄，林末这脚明显力道更大，他却硬接下来了……难道上一次，沈清河是故意装的？

林枝还在分析战局，林末已经指着沈清河开骂了：“阿枝不轻易相信人，她能把家里的事情告诉你就是相信你，你却反过来挑拨离间，就算我们现在关系不怎么样，但你这种渣男我见一次打一次！”

“家里的事情”这几个字眼足以让沈清河心火狂烧：“你们成过家？”

林末没好气地应声：“你这不是明知故问？”

沈清河神情一滞，不敢置信地垂眼看着林枝。林枝慌忙把偷录的手机藏起来，抬起脸，过敏症作祟，眼泪不要钱一样地往下滚。

沈清河的脸孔，逐渐狰狞化。

原来，在她消失的那几年，不光被亲哥哥撺掇逐梦娱乐圈，还和别的男人成了家。

林末看这渣男不说话，刚才一下上头的热血回温了，猛然想起还在仙女落泪的林枝，问她：“你的药在哪儿？”

林枝吸了吸鼻子，手颤颤地指向东边。那条人影稀少的石板路上，郑喻正东张西望地四处在找她。

林末的手要去拉林枝，突地一道黑影闪过，林末的身体被剧烈地向后撞去，那人结实的手肘猛地抵到他脖颈处，将他困在墙边。

看样子他们成了家又分了，这男人对她念念不忘又来纠缠。

想明白这层关系，沈清河冷声道：“既然现在关系不怎么样，就别动手动脚的。现在，她归我。”

林末：？？？

林枝：？？？

沈清河说完放开手，直接拽着林枝站起来。林枝坐了这么半天腿又软又麻，直往下滑，沈清河干脆揽住她的肩膀，微一用力，近乎把她提着往东边走：“林枝，你可真行，总有本事让人为你发疯。”

这台词，可真羞耻啊！

这姿势，可真刺激啊！

林枝眼睁睁地看着迎面走过来，也算是见过大风大浪的郑喻，她喻姐，看见两人的样子嘴巴逐渐张大成“○”形。

“穿过这条路都是人，就算是枝枝走不动也不必这么明目张胆地就搂搂抱抱……你们是还想再营个业？会不会有点儿用力过度了？”

林枝听到这话开始挣扎，扭来扭去。

沈清河的胳膊用力夹了她一下，唇凑到她耳畔低声威胁说：“以前你不听话的

时候我就吻你，现在你这样，是想让我再吻你？”

他的声音又低又撩，说的还是这样暧昧亲昵的话，虽然知道他说这话肯定是因为剧情脑补，但林枝还是没忍住耳根热了又热，连带着脖颈都染上一片红。

快步走过来且耳力超乎常人好的林末一顿。

林末看不懂这年轻人和阿枝的关系了，他叹了口气看向郑喻：“你是阿枝的经纪人？”

郑喻点点头，打量着这个俊朗不凡的男人：“你是……”

“我是阿枝的哥哥，我叫林末，你那儿有阿枝的药吗？”

“药我带来了，这儿还有水。”郑喻翻着大包，将带来的药和水一样样拿出来。

沈清河的胳膊一松，林枝的脚又能着地了，她接过郑喻递来的药含在嘴里，仰头喝了一大口水将药片顺下去，又再抿了一口水，就听沈清河问：“他是你哥？不是你前夫？”

“噗！咳咳咳……”林枝嘴里的水全都喷到了林末价值不菲的手工定制西服上。

林末的嘴角一阵抽搐。

难怪这年轻人对自己阴一句阳一句，敢情是把自己当成情敌了。虽然有点儿过于草木皆兵，但也是对阿枝在意的表现，林末勉强原谅他。

林末上前，要去接林枝手里的水瓶：“我看你这眼睛肿得厉害，还是去旁边那家医院再看看。”

沈清河的胳膊又夹起林枝，往前挪了几步，让林末的手落空。

沈清河身上的敌意不减反增，眼刀凌厉直往林末身上刮：“不用你管，我说了，她现在归我。”

林末：“……”

算了，和阿枝站在同一战线敌对他，也是在意阿枝的表现。

林末的出现，让沈清河的恨意从林枝身上移走了百分之零点一，毕竟如果不是林枝的哥哥非要让她进娱乐圈，当初她也不会离开自己。

沈清河近乎提着林枝，大踏步地往前走。没有谁能阻挡，他对营业的向往。

林枝认命地闭上眼，将脸埋进沈清河肩头。等会儿围观群众的目光，就让沈清河一个人去面对吧！

谁让这是他造出来的孽呢！

“从下午到现在两个小时，有关你和沈清河的热搜上了三个词条。”

第三医院的病房里，林枝眼睛敷着药躺在床上，郑喻坐在床边给她实时汇报战况。

“第一是 # 沈清河林枝合体抱 #，第三是 # 林枝是谁 #，这个热搜点进去都是不知道你是谁的发问。”

“肯定是沈清河粉丝刷上去的，她们这战斗力真的是一如既往。”

郑喻点头：“你说得没错，有几个被扒掉马，确实是沈清河的粉丝。排热搜第六的词条是 # 知情 CP#，主力军是你们 CP 超话的主持人 @ 奶茶七分甜，正在组织抽奖庆祝你们天女撒糖。”

林枝叹气，状况和她料想的基本差不多。毕竟沈清河执迷不悟的营业，只可能是这个下场。

林枝现在的想法就是，反正沈清河也不会收手，他秀任他秀，清风拂大江。她只是对怎么帮助沈清河毫无头绪，她猜不到他现在臆想的剧本是什么。

她仔细过滤今天沈清河的话，在捋到他贴在耳边说出“吻你”这两个字时胸腔里那颗心兴冲冲地跳得快了两下。

追星男孩沈清河离开了，现在的这个沈清河，和她貌似有更深的羁绊。

像把手伸进装着糖的玻璃罐子，每次掏出来一颗，一层一层地拆开糖纸，去看藏在里面的糖果，是苦还是甜。

这个过程居然从一开始的难熬，变成了隐隐的期待，这是独属于她和沈清河的乐事。

“你脸怎么红了？还这么热，发烧了吗？”郑喻的手背贴了贴林枝的脸颊。

林枝支吾：“热的，对了，沈清河和……和林木呢？”

“你哥被合作伙伴叫走了，沈清河还没走，把隔壁病房包下来了，在歇着。”

一墙之隔的隔壁病房，窗帘被掩得紧紧的，将外界的一切都隔绝。

病床上，沈清河交叠双腿坐着，他面前的用餐桌上摆着一本黑白格纹封皮的笔记本。

签字笔在沈清河灵活的指尖转了几个来回，倏然停下。他翻开笔记本，在扉页写下一行字：

杀不了我的伤痛，只会让我更坚强。

接着在第一页写着：

7 月 3 日，晴，第三医院

今天，我见到了那个让我的人生发生翻天覆地变化的人。我设想过见到他时的场景，我大概会愤怒地挥着拳头上去，将这些年因他而生的痛苦都发泄出来。可真的见到他，我却并没这么做，因为我知道他虽然是个浑蛋，但真正伤害我的、离开我的，还是林枝。

林枝不爱我。

她玩弄了我。

我突然在想，如果她也和所有人一样认定我们的CP是真的，从而真的爱上了我，到时候我再公开说只是营业CP，不是真的，她一定会和曾经的我一样崩溃绝望。这对她而言，才是真正的报复。

第四章 一吻便偷一颗心

（一）

林枝在第三医院开始了住院生活。

其实过敏症发作对于林枝而言已经是很寻常的一件事，上个药睡一觉就好了，但这次她选择住院，原因可以概括为一个字：躲。

在林枝住院的当天晚上，“营业巨匠”沈清河有事要忙，离开了医院。他甫一出门，就被几个狗仔盯上。

其中两个从医院跟到沈清河的住处——临江别墅，还有两个想尽办法进了医院去查沈清河在医院这段时间的路径。

第三医院，作为望山影视城内唯一一家大医院，所接待的病人患者大多都是圈里人，从医生到护士都知道什么该说什么不该说。那些几乎能飞天遁地的狗仔，硬生生拿这些白衣天使没办法，最后只能蹲在医院门口守着，试图蹲到爆点。

这个爆点，指的当然是最近和沈清河绯闻传得甚嚣尘上，在沈清河进医院当天也出现在影视城的女明星——林枝。

“沈清河陪同林枝到医院做检查，疑似好事将近。”

狗仔们的新闻标题都已经写好了，就等着捕捉到林枝出医院的身影，和沈清河出医院的拼在一起，一下砸出去引爆话题讨论度。

颜熙深谙狗仔们的这些套路，打电话通知林枝先在医院住几天。

林枝有点儿疑惑，被沈清河上一个追星剧本洗脑了的颜熙，怎么肯放弃这么好的 CP 营业机会？

对此颜熙是这么说的：“男的帅裂苍穹，女的绝美仙女，谈个神仙恋爱多甜，多好嗑。要是搞出个未婚先孕带娃传言，就一下堕落凡尘，甜度减半了，不行不行，绝对不行。”

林枝：“……”

颜熙还是那个颜熙没错了。

这么一来，林枝就有了一个小假期。

为了防偷拍，病房的窗帘掩得很严实，一丝光亮都透不进来，屋子里暗沉沉的，林枝侧着身体倚在床头，一只手捧着一本小说，状似很认真地在看。

实际上，她借着书的遮挡拿着手机嗑 CP，嗑尤潜和应筱这对 CP。

前段时间太忙，她没时间吃糖，今天一口气补上。林枝轻车熟路地点进 CP 群——浅笑大本营 3 群。

[@尤潜和应筱今天公开了吗：快，最新的粮地址发我，急需吊命。]

[@情人劫也产粮：我主页，慢走不谢。]

尤潜三年前靠着一曲原创歌曲《蓝玻璃》走红，日系文艺风的外貌、空灵的嗓音、超群的创作能力，让他一下跃进当红歌手行列。

而《蓝玻璃》的 MV 女主，就是彼时还默默无闻的新人应筱。

应筱长着一张极富有特点的厌世脸，在 MV 里和尤潜在金光熠熠的稻田里奔跑，美好得像一幅油画。

因为两个人的气质实在是太契合，即使后来两个人无数次否认恋情，还是有一部分坚实的 CP 粉相信他们是真爱，其中就包括林枝。

低谷时携手走过，顶峰时遥遥相望，看起来互不影响，又在无人的角落里，窃窃耳语。

尤潜和应筱，不是爱情又是什么？

这对 CP 的糖，成了林枝一段时间的精神食粮。现在，封存的粮仓要再次开启了。林枝搓搓手，颇为虔诚地点进了该群友的主页。

置顶是一条十分简洁明了的微博，@情人劫也产粮：“知情 CP”是真的！

林枝：“……”

林枝：“这是什么东西？”

她一度以为这位资深 CP 战友打错字了，又往下翻了翻微博，结果越翻心越凉。

该战友今天一共转发了十三条微博，全都是从“知情 CP”超话转来的，其中就包括皮下是沈清河工作人员的@奶茶七分甜那条被万转的“知情 CP 恋爱”总结帖。

[@情人劫也产粮：我哭了，我泪流满面，我从前不知道这世界上真的存在这样的神仙爱情，和“知情”比，我以前嗑的 CP 都是虚的，都是假的！]

林枝：“……”

爬墙就算了，居然还拿“知情”拉踩“浅笑”！

林枝皱着眉往下翻，从前战友微博里找到让她爬墙的契机——第一条有关“知情

CP”的微博。

那条微博其实只有一张照片，在时尚典礼上，璀璨星光间，林枝坐在角落，垂着头抿着嘴角。沈清河单手撑着额头，静静地望着她。

周围的人与物都被拉成虚影，只有两个人在朦胧世界里清晰。

配字只有三个字：只有你。

我所望的，所能看到的，只有你。

林枝的视线凝在这张抓拍照片上，一股酥麻自耳后蹿到脊背，再跌跌撞撞穿透皮下一路直达心间。

好像……确实……有点儿甜？

林枝看得出神，没注意到病房的门被人悄然打开。

其实这两天沈清河并没有什么事要忙，他把一切事情都推掉，自己一个人在家中没有出去过。

两天，四十八个小时，两千八百八十分钟。就着两瓶红酒，他喝了醉，醉了喝。

不想承认也不得不承认，他满脑子想的，都是林枝。

想她曾经的天真无邪，想她现在的工于心计，想她不得不屈从于哥哥在娱乐圈摸爬滚打受尽苦累……想到最后，他又写了三页日记，一遍一遍地看，让自己坚定下来。

颜熙联系上他，千叮咛万嘱咐一定不要搞出什么妇产科疑云的绯闻出来。

她不说，沈清河也不会这么做。

毕竟等CP解绑他甩掉林枝后，他们就再没有任何关系，他怎么可能让这种谣言广为流传。

不过她让他又痛苦了两天，是时候去找回来了。

沈清河用了金蝉脱壳，外加釜底抽薪，从小区门口的狗仔包围中出来，一路顺利到达医院。他的手扣住把手，“咔嗒”一声打开了门。

病床上的人对他的到来毫无知觉，那本用来遮挡的书被随意扔在了地上，林枝双手捧着手机，认真地盯着屏幕，脸颊时不时地浮上一层红意，娇俏又妩媚。

沈清河的眼危险地眯起。

难道这么快，林枝就找到下家了？

他心里堵得发慌，脚步不自觉地踩重了一下。

正嗑自己的糖嗑得不亦乐乎的林枝听到声音抬起眼，一下撞进沈清河犹如地狱

鬼罗刹的一双眼。

四目相对间，林枝感觉周身冷得都要结冰了，她想起什么，慌忙把手机塞到枕头下。

这动作落在沈清河眼中，就是欲盖弥彰，就是做贼心虚。

已经喝了两日的酒这一刻在胃中发酵，他一开始拿出来的冷静自持的牌被撕得粉碎。

林枝眼一花，接着就是天旋地转。

那人扑了过来，单膝重重地跪在床上，双手将她两只纤细的胳膊抓住按在头顶，将她整个人困在自己胸前，冷笑着说："有我一个人陪你演还不够？还非要再拉男配角和你共戏，嗯？"

林枝的情绪有一瞬间的波澜起伏，随后就镇定了。她扬着脸，一派淡然地看着沈清河。

这个死亡角度看去，沈清河居然还帅得毫无死角，真是要命了。

林枝尽量将语气调整得正常，顺着沈清河的台词继续："毕竟你这个男主角总也不来，我一个人演戏无聊，总要再找个人搭戏才有意思。"

沈清河的嘴角溢出冷笑，一脸"我就知道你这个女人不甘寂寞"的表情。

联系之前种种，林枝大胆猜测，沈清河这次演的可能是伦理大戏。

她和沈清河应该是有某种关系，不过这种关系不太好。沈清河对她是有某种感情的，才会阴阳怪气地嘲讽，但又忍不住一次又一次地过来。

林枝试探着说："反正我们只是商业关系，总有一天这种关系要解除的。反正早解除晚解除都是解除，我现在找别人也很合情合理的吧……"

她的红唇上下动着，一句一句冷漠的话化成沁着毒的刀，一下一下戳进他心底柔软处。

沈清河疼得要命，也不想让她好过，下一秒就将她所有的话语都堵了回去。

林枝眼神一滞。

沈清河的呼吸炙热却温柔，那股独属于他的橘子甜香在唇齿间游走。她一瞬间失语，睫毛根颤颤的，看着和自己没有距离的人。

沈清河……居然亲了她……

"我们一起学林枝叫，一起说：'天晴了雨停了我今天又行了！'"手机铃声响了几遍，林枝回过神来往旁边躲着沈清河。

沈清河置若罔闻，将她压得更紧。

铃声再一次响起，伴随着门外疑惑的男声："我都听见铃声响了，怎么没人接？"

"呜呜——"林枝奋力挣扎着，可那点儿力气在沈清河面前不堪一击，很快再次被镇压在床上。

下一秒，门被打开，林末一脸不耐烦地进来："我可不是专门来看你的，我就是路过看看你死没死……"

林末的话音越来越低，他愣愣地看着病床上正在叠罗汉的两人。

床上林枝闭眼挺尸，多么希望这一刻她是真的死了。

外面，微风裹着和煦的阳光，静静拍打着窗。

病房内，林末俊朗的脸上一派茫然，默默注视着床。

病床上，林枝紧闭双眼，默念着咒语：天下没有我恨的人，天下没有我不能理解的人。

林枝身上，沈清河短暂地放开了她的唇，扭头看向林末这个不速之客，眼角眉梢都是被人打扰到的不爽。

林末掌控林氏集团时刚好碰到企业动荡，什么妖魔鬼怪没见过，眼下这种"大舅哥撞到妹妹和男朋友叠在床上"的小场面，他也没多惊讶。

但这个人是林枝，是他那个以前丧心病狂，还有些冷心冷肺的妹妹林枝，林末有点儿扭转不过来对她的认知。

再加上哥哥对妹妹，总有种养小白菜的感觉，看别的男人来拱白菜，心下肯定是一万个不舒服。

几重情绪交叠下来，林末怔了有半分钟就化有形为无形，将刚才郑喻交给他的袋子放在床边的柜子上，语气不自觉带了对小辈的关爱："东西放在这儿了，三点十分要吃药的。"

林枝紧闭的眼掀开一条缝，恢复自由身的嘴巴嗫嚅着，习惯性和林末顶嘴："你管我吃不吃药？"

"我不管你谁管你？呵，没有我你能活得这么好？"

"这两年没你我照样好好的，唔——"林枝眼前压下一片阴影，刚安静了两分钟的沈清河卷土重来，薄唇再次压上她的嘴角。

这一次，动作明显比上一次轻柔。

细细地啄，轻轻地吻。一点一点，一寸一寸。

距离很近的林末："……"

不惊讶。

小场面。

林末心里念叨了两个来回之后，微笑着后退，开门，关门，告辞。

现在的年轻人，玩得可够野的。

关门声很重很响，沈清河的动作随之停下。

他的唇离开半寸，默默地看着身下林枝绯红的脸，水汽弥漫的眼，这副样子，像是在刚才他展现的温柔中沦陷了。

“别多想，只是练习营业而已，不是真的想亲你。”沈清河的话说得很冷，他期待着从林枝脸上读到名为“失望”的情绪。

可最终失望的却是他。

林枝表情波澜不惊，淡淡地吐出一个字：“哦。”

沈清河：“……”

沈清河翻身下床，望着刚才林末离开的方向，整理着方才动作间被压出褶皱的袖口。

林枝的浑蛋哥哥这时候来，时间点这么巧。她的下家，很有可能就是浑蛋哥哥介绍的。

他就是要明晃晃地告诉浑蛋哥哥，现在，林枝是归他的。

没有人能破坏他的计划，老天爷也不可以。

（二）

因为林枝的“突然住院”，本来定好的《天生演员》第四期的录制她只能临时退出。

对于郑喻和颜熙商量后的这个决定，林枝没有什么异议。

毕竟当初她上《天生演员》，就是想验证自己的演技到底是什么样，自己到底可不可以走演员这条路。

《九日》顾小蔓一角告诉她，她可以走这条路，所以《天生演员》接下来的录制对她来说意义不大。

就在林枝方官宣退出节目录制的当天，有业内知情人士露出口风，说本来沈清河也要参与这期录制，但是很突然又说不去了，节目组只能找应筱来救场。

这则消息传了一天，在周一晚上应筱出现在《天生演员》录制现场被锤料是真的。

林枝前脚退出节目录制，后脚沈清河也退出，这说明什么？

这说明沈清河是因为林枝退出才决定退出的。

这叫什么？

这叫妇唱夫随，情比金坚。

一时间大批嗑到了的路人拥入“知情 CP”超话，@ 奶茶七分甜开开心心做了几波活动，一波比一波奖品丰厚。

@ 奶茶七分甜：转发带话题 # 知情 CP 是真的 ## 我可以单身，“知情”必须结婚 # 抽十人每人一千块红包，另外再平分一万包枝枝和沈老师都直播卖过的定情产品，郑老大牌卫生纸！

林枝：“……”

她一直很好奇那一万卷郑老大牌卫生纸最后怎么处理的，原来放到这儿抽奖了，还抽得有理有据的，沈清河的工作人员了不起！

林枝心里赞叹道，拿小号连转了十几条，又喊姚秋秋切她的八个小号天天转。

事到如今，她无力和营业巨匠抗衡，要是中了红包也能减免点儿自己的损失。

“就在前面那个斜坡那里停下就好。”

郑喻按照林枝的指挥，把车停下。

从窗户玻璃望出去，隐约能看见下面白色的别墅群，矗立在落日余晖里，神圣无暇。

林枝戴上顶淡黄色的渔夫帽，背起小包推开车门：“我走了，一会儿下课前告诉你。”

郑喻要说什么，最终还是没说出口，任由林枝去了。

其实她不建议林枝在这个风口浪尖时还出去上课，可林枝长得太好看，就算她有时候说话硬气，但实际上林枝想做什么她也没真的阻拦过。

郑喻敲了敲方向盘，叹了口气：“颜控是病，得治。”

她启动车子倒出来，无意间瞥了一眼后视镜，一下看见有个熟悉的身影从那条林荫小路走出来。

沈清河少见地穿了一身休闲装，黑色卫衣的兜帽遮住小半张脸，如果不是极其优越过人的眉骨和鼻梁，郑喻可能还认不出他来。

沈清河沿着斜坡向下，不一会儿就在视线里消失。

郑喻吐了一口浊气，摸出手机打给颜熙：“准备好应对方案，压热搜或者找人推波助澜，将热度扩大。”

“咦，什么热搜？现在枝枝没在热搜上呀。”

郑喻：“一小时后。”

颜熙：？？？

天被涂上一层灰色颜料，又添了两颗寥落的星，林枝敲开了怀鹭区 301 号别墅的门。

池非推了推眼镜，笑着迎她：“快进来吧，还在二楼书房。”

由于沈清河的一波“妇唱夫随”操作，本来在周二就想撤离的狗仔们，又在第三医院多蹲了两天才不甘心地撤退，去围追堵截另一个已婚出轨的当红小花。

林枝从医院脱身，当天就接到了池非的电话，《九日》剧组定的几个新人演员要到池非这儿上第二堂表演课。

二楼书房里一切陈设都如旧，投屏在播放着经典的老电影，同学们三三两两坐在座位上。

唯一不同的是，上一次拿她当空气的同学们，这次一见到她非常热情地凑过来，面上洋溢着友谊的光辉。

“那个郑一姿长得一般，演技稀烂，早就应该换下去了。”

“枝枝这么有灵气，等戏播了一定能靠顾小蔓大火的。”

“枝枝和我一起坐吧，我这儿刚好有空位哦。”

……

林枝终于深刻地意识到什么叫“女人的嘴，骗人的鬼”。

“我还是坐在后面吧，那个位置比较适合我这个学渣。”林枝委婉地拒绝了同桌邀约，走到最后一排坐好。

察觉到前面一束目光定在自己身上，林枝抬头，初景和她对上视线，眼底闪过一丝受伤，又飞快地转回去。

林枝：“……”这些人今天怎么都奇奇怪怪的？

“开始上课了，大家都坐回去吧！”池非拿着青瓷杯进门，几个还在地上飘的同学连忙坐回自己的位置。

“上次的课是沈清河老师给大家上的，我听说效果还不错，所以这堂课呢，我也打算先按照他的方法上，通过对一些视频里表演的分析来给大家讲怎么样在情感上和角色达到融合统一。”

池非将手机连上投屏，就近坐到第一排的位置上。

书房内的灯关掉，厚重的窗帘将外面的星光和月光隔绝。

屏幕上，背景音乐响起，是经典粤语歌《处处吻》，是一首高度适配于各种剪辑集锦的神曲。

片头滚过之后，一张林枝最近熟悉得不能再熟悉的脸赫然出现。

沈清河一身黑丝绒面料的西装，头发打理得一丝不苟，精致优雅得像中世纪的贵族公子，唇边噙着笑，探出手，朝着镜头举起。

下一秒，镜头一转。

画面上精灵一样的少女，穿着红丝绒裙子，逆着灯光甜甜地笑。

“哇哦——”教室里此起彼伏响起惊叹声，林枝整个人傻了。

这居然是她和沈清河的 CP 向剪辑？

“一吻便偷一个心 / 一吻便杀一个人 / 一寸吻感一寸金 / 一脸崎岖的旅行……”

视频里，她和沈清河在神仙剪辑下，错位吻在一起。

林枝的唇一下发烫，她想起前几天在病房里那两个吻，比这个剪辑更真、更甜。

只有她知道。

黑暗里，一身黑的人独行并没被谁注意到。

等到橘子味漫过来，林枝才发现身边坐了个人。他轻笑着，声似蛊惑：“看得这么痴迷，是不是在怀念我的吻？

他的声音在视频背景音乐的掩映下本应该听不真切，可不知道是距离太近，还是她已经对他的声音敏感，他的这句话，被林枝分毫不差地收进耳朵里。

视频正切到在时尚盛典里，沈清河和她的对视。

两人的背景是华丽璀璨的舞台，光打得极亮，屏幕也一瞬间亮了几个度，让林枝能在一片漆黑中隐约看见身边人的脸。

沈清河戴着帽子，歪着头，样子看起来有些痞痞的，和平时清冷的样子相去甚远。

刚才在屏幕上和她缠绵悱恻、恩恩爱爱的人现在就坐在身边，这种感觉真的是挺奇妙的。

林枝沉默了几秒钟，从刚才瞬间陷入的“知情 CP”糖里抽身，问：“你来这儿做什么？”

“上课。”

林枝：？？？

你还用上课？大哥你看我像个傻子吗？

林枝瞄了眼前面还在认真看视频学习的同学们，声音更低：“今天这里没摄像头也没有狗仔，不需要营业的。”

潜台词是：大哥您能偷偷地来，再偷偷地走吗？

沈清河声音陡然冷下去："你是不需要和我营业，但想和前面的那个糊咖营业吧？"

前面的糊咖……林枝顺着沈清河下巴抬起轻点的方向看去，前面坐着的男生就只有一个，今天奇奇怪怪的初景。

"我说得让你无言以对、无力反驳了是吗？"

林枝："……"

"你忘了我们是签了合约的吗，违反合约私自和别人营业是要赔违约金的。"

林枝"嘶"了一声："我们什么时候签了合约？"

"上一节课就在这里，这个位置，我写给你之后，还要你拍背面发微博，但你至今没发。怎么，想违约？"

林枝想起来了。

是那个，沈老师的背，是保加利亚的玫瑰。

后来发生的事情太多，她就把发照片晒到微博这档子事给忘了。

不过林枝无意间发现了可以直接刺激到沈清河的点——拆穿他们签的不是合同，而是保加利亚玫瑰。

可是单纯的刺激风险实在是太大了，她承受不来。顺着沈清河的想法，帮着他在这个臆想故事中走得长远，让他获得快乐，或者是帮他找出最开始让他痛苦的根源，才能彻底地将他治好。

这个过程可能会很漫长，但是如果真的实现了，获得的成就感不会比试镜成功少。

想到这儿，她笑眼眯起来："没想违约，我今晚回去就发。"

沈清河周身的戾气这才敛起。

他本来也没想来，可听池非说那个叫初景的糊咖也在，他当即怒不可遏。

上一节课糊咖明显是对林枝有意思，想和林枝捆绑炒作。

他刚在前几天和林枝的浑蛋哥哥宣告主权，打消林末给林枝找下家的念头，今天又有个疑似下家 2.0 出现，他怎么能允许在报复结束前让林枝逃开？

沈清河直接过来，亲自盯着林枝和那个糊咖恩断义绝才能安心。

他长指点了点桌面，说："我要在合约里加条款。"

"啊？"

合约里除了保加利亚玫瑰，还有什么条款？

沈清河划开手机屏幕，长指翻飞在电子便笺里打字。

林枝则在这个空当四下扫了扫，因为沈清河是从后门进来的，后排几排就只坐了林枝一个人，所以至今还没有人注意到这边多了个人。

别的偶遇抓拍，可以说是疑似绯闻关系，以后等解绑还有辩解的余地。但今天这种“沈清河低调偷偷现身，和林枝重温学生爱恋”就是直接把他们的恋情捶死。

到时候他们解绑就是分手，无论走到哪里接受采访都会有人提到那位前男/女友。

明明没有的事情变成有，还会有以后一大串的麻烦，林枝想想就很心累。

所以，还是想办法让沈清河在视频结束前偷偷离开的好。

林枝头脑风暴间，沈清河已经把写好的新添合约条款递过来。

甲方：沈清河

乙方：林枝

新增条款一：乙方在合同期内，不得以任何理由寻找任何下家。如有违反，参照合约第一版 2.2.1 违约处理条例赔偿甲方损失。

新增条款二：甲方在合同期内，主观判定有营业需要时乙方不能以任何理由拒绝。如有违反，赔偿同上一条。

新增条款三：乙方在合同期内营业时，可以向甲方提出合理要求，但甲方可以给予拒绝。

林枝看得眼前一黑，这简直是卖身条款啊！

她强忍住拆穿沈清河的剧本，让他当场挺尸晕倒的冲动，深吸一口气问：“那按新增第三条款，我可以要求你不惊动任何人偷偷离开书房吗？”

“不可以。”

“为什么？”

“因为现在没有在营业，合同上有专门解释，营业包括但不限定于牵手、拥抱、亲吻、同桌吃饭、同床睡觉等等，现在我们没在营业，所以你没资格要求我做什么。”

林枝：“……”

沈清河的脸倏然靠近，又开始用绝美嗓音蛊惑她：“签了这个新增条款，再营个业，我就答应你偷偷离开这里。”

钓大鱼，往往需要耐心。要布大网，悄无声息地慢慢收紧，等鱼反应过来时已经在他掌心里无处可逃。

林枝的手探过去，五指穿过他的指缝，与他十指相扣：“这样行了吧？”

她的手软软的，像一团棉花糖，攥在手中，让人再也不想放开。

沈清河胸腔里跳动着的东西一滞，呼吸陡然紊乱。

他甩开她的手，带着不想被蛊惑的坚定："算你过关。"

沈清河将兜帽往下压一寸，低声说："明天我会让人把新增合同送过去给你签。"

他倒是遵循合同内容，趁着书房里还是一片夜色悄然离开。

除了林枝外，没有人知道刚刚在这里，出现了一个沈清河。

刚刚在这里，他们十指相扣过。

林枝定定地看着自己的手心，她好像有一点儿习惯和沈清河亲密接触了。

自从认识沈清河之后，生活每一天都比前一天更神奇。

每一天也比前一天更鲜活，更生机勃勃。

（三）

下了课，初景在书房里慢吞吞地收拾东西。

林枝想起沈清河方才一口一个糊咖地叫他，还有那个莫名其妙的新增合约，也不想给初景添麻烦，背起书包从后门走了。

初景收拾了半小时鼓起勇气一回头，后面空荡荡的，早就不见了林枝的踪影。

初景："……"

林枝出了别墅的门，就给郑喻打电话："下课了，你可以过来接我啦！"

话音刚落，一辆黑色卡宴停在她面前。

林枝侧开身子要往前走，后车窗缓缓拉下，露出一张温柔如水的脸，张口轻唤她："阿枝。"

听到这声音，林枝恍然愣在当场，整个人像抽出线的木偶一样，一动也动不了。

车里的人保养得十分精致，皮肤清透一丝瑕疵也没有，看着不到四十岁的年纪，她面部轮廓十分柔和，配上天生的笑眼，让人一看就想接近。

苏眉笑了笑，耳垂上挂着的圆润珍珠耳饰随着她偏头的动作晃了晃："阿枝，上车来坐坐，妈妈有些想你了。"

这个声音一如往昔的温柔，却也因为经年不变，轻易就勾起林枝心里的隐痛。

她重新掌控自己身体的行动权，转回头看苏眉，声音没多少起伏："不用了，我还有事，要回去了。"

苏眉仍在笑着，大抵是月光清清泠泠，她笑意中的温柔也堪堪减半："我听小末说你前几天犯病住了院，很担心你就想过来看看你。妈妈知道你在娱乐圈过得并不如意，在网上也经常被人攻击，不如就回家来，让妈妈好好照顾照顾你。”

林枝的呼吸越发急促，过往的一切走马灯一样在眼前飞转，眼前的这张温柔脸孔和昔日的狰狞扭曲重叠交错。

林枝用力，指甲抠进掌心里来保持冷静：“不用了，这两年我自己过得很好，不用您再特意的‘照顾’了。”

“照顾”两个字被她咬得极重，苏眉的眼底闪过一丝波澜，语气颇为落寞道：“在这座城市里，妈妈是你最亲的亲人，你也是妈妈唯一有血缘关系的人，我们理应是最亲密的人才对……”

这世上最了解林枝的人，是苏眉。

她懂得怎么样用最简单的话戳中林枝的内心深处。

果然，林枝极力维持住的冷静被苏眉的这一句话轻易碾碎。

只是经过这两年的成长，她不会像以前那样一难过就只会掉眼泪。

林枝咬着牙根，因生气眼角染上一片绯红。

“如果你把我当你最亲密的人，你就不会一而再，再而三地利用我去博取同情，也不会一心一意只把我当你的棋子，给你的以后铺路。因为我们有血缘关系，所以你所有做的事情我都没对人说起过。也是，就算我说，又有谁会信。有谁会信一个母亲，把和自己唯一有血缘关系的女儿当成垫脚石呢？”

她的话又冷又重，是夏夜突然来的冰雹，噼里啪啦地往车窗上砸。

苏眉脸上柔和的光终于散去不少，转着戒指上镶嵌的珍珠，眼睛在看林枝，又像是透过她去看其他人：“这两年你倒是长进了不少，牙尖嘴利的，可是不太像我了。

“你爸爸下个月六十岁生日，要你回去一趟。”

“我不回去。”

对林枝的反应苏眉没有意外，苏眉气定神闲地说：“我听小末说，你交了一个做演员的男朋友，也是因为这个总被他的粉丝攻击。要是他们知道，你不管不顾离家几年，连父亲生日会都不参加，冷漠又无情，他们会怎么想呢？你那个男朋友又会怎么想呢？”

林枝定定地看着苏眉，紧抿的唇不住地颤抖着。

“你爸爸开心，我就会开心。阿枝，你是个聪明的乖孩子，你应该知道要怎么做。下个月我会让人把礼服送过去，打扮得好看些回家。礼物也不用你操心，我已经准备好了。”

“下个月她一整个月都没有空。”斜坡下面，低沉的男声破开这夏日的冰封。

林枝浑身一震，下一秒，有人从夜色里踏出，浓黑的衣衫，清冷的眉眼，披着一身的星光。

很多年之后，林枝都还记得在这个她崩溃又无力的深夜里出现的沈清河，像是天神降临，来拯救在凡界饱受苦难的她。

苏眉看过沈清河的照片，自然也认出了来人就是林枝所谓的“男朋友”，她面上不动声色，却几眼把沈清河打量了个遍。

周身气度矜贵而冷冽，看得出来家教极好，不是一般的人。

在苏眉打量沈清河的时候，沈清河也瞟了她一眼，那眼神里的嫌恶，都要隔着车门溢进来。

本来他还没走只是想看看林枝有没有和那个糊咖划清界限，却没想到无意间听到了她们母女的对话。

林枝妈妈口中的小末，就是林枝那个浑蛋哥哥林末。叫得这么亲，可想而知这两人关系亲密，狼狈为奸。

再联合林枝刚才近乎声声泣血的控诉，沈清河很容易想明白，林枝不仅有个逼她混迹娱乐圈的哥哥，还有个靠吸她血获得丈夫怜爱的极品妈妈。

如果事情只是这样，沈清河也不想插手。

林枝抛弃他，这也算是她的因果报应。可极品妈口口声声带他下场，那他就不能不理。

影帝的出场费，可不是一般人能承受得起的。

沈清河单手攥住林枝的手腕，把她扯到自己身后，用只有两个人能听到的声音低声说：“甲方帮乙方解决事情，等会儿结束了乙方记得补上营业。”

林枝还没回应，视线就已经被沈清河塞得满满，除了他之外，她再看不到其他。

沈清河双手插在外套口袋里，淡淡地道：“下个月林枝要录制综艺，还要进组拍戏，行程很满，没有时间再去走亲访友参加宴会了。”

他说得很客气，语气却是不容违逆。

苏眉的指尖蹭了蹭，倏忽笑了：“小沈……”

“不太熟的人都叫我沈老师。”

不太熟的苏眉：“……”

“好，沈老师。林枝很久没回家了，她爸爸心心念念这次生日宴上能见到林枝，上了年纪的人总是会有这样那样的执念，如果实现不了心里就横一根刺，总会难受。林枝那么‘孝顺’，也不忍心看她爸爸不舒服。阿枝的粉丝年纪都还小吧，她也应该为他们做个好榜样。”

“林枝不做榜样，粉丝就会不孝顺爸妈了？这显然不成立。父母是孩子的第一个老师，父母相敬如宾，对孩子关怀有佳，孩子耳濡目染，‘要孝顺父母’的理念自然而然就会形成。”沈清河刻意停顿了一下，继续说，“枝枝很明显没能自然而然形成这样的理念，这不是她的错。”

沈清河三言两语，就将苏眉所说的，林枝不回家给爸爸过生日就等于不孝顺的因果链粉碎，再将锅扔到“不对孩子关怀有加”的林枝父母身上。

苏眉表情一淡，心道这年轻人还真是厉害。

也就短短几秒，苏眉又恢复了一张毫无情绪破绽的面孔：“看来沈老师比我还了解我这个女儿。”

沈清河点头：“过奖了。”

苏眉：“……”

他听不出来这是讽刺的话？

苏眉这么多年在说话上还没碰到过这么难缠的对手，既然侧面说他当成没听懂，那她就把话说得再清楚一些：“沈老师有一颗包容的心，不管阿枝什么样你都能理解，可不代表别人也有。众口铄金，三人成虎，舆论的压力足可以毁灭一个人。”

沈清河清楚感觉到身后的林枝周身气压一瞬间降低，手推着他的腰试图从他身后出来，就像……一只要跳出来咬人的小兔子。

沈清河的手绕到身后精准按在她的手背上，用力地压了压，示意她安心藏在他身后。

濒临跳脚的小兔子一下就没了动静。

沈清河调整了站姿，垂眼往下看，有种俯视人的压迫感。

“只要林枝没杀人没放火，在我这儿她就是好的。我一个人的影响力就顶千军万马，别人说她一句不好，我就说三句她好帮她拉回来。到时候林枝就是娱乐圈前后五十年道德最高尚的大好青年，要被人口耳相传，作为素材写进小学生作文的那种。这位阿姨，还有别的问题吗？”

沈清河话说得漫不经心，可一字一句连起来就是可倾城墙的风浪，苏眉一时愣住，沈清河扯着嘴角笑了笑：“那就不打扰阿姨在这儿赏月了。”

他拽着身后已经震撼到不行的林枝，沿着斜坡又走了下去。

半晌，苏眉才回过神，鼻尖溢出一声轻笑。

坐在驾驶室的司机小陈有些战战兢兢地开口问：“夫人，礼服之后还要送过

去吗？”

“先不用送了。”车窗缓缓向上，将闷热隔绝，苏眉靠回真皮座椅上，闭目阖眼，“等会儿回家见到小末，你应该知道要怎么说的吧？”

小陈不住地点头：“是小姐自己不想回家参加先生的生日宴会，夫人怎么劝也劝不住，小姐甩手就走了。”

苏眉轻“嗯”了一声：“很好。”

黑色卡宴重新启动，冲进夜色里。

怀鹭区这一片别墅群，仿造欧洲的古堡建造。

在别墅群后面有一处大庄园，种着大片大片的玫瑰花。林枝被沈清河带着一路走过来，连发丝都沾上了花香。

四下无人，只有月亮和玫瑰。

沈清河停下来，手放开了她，冷漠地说：“可以开始营业了，牵手已经做过了，换一个。”

“咳咳咳……”他这么一本正经地谈这种营业，成功让林枝呛到。

“动作快点儿，我时间有限。”

林枝：“……”

行吧。

她深深呼吸几次，绕到沈清河的身后。

他身材比例绝佳，宽肩窄腰大长腿。以前林枝不怎么关注沈清河都听说过他的盛世美颜和神仙身材，他的粉丝说沈老师是世界上最伟大的雕塑家穷尽一生也没法创造的最完美的雕像。

林枝仰着头看着“雕像·沈”，想起方才他将自己藏在身后时，和苏眉针锋相对说的那些话，缓缓地伸出双手。

凡事一旦涉及苏眉，她会比平时更加尖锐，也比平时更加脆弱。

这份尖锐和脆弱，林末不知道，姚秋秋不知道。但从今天起，沈清河知道了。

就好像世界上独属于她的那份苦，有人陪她一起尝过。

有那么一刻，林枝是真的希望沈清河能永远留在这个剧本里。

可这个念头也只是一闪而过便消失不见，他们因沈清河这场病而走到一起，但他终有一天会痊愈，会变成那个吐槽她演技的陌生人。

枝枝呀，记住今夜这份同尝苦涩的短暂陪伴，以后自己也要好好生活。

林枝笑了笑，手从沈清河的双臂下穿过，从背后将他轻轻地拥抱住。

软软的小姑娘环住自己的腰，脸贴在自己的后背，温度骤然升高。

沈清河的心脏鼓动，这个姿势……他们之前在学校的第一次拥抱，就是这个姿势。那时候的她，带着哭腔说："清河哥哥不要走。"

鬼使神差地，沈清河想再听一遍，他要求说："说一句——'清河哥哥不要走。'"

林枝说："新增条例没有加台词这一项吧！"

沈清河冷哼一声："新增条款二：甲方在合同期内，主观判定有营业需要时乙方不能以任何理由进行拒绝。现在甲方判定此刻需要用这句话营业，乙方，你想违反条约？"

林枝无语。

她恨不得立刻拆穿剧本，让保加利亚的玫瑰沈老师在这片玫瑰花间晕倒，然后眼角再沁出玫瑰色的眼泪。

林枝的手收紧，闷声闷气地吐出一句："清河哥哥不要走。"

"太生硬了，有感情一点儿。"

林枝说："对不起……我演技烂台词不好，我没得感情，我不会。"

沈清河没听到想听的版本，眉头紧蹙着。

就在这时，有个人从前面301别墅走出来，按照正常的离开路线，他会恰好绕过庄园这片玫瑰地，和两个人完美错开。

沈清河眯了眯眼，捞过身后的林枝夹在手臂下往前挪了几步，又将她放下，赶在初景撞过来前一秒，俯下身抱住林枝。

林枝："……"

初景："……"

初景在别墅找了半天也没找到林枝，没想到在这儿看到她和沈清河激情拥抱在一起。他准备了一晚上告白的话想和林枝说，现在倒是什么都不用说了。

初景捡起自己破碎一地的少男心，装成短暂性眼瞎看不到两人，大步地离开。

沈清河这才放开林枝，往后退了一步："回去练练那句话，下次见你的时候再补上有感情的版本。不要试图和我讨价还价，现在的你没这个资格。"

林枝："……"

沈清河你全家都飞了。

解决了糊咖，沈清河今夜的目的达到了。

回到车上，他翻出自己的日记本，在扉页上又加了一句话：

对旧情人仁慈，就是对自己残忍。

翻开日记本，他写下今日的日记。

7月7日，晴，怀鹭区停车场车上

今天，我看到了林枝的妈妈。那是一个行走的吸血鬼，呵，这么说起来，林枝还真的很像她。不过比起来，林枝更可爱一些，不然我也不能在当年沦陷得那么彻底。

今天，我还解决了一个糊咖。虽然这种糊咖不值得我费尽心思，可事关钓鱼大计，我必须保证每一步都很完美，不出任何差错，今夜之后糊咖要是还出来阻碍我，那他将必死无疑。

今天，我明显感觉到了林枝对我情绪的变化，她提出想和我重修旧好只是时间问题。

今天，是充满意义的一天。

今天，也要提醒自己不能被她的故作可怜和真实可怜蒙骗。

（四）

林枝平时劳累时都睡得很快，但今天回公寓之后她失眠了。

月亮往下走，已经是凌晨三点钟。林枝抱着被子从床上下来，坐到宽敞的飘窗前，拿着手机用大号拍了之前“保加利亚玫瑰合约”的背面发了个微博，然后切到小号嗑CP来让自己快乐起来。

“浅笑CP”的超话排名在短短几天掉到了六十名开外，这一切都要怪战友们意志不坚定，爬了“知情CP”的墙。

林枝在超话刷了一会儿，精神还是处在萎靡中。

“怎么回事儿，这粮怎么吃起来一点儿作用不起？”

她想起在池非课上看到的视频，点开B站搜索关键字：知情CP。

瞬间，一大堆视频跳出来，播放量破百万的那一个视频的博主名字眼熟到不能行：奶茶七分甜。

视频的名字非常简洁有力：《知情CP向——霸道影帝和他的独宠小娇娃》。

林枝：“……”

虽然名字很狗血，但视频剪得确实好，画面剪辑、配乐都很精致唯美，看一遍很甜，看两遍非常甜，看三遍甜到上头。

她萎靡了一夜的精神突然回来了，在嗑自己 CP 的时候回来了，真是魔幻现实主义。

林枝刷了十来遍，点击分享到微博，明天自然会有同好小姐妹顺着视频摸过来，和她分享最新的糖。

和小姐妹一起嗑 CP 才欢乐。

林枝重新恢复活力，困意也再次席卷，她扔开手机到卫生间洗漱，准备睡觉。牙刚刷到一半，她抬眼看着镜子里的自己，猛然间想起一件事。

她刚才为了安全，不让郑喻发现她嗑 CP 的小号，退出了微博登录。

而 B 站分享视频到微博的时候，微博那边会自动登录，她直接点击了那个选项。

而她自动登录的微博，应该……是她的大号？

林枝胆战心惊地扔开牙刷，飞速跑回飘窗，抖着手点开微博，然后眼前一黑。果然，那条视频分享被转到了大号上。

沈清河粉丝和“知情 CP”粉丝都炸开了，只不过不是一种炸法。

[沈清河粉丝：我还是第一次看正主带头舞 CP，为了热度您还真是什么都不顾了。您既然敢转，我们就敢屠您的广场呢（微笑）。]

[知情 CP 粉丝：“知情 CP”是真的！是正主盖章的那种真！“知情”就是最厉害的！]

沈清河粉丝向林枝广场进发，而中道崩殂。

因为星饭团推送了沈清河的动态。

[您的小宝贝 @ 沈清河 river 上线了]

[您的小宝贝 @ 沈清河 river 关注了 @ 林小枝]

[您的小宝贝 @ 沈清河 river 转发了 @ 林小枝的微博]

沈清河粉丝：“……”

林枝：“……”

手机不断地振动，振得她手都要麻了。

郑喻在骂她做事怎么这么不小心，还转到大号上了。

颜熙在骂沈清河怎么这么忍不住，非得要拉着林枝一起深更半夜起舞。

最后一条，是沈清河发过来的。

[沈清河：不要多心，我只是为《X 关系》的录制预热。]

[林小枝：我没多心。]

[对方正在输入中……]

输入了足足有三分钟，沈清河的新消息才发过来，看得出来他很纠结，经历了巨大的心理搏斗才发出了最后的消息。

[沈清河：你为什么不多心？]

[林小枝：我不配。]

[沈清河：你知道就好。]

林枝：“……”

[沈清河：明天出发去 T 省，不要和我坐一趟航班。]

放下手机，沈清河打通宋小野的电话。

宋小野睡得迷迷瞪瞪的，说话口齿都不清楚：“沈哥，有事吗？”

“盯着点儿看明天林枝坐哪趟航班，有消息立刻告诉我。”

林枝嗑了半晚上“知情 CP”，嗑得整个人快上头了。

第二天，她被颜熙揪上飞机时，眼下一片青，眼底还有红血丝。

颜熙圆圆的脸上泛着佛系的光，安慰她说：“虽然沈清河的粉丝扬言要屠你广场，但后来沈清河亲自下场，她们就暂停计划了。沈清河有两个大粉是专注他事业的，一听说今天《X 关系》录制立马说半夜你和沈清河的微博互动就是为了综艺节目造势，现在沈清河粉丝还在致力于到处控评，说只是节目效果，你们毫无关系，这次录制你可以安心好好公费谈恋爱了。”

林枝本来戴着蒸汽眼罩想补个觉，迷迷糊糊听到这儿，一下把她吓醒。

她右手食指往上推了推眼罩，露出一只眼往后座看：“可不要乱说，我和沈清河只是单纯营业关系，还是签了合同的。”

颜熙面上露出一副“我懂的”的表情：“放心放心，对外肯定说积极工作的。”

林枝和沈清河已经在走下一个剧本，只有颜熙还留在“沈清河对林枝豁出所有，捧她上天，宠她入骨”的剧情里。

剧情不同，没法交流，林枝叹了口气转回去，瞥见斜对面的一个人正鬼鬼祟祟地瞄着她。

虽然他手里拿着本漫画遮住大半张脸，可那股奸细的气质实在太突出了。

林枝装作若无其事地躺了一会儿，等那个奸细放松警惕，她出其不意地把眼罩扯下，嘴角扬起，明晃晃地对着他笑：“看了这么久，我可要收费的。”

被抓个正着的奸细：“咳！”

宋小野尬笑着将漫画书放下：“我身上没现金，等一会儿下飞机微信转账给嫂……”

宋小野艰难地把后面的“子”咽下去，改了个称呼：“转账给林小姐。”

颜熙站起来，双手交叠搭在林枝的椅背上，惊讶道：“小野，你怎么在这儿？沈清河也坐这趟航班了？”

“他不会。”这题林枝可以抢答。

宋小野怔怔点头：“林小姐说得对，沈哥坐另一趟航班先走了，他嫌弃我话太多会影响他休息，就把我发配到这趟航班了。”

宋小野长着一张老实的脸，委屈巴巴说话时还真像那么回事。

林枝也没多问，抓了几块餐桌上的白巧克力凑到宋小野那边去，压低声音问：“微博 ID 叫奶茶七分甜的，是你们公司的哪位大神？小野能不能介绍给我认识一下？”

宋小野被平时看着格外不同的嫂子迷惑，挺胸抬头回道：“就是在下！”

林枝的眼睛瞬间亮了亮，将巧克力上供给他。希望他拿了自己的贿赂，赶快产粮，她等着嗑呢！

那边的颜熙又懂了。

这是林枝开始在沈清河身边安插眼线了，娱乐圈的爱情哦，总要有这样的阴谋诡计才能维系长久。

第五章 光的名字，叫沈清河

（一）

《X 关系》是 T 省电视台的自制综艺，短短三年就成为王牌节目。

每一期有五组嘉宾，按照节目组的指示分别在五个地方完成任务。在这个过程中，触发到副线任务并完成会获得随机的功能卡，可以作用于主线任务的完成。

因为每一次节目组设置的任务地点都很匪夷所思、出人意料，所以每集节目都效果满级，再加上话题明星加持，播出时就是屠热搜的节奏。

节目组还有个恶趣味，在录制前不会官宣嘉宾，还会释放出各种烟幕弹迷惑观众，就连嘉宾们自己都是在任务都完成之后，才会知道另外四组嘉宾究竟都是谁。

当然，像林枝和沈清河这种近乎自爆的嘉宾除外。

下午一点过五分，飞机降落到 T 省省会。

林枝在得到大大的发糖承诺之后心情好了很多，舒服地睡了一觉，现在只觉得神清气爽。她戴上墨镜和口罩，经过宋小野时不忘再给他进贡了几块巧克力。

宋小野非常有职业操守，等林枝下了飞机，他就立马给沈清河发了消息。

[了不起的小野野：沈哥，嫂子下飞机了，从第三出口出去。]

[沈清河：嗯。]

[了不起的小野野：嫂子人超好，刚给了我好多巧克力呢！]

[对方正在输入中……]

[沈清河：你这个月奖金扣光。]

宋小野：？

[沈清河：巧克力没收，不许吃。]

宋小野：惨惨的我……

林枝和颜熙几个人拿完行李出来，就看见第三出口那里人山人海的，伴随着女生的欢呼尖叫。

“沈老师今天下凡也辛苦了！”

“哥哥看我啊啊啊！”

颜熙啧啧两声：“还真是巧，沈清河就在前面。”

林枝的视线几乎是没有任何反应时间就自动落到那个人身上。

有沈清河在，周围的所有人和物都会自动自发成为背景板。只有他一个人，独自美丽。

林枝多看了两眼美丽的背影，推着行李箱往一边走：“我们原路返回，从那边绕行好了。”

话音刚落，人群中独自美丽的沈清河突然回头。

他只戴着一款黑色口罩，遮住下半张脸，眉骨高悬，眼眸沁着凉，是他的招牌勾魂夺魄回眸笑。他在对着林枝笑：“我的搭档也到了，我去帮她拿个行李。”

沈清河身后的粉丝很少，让他能很容易地穿过人群，朝林枝走过来。

他的目光锁定她，她发现自己腿都迈不开。

“这一晚上我都在看她的照片，别说戴墨镜和口罩，就算套着麻袋我也能认出她！就是那个吸血泵！”

“冷静冷静，都是节目组拉出来搞热度的，不过就是普通同事帮着拿个行李罢了。”

“没错，我们不能在这儿给哥哥丢人，稳住，我们能行！”

“……”

粉丝们在自欺欺人地稳住局面，而沈清河就像真的巧遇林枝一样，走过来轻巧接过她手里的行李箱，推着往前走，一边走还一边侧着头和她小声说话。

又“苏”又贴心，任谁看都觉得这两人关系亲昵。

开始了，营业巨匠沈清河在没开始录制节目就上线了！

行李箱是用小推车推的，旁边又是人挤人，林枝一个没注意被挤到小推车上，沈清河的手很迅速地垫在推车上方，林枝倒过来时，脑袋刚好被他的手心接住。

他的掌心依旧温热，她的耳尖更热。

沈清河歪着头，看林枝，声音很温柔：“走路注意一点儿。”

林枝有一瞬间被晃了神。

这条短短几百米的路两人走了有二十分钟，到了外面，宋小野和来接人的司机把行李放进车后备厢里。

林枝也没有再挣扎，乖乖地和沈清河上了同一辆车。

“没坐一个航班，都能偶遇，你说你这是不是就叫阴魂不散？”沈清河单指挑开口罩的带子，声音没了刚才营业时的温柔。

林枝点点头：“是吧。”

沈清河：“……”

这个反应，多么地凉薄，多么地不屑一顾。

沈清河的薄唇抿紧：“你现在想和我玩什么花样？”

林枝从背包里摸出一块巧克力，剥开包装纸递到他嘴边。

沈清河眉头蹙了蹙：“你这是做什么？”

刚才走过那两百米路间，林枝仔细认真地想过了。

沈清河昨天说不和她一个航班，但今天宋小野就在她那辆飞机上，下飞机后她又“恰巧”和沈清河偶遇。

这说明什么，说明这男人现在自己还在纠结，所以反复打脸。

她摸不透他什么时候纠结，什么时候不纠结，但不能总是这么被动地被沈清河牵着走，她也应该在不刺激到他灵魂的前提下主动地做些什么。

要营业，那就对着营业，争取达到 1+1 大于 2 的效果。

林枝的手往前递了递，巧克力一角已经抵到了沈清河形状完美的唇上：“既然要追求营业，那就干脆贯彻到底了。来，张嘴，啊——”

沈清河气闷：“你对别人……也是这样吗？”

“哪有，就你一个，乖，张嘴——”

搬完行李要上车的宋小野被颜熙挡在外面。

颜熙指了指车里“喂食营业”的两个人，温馨提示道：“别进去，里面在放套准备骗狗进去杀呢！”

宋小野：“……”

晚上之前，沈清河和林枝住进了节目组订好的酒店。

酒店是在城东的一家民宿，地方不大，但胜在温馨舒适，像大都市里深藏着的一个小小的桃花源。

沈清河住在走廊把头第一间，林枝则住在最里面一间，中间的房间被宋小野和颜熙几个工作人员瓜分。等明天早上沈清河和林枝开始正式录制节目的时候，宋小野几人就留在这里，等结束后再去和两人会合。

在整整一日的录制中，就只有他们两个人相互陪伴，相依为命。

这感情的进展，肯定一日千里。到时候再加上节目组向来能准确戳中广大吃瓜网友兴奋点的剪辑和配乐，林枝已经可以预见会有大批网友一脚踏进“知情 CP”的大坑，不死不休。

“枝枝，再有半小时我叫你吃饭哦！”颜熙帮林枝归置好东西，推着自己的行李箱出门。

林枝进浴室洗了个热水澡，再出来时响了几回无人接的手机铃声再次响起。

屏幕显示是一串没有备注的号码，前段时间她还在深夜接到了这个电话。

林枝划开手机接通，却不说话。

林末也不说，一时间两人仿佛两个遥遥相对的哑巴兄妹。

憋了足足两分钟，那边的林末先扛不住，重重地吐了口气：“死丫头你赢了。”

林枝嘴角上扬，声音却没什么笑意，冷冷漠漠：“找我干吗？”

林末声音一顿，缓了缓才又开口：“今天是爸的生日。”

电话里隐隐能听见林末那边的嘈杂声，他应该是避开了别人自己溜出了会场给她打的电话。

林枝没有应声，林末就继续说：“今年爸的身体状况不太好，我以为你会回来的，爸没有明说，眼睛却时不时地往门口看，我知道他也在期待着你来。”

林枝沉默几秒钟，一如既往地没心没肺：“哦，你被赶出家门了吗？我没听说林氏集团的老大换人了呀！”

“林枝！”林末的声音霎时严厉。

林枝也完全没在怕的，说：“我说过，有你在那个家我就不会回去，我说过的话不会轻易改变，哥哥你应该了解我的。”

她一句“哥哥”喊得林末气不打一处来，刚要再说什么林枝直接把电话挂断了。

房间里很安静，林枝垂眼看着手机出神，想了想还是把林末的号码存到通讯录里，备注是：狗哥哥。

她和林末的关系，就是在微博知乎随便一搜就能搜出来的豪门老套继兄妹——苏眉带着六岁的她嫁给当时的林氏集团老总林岳庆，林岳庆亡故的原配有个儿子，就是林末。

林岳庆白手起家建立林氏集团，是个再淳朴不过的人，对林枝这个名义上的女儿也是打心眼里疼爱。

彼时林末还是个少年，却有着与他那个年纪不太相符的高傲和倔强。一开始林末对苏眉很排斥，对林枝也并不放在眼里。

苏眉就让林枝去找哥哥，教小小的她要甜甜地笑着和哥哥说话，要将自己喜欢的东西和哥哥分享。

林枝从小就是美人坯子，糯米团子一样可爱的脸，水汪汪的大眼睛，没有几个人能抵挡得住她撒娇。

林末虽然高傲，但骨子里是个实打实的妹控。

从一开始的嗤之以鼻，到最后面上心不甘情不愿地接过妹妹的布娃娃，这改变发生也就是不到一个月的时间。

也因为林枝的原因，林末对苏眉的态度缓和了很多。

再后来，苏眉对林枝的要求升级。

“阿枝啊，你把哥哥的笔记本偷偷地拿给妈妈好不好？”

“阿枝啊，你把妈妈刚才教你和哥哥说的话和妈妈表演一次。”

“……”

林枝渐渐地长大，有些懂得妈妈到底要做什么。她想要和林末相处融洽，想彻底融入这个家。

林枝亲生父亲不作为，苏眉自己一个人拉扯她长大，受尽了苦和累，好不容易找到林岳庆这样的好人，她是拼了命地想要抓住，想要过得好点。

通过林枝拿来的笔记本，苏眉知道林末喜欢吃什么，讨厌班上的哪个同学，害怕什么动物，最近想要什么礼物。

苏眉一点点地改变自己，变成最懂林末的人。

林末虽然一直没有改口，但对苏眉越来越恭敬，把她当成了一家人。

如果一家四口一直这样往前，也不失为一种幸福。可就在林枝十七岁那年的某个深夜，一切都变了。

林岳庆带着林末去探望重病的前岳父，苏眉给用人放假，在家打开一瓶烈酒，喝得烂醉如泥，冲上楼抓住林枝的肩膀笑得疯癫无状：“林岳庆把公司的所有股份都转给林末了，哈哈哈，一点儿也没留给我和你。你说，这么多年林岳庆到底当我是什么？”

林氏集团在那几年业绩一年不如一年，转型迫在眉睫。

林岳庆自知自己没那个能力，把希望都放在林末身上。

林枝虽然并不怎么在意公司的事情，但这些情况她一清二楚。

苏眉大口大口地灌着酒，不食人间烟火的温柔面具被撕得粉碎，她面孔扭曲在一起，指着林枝厉声说：“还不是你不争气，你但凡能多讨林岳庆父子的欢心，也不至于什么也给我争不到！”

酒让人卸下所有心房，呈现最真实的自己。

林枝看着眼前的这个人，只觉得陌生到了极点。

这些年苏眉在演，她也在演。

她本来是个不爱笑也不爱说的人，可要被迫着去假笑，被迫着在林岳庆出国时打视频电话说一声声“枝枝想你了”。她倒不是不喜欢林岳庆和林末，她只是不习惯用这样外放的方式去表达喜欢。

可苏眉让她这么做，她一做就是十几年。

这种累积的难受和不自在，像埋在身体里的定时炸弹，在这个夜里被拽出引线，又在之后苏眉想让她去联姻让对方帮林氏注资，以获得林岳庆的偏爱时，彻底引爆。

林枝和苏眉吵了一架之后离开了林家，去过自己的生活。

林家的人来找过她，尤其是林末，几乎是每隔两个星期就来找她一回。除了苏眉，没人知道林枝到底是为什么一根筋非要离家。

“阿枝，和我回家。”

每次林末来，开口都是这句话。

林枝说：“其实我很不喜欢你，有你在，没人真的关心我。什么时候你不在那个家了，我再回去好了。”

林家离不开林末，她这么说，只是断了自己想回去的路。

林末也不生气，还是持之以恒地来找她，然后被她撑，然后两人开始互撑。

后来，林末渐渐地找她的次数少了，林枝以为他是放弃了。

可那个夜晚她接到了林末的电话，才知道这个孔雀一样骄傲的哥哥，一直都没放弃过。

对于林末，她有愧疚，也有依赖。

对于苏眉，她爱不起来，也恨不起来。她做不到去揭开苏眉的伪善，也不想再做苏眉的棋子，她只想逃得远远的。

这两个人住在一起，她也只能连带着林末一起推远。

只不过苏眉这次突然找上她，林枝不认为只是单纯地为林岳庆过生日，肯定还有别的目的。

好在沈清河帮她挡了过去，不然她不一定能扛得住苏眉。

林枝刚想到沈清河，门就被人敲响。

她趿拉着拖鞋去开门，就见沈清河单手插在口袋里，面无表情地站在门口。

他的视线在她的浴袍上扫过一圈，刚洗完澡，她白皙的皮肤泛着红，是人间行走的水蜜桃。

沈清河嘴角轻挑：“穿成这样是在等我？”

被打通营业任督二脉的林枝从善如流地点头：“没错，但你穿这个不搭，要不要换个浴袍来？”

沈清河嘴角噙着的笑意更深，挤进门里来，目光沉了又沉：“何必那么麻烦去换浴袍，脱了就完了。”

他单手一扯，衬衫上面几个扣子崩开，露出性感至极的锁骨。

林枝面皮一热，往后退了几步。

沈清河不屑地瞥她一眼，瞧不起她这纸老虎的营业作风。

下一秒，林枝突然抬起眼，神情清纯又勾人，一下击中沈清河的心。

她抬起手，往外推着沈清河的胸口。

其实她力气不大，可沈清河高大的身躯莫名其妙被她推动，从房间一路推到走廊。她的脸上，飘上两团绯红。

“哎呀，你不要这样，人家会害羞的。”她说完，羞答答地将门直接带上。

刚露出个头的宋小野叨叨了两句“我不在我不在我什么都不知道”，随后又缩了回去。

沈清河的拳头攥了放，放了攥，定定地看着门半晌，才迈开僵硬的步子走回自己房间。

床头柜上，笔记本被翻开。

沈清河满脑子都是方才林枝的娇羞模样，嘴角往上挑又强行拉平，再往上挑再拉平。

他在扉页那两句话下面又加了两句：

她变了。

我又可以了。

他立刻把下半句扯下去，团成小团扔进垃圾桶里。

沈清河陷入了苦恼，他为什么这么摇摆不定？就因为林枝好看？他怎么会是这么肤浅的人？

7月8日，酒店

我是个废物。

我是个懦夫。

（二）

第二天早上五点，林枝收到《X关系》节目组的消息，说正式录制在五点半开始，她洗漱后就出了门。

黑色运动长裤，白色运动短袖，再加一个防晒外罩，头上戴了个黑色棒球帽，清清爽爽，干干净净。

摄像机就在走廊，林枝一出来镜头就精准对上她的脸。

颜熙这两天叮嘱过她很多次，综艺节目上人设和剧本固然重要，但崩人设带来的反噬更要命。像林枝这种演技很一般的，再去演一个完全不同的人，太难了。倒不如尽量真实，可能会有意想不到的收获。

不用演，林枝就没什么负担，很冷静地接过任务卡。

“请林枝根据线索提示，选择你今天的搭档。”林枝读完任务卡上的字，惊了一下，“搭档还要再选择的吗？不是沈清河？”

话说出来，林枝已经可以预见后期在这段加上的字，加粗，放大，旁边还加哭泣表情包：我的搭档怎么可以不是沈清河？

导演轻声解释：“你和你的搭档所要做的任务需要强大的默契，如果你连搭档都认错的话，任务很难完成，这样你今天的录制就结束了。”

也就是说如果她认错了沈清河，他俩就要提前下班了。

“任务卡背面，是沈清河留给你的线索。”

听导演提示，林枝把任务卡翻过去，背面画了一朵玫瑰花。

这下换成导演惊讶了：“一般这个环节嘉宾都会尽可能多留线索，恨不得把整页写满，沈清河老师还真是……很有自信呢！”

玫瑰的范围太广了，一条街就有好几家花店，一个城市有成百上千家，还有花园那些地方，这个线索留得约等于无。

导演有点儿愁。

林枝和沈清河是这期节目的收视和话题保障，如果他俩早早下班，那前些时候造出的噱头就白费了。

导演正思考着对策，就看见林枝拿着手机地图，在周边搜索里输入四个字：保

加利亚。

导演：？？？

结果很快弹出来，林枝微微笑，小跑着往前："出发！"

摄像大哥急忙跟上，导演愣了愣也跟着走了。

T 省和保加利亚主题有关的东西不多，林枝很快确定了沈清河的位置——南翔街的美术馆，这两日一个保加利亚籍的画家在那里做巡回展览。

打车十五分钟，林枝到了美术馆。

还不到六点，美术馆还没开门，林枝沿着外围上了几级台阶，下面的长椅上坐着两个人，还有一个熟悉的身影站在长椅边上。

林枝笑眯眯地说："找到了。"

后面的导演人已经傻了，这都可以？

怪不得"知情 CP"粉轰轰烈烈地崛起，谁让人家正主真啊！谁让人家正主心有灵犀不点就通啊！他们 CP 不红，天理不容！

导演窃喜，看来这集节目稳了。

沈清河听到脚步声转回脸，看到的就是这样一番场景——少女站在高高的台阶上，脸上的笑比十万星河的光都明媚灿烂。

这一瞬间，他梦回十年前。

少女小鹿一样跑过来，后面还跟着一串工作人员。

沈清河的神思霎时从十年前拽回来，也是，自重逢起她就没有这么真心诚意地笑过，而现在却在镜头前露出来了。

为了红，她还真是不遗余力，能昧着良心做事。

沈清河为昨夜短暂的动摇而唾弃自己，强迫自己冷硬一颗心，在这场营业游戏里旁观她沦陷。

他转回头，又没忍住用余光去看她。

可是她真的太好看了，穷尽人类语言都描述不尽的好看。

好，他是废物。

太好看的林枝走过来："这两位是……"

长椅上坐着两个耄耋老人，看样子是对老夫妻，两位都是头发花白，脸上满布着岁月的痕迹，仔细看去，老奶奶的双眼无神，是一位已经失明了的老人。

沈清河介绍时语气不自觉地就带了恭敬与温和："王爷爷和刘奶奶是一对患难与共六十几年的老夫妻，刘奶奶在十年前双目失明，王爷爷一直无微不至地照顾她。"

林枝看着两位老人紧紧相握的双手，眼神无不艳羡。

所谓神仙爱情，就是等到两个人都到了老神仙的年纪，还有不离不弃的爱情。

“今天你们的任务就是模拟王爷爷和刘奶奶的一日生活，来体会另一种人生。”导演适时出现，将准备好的道具拿出来。

所谓道具，其实就是一个覆盖度和贴合力都极强的眼罩。

林枝今天要做一个“盲人”，而沈清河则要在这一整天，做她的眼睛。

对于林枝而言，失去了最直观看待世界的视力，那种对未知的恐惧感让她只能全心全意依靠身边唯一的人。

这也是节目组为什么会做默契测试的原因，只有极强默契的两个人，才能完成这项任务。

这，林枝就开始慌了。

她和沈清河，有个鬼的默契？

她能猜到保加利亚的玫瑰，完全是个意外好吧？

导演又说：“在开始前，两位有什么话想对对方说的？”

林枝目光灼灼地看着沈清河，很真诚、很真挚地开口：“别把我弄丢了。”

“是你先不要我的。”沈清河下意识地接了这一句，语气的哀怆让林枝一怔。

沈清河自觉口误抿紧唇，伸手从导演手里接过眼罩走到林枝身后，一点一点将她的视线遮住。

摄像大哥的镜头激动地对准两个人。

这背景光影，这姿势构图，随意拍，都是一幅可以上杂志的情侣大片。

林枝彻底看不见世界的时候，听见沈清河的声音从头顶传过来，压得又低又沉，似是不甘心，又有些无可奈何：“你乖一点，我不会再弄丢了你的。”

沈清河这句话透出的情绪太过复杂，有那么一瞬间，林枝觉得他不像是营业所致而说的，而像是发自内心。

“我不会再弄丢了你的。”

林枝精准地抓住这句话的精髓字眼“再”，再，就是不止一次。

在沈清河现在的认知里，曾经弄丢过她。

林枝的思绪缥缈，仔细回忆这一次沈清河发病之后做的事情。

那边导演非常满意两个人在任务开始前“情意绵绵”的对话，每甜一度，就是话题度破一个十万的节奏。

导演将今天的时间表给了沈清河，上面一比一复制了王爷爷和刘奶奶十二个小

时的生活。

“早上六点半到八点，在美术馆后面的小桥边散步，倾诉感情。之后到东湖胡同口吃早餐，互相诉说昨晚做的梦。

“八点到十一点，王爷爷给刘奶奶读书读新闻，中午十二点到下午两点，吃午饭，午休。

“下午两点到三点，互相诉说午休时做的梦。

“下午三点到晚上六点半，跳广场舞，结束。”

沈清河照着念完，导演补充：“检测这次的任务是否完成的标准是默契值，满分是100，在做任务过程中你们的一些行为会让默契值减分，减到60分时就提前离场。结束时默契值分数在80分以上，就算任务完成。”

林枝刚把沈清河之前的行为捋顺一遍，听见导演这句话不由得发问：“所以我们随时随地有提前下班的可能？”

导演点点头：“按照游戏规则来说是这样的。”

这下林枝心里更慌了，今天她的身家性命，还有未来事业就都要交在沈清河手里了。

沈清河似是有所感应，看了她一眼，欲言又止，最后还是没说什么。

“现在是T省时间六点三十分整，王爷爷和刘奶奶一日生活体验，开始！”导演对着摄像机拍了下板，属于林枝和沈清河的任务正式开始。

沈清河到导演那儿说了几句话，林枝眼前一片漆黑，什么也看不到，就只能等着他来找自己。

那股橘子甜香终于再次靠近，林枝轻轻地吁了口气，察觉到他微凉的指尖触碰到自己，之后轻柔地将她的手腕托在掌心。

沈清河的另一只手拿着从导演组那儿要来的丝绸带子，一端系在林枝手腕上，另一端绕在他食指间：“这样等会儿散步会安全很多。”

林枝轻轻地“嗯”了一声，沈清河的指尖微动，牵扯着丝绸带子，带着林枝慢慢地往前走。

小桥边也刚巧种着两排玫瑰，只是没有怀鹭区庄园里那样打理得精致，错落的长着，花也没有结，绿油油的叶子，倒刺生长，野蛮又浪漫。

林枝任由沈清河牵着，鼻尖嗅着他身上的橘子甜香，身体和心灵都在这份难得的静谧中得到放松。

“嘀嘀嘀——任务一，散步倾诉情感，现在还没开始，给予警告。警告三次，默契值减分。”导演组的大喇叭突然“吱哇吱哇”地响，林枝被吓得差点儿蹦起来，沈清河的手顺着丝绸带子往下滑，一下攥住林枝的手腕，阻止了一个少女今日的飞蹿上天。

摄像大哥的镜头精准对焦到沈清河这个下意识的动作，简直是男友力 max。

沈清河的手是林枝现在能抓住的稻草，她拍拍胸口缓过来，两人就以这个近乎牵手的姿势继续往前走。

倾诉感情这事她不擅长，毕竟她和沈清河也没那么深厚的感情可以倾诉，营业巨匠沈清河不知道为什么还不开口。

不想提前下班，林枝就只能自己先上了。

她歪着头，朝向沈清河的方向："沈老师的优点，是天上银河天上星，千年百年数不清。保加利亚的玫瑰永不枯萎，沈老师在我心中永不凋零。"

不知道怎么样准确地表达感情的时候，吹彩虹屁就完事。夸张的修辞，再加星星、月亮等词汇，尽量凑韵脚，使其朗朗上口。

沈清河表情复杂，声音幽幽："有时候我觉得你变了，有时候又觉得你一点儿也没变。"

她以前，就是喜欢说一些没有营养的话，甚至还攒了一些做成语录。

"你的背不是背，是保加利亚的玫瑰"，就是那时候她常挂在嘴边，用来夸赞他盛世美颜的话。

当导演让沈清河给林枝留线索时，他想也没想就随手画了一朵玫瑰花。如果林枝还记得，那是不是说明，她还在怀念那段过去？她对他……也不是全无感情？

沈清河内心很矛盾。

林枝很清晰地感觉到了他这种矛盾，她懂得，沈清河又独自沉浸在了他现编的故事里了，不过眼下倒是个走近真相的好时机。

林枝的身体往沈清河靠了靠，怅然地叹了口气："人生这么长，人怎么可能一成不变呢？有变化是正常的。但正所谓万变不离其宗，别人看起来我变了很多，但只有我自己知道，我还是那个我。"

这话其实带入了她自己的经历和感情。苏眉让她改变，她也变了。可最终，她还是做回了自己。

林枝故意说得云山雾绕，沈清河却轻易破译了她的意思："是你家里的人吧？"

林枝："……"

林枝的脑袋瞬间一片空白，掌心兀自出了汗，手指无意识地开始抠着离她最近

的东西——沈清河的手腕。

她指甲稍稍蓄了一些，抠进他皮肉里还是有些疼的。但这轻微的刺痛，和窥探到她这些年真实想法的狂喜比，简直不值一提。

“别人看起来我变了很多。”——在别人眼中，我逐梦娱乐圈，自甘堕落。

“我还是那个我。”——我并不是心甘情愿做这些，只是被迫，现在我的妥协是为了以后的解脱和自由。

让林枝这样痛苦地走上这条路的，就是她的吸血妈妈和浑蛋哥哥。

她并不是他之前想的那样贪慕浮华和虚荣，他好像误会了她。

沈清河的心鼓动着、跳跃着，想亲口去问她：“你当初抛下我是不是也很伤心？”

可他还记得后面跟着摄像机，这些私语，他不想被人听到。

况且万一林枝回答“不伤心”，他怕可能会做出什么不可描述的举动，播出去就真的出事了。

沈清河忍住，声音放轻：“父母在生养孩子时不需要考试，人再强大，也没办法选择自己的出身。我们能选择的，就只有往前走的道路而已。你有你自己的想法，也在为自己努力，我为你骄傲。”

家里的事情，就连林末这样的当事人都不知道全貌，更何况是沈清河。

林枝没想到和沈清河在不同频道的跨服聊天，也能让他精准地戳中她内心深处。

那是一片从没有人肯踏进的荆棘丛，她是被锁链困住的公主，在虚妄中踽踽独行，眼前混沌一片。

可此时此刻，她分明隐约看见了一束光。

带着强硬的姿态，从遥遥远方来，挤进她的城堡中。

光的名字，叫沈清河。

（三）

上午，节目录制地点从美术馆后面小桥边转移到东湖胡同，再转到胡同口外不到五百米的一个小花园。

天气好的时候，王爷爷会搀扶着刘奶奶到小花园，一边晒太阳，一边给刘奶奶读新闻。

今天的阳光极好，暖暖的，但不灼人。小花园的树荫遮蔽大半日光，只留丝丝阳光，坐在下面的人直泛困。

刚才林枝在东湖胡同吃了一碗小馄饨，馄饨的皮很薄，馅儿鲜香，林枝一口吃一个，一碗很快就吃完。

当然，是被沈清河喂的。

沈清河耐心十足，动作更是小心，一滴汤都没有洒出去。他喂她吃完，才拿起自己的碗自己吃。

喂食完成，导演组的大喇叭又响了："无微不至贴心照顾，默契值 +0.05 分。"

虽然加的分少，但是在这个环节里分数不扣反增，本身就是个奇迹了。

营业巨匠沈清河，不愧是你。

在吃饭环节上，看不见的林枝没有什么营业发挥的空间，现在倒是可以了。

所以当沈清河拿着手机问她想听什么类型的新闻或者是想看什么书时，她"唔"了一声："想听奶茶七分甜的最新微博。"

她之前手一滑，转发了奶茶七分甜在 B 站发的视频，沈清河也转了。

转都转了，那就没什么可藏着掖着的，大大方方地展示对 CP 粉的友好，反倒会因为太过坦荡而让唯粉觉得他们不是真的。

在唯粉那边，这么明晃晃的就是人工糖精，就是假糖。

况且 @ 奶茶七分甜的"皮下"是宋小野，发的也都是网上流传很久的总结，没什么太出格的，林枝还是放心的。

林枝说完，沈清河去搜微博。

黑暗中，林枝感受到了沈清河有一段长达二十秒钟的沉默。

之后他开口，声音带着丝紧绷："据'知情'粉丝汇报，我们'知情 CP'有一件好事将近了！至于是什么好事，我们乖乖等他们两个告诉就好。转发这条微博，抽五十位'知情'铁粉瓜分五万两千块红包，等好事公开时开奖。"

林枝："……"

娱乐圈的绯闻 CP 的"好事将近"，主要有几个方向：公开关系、结婚、生娃。

或者以上三个两两排列组合，再或者三合一一步到位。

可她和沈清河……哪条都不沾啊？

沈清河陷入更长时间的沉默，沉默到林枝心惊肉跳。

下一秒，沈清河若有所思地说："五十位太少了，这种普天同庆的好事该发一百个红包，我回去就让宋小野发。"

发现林枝其实没有变坏，本质上还是过去的她，不管他们以后的路该往哪里走，这过去的回忆总算还是拂去了灰尘，闪闪发光。

回忆多美，美到人心碎，美到人流泪。

找回美丽的回忆，光是这一点，就很值得撒点儿钱。

林枝：“……”

这期播出的时候，她的脑袋四周会被后期打上一圈字：恋情？隐婚？怀孕？

所以她这是营业过头，顺手挖了坑把自己给埋葬了？

导演组的大喇叭又适时响起：“无可救药撒糖疯狂收割少女心，默契值 +0.5 分。”

林枝隐约听出了导演机械的声音里，一丝丝激动的颤抖。

毕竟这种自爆行为，是炸了自己，成全了节目组。

林枝扶额，等回去让颜熙他们想想办法，和节目组商量下删去一部分。

为了避免这种自爆事件的再次发生，之后林枝就让沈清河念一些社会新闻，这一时间段的任务顺势完成。等午休睡醒之后再撑着把下午的时间线走完，一切就结束了。

“嘀嘀嘀——”

大喇叭又刺啦刺啦地响起，林枝几乎条件反射吓了一跳。

导演拿着喇叭喊：“因为两位嘉宾一上午的任务圆满完成，默契值一点也没扣，还加了 0.55 分，按照节目组的惯例，表现优异的嘉宾可以获得额外的功能卡片。”

两个工作人员抬着一张大牌子过来，上面贴了三张功能卡。

分别是：时间暂停卡、时间缩短卡、时间增加卡。

“这三张功能卡的时间，代表的是任务进行的时间。可以缩短，可以增加，可以暂停，看两位嘉宾的选择了。”

“如果缩短的话，那下午的任务就可以提前完成了。”林枝琢磨着，举手，“我选——”

“我选暂停卡。”沈清河抢先一步，仗着胳膊长直接抬手将“时间暂停卡”拿下来，“我要现在暂停时间。”

节目组也不是上帝，不能让时间停止。所谓的暂停时间，不过是让摄像师先别录了。

沈清河话一出口，导演就对摄像师招招手，让他照着做。

林枝眼睛看不见，也不知道沈清河到底想做什么，一时有些蒙。过了片刻，手腕上的丝绸带子牵着她往前走，不一会儿改成他攥着她的手腕，带着她拐进无人的胡同。

林枝不明所以：“你带我来这儿做什么？”

沈清河没回答，目光下垂，自顾自地问她："你当初抛下我之后，有伤心过吗？"

眼罩下的林枝心猛地一颤。

她看不到周遭的一切，看不到沈清河的表情，正是由于眼睛看不见，其他感官才会无限放大。

譬如听觉，她捕捉到了他话音中的怅然。

譬如嗅觉，她闻到他说这话时身上的橘子甜香明显了一些，猜想应该是他悄然地靠近了自己一些，想更清楚地听到她的回音。

譬如触觉，他的指尖发着颤，自己却恍然不觉。

沈清河对她的回答，既期待又有些惧怕。

林枝一早就打算好这次绝不刺激他，顺着他的思路走，一个字在唇齿间咀嚼，轻松却郑重地出口："有。"

这一个字对沈清河而言犹如海上巨浪，轻而易举地将他那些负面情绪一扫而空，连泡沫都没有剩下。

沈清河抬起双手，有些重地握住她单薄小巧的肩膀，胸腔内多年压抑成死水的情绪倏然复苏。

他眸底漾着碎光，从她的额头一寸寸下滑，将她看在眼底。

这段时间报复她，他并没觉得有多快慰，相反很茫然。

看到她无所顾忌地开怀大笑时，他恍惚间回到了年少多情时，轻易地怦然心动。

笔记本能让他在动摇时坚定内心，却教不了他，怎么扼制住一次次的一见钟情。

这一场营业，真正陷进去的，是他自己。

可知道她并不是毫无感觉的，这样就够了，够了。

他既然已经豁出近十年时间去找她，又为什么不能再花一点儿时间替她解决一切，再留下她？

沈清河的声音有些紧绷："以前的事，就让它们都过去吧！"

"以前的什么事？"

沈清河已经听到了自己想听的，心房卸下，再加上抛弃他的事情也不是她主观想做的，就很淡然地说了："你始乱终弃我的事情。"

顿了顿，他又补充说："还有你想找金主，逐梦娱乐圈的事情。"

林枝："……"

林枝："这回没下药的事情了？"

沈清河清了清嗓子，语带歉意地道："这是个误会，是我喝醉了才把在郑导宴

会上给我敬酒的女人认成了你。”

是因为思得太深，想得太甚，是因为她是他醉生梦死间唯一想栖身的温柔乡，不然他不可能认错。

林枝听这话稍稍地放心了下，看来“下药”这个情节在影视城之后就被沈清河当成漏洞补上，以后不会再钻出来了。

可喜可贺，可歌可叹。

刚取得阶段性小胜利的沈清河看她也没生气，忍不住心痒痒，想再攻下一城。

“枝枝。”

“嗯？”这好像是沈清河第一次这么清楚地、亲昵地用这个称呼叫她。

沈清河的喉头上下滚了滚。

正午时的阳光，明晃晃地洒在大地上。沈清河仿佛听到了美术馆后那不盛开的玫瑰，花朵轻绽的声响。

他倏然而笑，手指屈起轻轻贴了贴她的额角，声音带了丝少有的轻快：“等下次再告诉你。”

慢慢来，不能急，反正岁月还长。

林枝不明白沈清河琼瑶剧男主内心的弯弯绕绕，只觉得额头被他触碰的那一处微微发着热。

在这段暂停的时间里，她貌似和这次臆想中的沈清河和解了。

这是个大好开端，只要顺着这个方向继续往前走，让沈清河得到自己想要的，满足了快乐了，估计他就会痊愈了。

——那你现在想要什么呢？

这个问题在舌尖徘徊往复，最终被林枝咽了下去。

等沈清河痊愈，他们就是毫无关系的两个人。

还没到那一日，她却已经开始怀念起现在这段时光，恨不得暂停卡就这么停着，时钟的指针永不向前。

反正已经解决了大半的问题，那不如再等两天，等录完节目回去再问。

算是她，贪心这么一次吧！

暂停时间的功能卡用掉之后，整个节目组的工作人员都明显察觉到了沈清河和林枝之间有什么不一样了。

还是一样的以丝绸带子牵着走，还是一样的说话低语，但周围的气氛莫名像浸在了煮得“咕嘟咕嘟”冒着小泡泡的糖浆里。

工作人员都各自心里有数了，刚才沈老师一定是克制不住和恋人亲近的念头，暂停时间之后就拉着林枝在角落里甜蜜低语，互诉衷肠了。

没想到清冷名声在外的沈老师，谈起恋爱来居然仿佛个高中生一样肆无忌惮又偷偷摸摸，啧。

按照任务时间表，十二点到下午两点是吃午饭和午休。

在沈清河的又一次一滴不漏地把挚爱的鸡汤喂进林枝肚子里后，两人的默契值又开始奇迹般地增加。

午休后到下午三点，任务是互相诉说午休时做的梦。

这也是王爷爷和刘奶奶保持这么多年幸福婚姻的一个小诀窍，他们会把对对方的不满以梦境的形式说出来，来解决两个人日常生活中产生的摩擦和矛盾，保持婚姻长久的和谐圆满。

当然，沈清河和林枝之间没这个必要，就只编个梦境，说得真实有感情一点就可以了。

等会儿要做今日的最后一个任务，跳广场舞。沈清河就牵着林枝慢慢悠悠往广场去，在路上顺带完成“诉说午休梦”这个过渡的任务。

“你先说还是我先说？”

林枝说：“你先吧！”

病人优先，先看他怎么编，她再顺着编，准不会有错。

沈清河点了点头：“好，那我先说。”

“我梦到高中时候的事情了。”刚好两人也经过一所学校，下课铃声“丁零丁零”地响起，一群面上写满稚嫩和青春的孩子你追我赶，从教学楼里冲出来。

沈清河的眼底浮现出艳羡和怀念：“我梦到你在走了三个月之后又以转校生的身份回到了学校，你穿着一身蓝色的校服，神情有些难过，还有些歉疚。班主任纪老师把你安排和我同桌，我怪你之前不打一声招呼就走，坚持不肯和你说话，你也不和我说话，我们就这样在一节数学课上安安静静地听课。”

沈清河的嗓音很低、很沉，天生蕴着无限情感，林枝一个晃神，已经被他带进那段自己未曾窥探过的曾经。

“然后呢？”

“然后，然后我被纪老师叫到黑板前解一道函数题。等我再回到座位，数学习题册里面夹了一颗糖，是我最喜欢的橘子味的。我偏头去看你，你眼巴巴地看着我，

然后无声地对我说：‘能和好吗？’”

说到这儿，沈清河笑了笑：“我觉得你还在骗我坚持不理你，你就每天放一颗橘子糖到我这儿，一直到书桌里都被糖填满。你的持之以恒打动我了，我原谅你了。”

梦里操场上的天空和橘子味的风，将林枝走之后那段让沈清河痛苦又绝望的岁月替换。

那被岁月无情手偷走的分开的十年，又回来了。

林枝眼眶发潮，心里酸涩又难熬。

自此沈清河这一次的臆想背景，她已经差不多知道了。

——她和沈清河高中时亲密无间，她一声不吭地离开学校一走十年，他找了她十年，之后发现她被家里逼着在娱乐圈发展，被抛弃的伤口被血淋淋地撕开。

之后沈清河的心理活动大概就是在“想报复——我不舍得——想报复”这条线上来回跳。

直到今天，沈清河通过这一个梦境，彻底放下报复念头，心理活动的尽头落在“我不舍得”这四个字上。

她知道沈清河是发病了，可沈清河自己不知道。

这些他自以为是曾经发生的现实，让他痛苦又绝望，将他整个身心都侵蚀，她从旁观者的角度都觉得透不过气，更何况是“正亲身经历着”的他。

不知道过去那么多年，他究竟有多少次深陷于这并不存在的痛苦里。

这个认知，让林枝心里绞着般疼痛。

她弯着嘴角，轻声说：“我刚好也做了高中时候的梦。”

沈清河偏着头：“嗯？”

“我梦到，我送了一百颗橘子糖之后你把我叫出去，在学校旁边的喷泉边送了我一朵保加利亚产的玫瑰花，你说：‘随手摘的，丢掉也浪费就给你好了。’我接过来，然后花粉过敏症发作哭了很久，你不知道我有这个病，以为我是被你气哭的，开始手忙脚乱在旁边安慰我，一直道歉骂自己是浑蛋，不应该这么对我。我一边哭，一边又想笑，像个小疯子一样……”

“就算是小疯子，也是最可爱的小疯子。”沈清河接过话头，肯定地添了这么一句。

林枝对她的美貌从来都不怀疑，点着头：“肯定是。”

……

身后跟拍摄像师一路拍过去，职业素养让他无论面对什么样的场面都心不慌，手不抖，镜头稳又清。

旁边的导演却感性得很，捂着脸带着哭腔说：“这也太感人了！这不是猛男该看的东西！”

想他浸润这个圈子这么多年，见惯了男男女女虚情假意，夫妻情侣各怀鬼胎，他已经不相信这个圈子会出真爱了。

可沈清河和林枝，太难得了。这种青涩又虐的校园爱恋，是久未见到过的真心啊！

导演深吸口气，鼻尖通红：“之后记得提醒我，好好盯着片子的剪辑。”

可不能把他那个爆炸式哭腔给剪进去。

摄影师懵懵懂懂地点头。

（四）

最后一个任务，是在洪安广场跳广场舞，一直到晚上六点半。

洪安广场占地有一个足球场大小，分布着十来个广场舞小队。其中五个小队拿过省内的比赛金奖，四个小队得过市比赛的奖杯，可以说代表着 T 省广场舞的最高水准。

王爷爷和刘奶奶初遇就是在舞会上，退休之后两人每天结伴来这儿跳舞。当他们来广场时其他人都会自觉停下，围成一圈，给他们腾出双人舞的场地。

《X 关系》节目组曾经走访过洪安广场舞蹈队的老队员，他们说是王爷爷挨个队员去拜托恳求他们这么做的。大家逐渐养成习惯，后加入的人也都照着这么做了。

沈清河牵着林枝，在下午四点之前到达洪安广场。

在到之前，两人又有了一次得到功能卡的机会，这次沈清河选了“时间缩短卡”。

关于广场舞这一段的结束时间，从之前的晚上六点半，提前到五点。

节目组的工作人员已经提前打好招呼，今天沈清河和林枝两个人就是“王爷爷和刘奶奶”。是以两个人刚一脚踏进广场，就被广场舞队员们热情地围上去。

“哎哟，老王，今天这身很精神嘛，脸上的褶子也少了，是背着小刘又找哪个五十岁漂亮小姑娘了？”

“小刘啊，你家老王高大又帅气，你可得看牢点儿他。”

沈清河蹙眉：“我看起来就是这么不靠谱的人？”

林枝若有所思：“是吧！”

沈清河：“……”

也不怪队员们针对沈清河，来这儿跳广场舞的最年轻也是阿姨辈的，一看见年

轻小姑娘就忍不住提点。

更何况这小姑娘旁边的小伙子俊得不行，不知道外面多少人惦记着呢！

队员们要进行第二轮“针对提点”，沈清河已有准备，先一步开口：“诸位不用操心了，外面的人我一眼都不会多看的，开始跳舞吧！”

林枝唇抿了抿，将克制不住想笑的嘴角硬生生往下压。

沈清河都这么做保证了，队员们也不再难为他。大家按照往常的队形散开，将沈清河和林枝两个人围在中间。

林枝之前还在想，这一天也没什么扣默契值的点，那么所谓的任务岂不就是白送分的开卷考试？

现在她突然明白了，这个双人舞，才是扣默契值主要的环节。

王爷爷和刘奶奶两个人因舞定情，在一起多久，就跳了多久的舞，那个配合的默契不只是体现在动作拍子上，还在这么多年的情感交融上。

她倒是会跳舞，但没和沈清河彩排过，就这么直接跳效果肯定不好，更别说还有什么情感交融。

节目组不愧是节目组，懂得将最难的放在最后。一整天没扣默契值，最后一个环节直接扣光，这多刺激，多有爆点。

华尔兹的音乐缓缓倾泻，是最基础的那一支曲子，沈清河一只手和林枝相扣，另一只手扶在她的腰间，带着她跟着节奏旋转。

林枝眼睛看不见，短短几个舞步间就踩了沈清河好几脚。

导演组的大喇叭又出声了，这次是玩《超级玛丽》类似的金币“叮叮叮”流淌的声音，林枝心里一紧，这是在扣他们的默契值。

“好想认识节目组的策划。”真是个鬼才。

沈清河揽着她的腰又是一转，声音有些凉：“认识他做什么，认识我一个就够了。”

林枝：“……”

随着沈清河敞开心扉，这营业更无比顺手，无比自然了。

林枝又一脚踩上沈清河的脚背，大喇叭“叮叮叮”响了三声，按照方才林枝心算的，他们这一会儿就扣了好多默契值了。

本来很富裕的家庭一下子贫困，可踩脚还在继续。

突然，沈清河问她：“你想赢吗？”

“想。”

“为什么？”

“做游戏不赢的话那还有什么意义。”

沈清河闷声笑了笑。下一秒，林枝脚下一空，她惊呼出声，手慌乱地抓住沈清河的脖子。

沈清河将她公主抱起，脚下轻盈地继续跳着舞，没有因负重一个人而漏下任何一个拍子。

喇叭里金币流失的“叮叮”声戛然停下。

林枝的双臂有些僵硬地揽着沈清河的脖子，这样的双人舞她还是第一次见。虽然和王爷爷、刘奶奶的舞蹈不同，但这样亲昵的姿势和甜度，就可以代表那四个字：情感交融。

他们的呼吸也在交融。

他的鼻尖在转弯时会往她的方向靠一下，清浅鼻息会落在她的耳后。

林枝头昏脑涨地在想，这期节目播完，以后估计节目组不会再找绯闻嘉宾，或者情侣嘉宾了。

没有人能甜得过沈清河。

学他的都是东施效颦，不学他的无人在意。

（五）

一整天的录制结束，“知情 CP”最终的默契值是 93 分。在最后一个环节一开始扣掉的默契值，随着沈清河公主抱逐渐加了回来。

两人的默契达到了优秀，这是导演组非常乐意看到的结果。

结束之后，导演请两个人去吃饭，沈清河本来要时间缩短的功能卡就是为了早点儿结束，然后和林枝两个人在和好后正式地聊一聊，没想到却被导演搅和了。

到了酒店，沈清河的脸色一片冰霜。

导演殷勤地给他们倒水布菜，找话题聊：“不怕你们笑话，刚才我听你们说在高中学校那段过往时感动得不行。刚好我们台最近有个新的项目，让明星嘉宾们扮成高中生回到校园上课，所以我想多和你们聊聊，看有没有机会再合作一下。”

这样好的 KPI 制造商，如果能长期合作，那简直是赚翻。

林枝但笑不语，手里拿着筷子戳着碗里的奶黄包。

导演觉得她这是羞涩，也理解，毕竟是女孩子嘛，没那么容易把过去的情啊爱啊的说出口。导演眼珠一转，视线和自进来目光就暗沉沉的沈清河对上，心倏然一惊。

沈老师这个眼神……怎么好像看仇人？

导演“呵呵”笑了两声，给沈清河倒了一杯酒：“沈老师要是有兴趣，我们可以到你以前上学的高中取景。”

看沈清河那么怀念那段时光，有机会和林枝再一起回去的话，一定会开心，合作可能就这么成了。

导演这么想着，突然愣了一下：“我记得，林枝好像才二十岁？”

林枝戳着奶黄包的手一顿，沈清河的眉头蹙了蹙。

导演思忖着说：“我记得沈老师今年二十八岁，你们年龄差这么多是怎么上的一个高中？”

林枝：“……”

沈清河：“……”

“啪嗒”一声，林枝手一滑，筷子顺势掉到地上。她梗着脖子看旁边的沈清河，他静坐在位置上，眉目平静，眼底一丝波澜也没有。

林枝一颗心胡乱蹦，不确定沈清河到底有没有把导演的话当真。看这冷静的样子，应该是没有吧？

思绪刚一闪，沈清河眼一翻，沉沉地砸到林枝身上，晕了过去。

林枝：“……”

“这这这……这是怎么回事啊？”导演吓得脸色都白了，手哆哆嗦嗦地要打120，被林枝拦了下来。

“老毛病了，不用去医院。”林枝说完，又摇头，“还是去一次医院吧！”

她不确定沈清河醒来之后是什么情况，回酒店的话颜熙和宋小野在，倒不如去医院开个病房，她一个人守着他就好了。

导演生怕沈清河出点儿什么事，去医院之前就联系好了人给他做检查。林枝摆摆手示意不用这么麻烦，只要了一间病房，再让护士给沈清河挂一瓶葡萄糖。

“就是累的，没什么事儿。”

听林枝这么说，导演心里蒙上一层愧疚，录节目累成这样，沈影帝可太敬业了。

林枝万万没想到，沈清河的日常发病会把一个导演感动成这样。导演走后，她将病房里的窗帘拉严，坐在床边看着沈清河的睡颜。

“早知道导演那么厉害，一下就挑破你臆想故事的漏洞，我白天就应该问你的，问你有没有什么想要的。”

沈清河被刺激，要么彻底痊愈，要么漏洞补上，升级臆想故事。

这几次的经验让林枝知道，前者的概率太小，这次有九成还是后者。所以他们之间，暂时不会毫无关系，还能继续有所纠葛。

林枝轻轻地笑了一下。

沈清河睡着的时候很安静，连呼吸声都很轻。林枝在外面跑了一天，坐了一会儿开始犯困，迷迷糊糊间，手机铃声响了，她随手摸出来也没看屏幕，接通后含混不清地说："喂……"

"阿枝。"女声轻柔，林枝却像被雷劈了一样瞬间清醒。

她唰地坐起来，像奓了毛的狮子一样浑身戒备，就差鼻尖"咻咻"吐气了："你找我有事？"

"你爸爸生日宴你没有来，他心里很难过，你有时间回来看看他好吗？不管怎么说，你爸爸对你一直都很好。"

林岳庆对林枝确实一直都很好，苏眉戳中这一点，戳得林枝唇色发白说不出话来。

一只修长的手从后面拿过林枝手里的手机。

"林枝很忙，挂了。"

林枝扭头看着倚在床边的沈清河，他把手机还给她："以后不想接的电话都交给我。"

"你醒了？"

沈清河点点头，怕她不听自己的话又补充了一句："不管怎么样，我们既然结婚了，我就不会让你再受家里的委屈。"

结婚……结婚……

林枝眼前一黑。

难道@奶茶七分甜的那个抽奖微博成真了？

宋小野，难道你就是传说中的预言家？

林枝深吸一口气悄悄抬眼，看着倚在床边的沈清河。他也正在看她，一双眼中古井无波，沉静又安然："怎么这么看着我，不认识我了？"

身体是认识的，灵魂就不一定了。

林枝心里这样想着，面上却看不出破绽，毕竟已经经历过好几次，她习惯了。

林枝从床头柜拿了一个柑橘，低着头慢慢剥，借以避开沈清河那双灼亮的眼，随口说："我家里的事情你不用太管，左右管了也不会有什么结果……"

沈清河眉头蹙了蹙，声音清冷："你和我结婚，为的不就是堵住你家里人的口？如果我不能帮你解决家里的事情，这段婚姻的存在还有什么必要？"

林枝：“……”

好家伙，听这意思他们这段婚姻还是个形式主义。

不过这样倒是避免了很多客观存在的问题，比如他们既然已经“结婚”了为什么没住在一起。

林枝睫毛不断地颤动，手抠着橘子皮，又说：“其实以你的身份，没有必要蹚我家这浑水，你也不缺什么。”

“谁说我不缺？”沈清河这一句说得有些急，免不了声音拔高。

林枝侧头去看他。

沈清河转眼间就变回了冷静的面孔：“我年纪也不小了，父母催得急，可我事业很忙无暇分心去和谁相处。有个名义上的老婆在，会省很多麻烦。”

林枝：“……”

好家伙，听这意思他们还是个合约关系。

林枝思考着上一回沈清河臆想现实的漏洞，在她和沈清河同上一个高中。那既然这个漏洞补上了，他们在“结婚”之前应该还有关系。

林枝将剥好的橘子递给沈清河：“其实以我们以前的关系，不用你牺牲这么多……”

“毕竟是看着你长大的，我总不能看着你往火坑里跳。”沈清河随口一说，偏过头，抬手将橘子推回去，“我不喜欢吃。”

看着你长大的……好家伙，这还是个养成系？

沈清河，可真有你的。

沈清河指尖微屈，道：“我想再休息一会儿，你先回去吧！”

林枝将手里剥好的橘子放回床头柜，深深地看了一眼沈清河：“那我先走了。”

沈清河从鼻腔溢出一声“嗯”，模糊又冷淡。

看起来在沈清河的认知里，他们是没什么感情的表面关系夫妻。沈清河大抵当她是个妹妹看待，只是不忍心她被家里安排跳火坑，自己又刚好缺个名义上的妻子，才和她“结婚”。

逻辑完美，可总觉得哪里怪怪的。

好像是太规整了，而且没什么感情线，不太像沈清河之前那些乱七八糟的虐恋情深故事。

林枝关上房间的门，给宋医生发消息。

[林小枝：病人在T省录节目的时候再次发病，这一回主要的臆想现实我已经

差不多掌握了。]

[宋医生：但是？]

林枝叹口气，宋医生真是明察秋毫，她一句话他就看出问题了。

[林小枝：但是我怀疑病人可能隐瞒了部分现实，而这个隐瞒的部分才是这一次臆想的关键点。]

[宋医生：小林医生真是越来越细心了，那记得再观望观望。]

林枝抿唇秀气地笑了笑，想起什么又问。

[林小枝：病人痊愈之后会留什么后遗症吗？比如……忘记他发病时的这段记忆之类的。]

[宋医生：这个倒是不好说，沈清河之前发病两次，有一次是忘了发病时记忆，另一次没有，所以忘记和不忘的概率各占百分之五十吧。]

这说了和没说一样。

林枝心里有些发闷，手机铃声响起，是颜熙。

“节目录完了，沈清河……有事儿，晚一点儿才能回去，你先来接我吧！”

天边星子一颗，遥遥地发着光。

林枝盯了良久，方才吐出一口浊气，转身下楼。

第六章 新婚营业日记

（一）

病房里，沈清河保持林枝走的那个姿势坐了很久，坐到脊背都僵硬才动了动。其间护士进来过两次，一次是来拔掉输液针，一次是来送夜宵的。

小护士和他说话时脸颊红红。

从小到大，沈清河遇到过太多这样的情况，他一如往昔连眼皮都没有抬，小护士窘迫地退了出去。

手机振动了两下，是陆经年发来了语音通话邀请，沈清河直接挂断。

陆经年锲而不舍地继续打，来回三次之后沈清河接通，陆经年上来就开始大骂："朱凌深是个什么东西，三线都排不到的糊咖居然还敢放我鸽子！职业素养呢？道德水准呢？都被他自己吃了？"

陆经年骂的朱凌深，是扮演《九日》里男三号的演员。陈夺的戏份不算多，但性格多变，非常出彩，当初这个角色很多人盯着，最后被演技不错的朱凌深拿下。

但就在昨天，朱凌深突然辞演。

陆经年打听了一圈才知道，是有一部大制作的商业片邀了朱凌深做男一号，档期和《九日》相撞，朱凌深就果断放弃了《九日》。

陆经年讨厌被人这么耍着玩，在电话里把朱凌深骂得狗血淋头才稍稍解了气："之前和朱凌深一起试戏的演员我不想找了，你那儿有没有合适的演员推荐给我，要快。"

"男三号，那个陈夺？"

"对，就是陈夺，霸道军阀。"

沈清河沉吟："我来演。"

陆经年沉默了有足足两分钟，"嗷"地号了一嗓子："你肯演陈夺？你骗我的吧？您老人家怎么肯纡尊降贵来演男三号？等等——你是为了林枝？"

林枝演的顾小蔓和陈夺的对手戏超多，还有制服诱惑桥段。

陆经年觉得可能性极大，"啧啧"两声："沈清河，你脏了。"

沈清河不接茬，只冷淡着说：“要是不行就算了。”

“别别别，行啊行啊，您老人家大义凛然救场，兄弟记住您的恩情了，会让编剧多给你们加点儿不可描述的对手戏的——”

沈清河不听他的，直接将电话挂断，又给经纪人程珂打了电话，将参演《九日》的时间腾出来。

相比陆经年的震惊三连，程珂倒是没说什么，只是叮嘱了一句：“多赚钱，多赚钱，求求你了多赚钱。”

沈清河将事情都处理好，重新躺下。

病房是节目组预订的 VIP 套间，这床极大，他一个人躺着，旁边空空的。

沈清河的手臂伸开摸了摸旁边的位置，对着空荡荡的房间无声地开口：“到底什么时候才能让你躺在我的怀里？”

就像结婚后无数个他自己独自睡着的夜里那样，一如既往地无人回应这个问题。

他跟着父母参加她的生日宴会，第一次看见她。那一年，他十二岁，她四岁。

沈清河见过很多可爱的小妹妹，但没有一个像林枝那样精致乖巧到让人一看到就喜欢。她穿着黄色的小裙子，被妈妈牵着走到蛋糕边上，乖乖地许愿吹蜡烛。

他不知道小小的她许了什么愿，但他莫名地想帮她实现。

生日宴席间，他心不在焉地到处晃，突然袖子被人扯了扯。他一低头，正对上那双黑葡萄一样水汪汪的大眼睛，他心跳漏了一拍。

“哥哥，给你吃糖。”她将小手摊平，掌心放着一块小小的糖。

他将糖含在嘴里，橘子味的，酸酸甜甜，就和他那时的心境一样。

之后她每一年的生日他都跟着父母陪她过，每一年她都会送他一颗橘子糖。就这么一年又一年，这成了他们之间的一个小小的仪式。

随着交往的时间变长，他知道了有关她家里的很多事情。

她有个吸血的母亲，还有个浑蛋哥哥，他们总是利用她得到自己想得到的东西。

他恨自己还是个没多少能力的少年，没办法让她脱离苦海。他恨不得一夜长大，成为一个有巨大影响力的人。

之后机缘巧合下他进了娱乐圈，一步步靠着自己的能力站在了顶端。他终于有能力，也有机会，让她离开那个家。

可是没想到，晚了一步。

趁着沈清河出国进修的时候，林枝被家里送进了娱乐圈，想让她钓个有钱有势的金龟婿回去，巩固她吸血鬼母亲的地位。

甚至为了成事，她的吸血母亲还托人买了一种药，想让她在郑导的宴会上对一个大佬下手。

知道这件事的沈清河连夜动身，从国外赶回来，风尘仆仆地闯进郑导的宴会。

他一到宴会现场就看到一道熟悉的窈窕身影，拿着一杯酒敬一个啤酒肚的油腻秃头男。他双目猩红，猛地奔过去，那酒里下了药，他一闻就知道。

沈清河怒火中烧地抓住她的手腕："你居然还学会给人下药了？"

秃头男自觉上当，骂骂咧咧地走了。

女人气得跺脚："我不下药人会跑的！不对，现在已经跑了，你谁啊你？"她一转头，看见是沈清河，瞬间变了一张脸，"沈老师，原来是你呀……"

沈清河却是一愣，这人不是林枝。

他不顾女人的挽留，急匆匆地往外跑，从颜熙那儿得知林枝偷偷地跑去直播了。他松了口气，在直播结束之后打了电话过去。

"哥哥？"

"是我。"沈清河顿了顿开口，声音坚定，"林枝，跟我结婚。"

"什么？"

"像今天的事情有一次就有第二次，你逃得过一次，但是不可能次次都逃得了。和我结婚，你家里不敢再逼你做这种事情了。"听出对方的难以接受，沈清河忍着心痛故作镇定地说，"哥哥对小丫头可没什么兴趣，只是想帮你渡过这个难关，你是自由的。等之后你遇到喜欢的人，我们再立刻离婚。"

林枝沉默了很久："可是万一被人知道了……"

"我会安排手下人给我们炒 CP，虚虚实实、真真假假，算是给粉丝一个心理准备。不被人知道最好，万一我们隐婚的事情被曝光，他们也不会反应太激烈。"

林枝细细地说："那我都听哥哥的。"

其实没人知道，在林枝四岁的那一年对着蜡烛许愿的时候，沈清河也许了个愿：小公主，我想保护你。

沈清河这些年，一直都在保护林枝。可他知道，林枝只是把他当哥哥，当长辈，当亲人。

但他有私心，和她结婚并不是只为了保护她，他想真真正正，成为她生命中的另一半。

这种独占的欲望随着时间的推移，越来越强烈，越来越不可控。连她要和别的男人演亲密的对手戏，他都忍不住嫉妒。

……

想到这儿，沈清河自嘲一笑："沈清河，你这个禽兽。"

节目组担心沈清河身体状况，把和其他几组嘉宾会面这个流程放在了第二日上午，打算简单地聚一聚剪了一些素材之后，大家就各自飞走了。

地点就在林枝住的酒店不远处的一个体育馆，也是到了之后林枝才惊奇地发现，这次的嘉宾，居然有她曾经嗑糖嗑到醉生梦死的尤潜和应筱。

"你好啊，小师妹！"尤潜见到林枝，主动打了招呼。

两个人同一家公司，又是同一个经纪人，尤潜叫一声"小师妹"合情合理。

尤潜是现在郑喻手下最大的摇钱树，作为歌手，粉丝量和鸡血程度不输现在任何一个流量演员。

这次《X 关系》把尤潜参加的消息瞒得这么一丝不透，可见是真的下了功夫的。

"尤师哥好。"林枝乖巧地喊道，眼睛却瞄着尤潜身边的搭档——他们同公司的一个舞蹈老师，也是尤潜的好朋友黄新。

"黄老师好。"

黄新略一点头，算打过招呼。

黄新性格偏冷，在整个公司也就尤潜和他相处得来。

林枝和尤潜说着话，眼睛却不自觉地瞄着坐在不远处篮球架下的女孩——那人身上套着件宽大的篮球衫，露出纤细修长的手臂，脚尖随意拨拉着一个篮球，一张厌世脸丧丧的，又酷得不行。

是应筱。

应筱旁边立着一个肌肉型男，身高足有一米九几，林枝刚好也认识，是最近和应筱传绯闻的一个男模特。

所以尤潜和应筱并不是同组的搭档，林枝的心情很复杂。

CP 这东西，嗑一对就足够，自从嗑了"知情 CP"，林枝就从"浅笑 CP"的深坑里暂时爬了出来。

但人嘛，总是念旧的，以前喜欢的东西，即使现在喜欢的程度没有那么深了，也希望那时自己想的都是真的。

在林枝的潜意识里，尤潜和应筱就应该是一对，不允许反驳。

可现在，她反而觉得可能不真了。

以《X 关系》节目组的秉性，如果是真的，他们会想尽一切办法让他们同组上

节目制造话题。就譬如她和沈清河，还有以前无数对绯闻男女朋友。

现在他们这样各自组搭档，林枝听到了“浅笑CP”破裂的声音。曾经萌的那些情爱和糖，终究是错付了。

“唉……”

沈清河进来的时候，恰好听见林枝的这一声若有似无的叹气。

他看着林枝身边的尤潜，眸底寒光一闪而逝。

尤潜调侃道：“小师妹年纪轻轻，怎么唉声叹气的，这样可一点儿也不可爱了。”

可爱。

沈清河抠到准确且要命的字眼，薄唇越抿越紧。

林枝最近有些反常。面对他时，不像以前那么叫他“哥哥”了。现在，他想，他找到了让林枝反常的原因了。

“林枝。”他启唇开口，声音不大不小，但能让场馆内的所有人都听到。

沈清河和林枝的绯闻传得沸沸扬扬的，大家自然都知道。只是对这对到底是什么关系，每个人的想法都不一样。

林枝能清楚感觉到落在身上的目光充满了探究，自从认识沈清河，这样的情境她已经遇到过不止一次。

从一开始的不自在，到现在毫无感觉，习惯真是个可怕的事情。

沈清河缓步走过去：“在聊什么，笑得这么开心？”

他语气自然，没有一丝刻意，字里行间却带着化不开的亲昵，像是与林枝认识了多年，相熟了多年。

众人一愣，林枝也是一愣。

她也是第一次听沈清河用这种语气说话。

回过神来，她摇摇头说：“也没说什么。对了，你是什么时候回去的？”

她早上从酒店来体育馆，沈清河还没有从医院回去。

“你走了大概有二十分钟我回去的，路上碰到了不错的奶黄包，就买了几个给你，耽搁了一会儿。等会儿录完回去热一热再吃，不然会不舒服。”他温声叮嘱，眉眼间带着笑。

这世界上没有人能抗拒得了长得好看的顶级帅哥的微笑和温柔。

林枝的眼被晃了一下，从善如流地点着头。

两个人这交流，一丝假糖的破绽都没有，众人心里琢磨着：这八成是真的，现在的炒绯闻就是为了以后公开铺路呢！

沈清河心思敏锐，是察言观色的高手。他自然清楚场馆内人的眼神变化，嘴角扬了扬，才转头应对让林枝笑得灿烂的人。

一瞬间，尤潜莫名心绪一颤。

沈清河伸出手，递到尤潜面前："沈清河。"

尤潜回握："尤潜。"

沈清河松开手，面上带着点儿疏离的笑意："林枝常常说起尤师哥在公司对她的照顾，我还得多谢你。"

不知道是不是尤潜想多了，他总觉得沈清河说到"照顾"时，咬字重了重。

"沈老师客气了。"

"我常听人说起尤师哥在音乐上的才华，这样，我下部戏的主题曲尤师哥来创作演唱怎么样？"

沈清河主演的剧，那就是话题和收视率的保证。现在唱片行业式微，纯靠专辑一年很难出几首传唱度高的歌曲。反倒是近两年大热剧集的主题曲，不说首首都爆，但十首有七首都是年度大热。

文元在影视剧这一块资源并不算顶级，尤潜又是个在音乐上想法很多，不想屈服于别人意见的人，是以出道这么久还没有唱过顶级项目的影视剧主题曲。

现在有沈清河牵线，尤潜说不心动是假的，可是无功不受禄……

"林枝的朋友，就算是我的朋友，尤师哥不用有什么顾虑。"沈清河又"贴心"地加了一句。身边的林枝从他和尤潜攀关系说第一句话时就垂着头，盯着地板上的纹路在数。

场馆里人太多，她怕自己一个不小心因为沈清河的鬼话笑出声。

尤潜这才道："那我考虑考虑。"

这就是答应的意思了。

沈清河笑了笑。

过去的几年，也有很多不开眼的小子惦记着他家枝枝，每一次，都被他不动声色地处理掉了。

做起这样的事情，沈清河轻车熟路。

轻而易举为了利益，就肯变相承认林枝和别人的关系，这样的男人，枝枝到底看上了他什么？

今日他拆穿这男人的脸孔，想来，枝枝不会再对这男人有什么想法了。

她向来不喜欢因为利益就低头的男人，他最了解她不过。

（二）

从 T 省回到济城之后，林枝就在望山影视城租了间两室的公寓。

《九日》剧组给演员安排的酒店已经住满，陆经年说要给林枝想办法排出来一间，但林枝本来就是后来才定下来的，不想这么兴师动众，就干脆自己租在附近。

本来姚秋秋诚挚邀请林枝和自己住在一起，但林枝想姚秋秋每天那么辛苦，自己高强度的练习会打扰到她好不容易有的休息时间，就婉拒了。

姚秋秋盯着她半天，眼神一下迸射出激动的八卦光芒："你是不是要和我家哥哥同居了？"

林枝："……"

"不然以前次次都和我一起住，现在为什么不住？"姚秋秋越想越觉得自己猜得对，"照这个速度发展下去，没多久你们就要结婚了。现在开始我要减肥，好给你做伴娘。"

林枝听到"结婚"两个字，被自己的口水呛住，落在姚秋秋眼里，就更是变相承认了同居的事实。

林枝住到望山影视城，对外的理由是，《九日》开机在即，她要心无旁骛，拼尽全力地准备。影视城附近的那个小区住户不多，且都是剧组的工作人员，安全又清静，离剧组也近，省时方便。

其实除了这个理由之外，还有个更重要的原因，是沈清河。

那天从 T 省回来，两人还是坐的不同班的飞机，但林枝一下车就收到了沈清河的消息。

[沈清河：要回家吗？]

沈清河说的"回家"，自然不可能是林枝的家。而是现在他臆想现实里，他们两个的"家"。

林枝的脸一下烧得绯红，她不能拆穿沈清河，可又不能真的堂而皇之住进沈清河家里。电光石火之间，她灵光一闪。

[林小枝：《九日》快要开机了，我想住到影视城那边去。]

[沈清河：嗯，也好。]

林枝这才松口气，最起码《九日》拍摄的这段时间，她应该是不用因为"结婚"的事情而和沈清河产生太多正面的接触。

JU
ZI
TIAN

橘子甜

JU。
ZITIAN

颜熙做事从不让人失望，两天就将一切都打点好，林枝带着自己就可以直接入住了。

林枝不禁忧愁，等到沈清河痊愈之后，要是把颜熙几个人收回去，她觉得不适应该怎么办。

可她也知道，自己的忧愁不只是因为以后某一日要走的颜熙，还有注定会清醒过来的沈清河。

影视城附近的这个小区年头有些久远，这间房子和林枝自己的公寓大小差不多，格局却一般，不过颜熙加了很多小摆设，又用布艺帘子做了隔断将屋子分隔成几个空间，落地窗一开，布艺帘子上面的蜻蜓随着风扇动翅膀，文艺又清新。

林枝在沙发上躺了一会儿，就翻出之前陆经年那边发过来的剧本。

《九日》剧本

导演 / 郑安然

编剧 / 宿玲

林枝翻开第一页，里面写着一行字：

顾小蔓部分剧本，演员林枝

她看着“演员林枝”四个字，开心地从沙发上滚到地上。

从练习生林枝，到女团成员林枝，再到演员林枝。这条路她咬着牙往前走，终究看到了一丝光。

林枝对着剧本拍了一张照片，发到微博上。

@林小枝：你好，演员林枝。【图片】

粉丝们迅速拥进来。

[宝贝你可太棒了啊！]

[多年老粉不请自来，看着妹妹一路成长激动到落泪。]

[恭喜大 IP 大制作《九日》票房大卖，00 之光林小枝、人美戏佳林小枝、未来可期林小枝。]

也有不少人质疑林枝拿到这个角色是有水分的，是靠着沈清河抢了郑一姿的机会。

林枝对此也早就有心理准备了，完全不往心里去。她随手举报拉黑了几个说话难听的评论，门在这时被敲响。

“肯定是颜熙，这人什么都好，就是有时候操心过头，长得那么可爱一张脸，

怎么内心住着一个老妈子呢！”林枝嘟囔着，从地上爬起来去开门。

“你怎么又回来……”剩下的话被林枝咽下去，她睁着一双眼看门外的人，从他淡淡笑着的嘴角，到雪白的衬衫，再到，手里拎着的行李箱。

“你怎么来了？”

“《九日》男三号辞演，陆经年那儿实在是没有什么可选择的人，就拉我来救个场。”沈清河单手轻松地将行李箱拎进来，随手将门扣上，“剧组给演员订的酒店已经满了，我也不想再麻烦他们。刚好你也住在这边，我就不用再找地方住了。”

沈清河歪着头，神情一派无辜：“毕竟我们是夫妻关系，住在一起也正常不是吗？”

正常吗？林枝惊了。

看这反应，难道枝枝还没对那个虚荣利益男死心？沈清河一笑：“还是说，我住在这儿……你不方便？”

他这句话，林枝莫名听出了一种阴郁感。

林枝拧眉：“倒不是不方便，我住在这儿是想多练练演技，怕耽误你休息。”

以沈清河对演技的高标准严要求，是容不下和一个演技不好的人天天住在一个屋檐下的。

不然他也不会把林枝在《天生演员》的那一场烂戏，当成是发病之后所有臆想的开端。

林枝笃定沈清河会走，却没想到沈清河兀自笑开，表情比方才明朗太多：“我们有不少对手戏，我留下刚好能多教教你。”

林枝：“……”

“我住这间吧！”沈清河指了指次卧，拎着行李箱走了进去。

林枝稍稍松了口气，还好沈清河没说和她一间屋子住。不过也是，既然是表面的形式主义夫妻，他们分房睡才是正常的。

沈清河在演戏上天赋异禀，又经过十年的打磨，越发精湛。如果沈清河真的肯用心教她，对她而言是个好机会。

“我是和演技老师住在同一屋檐下，不是什么名义上的丈夫。”这样在内心催眠几次，林枝最后的一点儿犹豫也被打消。

林枝坐在客厅的沙发上，眼睛状似在看剧本，其实一个字都没能看进去，竖着耳朵听着次卧的动静。

沈清河收拾东西时动作很轻，仿佛刻意不想发出响动打扰到外面的她。

大约二十分钟后，沈清河从次卧出来去卫生间。水龙头只开了一半，水流倾泻而下，声音也极小。

林枝却觉得哪里有些奇怪，沈清河貌似对这房子的构造过于熟悉了，一点儿也不像第一次来的样子。

沈清河擦干手从卫生间走出来进了厨房，冰箱里倒是有几样蔬菜和水果，不过没有肉。他关上冰箱的门，拿起手机打开外卖软件。

林枝正胡乱想着，就听见沈清河的声音从厨房飘出来："晚饭想吃些什么？"

林枝一时间也想不出来什么，沈清河从厨房出来，将手机递给她。外卖软件界面，是一家生鲜超市。

"想吃什么菜让人送过来。"

林枝有些惊讶："你会做饭？"

沈清河嘴角微翘，没有正面回答，只是说："饿不到你就是了。"

林枝以前倒是没听说过沈清河在厨艺上还有造诣，准确地说，是阴错阳差和沈清河在发病后有所交集之前，沈清河在公众面前的形象是光辉灿烂但又神秘模糊的。

所有人只能看到他站在绚烂光晕里，背景都在闪闪发光。可没有人看到他的正面表情，是笑是哭，是悲是喜。

林枝将手机还回去："也不用这么麻烦，冰箱里还有面，随便吃些就好。"

"你嫁给我，虽然只是名义上的，我也不能让你委屈自己，不然岂不是显得我很没用？"

林枝发现沈清河这个句式开头"虽然我们只是名义上结婚 / 虽然你嫁给我只是名义上的，但我也不能委屈你"听起来非常有理有据无法反驳，还内藏心酸苦楚无法抗拒。

林枝的手一僵，认命地拿回手机，点了几样她自己平时经常吃的菜。沈清河轻笑一声，又添了几样荤菜就下了单。

只是联系电话，填的是另一串数字。

等沈清河订完了东西，林枝才问出了刚才心底的疑问："你之前来过这儿吗？"

沈清河摇头："不过陆经年在这栋楼有一套房子，户型和这间一模一样。"

那就难怪他这么熟悉了。

沈清河将她的反应尽收眼底，心道，还真是天真的小丫头，他随便说说就信了。

其实他也不想骗她，只是给她住的地方，不亲自把关实在是不放心。但他又不想说出来让她觉得有压力，或者怀疑自己是另有所图。

“那你是怎么知道我住在这儿的？”

沈清河毫无愧疚地把锅甩出去：“是颜熙说的。”

林枝都怀疑颜熙从一个经营他们CP的经纪人，进化成了CP粉，用尽一切手段把他们往一起凑，不成真不罢休。

旁边的位置一陷，是沈清河坐到了她的旁边。他信手抽出她拿着的剧本，橘子甜味靠近又远离，倏忽间带起一阵轻风，拂着她的心尖。

沈清河恍若没察觉，翻了几页剧本，眉头皱了皱：“你的戏份要拍一个月？”

现在演员的档期都很紧，是以影视剧的拍摄都不是按照剧本时间线的顺序来，而是把演员的戏份尽量排到一起拍。《九日》整个电影的拍摄周期是两个月，顾小蔓的戏份不多，而且只出现在电影的前中期，按正常流程走的话最慢二十天也就杀青了，可剧本上写的时间却是一个月。

沈清河临时演的陈夺，戏份比顾小蔓还要多，通告拍摄周期是半个月。林枝的拍摄时间，比沈清河要多出一倍。

林枝看沈清河脸色有些不太好，问：“怎么了，有什么问题吗？”

“没什么。”沈清河嘴上这么说，表情一点儿也没见松懈，下颚线条绷得紧紧的，棱角锋利若刀，像是能刺伤人。

林枝鬼使神差地伸出手在那一处蹭了蹭，还是软的，并不会伤到人。

意识到自己在做什么，林枝迅速收回手，轻轻咳了一声：“你脸上蹭了东西，现在没了。”

沈清河浑身一僵，连眼神都凝滞。

小时候，她很亲近他。可随着她慢慢长大，他刻意压抑着融进血液里的感情疏离她，渐渐地，她也不再像小时候那样和他亲密无间。

后来结婚，即使他们偶尔住在同一屋檐下，她也从来不会像现在这样，主动地靠近他。

眼下林枝这小小的一个举动像一颗小石子，投身于沈清河快要死寂的心，荡起涟漪层层。

“枝枝……”他轻声唤着。

门口突然传来钥匙插进门锁里拧动的清脆“咔咔”声。林枝想起什么，一阵窒息，她胡乱抓住沈清河的手：“你你你……你快点儿藏起来。”

“什么？”

“咦，这个门怎么这么难开？我就不信我打不开！”姚秋秋嘟囔着，使劲儿拽着门，和门锁进行下一轮的争斗。

林枝站起来，满脸焦急地拉着沈清河："姚秋秋来了，要是让她看见你在这儿就麻烦了！"

沈清河面色一沉："我就这么见不得人？"

"不是见不得人，哎呀，别废话了你藏到里面去！"林枝将沈清河带到主卧，这里有个连着墙打通的壁柜，里面没放多少东西，宽敞得很，足够藏个人了。

沈清河气笑了："你当我是你的情夫？"

外面姚秋秋终于战胜了那道门，在玄关换鞋，林枝脑子一热，脱口而出："你想当什么就是什么，快点儿进去就行！"

沈清河两条腿都迈进去了，林枝正要将柜门关上，不料他长臂探出来，一下揽住她的腰身往怀里一带。他声音低沉贴在她耳边，还带着些得意："那我想当个劫匪，这位小姐，你现在就是我的人质。"

话音一落，他拽着林枝一起藏进了柜子里。

（三）

姚秋秋换好了拖鞋，甩了甩刚被钥匙磨得发红的手："枝枝，你这儿有没有药膏？"

没人回答她，客厅里没有人，只有一份落在地上的剧本，就是一小时前林枝发微博时拍的那一份。

门口鞋柜上，枝枝常穿的鞋都还在，应该没出门才对。

"难道睡着了？可枝枝向来不午睡的。"姚秋秋放轻脚步，往主卧走。

主卧的门没关严实，留了一条缝隙，她眯着眼往里看，床上被子叠得整整齐齐，并没有林枝。

她推开门走进去，坐在床边："奇怪了，枝枝平时没事一步门都不会出的，会去哪儿呢？"

姚秋秋昨天拍一场夜戏到下半夜三点，迷迷糊糊睡到下午才想起来今天枝枝搬过来住。前两天林枝房子定下来时，就把一把备用钥匙给了她，她强爬起来给枝枝接风，没想到人却不在。

姚秋秋又打了个哈欠，闭上眼舒舒服服地躺在床上，准备睡会儿等枝枝回来。

壁柜悄然被推开的一道缝隙里，林枝看着姚秋秋豪放的睡姿，一言难尽。

姚秋秋有两大爱好，睡觉和追星。

她这一睡过去，要是没人叫没两三个小时不会醒。姚秋秋虽然爱睡觉，却睡不沉，林枝要是想趁着她睡着从壁柜出去不太容易，更何况，身后还有个蓄意不想让她出去的“劫匪”。

她整个人靠在“劫匪”的胸前，自进来起腰就被他从后扣住，紧紧不放。

这样密闭狭窄的环境，这样亲密的姿势，林枝感觉周围的空气温度都在激升。

她咬了咬下唇，将推着壁柜门的手收回。

沈清河的动作比她更快，先一步抓住她的手腕，带着她将柜门重新支开一道缝隙。有外面的阳光照进来，柜子里不再是漆黑一片。

林枝想起之前宋医生跟她说过，沈清河少年时期被绑架时被锁进了小黑屋。有过那样的经历，密闭黑暗不透一丝光的地方，可能会让沈清河不舒服。

林枝另一只手，轻轻地拍了拍沈清河的手背。是安慰，也是愧疚，她刚才不应该脑子一热就把沈清河往柜子里推。

“对不起。”林枝轻声说。

“你对不起我什么？”沈清河的一只手扣住林枝的肩头，让她正面对着自己，另一只手仍推着壁柜的门。

林枝的眼平视着他起伏的胸口，也不知道自己对不起什么。

毕竟她也不是存心想害他，毕竟姚秋秋来得那么突然她事先没有准备，毕竟……

林枝脑子一团乱，声音轻轻又有些赖皮：“反正，就是对不起。”

这三个字，却戳中了沈清河的神经。

她做了，对不起他的事情。

对于“夫妻”，究竟是什么样的事情才能让某一方这么郑重其事地道歉但又不好意思说清楚，无须多言。

他盯着她，平静的眼底蹿起了火，周身戾气怎么也压不住：“你——”

沈清河这个字音没有顾忌地扬着，林枝急了，踮起脚一把将他的嘴捂住，饶是这样还是晚了。床上的姚秋秋一下翻身坐起来，眼睛盯着前面。

林枝绝望地闭上眼，完了，还是被发现了。

哐哐哐——

“人呢，开门开门！”

此时，外面响起一阵砸门声，伴随着不耐烦的男声，林枝紧闭的睫毛疑惑地颤了颤。

这个声音，好像是陆经年？

“这声音不是我家哥哥啊，林枝真的背着我家哥哥找别的男人了？”姚秋秋一下从床上跳下去，飞也似的跑出了卧室。

林枝大口地喘着气，脑子彻底成了一锅糨糊。

沈清河的呼吸不缓不急，一下又一下搔在她手心，不催促，不焦急，像在静静地等着她自己交代问题。

她和沈清河现在的关系：夫妻。

她刚才和沈清河说了对不起。

门外站着个男人敲着她的门。

她的闺密姚秋秋声称那个男人是她背着沈清河找的男人。

捋顺了目前情况，林枝混沌的脑子里，突然响起了一首歌。

“为所有爱执着的痛，为所有恨执着的伤，我已分不清爱与恨是否就这样……”来自狗血神剧的巅峰之作《回家的诱惑》。

林枝哆哆嗦嗦地放下手：“品如，我可以解释的……不是，沈老师，我可以解释的。”

沈清河背靠在墙上，好整以暇地看着她，方才浑身的戾气莫名地收敛起来：“想我听你解释也行，叫声‘哥哥’吧。”

林枝：？

沈清河对于“哥哥”这个称呼，还真是谜一样地执着。

自从认识沈清河，林枝深刻地明白了《天龙八部》里姑苏慕容家“以彼之道，还施彼身”的精要。

想要抑制住对方的操作，只能比对方还要“谜”。

她眨巴眨巴一双无辜的眼睛，踮起脚，轻轻在沈清河耳边喊了声“哥哥”，顺道还若有似无地叹了一口气。

沈清河耳朵动了动，眼睛暗了又暗。

林枝站回去，乖巧地问：“哥哥，现在可以解释了吗？”

沈清河不动声色，鼻尖溢出一声闷闷的：“嗯。”

林枝张嘴，又闭上，恍然发现一件事。

她该解释什么啊？

她又没有真的背着沈清河找男人！她和沈清河又没有真的结婚！

沈清河似是看穿她的心，随口说了句：“其实很多时候，语言的解释和实际行

动比都是苍白的。”

林枝一怔。

沈清河弯腰，脸轻轻靠向她的脖颈处，低低轻笑。

林枝自耳后开始，到后背一片，霎时被激起了一层细密的鸡皮疙瘩，小腿发软要站不稳。

他像是在报复刚才她的撩拨，只是和他比，她显得太过稚嫩。

沈清河的手指挑着她的下巴，让她的脸挪到从柜门缝透进来的那束光下：“顾小姐，我是个做买卖的人，谁拿了我什么，就要十倍百倍地还回来。”

沈清河说的，是《九日》里陈夺对顾小蔓说的台词，和此时此刻的情景无比契合。而剧本里这句台词之后，顾小蔓豁出去一般搂住陈夺，红唇不管不顾地吻了上去。

林枝的耳朵尖红得发烫，偏偏沈清河的目光蛊惑着她上前。呼吸相触前的一秒，林枝回过神来想要往后退：“不对……”

她明明清清白白堂堂正正，连解释都不用，却莫名其妙被沈清河牵着走叫了声“哥哥”，现在又莫名其妙被他牵着走，主动要亲他。

不对不对，一切都不对。

沈清河眸光一闪，手搭在她的脑袋后：“有什么不对，我是在帮你练那段戏呢！”

林枝：“……”

“哥哥对小丫头没兴趣。”

林枝：“……”

“所以林演员，专业一点儿好吗？”

林枝：“……”

林枝最怕的就是沈清河用专业来说话，这下是彻底不知道怎么反抗了。

这一刻沈清河等了太久，尝到那份甜时，他动作一顿，再然后，将她捞起来抵在柜门边，加深、加重这个吻。

将这么多年的爱恋，交付这幻梦一场。

姚秋秋在开门前，内心经历了好一番自我鼓励。

枝枝是什么样的人她比谁都清楚，如果枝枝真的背着沈清河和别的男人在一起，那肯定是沈清河做了什么对不起枝枝的事情。

枝枝在门外那个男人和沈清河之间选择了沈清河。但这个世界上怎么会有比沈清河还优秀的男人？不存在的。

所以门外的男人，一定是个很善于伪装的人，才会连枝枝都能骗过去，她一定要小心。

姚秋秋暗自给自己鼓劲儿，将门打开。

这一下，两个人都愣住了。

外面的人穿着一套棕色的西服套装，衬出几分斯文气来，那双桃花眼中眼波流转，是个很招女人喜欢的长相。

他双手拎着满满两大塑料袋的东西，腋下夹着一捆油绿的大葱，和他的长相搭配起来有一丝丝喜感。

姚秋秋在影视城混迹，自然认识面前这位年纪尚轻就已经很有名气的制片人。她下意识地站直，面上露出礼貌又不失讨好的面试笑容："陆制片好。"

陆经年对姚秋秋还有印象，上一次郑一姿在《九日》剧组作妖让姚秋秋一遍遍地跳舞之后，姚秋秋拖着伤腿离去的倔强身影，他还记得。

陆经年点头算打过招呼，提着东西往里走，问："你是来找林枝的吧？"

今天沈清河搬过来的事情他是早就知道的，因为这套房子本来是自己名下的，沈清河说要给林枝在影视城附近找间房子，就强行征收了。

那时候陆经年就在想，以沈清河最近的恋爱脑表现估计会搬过来。果然如他所料，沈清河还真的自己一个人悄悄住过来了。

沈清河不仅住过来了，还给陆经年发了一条"我买了菜，填了你的手机号，一会儿接到电话的时候记得取一下送到楼上来，顺便再做熟了"的信息。

陆经年："……"

听听，这说的是人话吗？

"忙得要死还得来做饭，和你在一起就没什么好事。"陆经年想起沈清河就满肚子火气，没注意身后姚秋秋的神情逐渐变得诡异。

陆经年和沈清河是至交好友，那这个情节就严重了。

这是趁好友不备，挖好友墙脚啊！

"哎，人怎么不在？"陆经年打眼一扫，没见到那两个人，更气了。

他气鼓鼓地把两大袋菜拎到厨房，把收拾好的整只鸡洗了洗，尖刀剖膛，用糯米和板栗等材料填满，再把皮肉缝好，扔进高压锅里炖。

陆经年动作利索，做完这些把围裙用力往地上一扔，一转身，就看见姚秋秋在门口看着他，眼睛一眨不眨，吓死个人。

"你怎么无声无息就站在这儿了？"

姚秋秋现在摸不清陆经年到底是准备挖墙脚，还是已经挖墙脚成功了，觉得不能冒进，就开始瞎扯：“陆制片做饭太赏心悦目了，我没忍住多看了一会儿。”

陆经年得意地挑着眉：“你的审美可以说非常在线了。”

陆经年的一位叔父是五星级酒店的主厨，他从小耳濡目染，在做饭一事上非常拿手。姚秋秋的这一声夸，可以说夸到陆经年的内心深处，连带着看这姑娘怎么看怎么顺眼。

和现下娱乐圈的巴掌小脸不同，姚秋秋长了一张鹅蛋圆脸，凤眸眼尾微微向上，是个颇英气的长相。这要是演个打女，得飒倒一片人。

陆经年最近有筹备自己的工作室的想法，眼下看见姚秋秋，他职业操守上来动了心思，倒了两杯橘子汁，拉着姚秋秋谈心：“我知道你是林枝最好的朋友。”

姚秋秋心里警报拉响：来了来了，陆经年要来拉关系了。

陆经年露出谈合作时招牌的和善笑容：“既然你是她的朋友，那也算是我的朋友了，要是有什么困难，应该互相帮助的。”

姚秋秋一脸窒息：“你这样，我哥……不是，沈清河知道吗？”

“知道啊，还是沈清河跟我说的呢！”

姚秋秋和林枝关系好的事情，沈清河只提过一句，剩下的是陆经年听别人说的，不过这不影响陆经年拿沈清河做回答。毕竟姚秋秋还是沈清河的粉丝，用沈清河来打开对方心扉绝对没错。

姚秋秋的表情裂开了：“还是沈清河说的？”

沈清河让陆经年来找自己拉票，然后让林枝和陆经年在一起？姚秋秋的脑容量已经理解不了这魔幻的走向了：“你这么做不讲究啊！”

“有什么不讲究的，有好的东西大家一起分享嘛！”

一起分享……一起分享……

姚秋秋瞬间往不可描述的方向想，小拳头捏着，胸口剧烈起伏。

陆经年还在循循善诱：“跟我的好处呢，自不必多说，我在圈里的人脉还是不少的，完全不用担心资源的问题，另外呢……”

陆经年滔滔不绝之际，姚秋秋的忍耐力达到了极限，霍地站起来，将手里的橘子汁直接往陆经年脸上泼。

陆经年：“……”

姚秋秋还不解气，又夺过陆经年手里的杯子，把里面的橘子汁继续往陆经年脸上泼。

陆经年莫名其妙被人泼了两杯子水，整个人都蒙了。

“你干吗啊？”

陆经年反应过来跳起来时，姚秋秋已经冲进了卫生间，端着一大盆水，气势汹汹地看着他：“别人怕你们我才不怕，敢欺负枝枝，我和你拼了！”说着冲了过去。

（四）

林枝在沈清河老师的“专业课”上，非常丢脸地三魂七魄被吻飞了一半。她的手指无意识地划着他的肩膀，神思开始模糊。

突然，姚秋秋那一声母老虎护崽子一样的嘶吼把她唤醒。

林枝推着沈清河的胸口，“呜呜呜”地挣扎着。沈清河皱了皱眉，不甘不愿地结束了这一节“课程”。

林枝大口大口地喘了几口气，听见外面“哗啦”的泼水声，伴随着陆经年的咬牙切齿：“你个疯女人，别咬我啊！”

林枝连忙推开柜门出去，随即整个人傻了眼。

客厅里被水泼得一片狼藉，沙发上她的好闺密姚秋秋骑在陆经年身上，正张口往他肩膀上咬。

林枝连忙冲过去，将陆经年的肩膀从姚秋秋的血盆大口里拯救出来：“松开，快松开。”

姚秋秋看见林枝来了才松了嘴，拉着她远离沙发上那个衣冠禽兽。

沈清河慢慢悠悠地晃了出来，看见这一幕笑了：“两位过泼水节呢？”

姚秋秋看沈清河出来的方向瞪大了眼：“那屋子里刚才没有人的啊，你是从哪儿出来的？”她说着看向林枝，没忽略掉对方异常红肿的唇，“你……你俩刚才在一起？在床下？”

“肯定是在柜子里。”陆经年更气了，“你俩在那儿玩柜中游戏，让我给你俩做饭，还要面对一个疯女人的攻击，吃尽苦受尽累，我这只单身狗真的实惨。”

姚秋秋蒙了：“你不是来挖沈清河墙脚的吗？”

陆经年：“……”

林枝：“……”

沈清河的手勾了勾，笑得很和善：“陆经年，过来，我们谈谈？”

陆经年直觉过去之后，沈清河会让他领教一下社会的暴打。他撑着伤痛的残躯

站起来，扯到了肩膀上被姚秋秋咬的伤口，疼得他龇牙咧嘴的。

他学着沈清河，冲着姚秋秋高深莫测地勾勾手："来，这位妹妹，哥哥来扭正一下你那扭曲的世界观。"

他说着，手扯着姚秋秋卫衣帽子上的猫耳朵，拽着往外走。

姚秋秋自认理亏，面上一派等死的颓然，任由陆经年动作。

"锅里炖着鸡肉，四十分钟之后就可以吃了。"大厨陆经年带着世界观扭曲的秋秋妹妹，退出这一片混乱战场。

林枝脑壳疼，一想到姚秋秋过后反应过来她和沈清河"真·同居"，头更疼。

她习惯性一抿唇，嘴角酥酥麻麻的，是刚才在柜子里上高强度"表演课"时留下的后遗症。

"我去收拾一下。"林枝低着头扔下这一句，逃也似的到卫生间去拿拖把了。

沈清河弯腰捡起被水打湿的剧本，上面台词被水洇得模糊，只有少数的字还清楚。

其中就包括，刚才"上课"时练的那一句——谁拿了我什么，就要十倍百倍地还回来。

沈清河笑了："你拿走了我的心、我的喜欢，就十倍百倍地还回来吧。"

晚上，林枝躺在床上读剧本。

她在演戏上用的是笨办法，有效但耗时长，拿到剧本的时候，她像小学生读课文一样反复地去读台词，然后录下自己读的台词，再播出来听，来调整语速和语序。

林枝有着一个轻灵的好声音，这也是当初她在女团能做C位的一个最重要的原因。

声音，也是演出的一部分，只不过现在很多的年轻演员都习惯用配音。如果她能以原声出演顾小蔓，就能让整个角色的演绎上一个台阶。

林枝反复读反复录了几遍之后，姚秋秋的语音电话打了过来。

林枝一下午已经编了套足以应付姚秋秋的说辞，姚秋秋开口，却不是问她和沈清河的事情，而是叹气，深深地叹气："唉……枝枝，都是我不好，我怎么能总以肮脏的灵魂来看待这世上的种种呢？我不该啊！"

"你怎么了？"

"没怎么，就是和陆经年聊了聊之后，觉得我以前的想法太肮脏了。你说沈清河做鸡，我就想到不可描述的交易上去。陆经年一来你的住处，我就想他是来挖墙脚的。世界这么美好，我却这么阴暗，我不该啊！"

林枝：“……”陆经年，居然这么会洗脑的吗？

外面响起一阵雷声，马上要有一场大雨降临。

姚秋秋的声音在雷声掩映里显得格外柔和：“陆经年说，以后我可以没事多找他聊聊，让自己平心静气，做个好人。人以群分这话没错，和我家哥哥交好的都是这样好的人。”

姚秋秋是鱼的记忆，这会儿已经不记得下午是怎么样把一盆无情的冷水泼到陆大好人身上了。

林枝抽了抽嘴角，又听姚秋秋说了半天陆经年好人好事的事迹。临挂前，姚秋秋十分平静，用看破一切的语气说：“不想公开前，记得拉窗帘。”

林枝：“……”

她扔开手机，重新翻开剧本。

对面次卧，沈清河正靠在床头，就着一盏昏黄的床头灯，打开黑白格纹封皮的笔记本。

这笔记本是他在收拾行李的时候找到的，扉页明晃晃写了一行字：

杀不了我的伤痛，只会让我更坚强。

“这谁写的，好中二。”沈清河往下翻，越翻越心惊，这上面的字迹，居然和他的几乎一模一样。

这是一本报复笔记，上面写着“我”为了报复抛弃我不爱我玩弄我的林枝，而故意炒 CP 靠近她，想让她沉沦，之后再丢弃她。

“我”在这个过程里发现她很好看，从而认清自己是个废物的现实。再之后，就是一片空白，没有再写了。

“之后肯定是又发现林枝玩弄‘我’，再次坚定报复的心，来折磨林枝，报复林枝。”沈清河冷笑一声，“枝枝那个吸血妈，为了挑拨我和枝枝的关系，真是用心良苦，连这种招数都使得出来。”

只要叫人模仿他的笔记写下这些，等到林枝“不小心”发现，认定沈清河的狼子野心，一定会和他离婚的。

到时候林枝的吸血妈就可以再把林枝嫁出去一次，再钓一次金龟婿，用心何其阴险！

沈清河心疼得发慌，过去那么多年，林枝就是在这样的环境中长大的。他恨自己没能早点儿发现真相，恨自己不能早点儿长大。

沈清河想将笔记撕掉，想了想又没动。他指尖转着笔，将笔记本翻过来，翻开

最后一页，写了一行字：

正面写的都不是真的。

写完，他又拍了一张照片，将时间地点记录下来，发了仅自己可见的朋友圈，算是先一步留证据，等到吸血妈用这个笔记本作妖的时候，他就能让枝枝相信他了。

做完这些，颜熙发了消息过来。

[颜熙：你白天让我办的事情都办好了，找了郑一姿真真假假的黑料放了出去，她那边现在自顾不暇，不会有精力再盯着林枝了。]

[颜熙：其中这种粉粉黑黑的都正常，不成气候不用怎么管的。]

而沈清河居然这么上心，盯着她让她处理。

[沈清河：没有人能骂林枝。]

[颜熙：好……您说得对，在下去拿黄金碗吃狗粮了。]

窗外一阵电闪雷鸣，紫色的光照出天边翻卷着的乌云。沈清河把笔记本原路放回行李箱，等着外面雷又轰鸣几声之后，才有了动作。

五分钟后，他敲响了林枝的房门。

林枝打开门，看着夹着枕头和被子的沈清河。

“外面打雷了，我担心你害怕，今晚我陪你吧！”沈清河脸色苍白，抱着被子的手随着雷声颤抖着，面上却还是故作轻松地说着话。

他怕打雷，林枝意识到了这点。

“轰隆隆——”

又是一阵铺天盖地的雷声，震得人头皮发麻。沈清河的手倏地脱力，枕头和被子掉在地上，手臂不住地打着战。

怕黑，怕打雷，他小时候不知道经历了多少苦难才会这样。林枝看不下去了，替他把被子和枕头捡起来，招呼他：“快进来吧！”

沈清河嘴角翘着，声音却还在颤动：“那打扰你了。”

窗外乌云卷走月亮，电闪雷鸣间，瓢泼大雨轰然而下。这是自入夏以来第一场大雨，雨珠密成线，不断缠绕着从天而降，将地上的所有都掩住。

林枝拿着几个颇有分量的小猫挂件，挂在窗帘底下。

这房子里的布艺窗帘小清新是小清新，但很轻，林枝担心万一窗缝溢进来的风吹开窗帘，刚巧那一秒又打雷，吓到床上那位尊贵影帝怎么办。

挂完挂件，林枝转过头。

沈清河躺在了床的左边，被子左右两边整整齐齐地掖在里面，将自己裹得严严实实的，无声告诉她：我确实对小丫头没兴趣。

他的一只手搭在上半张脸上睡了过去，露出的下巴线条放松，不再像半小时前进来时那样绷得紧紧的了。

林枝定定地看了一会儿，心里有种莫名的成就感，放轻脚步上了床。

床头灯留了一盏，调到暖色，外面雨点拍打着窗，噼里啪啦地奏响欢快的旋律。

身边人呼吸浅浅，本来在这么大的雨声中应该听不到，可林枝听得特别清晰，越听心里越发慌发痒，像春天埋下的种子，感知到这一场雨来，急不可待地想要破土而出。

“咣！”

一个惊雷猛地劈下来，即使隔着窗帘也能感觉到白光晃亮了半边天。

身边方才睡得安然的人突然间坐起来，脸色苍白如纸，额上冷汗一片，惯来冷清的眉眼里全是慌乱，脖颈上的青筋突突直跳。

林枝急急地问：“你怎么样？你没事吧？”

宋医生只说刺激会让沈清河发病，但没明确说是精神上的刺激，还是物理上的刺激。这雷，也有可能会刺激到沈清河。

林枝问了好几遍，沈清河才像听到一样，怔怔地回头看她。

他的眼神空洞至极，林枝的手在他眼前晃了几个来回，被他一把抓在手心。他的汗是冷的，掌心是凉的，抓住救命稻草一样紧紧握住她的手不放。

林枝觉得经历过苏眉，一颗心已经冷硬了起来，不会轻易因为同情谁而软化。可这一刻，她分明在心疼沈清河。

林枝伸出手，不甚熟练地拍着沈清河的肩膀。

沈清河浑身先是一僵，继而肩膀明显地松懈下来。

看来这样很管用，林枝心想着，身体往沈清河那儿靠近，手绕到他后背，一下又一下地拍着，口中念着：“不怕不怕，坚强坚强。”

这哄小孩子一样的口号莫名起了作用，沈清河的脸色渐渐有了生气，神志也渐渐回来。

他启唇，声音微微泛着哑：“枝枝，这样不好吗？为什么想着离婚呢？”

林枝拍着他后背的手猛地一顿。

感情在剧本里她还是个时时刻刻想让沈清河脑袋上那玩意儿染成绿色的人设？

察觉到林枝的沉默，沈清河自觉心急。

他本来应该循序渐进，可今夜林枝的关怀让他一个不慎说了心里话。

幸亏老天爷帮忙，又一道雷劈下来，沈清河浑身倏地一颤，猛地钻进林枝的怀里，死死地抱住她的腰。

影帝的演技，细微到每个毛孔都在演绎着惊惧。

林枝的心疼又重新占据情绪主场，迅速将刚才沈清河说的话抛到脑后，开始第二轮的拍后背。

“不怕不怕，坚强坚强……”

第二日，林枝的生物钟少见地失效了。

她睁开眼，已经是早上八点，脑袋昏昏沉沉，眼睛发胀，是没睡好觉的后遗症。

身边被子已经叠得整整齐齐，枕头拍得鼓鼓，立在被子旁边，温馨又整洁。

林枝揉了揉脑袋，有关于昨晚的记忆水一样地涌进来。

一开始她是看沈清河的样子可怜，就安慰小孩子一样拍了拍他。后来，他抱住了她。

再后来，她就就着这个姿势靠在了床头。

林枝不知道自己怎么睡着的，也不知道怎么睡着睡着姿势又变成舒舒服服地躺在床上。

可能……

算了，自欺欺人是没用的。

她自己是一个姿势睡到天明的类型，除了沈清河，这屋子里不可能再有其他生物能改变她的睡姿。

林枝脑中不由得浮现一幅画面：

沈清河半夜醒来看她蜷缩着的睡姿轻手轻脚地爬起来，小心翼翼地一手托着她的脑后，一手勾起她的腿弯，将她抱起，轻放到床上。

静谧而温柔，是昨夜被偷走的月光。

林枝的眼睛弯弯，外面突然响起什么东西掉落在地上的声音，打碎了她短暂的幻想。

林枝换下睡衣，从柜子里找了件裙子套上，一边往外走，一边拿着发带随意地挽着长发，经过客厅，微笑着打着招呼：“早。”

然后踏进卫生间，按下水龙头，她猛然间觉得哪里不太对劲儿。

林枝掬了把凉水拍了拍自己的脸，原路返回到客厅，然后人傻了。

沙发上坐着陆经年和姚秋秋，郑喻和颜熙搬了小马扎坐在沙发旁边，沈清河则长身玉立站在窗边。

他脚下滚着一只杯子，刚才她在卧室听到什么东西掉落的声音，应该就是这个了。

一客厅的人，此刻都盯着林枝。这场景，是说不出的尴尬。

陆经年和姚秋秋昨天刚来，自然是对林枝和沈清河“同居”没有什么惊喜，这一切都是颜熙辅佐沈清河安排的，她也早就知道。

只有郑喻一个人，跟不上这迅速发展的节奏。

她本来以为，林枝和沈清河只是彼此有好感的关系，再多点儿就是接近男女朋友。

可看林枝方才自然地从卧室出来打招呼，分明就是已经同居了。

也难怪颜熙会直接带她到这儿来找林枝，郑喻有种自己被人合起伙来欺骗的感觉。

不爽，非常不爽。

林枝对郑喻的低气压感知得非常敏锐，她暗道一声不好，面上挀开个乖乖巧巧的笑容：“什么事儿要劳烦尊贵的喻姐亲自过来，来这一路累坏了吧？渴不渴？饿不饿？我给你煮碗面呀？”

“免了吧，正事要紧。”

“正事？”林枝下意识地扫了一眼站在一边的沈清河，他眉头皱了皱，表情不是那么舒展。

林枝一颗心猛地提起来，看来还真是出了事：“怎么了？”

昨晚电闪雷鸣，雨下得又大，后半夜这一片的网线信号都断了，林枝又醒得晚，还没来得及吃到自己的瓜。

总结大师颜熙叹了口气：“也没怎么，就是你绯闻被拍到了。”

提得高高的心稳稳地落了地，林枝从茶几上拿了颗红红的草莓：“拍到就拍到了，这不算什么大事。”

她和沈清河的绯闻已经更新了五六七八个版本了，她昨天看，已经有一部分沈清河粉丝沦陷于“知情 CP”的糖里了。

即使被拍到什么，也不过是为这颗糖提升浓度罢了。

颜熙发现自己话没说清楚，又补充了一下：“不是你和沈清河。”

林枝嚼着草莓的动作一顿：“那是和谁的？”

在沙发上扮演一个透明人的陆经年认命地叹了口气：“是和我的。”

陆经年说完瞥了一眼沈清河，沈清河的眼神很淡漠，看自己跟看一具尸体一样。

这极度反转让林枝差点儿被草莓汁给呛到，咳得惊天动地。

沈清河蹙了蹙眉，还是走过来，伸手替她顺着后背："听说跟陆经年传绯闻就这么激动？"

"咳咳咳——"

沈清河一股邪火直往心口冲，明知道之后枝枝会不高兴，还是口不择言地继续说："当初和我结婚的时候，也没见你这么激动。"

众人："……"

林枝眼一闭，恨不得今天就咳死在这里，一了百了。

（五）

林枝和陆经年的绯闻，在一夜之间攻占社交网络。

首个爆料的营销号，很巧，就是之前爆林枝和沈清河这一对的 @ 每日瞎爆料，连行文措辞也和之前差不多。

@ 每日瞎爆料：

一个不负责任的料，某影帝和一直跟他传绯闻的前某糊团 C 位之间，傻白甜的是影帝。糊团 C 位深知影帝对她的痴迷，就肆无忌惮，靠着影帝一路混得风生水起之余，为了拿到某大 IP 电影的重要角色，搭上了该电影的制片人。制片人和影帝关系很好，也知道影帝对糊团 C 位的痴迷，但抵挡不住 C 位的纠缠，两个人背着影帝走到了一起，C 位也顺利取代了另一位实力青年女演员，拿到了想要的角色。

该营销号还专门发了一组照片，拍摄得很模糊，但还是能辨别出照片中的人是谁。

前三张是林枝和颜熙带着行李到单元楼门口，旁边的时间显示是：2020 年 7 月 17 日，下午 1 点 32 分。

中间三张，是陆经年提着两大袋食材走到同一单元楼下，时间显示是：2020 年 7 月 17 日，下午 3 点 40 分。

最后三张，是陆经年搂着一个戴着猫耳朵帽子的女生从单元楼出来，女生拍得很模糊，看不清楚脸，时间显示是：2020 年 7 月 17 日，下午 4 点 03 分。

还有别的营销号爆料称，这栋单元楼里有陆经年名下的房子。几则爆料联系到一起，一个游走高冷影帝和著名制片人之间的绿茶白莲花正式诞生了。

——林枝靠着沈清河上位，又勾搭沈清河的好兄弟陆经年拿到顾小蔓这个角色，还收了陆经年的房子，两个人背着沈清河同居在一起。

一时间，全网炸开锅。

这次反应最大的，不是沈清河的粉丝，而是“知情 CP”粉。

CP 粉有钱、鸡血、创造力满级，自带显微镜，正主不同框，也能自己产糖嗑。

但正所谓水能载舟亦能覆舟，CP 粉能给绯闻 CP 带来直接的流量和支持，可一旦脱粉反噬起来，也比一般的唯粉要疯魔得多。

林枝的广场已经被屠了，“知情 CP”超话也是一批批的脱粉宣言。

连带着《九日》官博也被攻击，一群人喊着让那对狗男女滚出《九日》，不然就一直抵制这部电影。

事情闹大到这种程度，就已经不是撤热搜，找人删评论这些能控制得了的，还得当事人出面。

但好死不死的，昨天一场大暴雨，影视城这一片网络信号全断，沈清河和林枝，还有陆经年没一个联系上的。郑喻和颜熙糟心得一晚上没睡，雨一停就直接开车过来了。

厨房传出饭菜香，爆炒的清甜藕片，切得薄薄嫩嫩咸甜适中的豆腐松，几年的火腿切好蒸了一盘，再用剩下的莲藕炖了汤。

陆经年把菜一样样端出去，在厨房又磨磨蹭蹭地收拾，直到再也不能拖了才一脸视死如归地出来。

其实大家都没什么食欲，但沈清河说林枝早上没吃饭，一边说还一边用看死人的眼神看陆经年。

陆经年后背一凉，立马滚去做饭了。

“陆经年这个人虽然废物，但做饭还是不错的。来，尝尝这个。”沈清河夹了一筷子藕片放到旁边林枝碗里，又亲手盛了一碗汤推过去。

林枝低着头抠着手，嘴巴抿得紧紧的。

沈清河这次臆想的故事中可以拆穿的漏洞太多了，现在人这么多，还有陆经年和姚秋秋这种脑回路也不是很正常的，可能一句话说不对，就戳到沈清河的漏洞上了。

现在外面敌人虎视眈眈，主力大将沈清河再一个病情反复错过最佳的公关期，之后就很难收场了，她还是干脆不说话。

林枝埋头吃饭吃得很香，沈清河很满意，安了内之后就可以攘外了。他放下筷子，和颜熙说：“你去找小区的物业把监控调出来，主要是陆经年下午出去的时候搂着的那个女生的脸，要清晰一点。”

“这个我已经找好了，只不过如果要把照片当证据放出去，那秋秋和陆制片……”

姚秋秋豪迈地一拍桌子：“就说我为了拿角色死乞白赖追陆制片人！”说完，她眼巴巴地看陆经年，“放心陆制片人，等风头过去就说没追上，您的桃花运不会有损的。”

陆经年无语地瞥了她一眼，到底没说什么。

在场人都明白，这次的事件是冲着林枝来的。

爆料的照片故意将姚秋秋和林枝混成一个人，是下了一剂猛药给林枝和沈清河的 CP 粉。

陆经年搂着的人是姚秋秋，这一点很轻易可以证实。可这并不代表，陆经年和林枝没有关系。

现如今唯一能将所有谣言破解的办法只有一个——沈清河和林枝公开关系，再附上沈清河也在同一天进入这栋单元楼的证据，一切传言不攻自破。

只不过对方敢这么肆无忌惮地下手，也是做了十足的考量。

如果沈清河和林枝只是单纯营业炒 CP，那就是同事关系，林枝出事，沈清河傻白甜的形象深入人心，更惹人同情，不可能再公开。

如果沈清河和林枝是真的情侣，那这些炒 CP 的行为就是为了以后公开铺路。现在路还没有怎么铺开，沈清河女粉又多，为了以后的事业，两个人公开的可能性也不大。

只要不公开，那就是心里有鬼，以前的糖都是假的。

林枝名誉受损，CP 粉脱粉反踩，再加上沈清河也参演《九日》，为了整部电影的效果，剧组只可能会牺牲她。

圈内对角色资源的争斗历来都是硝烟四起，不死不休。

林枝是第一次经历这种事情，不免有些新奇，越想越心惊肉跳，还有些隐隐的刺激感：“我好想发微博。”

众人：“……”

沈清河又给她添了一碗汤，纵容地说：“你发吧，可以点名骂。”

林枝不由得惊奇：“你怎么知道我想骂人？”

“毕竟是夫妻，你想什么我当然懂。”

众人：“嘶！”

林枝要感谢今天沸沸扬扬的黑料，让这群人现在还腾不出时间来仔细地盘问她和沈清河“隐婚”的事情。

得到沈清河的维护，林枝真的发了条微博。

@林小枝：下次再找人造谣，记得带上自己的眼睛不要变瞎子，不然会看不清楚人的哦。@郑一姿zzz

[枝枝这么刚的吗，直接艾特骂？]

[这么硬气，肯定是有底气！我就知道“知情”是真的！]

[沈清河转了这条微博！这是联手御敌吗？我好激动啊！]

……

林枝点开沈清河的转发，他只发了一个字：呵。

一声冷笑，言简意赅，包含万千情绪，实在是高手中的高手。

林枝又想给沈清河鼓个掌了，不过没能实现。

沈清河拽着她的手腕将她拉起，转头对颜熙说：“先把监控截图那些证据放出去。”

颜熙问：“那你们呢？”

沈清河轻轻一笑，没说话，只拉着林枝往外跑，穿过走廊，经过电梯，手撑在单元楼的门上，只要轻轻一推，就可以见到外面的光。

他低头问：“枝枝，你现在想和我离婚吗？”

林枝：“……”

“不说话就当你不想了。既然暂时不会离婚，那就公开吧，不公开结婚，只公开我们在恋爱。这样网上的事情就可以顺利解决，以后等你再遇到合适的人，我再还你自由。”

沈清河在心里默默地补充一句：当然还你自由离婚是不可能的，这辈子都不要想了。

林枝：“……”

“不说话，我也当你同意了。”

沈清河眼角眉梢都是笑，手攥着她的手腕向下滑，五指顺入她的指缝间，与她十指相扣。

林枝曾经想过很多，有关于自己和沈清河的以后。

她不愿意当真，也不想自己沉沦。因为总有一天，沈清河痊愈，会不再需要她。

可这一刻，她突然说不出什么话来拒绝他。

公开就公开，反正都是假的。大不了就是以后他痊愈，他们解绑之后被粉丝奉为意难忘，时不时打卡发帖，求他们“复合”。

有这么一个顶级流量、绝美影帝的“假前任”，怎么想她也不算吃亏。

林枝脑子里纷纷乱乱地想，也并不十分清楚到底是哪一条让她动摇，只知道自己鬼使神差地点了头。

沈清河一刻也不想再等，一下推开门，拉着她向阳光下奔跑。郑一姿他们能那么快堵到林枝和陆经年在这儿出现，这附近必然有狗仔在盯着。

小区门口有一棵高大的槐树，枝繁叶茂，将阳光层层筛得匀称。光影斑驳间，沈清河停下来，手扶着林枝的脸，俯身吻住她的眼角。

温温柔柔，亲昵无间。

又向她走近了一大步，他满足地闭上眼。

枝枝，和我恋爱吧！

第七章 千万次动心

（一）

影视城小区门口那一个世纪额头吻，# 沈清河 林枝 # 词条热搜空降第一，并成功爆掉了。

那几张照片拍得仿佛画报，老槐树筛下来的层层光影里，沈清河捧住林枝的脸，在林枝有些讶然的目光中啄上她的额角。

无须镜头和布景，两个人的互动，就是最甜的电影。

有被官方授意的课代表迅速下场，就两个人的动作、表情、神态进行解析。

@ 奶茶七分甜：枝枝的手腕那一圈被攥出了勒痕，肯定是沈老师突如其来拉着她出来的，枝枝一开始是没反应过来，之后是挣扎，因为她知道，外面可能会有狗仔，如果被拍到，会让沈老师失去大量粉丝。在枝枝的心里，自己被冤枉可以，但沈老师是不能被人用言语污蔑一句的。

而沈老师此刻顾不得了，嫉妒和愤怒将他整个人的理智燃烧殆尽。他不允许枝枝被人误解，更不允许枝枝的名字和另一个男人捆绑在一起。沈老师不顾一切将枝枝带到众人面前，迫不及待地宣誓主权。

枝枝惊了，整个人僵在原地。她不敢相信，沈老师那样冷静自持高高在上的神仙人物，会为了自己豁出所有，降落凡间。

沈老师一吻过后，拉着枝枝继续向前。那是在无声地告诉所有人：我不管明日天是否会坍塌，地是否会陷落。我只要今日我和我喜欢的人，迎着烈日，肆意走在众人眼中。

[小甜甜不愧是你，总结得太好了，完全说到我心里呜呜呜，“知情 CP”就是真的，全天下最真的！]

[其实昨天爆料的时候我就不信，像沈老师在圈里摸爬滚打这么多年，丁点儿绯闻不沾，是他冷淡吗？显然不是，而是活得太通透了，别人打什么主意都能一眼看穿那种。林枝要是真的做了什么对不起他的事情，沈老师不可能不知道。]

[排楼上，而且上午就澄清了，和陆经年从单元楼出来的是个一百八十线的小演员，刚好和林枝也认识，所以人家不过是两对情侣在一起聚聚呢，就被有心人利用了。]

[就我一个人以前就觉得郑一姿满脸写着心机吗？]

沈清河的这一波操作，将整个局势彻底反转。

刚爬出坑的“知情 CP”粉，再次跳进大坑里，发誓躺在坑底，谁拉也不出去！

围观的真路人，被沈清河护女友的举动“苏”到腿软，嗷嗷叫着也心甘情愿跳进 CP 大坑里。

当然也有一部分沈清河粉丝接受不了自家哥哥公开恋爱，对象还是个哪儿哪儿看起来都配不上他的十八线。

然后她们就发现，沈清河顺着网线，一个一个来反驳她们的言论。

[粉丝和女友，不可兼得。（微笑）]

@ 沈清河 river：我选女友。（微笑）

[希望日后你糊到地心的时候，不会后悔今天的选择呢？]

@ 沈清河 river：不会糊，不会后悔，我从来不靠粉丝吃饭。

[只有一个祝福送给你：明日就分手。]

@ 沈清河 river：不会分手，毕竟我们已经结婚……

“壮士手下留字！”林枝眼睁睁地看着沈清河绝美长指上下翻飞，打出“结婚”两个字，急忙飞过去拦住。

沈清河看了她一眼，颇为遗憾地叹了一口气：“好吧！”然后把一行字都删掉了。

沈清河亲自下场，带来的镇压效果十分明显，和他相关的一连串词条翻来覆去登上热搜，将很多盯在林枝身上的注意力转移了。而这，就是沈清河要的效果。

“毕竟我们已经结婚了，作为丈夫，我应该挡在妻子前面。”又是隐婚沈清河的标准句式，仿佛不管多么石破天惊的话，放在这个开头句式里都能很合理地成立。

事情在不知不觉间，朝着奇怪又不可控的方向前进了。

林枝下意识地咬了咬唇，被沈清河看见，他指尖点了点她嘴角：“别虐待自己，要是实在想咬，可以咬我的。”

他语气带笑，面上却是一本正经。

林枝的眼不受控地落到沈清河的唇上，老天爷在创造沈清河的时候，大概是查过字典，把所有能形容人美貌的词汇全都记下来，然后一点一点将沈清河捏出来。

他的唇偏薄，却不是冷情的那种薄，唇峰弧度恰到好处，颜色不浅不淡，抿紧时冷冽慑人，微微上挑时极度的勾人夺魄。

看林枝的表情，沈清河靠近她，低声说：“想试试？”

“你俩够了，我跟你们讲，我忍你们很久了！”前面开车的陆经年趁着红灯停，恨恨地砸着方向盘，“从上了车就开始腻腻歪歪个不停，有老婆了不起啊！”

陆经年今天气儿不顺，胆大包天到连沈清河都敢骂，骂完又怕沈清河报复，停了停喜笑颜开地道：“结婚证呢，拿出来给我看看，让我也沾沾喜气。”

陆经年这一句话出，两人同时脊背僵住。

林枝敏锐地发现，身边的沈清河比她僵得还厉害，近在咫尺的呼吸都是一滞。

陆经年，你可真是天赋异禀啊！一句话就把这次剧本最大的漏洞挑出来了。

她和沈清河，根本没有结婚证！

今天陆经年的车，是往杂志摄影棚开的。自从昨天沈清河的惊天一吻公开了他们的关系之后，无数采访和杂志拍摄邀约纷至沓来。

沈清河是出于安 CP 粉心的想法，接了一个杂志的封面拍摄。

现在沈清河突然被陆经年戳中漏洞，别说封面拍摄要凉，他们刚刚安排好的一切，很可能都随着沈清河的臆想现实再次升级付水东流了。

“变成绿灯了。”林枝胆战心惊之际，沈清河却神奇地恢复了正常，坐了回去，下巴往前轻轻一点，“结婚证又不能随身带着，之后再给你看。”

陆经年点头：“行吧！”

沈清河居然没晕倒？林枝疑惑地看过去，眼前却被沈清河的大手遮住：“离到摄影棚还得有半小时，闭上眼睛眯一会儿，听话。”

听这正常的语调，臆想并没升级。

所以不存在结婚证这个巨大的漏洞。

难道自己和沈清河有结婚证？林枝蒙掉了。

她想开口套话，沈清河的手则顺势将她的脑袋按到自己肩上，拍了拍，又说了一遍：“听话。”

蛊惑人的沈老师上线，轻而易举就将林枝的话压下去。他身上的橘子香闻着太过让人舒心，她鼻尖轻嗅，越闻越心醉。

林枝终于安静下去，沈清河的手却没放松。他扭着头，看车窗外急速飞过的高楼幢幢。

他不敢看她质问的眼睛，怕她发觉自己的不自在，从而知道事情的真相。

他……把他们的结婚证弄丢了。

就在他们结婚后不久，他去拍戏，遇上了一伙小偷。因为日日夜夜拿着结婚证才能安然入睡，他拍戏自然也带着，然后就被小偷偷走了，至今还没找到。

本来枝枝就可能会离开，如果他跟她说结婚证丢了，她会顺势说这就是天意，应该离婚。

沈清河不允许有这样的事情发生，就先瞒着，等小偷落网。

前半生，他以为自己无所不能，能拯救她于深渊，能带给她以灿烂人生。

可事实上，他连这点儿小事都做不好。

他自嘲地冷笑，沈清河，你个垃圾。

这一次沈清河挑选的杂志，就是上一回他和林枝都出席过的时尚盛典的承办杂志——《VU》。

国内的时尚杂志等级划分十分严格，解锁一线封面对于圈内明星而言，代表着时尚界对其身份咖位的肯定，代表着自身顶级的商业价值。

《VU》作为目前一线时尚杂志的天花板，对拍摄封面的明星标准要求更高。

林枝清楚，如果不是因为和沈清河“恋情”公布的原因，自己再在圈里摸爬滚打多少年也不一定能拍《VU》的封面。

沈清河拍杂志封面不多，但他天生就是聚光灯下最耀眼的存在，随随便便摆个姿势，摄影师抓拍就能出最好的效果。但林枝对在镜头前表演一向抵触，在化妆的时候她一直很焦虑。

这一期杂志上市时，是夏日最炙热明媚时。主题非常贴合时节，也很贴合当下沈清河和林枝这对的状态：夏日的满分甜。

两个人的服装造型妆容都是清爽又舒服，林枝穿着一条淡蓝色的吊带裙，光着脚，头上戴着蓝色雏菊花环，脸上也贴着几片花瓣。

沈清河穿着白色衬衫，口袋上有小雏菊的刺绣。

蓝色和白色，是夏日绝配。

摄影师是圈内很多明星拍封面时指名要求的罗格，他知道林枝是第一次拍杂志，又提醒说：“林枝不要太紧张，就当这是你们家的客厅，随意聊一聊，说说话就好。”

林枝点点头。

沈清河从口袋里摸出一颗糖，剥开糖纸递到她嘴边：“吃一颗就不会紧张了。”

“是吗？这么神奇？”林枝不太信，倒也张开嘴。

下一秒，沈清河弯腰，唇凑了上来：“这么吃，才不会紧张。”

封面拍完很久，林枝的呼吸间都还是那股化不开的甜味，脑子里都是她含着糖之后，沈清河俯身下来抢她嘴里糖的画面。

沈清河仿佛格外喜欢吃甜的东西，陆经年说过他很挑剔，喝鸡汤只喝奶汤底，饮料只喝橘子汁，别的东西吃的时候都是挑三拣四，格外难缠。

不过想起上一次陆经年在影视城小区那间屋子做饭，还有前一天搂着姚秋秋走之前煲的鸡汤，仿佛并没有按照沈清河的口味做。

“呵，那是因为某人喊我上门做饭的时候特意说了一声，不用照他平时吃饭那么做。”

回去的路上，依旧是陆经年开车。一是他顺路方便；二来，也算是秀一下他和这对小情侣之间的关系，坦坦荡荡。

拍完杂志再上车，陆经年明显感觉到身后这两人身上的甜度超标到有点儿齁人。

林枝的脸一路都是红着的，沈清河虽然没怎么说话，但眉眼间那一派春风得意，怎么看怎么碍眼。陆经年不由得想起那个名义上“追他”的棒槌，不耐烦地“嘀嘀叭叭”按了几下喇叭。

“这周末要开工了。在片场拍戏的时候记得收敛点儿，我们这儿可是民国正剧大戏，别被你俩带歪成偶像剧。”说起工作，陆制片人一脸严肃。

林枝的脸更红，偏头去看外面风景，沈清河则理都没理他。

陆经年感受到了这个世界对他的深深恶意。

“回去记得把结婚证拍下来发给我看！”他一定要沾点喜气，早点儿摆脱被虐的命运。

陆经年这小天才一提，林枝又想起自己和沈清河“领证”的事情，脑子突突地疼。

车头一个掉转，拐了个弯儿，林枝的手机铃声响起：“我们一起学林枝叫，一起说：‘天晴了雨停了我今天又行了！’”

沈清河若有所思地想，他应该录一个和枝枝配套的夫妻铃声。

那边林枝已经把电话接起，面色倏然一变：“好，我知道了。陆制片，麻烦转个道，去一趟文元。”

（二）

文元大厦，十六层。

三人刚从楼梯间出来，就听见公关部总监办公室传来压抑的啜泣声。如怨如慕，如泣如诉，听者伤心，闻着想跟着泪流的那一种。

林枝拧着眉，脚步未停大步往前走。

沈清河慢了一步，轻撞了一下陆经年的肩膀。

陆经年回头，沈清河又是看死人的眼神看他。

陆经年懂了："行，英雄救美的主角是你的，我外边等着。"

文元公关部总监姓胡，是个典型的女强人，为人不苟言笑，做事雷厉风行。面对一来就哭哭啼啼的郑一姿，她不露出嫌恶的神态已经是极限，实在是说不出口安慰的话。

所以林枝敲门进来时，看到的就是这样一番诡异的场景——来诉苦的郑一姿哭个不停，却得不到对方的任何反应，最后是罗维看不过去，管胡总监"借"了包纸巾，给郑一姿擦擦眼泪鼻涕。

"胡总监，您找我。"

胡总监看到林枝，神色是从没有过的和蔼可亲，终于不用她自己去面对那个哭唧唧的女人了！

胡总监绷着张脸点点头，一转眼看见跟在林枝身后进来的沈清河对她点头说："打扰了。"

林枝和沈清河沸沸扬扬的神仙爱情，胡总监不仅知道，还配合郑喻那边"添砖加瓦"了不少内容。一看沈清河来，胡总监心里就更有底了。

胡总监客气地道："沈老师客气了，随便坐吧！"

"郑小姐，你要找的林枝给你找来了，有什么话就直说吧！"

郑一姿怯怯地抬起眼，哭声渐消。

林枝冲着她弯弯眼，露出礼貌又和善的笑："不知道刘小姐找我有什么事。"

郑一姿："……"

沈清河也笑了，他随口的一句玩笑话被枝枝放在了心上，就算枝枝现在意识不到，但是他早已经一点一滴渗入她的生命中。

罗维清了清嗓子，被噎了一下的郑一姿回过神，站起来，双手谦卑地放在身前："之前我们确实是因为角色的竞争闹过一些不愉快，但角色已经定了，我明白这是我自己的能力不行，以后会继续努力争取别的机会。可能是我没和你说清楚，才让你以为我还拿你当竞争关系。"

林枝眨巴眨巴眼："你是想说，找营销号断章取义放黑料这些事不是你授意的？"

郑一姿表情一僵，还是点点头。

一般娱乐圈里这种事情都是暗地里波涛汹涌，多方下场。只要没直接证据证明是郑一姿授意，这事情最后就影响不了她什么。

但这一次，林枝根本不怕得罪谁直接发微博艾特了她，沈清河又转了微博，事情就变得难以收拾了。

郑一姿此来就是变相和解，将这个害人的帽子摘下去，等再过三五个月，就没人记得这回事了。

这两天漫天的谩骂，郑一姿心态已经快要炸裂，不然她怎么也不会向林枝低头。

郑一姿暗自咬着牙，眼泪又凝于睫，楚楚可怜状："真的抱歉，没想到这件事最后会让其他有心人利用，给你带来困扰。"她说着说着，又抹了抹眼泪笑起来，"最近我碰到个很不错的角色，感觉更适合你，之后我们也可以多聊聊。"

林枝静静地听她说话，表情很认真，时不时地还点个头。很像高中时什么也听不懂，但积极给予老师回应的学渣。

别人看不出来林学渣的心不在焉，沈清河却轻易察觉。

枝枝素来善良，对方是抓准了她的心思才这么不要脸地上门，一如她家的吸血妈和浑蛋哥。

沈清河的目光淬了冰，声音也凉："最适合她的角色是做我老婆，要聊也是我聊，还轮不上你吧。"

郑一姿："……"

林枝："……"

林枝低咳一声，急忙道："他是夸张说法，夸张，哈哈。他这个人，就是太想秀恩爱了，逮到机会就有些控制不住。"

为了避免沈清河再说些什么已经领结婚证这种她头在圆不回来的话，林枝绕到沈清河身前，手推着他胸口，将他轻轻推回椅子上，语气娇嗔："有什么在家里说就好了，别当着外面的人说，怪不好意思的。"

沈清河眼神一亮："回家可以说了？"

可以说那些听了她会脸颊红红的话了？

他语气有些克制不住的荡漾，林枝也没多想，点了点头。

沈清河嘴角微翘，安生地坐了回去："我听话。"

安抚住了沈清河，林枝走到胡总监桌前，借了A4纸和笔，走到郑一姿面前，递给她："你的意思我明白。这样，只要你写一封道歉信，我就可以跟你秀一下虚假姐妹情，再说我之前发的微博是调侃开玩笑。"

郑一姿惊道："道歉信？"

“写给姚秋秋的道歉信。”林枝一字一顿，脸上笑意更深，却比肃着脸时给人的感觉更慑人，“就是在《九日》剧组，你让她一直跳舞最后伤了脚的那个群演。”

郑一姿万万没想到林枝会提起这件事，还拿这个做条件。

“林小姐何必为了不相干的人，影响文元和南青两家公司的和气呢？”罗维推了推眼镜，“林小姐如果非要一意孤行，那贵公司的损失——”

沈清河适时插嘴：“损失我来补，枝枝开心就好。”

罗维：“……”

有个霸道“丈夫”，这感觉还有点儿爽。

林枝腹诽着，手上纸笔塞到郑一姿手里：“写不写，你自己决定吧！”

郑一姿紧攥着笔，将下唇都快咬破，不甘不愿地点头：“我写……”

林枝和郑一姿的这一场“恩怨”，最后的结局出人意料。林枝删除了那条艾特郑一姿的微博，并重新发了一条。

@林小枝：没想到上一条让人误会了，其实我发的那条是提醒@郑一姿zzz一起提防造谣的人，没想到被你们想成她是造谣的人了，在这儿给@郑一姿zzz做个澄清，别闹啦，有精力记得蹲《九日》的定妆照哦。

这条微博真信的人不多，但也算是给郑一姿粉丝一个反击的说法，再过几个月，有了新的热点，就会有人把这些逐渐淡忘。

林枝拿着郑一姿的道歉信，回到影视城之后郑重地交给了姚秋秋。

姚秋秋眼睛瞬间红了：“枝枝，你其实不用为我做这些的。”

林枝连忙摆手：“我哪有那个本事，是郑一姿自己觉得愧疚难当才写的，我们还是要给她一个重新做人的机会的。”

姚秋秋破涕为笑。

林枝从姚秋秋那儿出来，天已经暗下去。影视城的晚上，各个时空的场景混杂，连月亮仿佛都像是有好几个，天格外亮。

沈清河脸上戴着口罩，手里拎着两瓶橘子汁，正站在路灯下等她。昏黄的灯，晕开在他头顶，衬得他格外耀眼。

林枝眯了眯眼，提步走过去。

沈清河拧开一瓶橘子汁，递过来，她接过喝了两口，两个人安安静静地沿着路往回走。

“你之前发微博是故意的？”

许是月光太好，橘子汁太甜，林枝为自己编织的厚厚盔甲从身上卸下去，语气轻松：“是呀，不指名道姓，围观群众怎么能肯定就是郑一姿做的。之前秋秋受伤，南青娱乐都不想任何风声伤害到郑一姿，更别说是这回这么明晃晃的点名，南青一定会找上门来的。只要他们来，我就会想尽一切办法，为秋秋讨回个说法。”

“如果文元不肯因为公司外部的人，为你出头和南青讨说法呢？”

“不会的，现在不是有你吗？”

林枝说出这话之后才觉得有多不要脸，可能是平时营业演得太顺，不知不觉就说出来了。她淡然地又喝了一口橘子汁：“做错事，就要道歉，这个道理，小学的时候就应该学了。如果死不悔改，那付出一些代价也是应该的。这个道理，成年人都知道。”

“那我也要道个歉。”沈清河停下脚步。

林枝仰头看他，不明所以。

沈清河沉声说：“我们的结婚证……丢了。”

林枝的声音震惊到无以复加：“丢了？”

没有的东西还能丢了，沈清河你可以啊！

等会儿，如果这次隐婚连结婚证没有都可以圆过去，那岂不是没有漏洞，无懈可击了？

那这病，要怎么治？

林枝的反应太过震惊，沈清河心里唾弃自己，嘴上却很镇定：“虽然证丢了，但法律还是会保护我们的关系的，所以不要以为证丢了是老天爷让你离婚的预兆。”

林枝艰难道：“我想……法律是不会保护我们的关系的……”

沈清河的面色一暗：“所以，你还是想离婚？”

“也不是。”毕竟也没结婚，怎么离婚？

林枝的脑子已经被沈清河绕糊涂了，破罐子破摔地问沈清河：“你到底想怎么样直说吧！”

“找个时间带上户口本，去补结婚证。”

“啪”的一声，林枝手里的水瓶落地，橘子汁四散炸开。

她现在总算是知道，什么叫“三人成虎”，什么叫“世上本没有路，走的人多了就成了路”。

和沈清河相处时间长了，被他每一天都比前一天更震撼的剧情洗脑，她恍惚生出了错觉，她和沈清河仿佛真的有过那么一段震撼天地的爱情。

在那段感情里，他们少年相识，高中时分离，娱乐圈重聚，他追星接近，然后两人从地下情人发展到炒CP隐婚，现在结婚证丢了。

这一路的发展真的太虐了，她要落泪了。

那现在的状况是直接离婚还是去补，这是个问题。

没结婚就要考虑离婚的问题，她又要落泪了。

林枝满脸写着空白，沈清河手里攥着橘子汁的瓶子，打开瓶盖又拧上，反复几次，泄露了他心底的一丝紧张。

他最终把瓶子拧严，声线紧绷："你不愿意？"

沈清河声音的召唤，让林枝脸上的空白一点点被填满："不是不愿意，只不过补结婚证这种事得挑个好日子嘛，我要回去翻翻日历。"

林枝掏出手机，像模像样地点开日历："最近一周，不宜婚丧嫁娶。下周赶上七月半鬼节不吉利，唔，最快最适合的日子是在二十天之后。"

林枝抬眼，视线落在沈清河不悦耷拉的眼尾上："如果你不介意我们婚姻不幸福的话，可以最近抽空就去补办。"

沈清河："……"

"反正我是不介意，哪天都一样。"林枝又补了一句，沈清河的眼尾耷拉得更下。

他不信鬼神，不信天命，素来只信他自己。可是事关枝枝，还有他们的以后，饶是自信如沈清河，也不得不谨慎一点儿。

沈清河妥协："那就二十天之后吧！"

林枝弯唇笑了笑，转身往前走。背对着沈清河，她长长地舒了口气。

她凭着和沈清河对弈间进步飞速的演技，为自己争取到了二十天的时间。

她要在这二十天里，将沈清河这一次的臆想故事彻底破解。

（三）

周日，民国大戏《九日》正式开机。

林枝借口身体不舒服没有参加开机仪式，而是抓住沈影帝太重要必须要出席仪式的机会，自己偷偷地去见宋医生。

林枝用黑两度的粉底涂了满脸，鼻音粉拍在下颚和鼻尖，再用眼影盘调色，十分钟后整个五官全改，再把头发绾起来，扣个贝雷帽，林末出现都认不出她是谁。

"你是——"办公室里，宋医生用看陌生人的眼神看林枝。

“是我，林枝，之前约好今天来见宋医生的。”

宋医生又仔细地打量着她的五官，依稀能从她的笑容里辨认出几分熟悉的痕迹，还真是林枝。

他由衷地夸赞了一句:“化妆技术很不错，我都没认出来。来，小林医生，坐吧！”

林枝点点头，拉着椅子坐到宋医生的对面，双手搭在膝盖上，腰背坐得笔直，看着很紧张。

宋医生起身接了杯温水，放到她面前：“有关于沈清河的病情你不用太担心，他之前两次发病都好了，这次就算过程烦琐漫长了一点儿，最后也还是会痊愈的。”

林枝双手捧着水杯，温温的水从喉咙口往下流淌，倒是抚平了一些她的躁动。她深吸一口气，开口道：“其实这次我来找宋医生，不是为了沈清河的病，是想让宋医生看看，我有没有病。”

宋医生正拿着水杯，往椅子上坐。林枝这话成功让他坐也不是站也不是，屁股悬在半空，用了毕生的镇定才堪堪坐下去：“小林医生为什么这么说？”

林枝的手指曲着，有一下没一下地蹭着裙子的蕾丝结：“最近沈清河按照他的臆想说一些事情的时候，我莫名觉得是真的。就是明知道是假的，但说着说着，我就不自觉地跟着他走，觉得现实确实是这样。”

宋医生“哦”了一声：“比如呢？能具体举几个例子吗？”

林枝面色呈现不自然的红，眼睛胡乱地看向一边。

“就比如，沈清河前几天说我们的结婚证丢了。”她停了停，觑了一眼宋医生的表情。

宋医生不愧是医术超然的心理医生，对沈清河离谱的认知丝毫不觉得意外。林枝放心地继续说：“他说丢了之后，我第一时间想的是我们一路走来太艰难，好不容易结婚了结婚证还丢了……之后再反应过来，这些都不是真的。

“陆经年上门来做饭的时候，问我们是怎么结婚的。沈清河就简单说了几句，说我们炒 CP 炒着炒着觉得太合适了就直接结婚了。然后等陆经年进厨房，我就和沈清河反驳说，明明我们是因为我家里的原因表面结婚。

“后来，我在卧室里练习演戏，沈清河在旁边指导。有一场戏，我反反复复都找不到感觉……”

那是一场顾小蔓将自己的尊严踩在脚下，设计勾引陈夺的戏。

陈夺为人阴鸷，女人在他眼中，只是拿来和人做交易的棋子，顾小蔓就是他看上的棋子。

他暗中一点一点地将顾小蔓的一切夺走，让她在这乱世中变成孤零零的一个人，只能像菟丝花一样紧紧攀附着他这棵参天大树。

顾小蔓如他所想，柔弱得只能依靠他。可她却不甘心只这样，她想将那个男人反握在掌心里，一寸一寸，将他的所有捏碎成烟。

这一场戏，就是顾小蔓在陈宅铺垫了许久之后的一次反击。

……

林枝的感情生活，可以说一片空白。

她能从动作肢体和眼神来贴近顾小蔓这个人物，但对她和陈夺这爱恨交织下的复杂的情绪，就有些不知道怎么表达。

这时候表演大神沈清河不请自来，床上，他四肢舒展地躺在上面。

林枝虚虚地压在他身上，他的双手捧着她的脸，让她仔细地看着自己：“你想想你从小到大最恨谁，你仔细地想他对你做的那些事情，一件一件地回忆。”

最恨的，不过就是那个从道德层面上来说她不应该记恨的人。

林枝深吸一口气，按照沈老师说的随便在记忆中捡了几件苏眉做的事情。只是略想想，她的表情就倏然一变。

巴掌大的脸一片苍白，饱满的唇抿得越来越紧，贝齿轻咬，发白的痕迹增重，眼底是不甘不愿，又决然的森冷。

“现在，再想想从小到大你喜欢的人，先想你一般喜欢的人，再想你最喜欢的人。”

一般喜欢的……有和蔼又敦厚，每次出差回来都会给她带各种礼物的林岳庆；有嘴上总是讽刺她，可一听说学校有谁背后说她坏话，就挥着胳膊将那人堵在角落里揍一顿的林末；有不管谁伤害她，自己都义无反顾冲上去的姚秋秋……

林枝紧绷的嘴角渐渐地松弛，脸色也逐渐上了血色。

“想你最喜欢的人。”沈清河的声音适时提醒。

最喜欢的人。

她最喜欢的人……是谁？

自从十几岁发觉苏眉的真实意图之后，她就将自己封闭起来。

从林家离开之后，她和谁交往都淡淡的，就算是对姚秋秋，她也没有把自己那段堪称灰暗的过往坦诚相待。

最喜欢的人……

林枝的脑海里，突然浮现出一道背影。

他在那个皎洁月夜下，在苏眉的攻势下护她在身后，牵着她向前，走到玫瑰花园中。

他转过头，面色和现在她眼前的人的脸重合了起来。

林枝的表情有一瞬间僵住，两颊漫上点点红晕，眼睛也不敢和那双明亮的眼对视，往下移，又定在那形状完美的唇上。

不知道是哪根筋不对劲儿，她突然萌生出，想要咬一口的冲动。

“我们领证结婚那天拍照时你亲我了吗？我不记得了。”话一出口，林枝愣住了。

沈清河颇为遗憾地道：“我们领证那天都很忙，拍完照就走了，没来得及亲。”

其实，是根本就没有亲这个步骤。

他是想亲她，可又怕吓到她，让她觉得自己说想要结婚不是为了帮她，而是别有用心。

林枝咽了咽口水，凝在他唇上的目光幽幽。

沈清河一只手撑在床上，微微仰起上半身，那被林枝觊觎的唇，几乎送了上去，离她只有一寸距离，他问：“要补上吗？”

林枝嘴角轻动，沈清河的脸凑得更近：“要怎么补，都听你的。”

她声音发抖：“我不知道……”

“沈老师教你。”沈清河偏着头轻触着她的嘴角，只一下即放，一本正经地鬼扯，“这是确认的步骤，每对去拍结婚照的夫妻都要先确认一下，看对方是不是自己要结婚的对象，怕不小心弄错了人，拍错了照片。”

沈清河说完，额角和她的抵在一起，唇落在她的鼻尖。

“这是确认一下，新娘的妆有没有花，如果花了会影响效果。当然，化不化妆对枝枝而言没有任何区别。”

沈清河真的像个细心讲解的优秀老师，针对每一种亲吻，都编出一套说辞来。

林枝颤着睫毛，额前的碎发濡湿。

“这是确认，我们就是要相濡以沫，白首到老的夫妻。”他哑着嗓子低语，没有犹豫，最后贴上她的唇瓣。

“那场戏你反反复复找不到感觉，然后呢？”办公室内，宋医生杯中的水凉透，又换了一杯。等这杯也快凉了，对面的小林医生仍然一语不发，只脸的颜色从浅浅绯红到大红色，伴随着时不时地咬唇和嘴角疯狂上扬。

林枝拍拍脸，随口敷衍过去：“就沈清河帮我找感觉，然后我就问他我们领证当天穿的什么衣服。宋医生，我这个状态是不是不太对？”

“我明白你说的意思了，你知道沈清河是发病，他说的这些都不是真的，你一开始对他病中说的话做的事都觉得难以理解，而现在不仅理解了，还会觉得他说的话是真的。”

林枝点头：“就是这样。”

“除了这一点之外，你在生活上还有其他觉得不对劲的地方吗？”

林枝回忆了会儿，摇头：“没有。”

“精神类的疾病通常会对身体机能造成损害，身体做出的反应要么自我拯救，要么自我毁灭。前者就是沈清河，后者则是现在大部分常见的重度抑郁症病人。恕我直言，你现在的状态并不是病。”

林枝沉默着，并没有一点儿生病嫌疑解除的喜悦。

宋医生笑着叹了口气：“喜欢上一个可能随时随地会发臆想病的人确实不是件容易事,不仅要处理突发情况,还要去面对他病痊愈之后可能有的后遗症,我理解你。”

林枝的呼吸一滞，慢慢地抬起头，声音哑然：“喜欢？你说我喜欢沈清河？”

“如果不是喜欢，你何必纠结于自己沉浸在沈清河的世界里呢？”宋医生推着一封文件过去，“不必急着否认，我们今天的谈话内容我不会和任何人说。如果你觉得这份心动是个麻烦事，停了就可以了。毕竟和沈清河这样的人真的谈恋爱，确实不容易。”

林枝翻了几页，密密麻麻的字灌到她的脑子里。

这是有关沈清河过去发病时，宋医生记下的手札。

开机仪式进行到一半，沈清河离开，处理郑一姿事件所带来的连锁反应。

虽然事情算是以一个相对和平的方式解决，但南青到底失了面子，本来有个影视项目要带文元的新人上，因为这件事这个合作也崩了。

沈清河在胡总监办公室已经许诺，文元的损失由他来承担。

他要和那个项目的投资人见一见，把项目谈下来，转到他这边。

于是会所里，沈清河就和一身笔挺西装的林末相遇了。

林末看着沈清河，从眼角眉梢到神态表情，都透出一种气质——拱我妹妹的狗东西，给我滚！有多远滚多远！

沈清河看着林末，这个助纣为虐的浑蛋哥哥，唇边溢出一声冷笑：“看林枝嫁给我过得这么好，你很失望是吗？”

林末：“嫁给你？”

林末：“你和阿枝结婚了？”

在沈清河的认知里，林末这个人也算不上太坏。林末所做的无非就是助纣为虐，趁着他到国外进修时，把林枝送进娱乐圈而已。

听起来并不算十恶不赦，但差点儿失去林枝的痛，太深、太烈。

沈清河对涉及这件事的所有人，都没办法原谅。

有这个原则在先，眼前的大舅哥怎么看怎么阴险狡诈。

他好奇自己和林枝结婚？

要知道，自己和林枝结婚当天，第一个通知的就是他。

现在林末无非就是想当着别的合作伙伴的面装作一无所知，再回头造谣沈清河诱拐无知少女骗婚，把事情闹大，好借助舆论让他们离婚把林枝抢回去，继续做苏眉的联姻棋子。

想得可真美。

想到这里，沈清河唇边的笑意越发冷峻，眯着眼看着林末，一句话都不屑于解释。

林末问完也觉得自己冲动了，林枝这两年都没回家，哪里有机会拿户口本跟沈清河结婚。

这个沈清河不愧是影帝，编瞎话一套一套的，差点儿连他都被糊弄过去了。

没想到为个合作，沈清河这么拼，还要拉个亲戚关系。林末低咳一声：“今天是谈正事的，家里的事情以后再说。”

和林末一起来的其他两个投资商忙笑着打圆场：“是啊，这家的绍兴酒相当地道，来来来，大家尝一尝。”

娱乐圈就是个生意场，谈生意少不了酒局饭局。

酒过三巡，这话匣子就敞开了。

投资商们聊组里这个演员没有眼力见儿，那个制片耽误自己的事儿。

林末对这行实在是不熟，但也提着精神时不时附和几句，只沈清河一手端着酒，一手拿着手机，心不在焉地抿一口酒，看一眼手机，活像今天来谈合作的根本不是他一样。

林末客套了几个来回，笑得脸都酸了，往沈清河那儿一瞄，颇有些嫉妒地问：“你干吗呢？”

沈清河扣下手机：“哄我老婆睡觉。”

林末说：“我告诉你，你不要太猖狂。我可是阿枝的哥哥，掌握着她选择最后的丈夫关键性的一票。”

潜台词是：要想真的娶阿枝你最好不要太嚣张，赶紧巴结巴结我。

可沈清河明显比刚才更嚣张，他眼尾一挑，目光颇为不屑地在林末脸上游移，最后一声呵笑：“关键性一票？阿枝会听你的？”

林末脸色陡然一变。

沈清河往后靠，神情慵懒，声音缓缓，那股从骨子里渗透出来的压迫感如影随形：“既然当初做了那样的事情，就不要指望林枝还对你存着什么感天动地兄妹情。你扪心自问，你配吗？”

林末被戳中伤口，呼吸加重，话像从牙缝儿中挤出来：“这些是阿枝跟你说的？”

“倒不是她和我说的，是我自己看出来的。”

“我没有！”林末的声音一下提高，俊朗的脸扭曲得变了形，“我没有！”

旁边投资商关于“该不该在剧组成立个火锅俱乐部”的讨论随着林末的声音戛然而止，皆是一脸蒙地看着这两个莫名针锋相对起来的大舅哥和准妹夫。

沈清河站起来，云淡风轻地整了整袖口：“以后不必打着对她好的旗帜说些有的没的，你不配。”

林末的手按在桌案上，青筋暴起。

“我不配，是，我不配，那你就配了？”林末牙咬得紧紧，“上次在影视城，阿枝因为过敏症蹲在地上哭，你就站在一边任由她哭，都不送她去医院，像你这种心肠歹毒的渣男，我一拳能打死八个！”

“你配合她妈演戏，让她伤心让她难过让她走投无路，还有资格说别人心肠歹毒？”

“我那是……”林末的声音一下低下去，将后面的话咬断。

沈清河鼻尖溢出一声轻哼，没再说话。可那个眼神，明晃晃地昭示着他的心思：我眼前的你，就是个垃圾。

昔年的隐秘就这么被猛地揭开遮盖。

有灼灼的阳光照进去，里面早已腐烂一片。林末的理智被沈清河一句一句话捶得飞灰湮灭，他猛地扑过去：“你这个外人你知道什么？”

沈清河面上挂着笑，冷静地回答：“现在对枝枝而言，你才是外人。”

他可太知道，怎么样不动声色，把别人气到炸裂。

“你大爷的！”林末用力捶向沈清河。

之后，整个包间混乱成一团。

（四）

林枝在看了一半宋医生手札时，接到了电话，匆匆赶到了私人会所。

案发现场的包间已经一片狼藉，偌大的桌子翻倒，杯碗碟筷散了一地。

私人会所的服务周到，这半小时内已经给两个当事人包扎好伤口，换了干净的衣服，另每个人端上一碗滋养的人参汤。

林末的汤喝了大半，沈清河却一口没碰。

林枝的身影在门口刚出现，沈清河就一大步跨过去，旁若无人地扒在林枝身上，下巴抵在她的颈窝里："枝枝，你老公被人欺负了。"

林枝："……"

林末："……"

林枝看着林末，他下巴一片青紫，眼圈黑了，右手用绷带吊在脖子上。再歪头看沈清河，右脸贴了个创可贴。她动手掀开那创可贴，那里皮肤细腻平滑，根本没伤口，这是谁欺负谁啊？

沈清河又补充："是他先动手的。"

林末："……"确实是自己先动手的，还真的无法反驳。

林末先重拳出击捶了沈清河肩膀一下，沈清河硬生生挨了，再之后，林末还想继续重拳出击时沈清河灵活一闪，林末整个人埋进桌子上。

他身上大部分的伤，都是自己砸的。

林末自己丢人，也不好反驳，也没脸再留下，黑着脸一瘸一拐地往外走。

"林枝现在有我。"沈清河开口，林末的脚步顿住。

"那些欺骗她的人，伤害她的人，利用她的人，不管是谁，都不要再想着让枝枝重蹈覆辙。没有人能再逼林枝做什么。"

林末闭了闭眼，终究什么也没说，艰难地迈着步子走出去。

包间里，那两个投资商看情形不太对早就走了，林末再一离开，霎时只有沈清河和林枝两个人在。

沈清河的手还保护欲十足地搭在林枝的腰间，一滴泪"啪嗒"砸在他的小臂上，碎成无数玻璃花。

沈清河心里一紧，低下头一看，林枝咬着唇，正无声无息哭得满脸是泪。

她的外表柔软，内里却坚韧得刀枪不入。在沈清河的记忆里，这是除了过敏发作外，林枝真正意义上第一次掉眼泪。

“枝枝，别哭了……”他心疼，又手足无措，胡乱地擦着她的泪，平时动听的话都说不出来，翻来覆去只有这一句。

林枝也不知道自己为什么哭。

大抵是因为一无所知的沈清河，替曾经的她出了头。

替曾经那个以为人生就是这样晦暗无边的少女，将一层一层紧紧捆住自己的锁链砸碎。

她的心被放出来，她自由了。

林枝哭得越来越厉害，沈清河以为她是误会自己揍了林末，开始慌张地解释：“不是我打的他，是他自己撞的，特别有技术，撞得一脸青……我知道你对他并没有特别讨厌，真正心肠歹毒的是你那个吸血妈，所以我就忍住没动手，看来你对这个浑蛋哥……不是，你对林末还挺在意的……”

“沈清河，你以后会忘了我吗？”林枝哭声一顿，突然问了这么一句话。

沈清河柔和地笑了，揉了揉她的发顶：“我就算忘了我自己，也不会忘了你的。”

“你、你写下来，不然我不会信。”林枝脸哭得通红，泪珠还在眼眶打转，固执又可怜地看着他。

包间的茶几上有纸笔，沈清河很听话地按照林枝的要求写了下来。

还附上签名手印，日期地点。

“如果你以后……忘了我，我就把这张纸公开，让他们都看看沈影帝是个怎么样说话不算话的人。”

沈清河被她难得的稚气逗笑了：“放心，我不会让你有这个机会的。”

林枝将其郑重地叠起来，小心地收好。

我认定我是对你动了心，在这场奇遇一样的旅途中，对本来不该存在我世界里的你动了心。

所以沈清河，即使你痊愈了，也不要忘记我，不要丢我一个人在这段回忆里。

好不好？

天黑下去，林末回了林家别墅，避开苏眉上了楼，拖着受伤的身体洗了个澡。

为了让他时时刻刻能看到自己的完美身材，浴室里放了个防雾的落地镜。镜子里映出他一身的伤，红的紫的都有，太惨烈了。

以前帮阿枝跟人打架的时候，一个对五个都没这么惨过。

林末艰难地套上浴袍出门，在网上给那家会所打了个一星差评。

理由是：地板太滑。

做完，他自己又笑了。自林岳庆生病，将林氏的担子交到他手上的那一刻起，无论多大的难关他都能淡然面对。可一遇上阿枝的事情，仿佛一瞬间他又变回了那个曾为了阿枝出头，天不怕地不怕的莽撞少年。

莫名的幼稚，莫名的热血沸腾。

之前林枝还在林家的时候，兄妹两个的卧室紧挨着，林枝离开之后，别墅的这一层就只有林末的这一间还住着人。

林末从书房桌案的抽屉里，拿出一摞保存很好的笔记本。从前往后翻，一开始的字迹幼嫩潦草，越往后越规整。

他小时候习惯把发生的事情都记下来，一开始是吃了什么、喝了什么、玩了什么。后来慢慢地，里面多了一个阿枝。

林末是个妹控，他发小陈琦就有个妹妹，每次提起妹妹，陈琦都双眼放光。可林末母亲早亡，父亲一直都不愿意再娶，他也就没了拥有妹妹的机会。

像是想要妹妹的想法过于强烈，老天爷满足了他的夙愿，有一天父亲带回来一个女人，还有一个小小的姑娘。

从那天起，他就有了妹妹。

他不喜欢苏眉那个人，从第一眼看到的时候就不喜欢，可能是从小形形色色的人看多了，像苏眉那样温温柔柔，仔细妥帖到近乎完美的人，越是无懈可击，就越是让他亲近不起来。

他一开始很抵触苏眉，可渐渐地，他发现，苏眉好像看出了他对阿枝别别扭扭的好，开始让阿枝总过来找他，给他送他喜欢吃的东西，送他喜欢喝的椰子奶，找他玩他喜欢的游戏。

这些东西，他一一写在了笔记本里。

林末心里清楚，却当成无事发生，依旧会在笔记本里分享自己的喜好，等着他的妹妹来找他。

他没有感受过多少母爱，但也知道，那是弥足珍贵的。但凡为人者都割舍不掉，也不会轻易怀疑。

如果装一些糊涂就能让阿枝不发现那么残忍的真相，让她快快乐乐地长大，那他为什么非要去拆穿？

可是后来，事情还是朝着不可控的方向发展。

他去找过阿枝回家，可她说什么？

她说：“其实我很不喜欢你，有你在，没人真的关心我。什么时候你不在那个家了，我再回去好了。”

林末想，林枝或许因为苏眉亲近他而心里不舒服。但不会因为这个就离开林家，阿枝，应该是发现了苏眉的心思。

可如果林枝真的能够割舍得掉，离开也未尝不是件好事。

家里的这些脏污事情，就让他一个人去解决。

……

人一回忆过去，就总想喝点儿酒。

林末喝了两打白桃味 RIO，醉得脸发红，找人要到了沈清河的私人手机号，直接打了过去。铃声响了好久，那边才接通，哑着嗓子“喂”了一声。

林末仰头豪迈地又干了半瓶葡萄味 RIO，两个味掺着喝醉得更厉害，口齿都有些不清楚：“我是林末！”

对面隐隐约约飘来熟悉的女声，正是他乖乖巧巧的阿枝妹妹：“谁呀，大半夜打电话？”

沈清河的声音柔和得不可思议：“是推销假酒的，你快睡吧！”

林末：“你才是卖假酒的！”

对面将电话挂断，一分钟后又重新打过来，似是去了外面，声音又恢复那个欠揍的懒洋洋的模样：“有事？”

“之前谈的那个合作……我答应了。”

“哦，我不想合作了。”

林末：！

沈清河：“贵公司投资的这种质量的剧集本来我是看不上的，不过是答应了别人罢了。如果知道投资方是你，我才不会去。”

林末：“你大爷的！”

“电话先别挂。”沈清河轻飘飘的一句话，制止了林末要将手机摔砸到对面墙上的举动。

“不过枝枝还挺在意你的，虽然我不想，但看在她的面子上，我就勉强再跟你合作吧，明天记得把合同发过来，挂了。”

“狗东西，说得像我求着你合作似的！明明是你来求我合作的！”林末紧紧攥着手机，迟钝的脑袋转了好几个个儿，才回味出刚才沈清河话里最重要的信息。

——枝枝还挺在意你的。

林末跌坐在床上，忍了忍，还是没忍住笑出了声。

林枝并不知道他早就了解事情的真相，也不清楚他和苏眉关系要好，是为了她。

这两年她一直离林末远远的，林末以为她对自己怎么也是有怨气的。

可沈清河说，阿枝在意他。

“哈哈哈哈哈哈！”林末翻身将自己砸到床上，劲儿过大撞到了墙面上，“咔嚓”一声，另一只胳膊也跟着负了伤。

林末没忍住骂了句脏话，过后又笑开：“算了，阿枝在意我，我开心，不生气。”

影视城小区。

窗帘只遮了一半，大好的月光映进来，照出床上睡得酣然的女孩子。沈清河蹑手蹑脚地爬上床，刚躺下，林枝就自动自发地靠了过来。

宁静的夜里，她的声音很平和：“林末是个好人。”

她睁着一双眼睛，眼底毫无睡意。

“你听见了？”

林枝点头，软软的发顶蹭着他的心口：“对他的声音我再熟悉不过，他是个好人，只不过……”

只不过林末和爸爸一样，骨子里善良敦厚，不愿意去将人想得恶毒。

“既然你说他是个好人，那我也原谅他了。”

“原谅他……什么？”

林枝难得和他推心置腹地说什么，眼下，是个绝佳的机会。

沈清河翻身坐起来，一只手垫在林枝背后，一只手勾着她的膝盖窝，将她抱起来，坐在自己对面。

林枝有些哭笑不得，他这样子跟摆弄一只橱窗里的毛绒娃娃一样。

沈清河正襟危坐，表情很严肃。林枝就也忍住想笑的心，摆出认真脸。

“林枝，我有些事想要和你开诚布公地谈一下。”

林枝颔首：“你说。”

沈清河抿着唇，虚虚放在身侧的手攥了又攥，终是开了口：“我说要和你结婚，并不是为了帮你……当然，也是为了帮你，可我的心思并不单纯。

“我说等你找到喜欢的人，我会还你自由，其实这根本就不是我的心里话。

“我想要你的人和心，都永远留在我身边。

“从前我不敢说，是怕你知道之后会生气我骗你，会离我远远的。

"可现在，我要把我的心里话都告诉你，把选择的权利交还给你。"

林枝抬起头，对上他的眼。

沈清河这双深情的眸，只要看一眼，此生就只能沉沦。

而他的眼里，此刻只有她。

"枝枝，我爱你。

"这么多年，我只爱你。"

林枝笑着看他，静静地看了好一会儿，才有了动作。她跪在他面前，直起腰身，轻轻地将他抱住。

沈清河脑中纷乱一片，随后被橡皮擦去所有痕迹，再有烟花四散炸开，将五彩斑斓色，填满空白世界。

她说："如果你对我一直不变，那我愿意去试试。"

如果你变了，你忘记了，那我该怎么办，我也不知道。

我只知道此时此刻，在我面前的你，是令我无法克制心动的你。

既然心动，何妨一试？

沈清河的呼吸陡然加重，那是掩藏不住的欢喜雀跃。他偏头用温热的唇胡乱地去亲她，像是要用这样的方式去确认，眼前的人真的是他的心尖人。

林枝闭着眼，感受着他炙热的情意，连窗外的月光也变得滚烫。

林枝迷迷糊糊间被压在被子里，身体软软的，是融化了的棉花糖。忽然身上的人动作停下来，下巴抵在她颈窝里，压抑着浓重的呼吸。

她迷蒙地睁开眼，无声地询问他。

沈清河懊恼地嘟囔着："没准备。"

毕竟他要扮演的是对林枝妹妹一点禽兽心思都没有的好哥哥，哪里敢准备那些东西。

林枝："……"

沈清河深深地叹了口气，俯身在她濡湿的额角亲了亲，艰难地翻身下床，冲进了卫生间，随后响起水流的"哗哗"声。

林枝摸着自己的脸，热得烫人。

她已经很多年很多年很多年，没有这么疯狂一场了。

这一夜，"没准备"的沈清河只能和林枝纯纯洁洁地躺在一起。

沈清河卸下心房，林枝就顺势让他把知道的事情都说出来。

从沈清河所认为的小时候的初遇，到一路陪伴，再到差点儿分离，再到隐婚……他的声音悦耳动听，故事娓娓道来，林枝听得有些入迷。

她想，如果沈清河跨界去做编剧，一定会横扫国内所有编剧大奖。

“等以后我们就在第一次见面的那个地方办婚礼，婚礼之后脱下婚纱，你穿着我亲手设计的黄色的礼服。”沈清河畅想着未来的美好场景，林枝却觉得哪里不太对。

她突然想起之前看的宋医生的手札。

沈清河第一次发病，起因是被绑匪绑架，地点在济城郊区的一个废弃钢材厂。参与作案的两个绑匪，其中一个被抓，另一个在逃，至今还在通缉中。

宋医生就是从那次开始，做沈清河的心理治疗医生。

宋医生让沈家的人留意沈清河的说话和行为，但是不要过度刺激，也不要直接询问。那时候沈清河年纪还不大，透露出的信息很零碎，宋医生只记下了几个词，一些片段：

“猫、黄色的裙子。”

“他背着书包，从家里出去。”

“他在街上，和长得高高大大的人说着话，说不喜欢上课，但又不想让家里发现。”

“他跟着那些人偷偷地往钢材厂走。”

宋医生在下面总结：根据走出痛苦臆想的自我修复概念，病人很可能臆想自己被劫匪绑架是为了有合理理由逃学跟绑匪串通，然后在钢材厂玩。至于猫和黄色的裙子，可能是病人在路上碰到的。

这一次发病痊愈之后，沈清河将臆想的现实忘记，他当时到底臆想的是些什么，细节和宋医生说的有没有出入，无从得知。

沈清河的第二次发病是在上大学时期，因为演技到达瓶颈期从而引起发病。

宋医生在这一段，特意标注出了沈清河的一些情况：

从沈清河少年时期第一次发病开始之后，他整个人就很阴郁，少言寡语。后来他找到了毕生的喜爱——演戏，性格发生改变。

对沈清河而言，演戏让他快乐，让他找到了生活的真正意义。而演不好戏，就是致命的打击。

那时他刚演完《长生》却并不满意，每日消沉，翻来覆去一遍又一遍地看《长生》里他演的片段，极大的焦虑和痛苦让他开始新一轮的臆想。

臆想现实里，他凭着《长生》得了影帝，穿黄色裙子的小花童陪着上届影后一起，给他颁奖。

而这次的臆想剧情以他真的得了影帝，极度的正面刺激而结束。

沈清河这一次没有忘记，将过程中的所有的细节都告诉了宋医生。

沈清河没有翻过宋医生的手札，所以感觉并没有像林枝此刻这么直观。

在沈清河之前的臆想现实里，都有一个穿着黄色裙子的小姑娘。

包括这一次的隐婚剧本，两个人的初遇，“林枝”穿的也是黄色的裙子，这不太像是巧合。

……

“在想什么这么出神，都不回答我的话？”沈清河蹭了过来，头抵着她的额头，“是不是在想哪个男人？”

林枝回过神，点点头：“确实是在想男人。”

沈清河脸色骤然变了，警惕地问：“谁？”

林枝乖乖巧巧地回答：“你。”

沈清河愣了愣，倏地笑开。

（五）

新的一周开始，沈清河和林枝进组《九日》。

《九日》的男主角温寒是电视剧领域的超一线男演员，手握很多视帝奖杯，但在电影方面是个新人，这一次也是他从小荧幕到大荧幕的转型之作。

女主角钱泠泠被誉为天生的演技精灵，骨架小小，演戏时却浑身散发着无穷力量，震撼人心。

男女主都是实力派，再加上一干戏骨配角加持，在演技层面，《九日》可以说能让观众完全放心……直到林枝的出现。

[之前《天生演员》第三期沈嫂的演技真的给我留下心理阴影了，有她我真的不敢抱期待。]

[排楼上，CP 甜不甜和演技烂不烂完全没有关系。现在这么炒“知情 CP”，谁知道是不是为了攒粉用来到时候转移演技烂呢。]

[炒作必糊无疑。]

微博上类似这样的发言到处都是，然后瞬间被人攻陷。

[你小学的时候写的字难看现在也难看吗？还不许林枝演技进步了？]

[有沈老师指导，演技飞速提升很难吗？说人家演技不可能进步的人是忘了人家

有个影帝男朋友吧（呵呵）。]

林枝刷到最后这一条，点进网友主页去看，居然是沈清河的粉丝。

所以现在她被骂，沈清河的粉丝也会爱屋及乌地短暂地爱她一下了？

不过这位网友倒是有做侦探的潜质，这段时间沈清河真的一直在指导她，她都有点儿担心沈清河自己的台词没记熟该怎么办。

颜熙说："这你就不用担心，沈清河记忆力超级好。"

是超级好，连自己是谁都忘记了呢！

林枝腹诽着，将手机递还给颜熙。

沈清河教她在开拍前找点儿让自己放松的事情做，现在能让她放松的事情就是嗑"知情 CP"的糖。

她在这儿刷微博，沈清河也捧着手机在旁边坐着。

林枝歪头瞄了一眼，他在论坛搜小说看，看得津津有味，嘴角上扬。

《我和我岳母老死不相往来后我暴富了》《我岳母痛哭流涕跪在我脚下》《岳母不配拥有的女儿是我的掌中宝》。

林枝呵呵一声，沈清河放松的方式可真是不拘一格。

"各部门注意，准备开拍下一场！"场务拿着喇叭喊着。

沈清河锁了手机也递给颜熙，手背在后面朝着林枝勾了勾："走，哥哥带你去工作。"

颜熙：啧啧啧。

林枝本来的戏份排列很松散，沈清河和剧组人员提出和林枝一起上下班的要求，把自己集中拍摄的戏份也打散。沈清河能付出时间，但剧组可付不起额外的档期费，就立刻把林枝的戏集中拍摄了。

对此，林枝一无所知，她只一门心思放在怎么把顾小蔓这个角色演好上。

沈清河和林枝的第一场戏，刚好就是之前沈清河"着重"指导过林枝的那一场顾小蔓勾引陈夺的戏。

民国风的卧室置景中，顾小蔓穿着贴身的旗袍躺在雕花大床上，身姿曼妙妖娆。雪白的手，嫣红的指甲，钩着陈夺的烟色领带，缓缓慢慢地将他的一只手绑在床头。

陈夺嘴角带一点儿笑，漫不经心地纵容她："你这是想做什么？"

"先生猜我想做什么？"顾小蔓的指尖沿着他的面部棱角暧昧地游移，他轻佻地想要去够她的指尖时，她却又倏然离开，若即若离，勾得他心魂跌宕。

"我养的小棋子，可算是长大了。"

“小棋子”这三个字一落，顾小蔓的笑容陡然灿烂。

怨恨、无力，复杂的情绪纠缠融化在这一笑间。

她一下靠近，手撑在他胸口：“长大了，先生就可以把我送给别人了。先生，你舍得吗？”

他接得飞快：“不舍得。”

“卡——沈清河，你怎么回事，怎么乱改台词！”郑导无语了，“一句‘怎么舍不得’就这么难说吗？三遍了！三遍了！这五个字烫嘴吗？”

沈清河很正经地对林枝说：“我真的舍不得把你送给别人，编剧这台词是在故意针对我。”

跟组编剧：“这个锅我不背，谢谢。”

之前姚秋秋说过，在剧组拍戏的日子，紧张、枯燥，但是有趣。

本来自己过的只有一种人生，但是因为演戏，可以体会到完全想不到的其他人的生活，开拓了阅历，增长了见识，以后老了也有很多可回忆。

“遥想当年我还是一只懵懂无知的小僵尸……”

林枝：“……”这种回忆还真的是挺难忘的。

不过林枝自己正式拍戏，发现姚秋秋说得对，也不对。

拍戏确实紧张也有趣，但对她而言并不枯燥，因为她有沈清河。

顾小蔓的戏份有一半都是和陈夺的对手戏，林枝和沈清河事先已经磨合了无数遍，在正式拍摄时两个人配合默契，且沈清河总会自己想办法给林枝创造出机会，诱发林枝挖掘自身的可能，每一遍演出来的效果都和上一次不一样。

连郑导都说，其实林枝在演戏上很有潜力。

以前她总被苏眉要求演乖巧，演可爱，对着林岳庆演，对着林末演。

她对表演抵触，对镜头厌恶，也是从那个时候开始的。镜头一推进，一要求她演，她的手脚就不知道要往哪里放。

随着沈清河的降临，这些情况都渐渐缓解。

林枝知道，她不是有潜力，她只是有个能治疗并让她心安的男朋友罢了。

戏拍得很顺利，林枝的心也渐渐地放下，但她又开始担心另一件事——之前她随口胡诌的补结婚证的事情。

沈清河这些日子嘴上虽然不说，感觉像是完全不记得这件事了一样……直到今天。

沈清河被陆经年叫走去处理什么事，林枝又没有戏份拍，在床的右侧发现了用小刀刻的三个“正”字。

而今天距离林枝说补结婚证，刚刚好十五天，三个“正”字。

林枝简直梦回十年前的初中非主流时期，大家拿小刀在桌子上墙上刻字。

她将地板擦干净，铺了一条薄毯子，躺在上面，定定地看着那三个工工整整的“正”字，越看越忍不住嘴角上扬：“可真幼稚。”

可也……真可爱，表面装模作样地不在乎，实际上小心翼翼地天天记录。

像每日每夜守着一株种下去的种子，等到二十天，收获一朵花开。

扬着扬着，林枝的嘴角又拉平，她转了个身，仰躺着，直直地看着天花板的纹路出神。

按照宋医生的手札，沈清河第一次发病痊愈，是他自然而然走出来的，之后他忘了那段臆想现实。而第二次发病，是正面的积极刺激让他痊愈，有关这段臆想的事实，他却没有忘。

虽然有很大概率不准确，但这是林枝现在唯一能参考的数据。

“得了影帝，就让沈清河从自己演得不好而诱发的臆想中走出来。那破解隐婚臆想的方法……真的结婚？”

阴错阳差和沈清河结婚领证，听起来仿佛也不亏。

林枝眨巴眨巴眼：“小林医生这是真的要为医疗事业献身了吗？”

她摸出手机，闭着眼睛盲打了一串数字，随后放到耳边。铃声响了两个来回，电话被人接起。

“这场拍得不错，准备下一场！”林枝先从听筒里听到的是这熟悉而亲切的声音，来自每一个正在拍戏的剧组。

林末今天去投资的那部戏剧组探班，等工作人员喊完他才开口，语气有些惊讶：“阿枝？”惊讶完，又猛地变成恶狠狠，“是不是沈清河那小子跟你说我坏话了？”

不然阿枝怎么可能主动给他打电话。

林枝心想，林末和沈清河，还真是双箭头的嫌弃。

“他说你是个好人。”

林末冷笑一声：“呵，好人卡，不安好心。”

林枝想，罢了。

“我有件事想让你帮个忙，你要是不想帮……”

林末没等她说完便飞快地接口：“我帮。”

两个人有八千年没这么心平气和说过话，一说话就是求人帮忙，林枝有些不好意思：“那个，你能帮我，从家里拿点儿东西吗？”

“说得这么严肃，我还以为是什么大事呢，拿东西嘛，这点小事包在我身上。说吧，拿什么？”

林枝说：“户口本。”

林末：“……”

下一秒电话对面传来“砰”的一声巨响，林枝脸皱成一团，把手机拿远一些。

对面有人关切地问：“林总，你的脚没事吧？”

林总咬着牙：“没事。”

过了会儿，林末又若无其事地对林枝说：“刚才一个摄像机不小心翻了。”

“哦，我信了。”

“你要户口本做什么？你要和那狗东西领……”林末的声音阴恻恻的，“他哪里好？”

“又高又帅又有钱，还很喜欢我。”林枝不慌不忙细数沈清河众多优点中最突出的四个，听林末一阵语塞，她面上笑得嚣张，“反正你都说包在你身上了，哥哥，我相信你哦。”说完直接就把电话挂了。

林末脑袋快要冒烟了：“小时候多乖，现在这么不听话，都怪那个狗东西，都是他带坏的！”

林末气急败坏，从相册里翻出林枝小时候的照片，小姑娘穿着黄色小裙子，笑吟吟地对着他做 wink，样子要多可爱有多可爱。

林总的心一瞬间被融化，又可以爱妹妹一万年了。

旁边陪同的剧组人员心道，本来听说林总是很严肃一人，今天看怎么有点儿憨憨的？

林枝将重任派发给林末之后，心情无比舒畅，打扫房间都更有劲儿了。将屋子收拾得焕然一新，林枝颇有些成就感，拍了几张照片发给了沈清河。

她这才注意到，沈清河不知道什么时候把微信的名字给改了，头像也换了。

以前他是很直白，很无所谓的真名，“沈清河”三个字，头像是一张黑白格纹的背景图。

现在，微信名字：沈小甜。

和她的名字“林小枝”对仗整齐。

头像换成了一匹狼，而她的头像，是小白兔。

狼吃兔？林枝嘴角抽搐了下。

沈清河好一会儿也没回，应该在忙，林枝也没管。

衣柜里多了一条黄色的裙子，是看完宋医生手札后她鬼使神差在网上下单买的。

“就穿你好了。”

她套上裙子，戴上个口罩，下楼，扔垃圾顺便买菜，等着晚上专属厨子陆经年来做。

林枝出了电梯，快走几步往单元楼门前走。

这一条回廊长长，拐弯时会路过楼梯口，林枝低着头往前走，没注意经过时楼梯口闪过一道黑影。

她的手刚摸到单元楼门把手，一只大手猛地从后面绕过去，死死地捂住她的口鼻。

“呜——呜——”林枝心下大骇，用力地挣扎，可分毫撼动不了那人。

耳边的男声凶悍：“小娘们，我可等你好久了。”

济城市公安局刑警大队。

“三天前有人举报，在济城市城南火车站看到了个人，长相疑似在通缉的犯罪嫌疑人程光。我们派人查过了前后五日来往济城站的旅客，并没发现程光，他极有可能是换了身份。”

黄副队长顿了顿，继续道：“我们已经安排人手在程光亲戚朋友家附近埋伏，一旦有人和他联系，我们会立刻行动。”

对面的沈清河垂着眼，沉默不语。

陆经年理解他现在的心境。

当年沈清河被绑匪绑架，受尽了折磨和惊吓。两个绑匪其中有一个落网，而主犯程光却一直在逃。

这么多年过去，程光像人间蒸发没任何消息，沈家都已经快放弃了，没想到最近程光又出现了。沈清河那道最深的疤痕，眼看又要被掀开。

陆经年拍了拍沈清河的肩膀，想要安慰他几句，沈清河却倏地抬头，问：“之前丢的结婚证，你们找到了吗？”

陆经年：“……”

敢情你沉默是在想你和你老婆的结婚证？

陆经年慢半拍地恍然大悟：“你结婚证丢了？怪不得你之前不给我沾喜气，害我到现在都没追到那个妹妹！”

黄副队长看这两个人说得和真事一样，仔细地在记忆里寻找，也没找到沈清河报案说结婚证丢了这一茬。

他是个勤勤恳恳的好队长，不存在不知道的案件，难道是他失忆了？

黄副队长正思索着，沈清河的手机响了。

“我们一起学沈清河叫，一起说：‘枝枝可爱，枝枝可爱，今天我的枝枝也依旧可爱——’”这是沈清河自己录的夫妻铃声。

陆经年鸡皮疙瘩都起来了：“不行了，我受不了了，我脱单之前都不会再见你的！”

沈清河拿起手机，是枝枝打来的。他面孔瞬间柔和，按下接通键起身往外走：“枝枝想我了吗？”

“她想不想你我不知道，但是我可想你想得很。”电话里，男声粗粝沙哑。

这声音……沈清河脚步猛地一顿。

“程光！你把枝枝怎么了？”

程光的声音沁着寒意，直奔主题：“拿我想要的东西来换她！要是报警，你就永远也别想找到她！”

第八章 命中命中，人间太阳

（一）

“阿枝，妈妈只有你了。你要是也不听妈妈的话，妈妈在这世界上就没了活的意义了。”

“阿枝啊，你要记住，妈妈做什么都是为了你，阿枝要乖乖的。”

“阿枝……”

温柔的女声，在耳边一遍遍地回放，在旋涡中加速后声音陡然变得尖锐，泛着“滋滋”的响声，电钻一样往脑子里挤，挤得人头痛欲裂。

林枝想要伸手去揉揉胀痛的脑袋，双手却被禁锢住，动弹不得。

之前发生的事情在脑海中闪现——她下楼去扔垃圾，还没有出单元楼的门，就被人从后面捂住口鼻。那人捂得很用力，不一会儿她就没了意识。

林枝猛然间清醒过来。

她倏地睁开眼，入目是一片黑，一丝光都没有。

有那么一瞬间，林枝以为自己瞎了，可低头，还能依稀看到自己指甲上的一点淡淡的亮光，她松了口气。

她演顾小蔓时为了上镜，有一双妖艳且勾人眼的手，每天要涂好几层指甲油，其中有一层是带些荧光的。

既然她没有瞎，那这个地方就是个不透光的黑屋子。

“有人吗？”林枝高声喊了一声，尾音在屋子里回荡。

有回音，证明这地方很空旷、很大。林枝还闻到了一股浓重的霉味，这里应该很长时间都没有人用了。

她被绑架了，被绑到一个很大的黑屋子。

林枝突然间就想起宋医生手札里对沈清河小时候被绑架时的描写，他被绑匪关在一个废弃的钢材厂，里面密不透光……

思绪刚一转，外面就有了动静。锁被人打开，光顺着门缝透进来，有人跟着踏进来。

下一秒，一束橙黄的刺眼的光打在林枝脸上，她不适地闭上眼往后躲。

那人嗤笑：“一般人用这药要昏睡一天，你倒是醒得够快的。”

程光猛吸了几口烟，把烟头扔在地上，提着工业用的手电筒走过去。

小姑娘偏着头，露出的脖颈白得像雪一样，光一打，脸上一丝毛孔也没有，这要是摸上去，得多软多嫩。

怪不得人人都喜欢明星，可真好看，像画里的仙女一样。

程光在外逃亡数年，每天都提心吊胆地过，别说女人，连安心的饱饭都没吃过几顿。眼下看到这样的美人，他顿时口干舌燥起来，粗糙黝黑的大手就往那段肌肤上摸。

林枝汗毛都要竖起来，拼命地控制住往后躲的冲动，声音强作镇定，道：“你抓我来不就是想摆脱以前的生活吗？你要是碰了我，罪名除了绑架，还要再加一条强奸。你知道强奸犯要坐多少年牢吗？”

程光手一顿。

林枝吞咽了口口水，看样子是猜对了，真的是他。

她扭回头，和他对视。

借着手电筒的强光，林枝看清了这人的长相，中等身材，国字脸，老实憨厚的模样，脸上有两道刮蹭的伤留下的浅浅疤痕，一双小眼睛，眼尾耷拉着下垂。

这样的一个人平平无奇，你可以在这座城市任何一个角落看到他，却不会留下什么印象。

也难怪，他能在逃那么多年。

“你不用吓唬我，老子罪名多了去了，还在乎多一条？”林枝转头，正脸更是漂亮到失语，程光眼睛都直了。

沈清河那小子可真是有福气，再一想想，因为沈清河他过了那么多年非人的生活，程光刚收起来的歹心又起：“要是睡了你，我就算死都甘心了。”

程光的手去拽林枝的裙子，林枝也没反抗，而是盯着他的眼，平静地说：“你要是甘心就不会千里迢迢，想尽一切办法回济城，再费尽心思地抓我。

“这些年你也不好过吧，有家回不了，有亲人见不了。

“其实你家人也过得不好，每天不管去哪里都有人盯着，这种被人监视的感觉和坐牢也没有区别。你自己逃了，你家人替你变相坐牢，你心里很不是滋味吧！”

程光狠狠一巴掌扇过去，声音都在抖：“你闭嘴！”

林枝脸颊火辣辣地疼，瞬间就肿了起来。她咬着牙忍着，又看向程光，目光锐利逼人："我和沈清河已经结婚了，我老公能让你不好过这么多年，你试试看伤害了我，他会不会放过你。"

程光表情狰狞，一张老实巴交的脸现在看起来阴鸷无比。

其实林枝自己也是试探，她是看这地方和曾经绑匪关着沈清河的钢材厂相吻合，再想起之前宋医生写的内容，大胆猜测抓她的这人，就是那个逃走多年的绑匪。

一个逃犯不继续逃反而回到了济城，也不投案自首，只抓了受害人的女朋友，可以猜测，他是受够了逃亡，想通过她来逼沈清河放弃抓捕。

林枝只是心被困住，都渴望自由，更何况是程光这种夜夜睡不安稳，东躲西藏，身心都被镣铐拴住的人。

她太知道，怎么能逼这样的人方寸大乱。

林枝调整了姿势靠在墙上，唇边溢出轻笑，没有在这个环境里该有的害怕和恐惧。

她就这么看着他，不慌不忙，却无声地逼得他额上冒起了冷汗。

这时，程光口袋里的手机铃声响了，他当着林枝的面接了起来。

"你要的东西已经在办了，手续需要时间，最快两天。"

程光舔着嘴角，露出笑容。

林枝已经知道对面是谁了，她委委屈屈地喊了一声："老公，人家的脸好痛哦！"

程光阴狠地瞪了她一眼，让她不要耍花样。

对面的沈清河听见林枝这不一样的称呼，再听她说脸痛，厉声道："我警告你程光，你要是放乖一点，什么都好说，毕竟已经是那么多年的事情了，抓你不抓你对我都没有影响。但你要是敢对我老婆怎么样，我会让你全家这辈子都不得安生！"

程光的脸都绿了，他就没见过被绑架还这么淡定的一对夫妻。

要是十几年前听这么刺耳的话他早就不管不顾给她点儿厉害，可这么多年他洗过盘子，搬过砖，不敢在一个地方长期干活只能四处窜。睡长椅，睡天桥洞底下，偶尔用公用电话装成打错电话打到家里，只为听一听儿子的声音。

他身上的棱角早就被时间的刀剃得什么都不剩，甚至还硬生生地剜走了他的肉，疼都不敢叫，怕被人听出真实的声音举报他。

听说儿子因为他的缘故被校园霸凌而退学，他再也忍不下去，找了门路做了假身份，从外省潜逃回济城。

人人都说沈清河对这个女朋友特别好，只要抓住沈清河的女朋友，沈清河什么都能妥协。他就装成上门修电路的工人混进了影视城的小区，藏在楼道口等沈清河的女朋友出来。

沈清河确实也真的妥协了。

等沈清河撤了案，再把准备好的钱带来，他就带着家人找一个偏远的地方，重新开始生活。一切马上都要结束了，确实不该再节外生枝。

想到这儿，程光冷静下来，从口袋里摸出根烟点上："你要是想让你老婆好好地走出去，就快点儿把我想要的东西拿过来。"

"让我老婆听电话，我要确定她人还好。"

程光吐了口烟圈，将手机外放打开。

沈清河的声音跟着飘出来："枝枝。"

他的声音，是荆棘丛中开的玫瑰，是无边漠夜里的一弯清月。

林枝的眼圈一下就红了，她没说话，他却像知道她心里所想，轻声说："枝枝别哭，等等我。"

"嗯，我等你。"

程光取消了外放，拿着手机往外走。林枝将脸埋在膝盖里，用裙摆蹭了蹭眼角的泪，稳了稳心神，重新坐了回去。

林枝知道程光的要求不是简单就能办到的，以沈清河的能力也要到处奔走。

这个时候她要是慌了，就是给沈清河添乱。

不一会儿，程光去而复返，给林枝把手脚上绑着的绳子解开，又扔给了她一些面包和矿泉水，警告了她一声老实待着，又出去将门锁上。

林枝胡乱啃了一个面包喝了水，恢复了些体力，站起来用手摸着四周，一点一点往前走。

沈清河被绑的时候，也就十来岁，再怎么聪慧也只是个不大的孩子。

林枝摸着这屋子里的陈设，仿佛看到昔年的沈清河，个子还不高，也不够强壮，每天睁开眼睛看到的整个世界都是混沌一片。

偶尔能听到的就是绑匪们恶狠狠的咒骂声和麻木不仁的威胁声。渐渐地，世界不分黑白，没有日夜，他痛苦又绝望。

林枝的指尖触碰到什么尖锐的东西，一阵刺痛传来，她含住伤口，眼眶发潮。

她和沈清河，也算是有了同样的经历。

她离沈清河的心，更近了一点儿。

林枝的手机被程光拿走，她不知道现在的时间，从之前程光进来时脚下的光判断，应该是被绑的第二天上午。

林枝在屋子里转了两圈，第一次跌跌撞撞，伤了手指和左脚，第二次就顺利多了，能大概清楚这屋子里的大件东西摆放的位置。

之后还是无聊，她就坐回去开始背台词。

“先生既然知道我心里所想，那又为何要留我在身边？您难道不怕死？”经过之前无数次的练习，林枝最终找到了最适合顾小蔓这个角色说台词的音调和语速，再经过沈清河多次训练之后，她在声音上已经能很快地进入角色。

“对我而言，这世上没有看不透的人。”林枝背顾小蔓台词的时候，也刻意记了陈夺的，大致能照着顺下来，“你的那点儿心思我早就看在眼里，我留你自然是因为你在我掌中翻不起什么风浪。”

顾小蔓唇边溢出一声苦笑：“是啊，这世上无人斗得过陈先生，是我自不量力。我若是早点儿看穿就不至于落得今日下场。”

顾小蔓勾引陈夺，春宵一度之后，陈夺真的被她给迷住了。

陈夺本来着人训练顾小蔓是要把她送给一位手握重权之人，是礼物，也是眼线。

可这一夜之后，陈夺把她留在了身边，日夜相陪，不多时，大上海人人都知道陈先生被一位绝顶美人迷住。

陈夺挑女人的眼光堪称顶级，得他青睐的女人，多少公子哥都想亲眼一见。

一时间，顾小蔓之名，响彻上海滩。

在这场爱恨交织的亲密间，顾小蔓的一颗心忍不住沦陷。她下不了手杀陈夺，又忘不了仇恨爱陈夺。

极大的痛苦和绝望将她包裹，一直到那位手握重权之人讨要她时陈夺毫不犹豫地答应，她才知道，之前陈夺表现出来的深情和宠爱都是假的。

床笫之间，她拿着藏好的匕首刺向已然熟睡的陈夺，意料之中被他发现。

他等这一日，已经很久了。

陈夺听着她已然死心的话，嘴角不悦地抿紧，但也只是瞬间就恢复成轻佻：“现在的下场你早就应该知道的，但凡我身边的女人，就只有最终爱上我这一个下场。”

……

林枝背到陈夺这一句台词的时候，脑补了到时候拍摄时沈清河的表情。

一定是漫不经心，却又眸底深情，让人轻易觉得能偷走他的心。

林枝笑开：“这么看起来沈清河确实是演陈夺的不二人选。”

但凡留在他身边的，只能最终爱上他。

没有人会不喜欢沈清河呀，可沈清河现在只喜欢我。

林枝突然有种想要和全世界炫耀的冲动，暗暗地想，等到出去之后就把隐婚变成正大光明吧！

她在这儿没心没肺地快乐时，外面又有了动静。门锁落下，有人走了进来。

影子在正中，时间这一晃就到中午了。

林枝眯着眼看着那人越走越近，眼睛倏地睁大：“你来做什么？”

沈清河穿着一身笔挺的烟灰色西装，衬衫的扣子解开两颗，隐隐约约能看见精致性感的锁骨。他脸上是迷人的笑容，眼底盛着光，如果不是双手被绑住，林枝会以为他这副样子是过来接她出去结婚的。

“砰——”

沉重的门复又关上，趁着彻底黑暗前的最后一秒，沈清河朝着她跑了过来。

直到熟悉的橘子甜味贴过来，林枝才有真实感，沈清河真的来了。但不是来接她出去结婚的，这明显是来跟她一起蹲小黑屋的。

林枝急了，同样的话，刚才是疑问，现在是质问：“你来干什么？”

“当然是来陪你。”沈清河说得理所应当，仔细听去，还有那么一丝得意。

林枝的眉头皱得死死的：“这又不是什么好地方，不用你来陪我。还没自己送上门来给人绑的，沈清河你真的是，你真的是……”

林枝有一大堆“口吐芬芳”的词汇想和此刻的沈清河分享，但不知道说哪个更准确。还是沈清河替她补上了：“真的是天赋异禀、英俊无双、温柔贴心、万中无一的好老公。”

沈清河说完还一点头：“我也觉得是。”

林枝：“……”

“程光想要的无非就是我这边撤案，可案件年头久远，处理起来很费时间。把你自己一个人留在这里我不放心，就算程光承诺一千次一万次我也不放心。我这个当事人心甘情愿地做他的二号人质，还带着他要的钱，程光怎么可能会不欢迎？”

沈清河说得轻快，可林枝知道他做这个决定会有多少人反对。多少人爱沈清河，就有多少人不希望他来冒这个险。

沈清河的脑袋搭在林枝的肩膀上，一只手揽过她的腰身，鼻腔里溢出一声舒服的轻哼：“希望陆经年赶紧做完事情来接我们，这里太破了，不适合我们的第一次。”

林枝刚才涌上心头的感动就这么被打散，她脸颊热得厉害，连耳垂都红透了。

沈清河眯着眼睛去看，但也看不清什么，就上手去碰了碰，随后轻笑：“看来老婆也很期待。”

“沈清河，你最近真的浪得过分了。”

沈清河见她经过几番撩拨，没了刚才他进来时的紧张和慌乱，遂放心下来，顺着继续说：“我很遗憾我没有早一点‘浪’起来，这样昨天我们没有戏份拍就可以在家里玩一些快乐的游戏，可以一天不下楼，你也就不会碰上程光，然后被他抓了。”

听听，这是人说的话吗？

林枝伸手去捂沈清河的嘴，沈清河顺势在她手心亲了一下。

这人太会了，太会了！林枝觉得自己要窒息了。

她要收回手，手腕却在半路被抓住，她被冻得激灵了一下。

沈清河的手，怎么这么凉？他的脸埋进她的颈窝里，不一会儿冷汗就打湿了林枝的裙领。

“你怎么了？”林枝右手任他抓着，左手顺着去摸他的脸，也是冰冰凉。

林枝心下一沉，沈清河怕黑，是被绑架留下的毛病，他睡觉的时候屋子里都要亮一盏灯。

林枝的手都在打战，恨得眼泪都要掉出来了：“明知道自己怕黑，干吗还过来逞英雄？陆经年要是好几天都办不好，你就要在这儿待上好几天，你这个样子坚持不住怎么办？”

“你现在就出去，你走，我不需要你陪我，我自己在这儿挺好的，我还背了好多台词。你在这儿会影响我背的，你不能做我演戏路上的绊脚石，你……”

“枝枝，别闹。”沈清河声音又轻又弱，像是在对着她撒娇。

之前压抑在胸口的恐惧和慌乱，在这一刻顺着胸口裂开的小口，往四面八方逃窜。

长时间处在这种环境中，持续不断地刺激沈清河，林枝担心他会出事。

“程光！程光！”她扯着嗓子喊得声嘶力竭。

“枝枝，我好怕。”沈清河抖着唇，贴着林枝脖颈的脉搏。

“别怕，我不会让你出事的。”

“我好怕失去你。”

林枝怔住，眼泪不打招呼地掉下去。

“我也好怕你受伤害，所以我熬了一夜将必须去做的事情都做完，就过来找你了。”沈清河紧紧地抱住她，抱住老天爷赐给他的这味人间蜜糖，“你四岁生日那年，我许了一个愿望，我希望我能保护你一辈子，我没有食言。

“我不能丢你一个人。

“枝枝，你别推开我。”

林枝哭得泣不成声，这人都这个时候还想着说情话，到底是有多喜欢她。

她回抱住他，偏头主动地亲了亲他的脸颊。

“你不会失去我的。

“沈清河，等出去，我们就去补结婚证好不好？”

（二）

陆经年是在天黑之前赶到废弃钢材厂的。

这地方在济城的郊区，二十多年前钢材厂因为安全设施不完备出了命案，黑心老板不想赔偿卷着厂子里的钱就跑了，员工散了之后这个厂房就荒废下来。

因为出过命案，再加上倒闭之后的几年总有被拖欠工资的老员工来这儿闹，这附近就一直没被开发。以钢材厂为界限，东边是济城市，西边是各个城边县城。

出了济城，越往西道路越狭窄，坑坑洼洼的，车开得很费劲，陆经年一路狂飙来，车身上全都是土。

钢材厂门口，陆经年拿着东西从车上跳下去，大步流星地往里走。

门被锁着，四周没有人。陆经年烦躁地喊：“东西拿来了，赶紧出来！再不出来我走了！”

程光在厂房后面藏着，等了一会儿看陆经年车那边并没有人跟着，才放心地出来。

陆经年把文件档随手扔过去：“都在里面了，公安局撤案的声明和一系列文件，好好查查看盖章对不对。”

程光舔了舔嘴角，拆开档案袋，声明文件下的印章就是他查过的济城市公安局的，除了这个声明外还有一张临时的身份证。

他又仔仔细细地看了几遍，才小心地收好：“那我家人……”

“我已经派人去接你老婆孩子了，一会儿他们会跟你在火车站会合。”

程光心里警铃大作：“不行，不能从济城走。你让你的人把他们送到这儿来，然后你开车，带上里面那两个人，送我们一家离开济城市。”

陆经年嗤笑一声：“你倒是还挺谨慎。行，都听你的。”

陆经年开着外放，拨了一个号码：“改路线，把人送到城郊废弃钢材厂。”

“好的。”

“咦……我突然发现个事情。”陆经年抬起头，对着程光一挑眉，“你说，你手里捏着沈清河和他老婆，我手里捏着你老婆和儿子，我的筹码比你的还重，那我为什么要听你的？”

程光眼睛瞪圆，脚步往后退到门口，大有陆经年要是对着电话和手下人说挟持他老婆孩子，自己就第一时间冲进去烧了里面那对夫妻的架势。

陆经年粲然一笑，挂断了手机：“别紧张，开个玩笑。”

程光：“……”

“我可善良得要死，还是公众人物，怎么敢做那些违法乱纪的事情。”善良男人陆经年指了指程光身后的门，“你老婆孩子再有十分钟就到了，现在先把他俩弄到车里去？”

程光看他的眼神更警惕。

陆经年的双手高举头顶：“你不知道吧，沈清河小时候被你绑之后对里面那种密闭漆黑的环境有心理阴影，现在八成人晕过去了，里面那姑娘也没什么威胁性。就算我能和你打个平手，那姑娘自己也扛不走沈清河那废物啊。再说你应该有带凶器吧，要是实在不放心，你可以把凶器架在沈清河脖子上，我们这里就他身价最高了。”

程光问：“你是沈清河什么人？”

陆经年很诚实：“我是他发小，也是他最好的朋友。”

“还真的不像。”

“如果不是这么好的关系，我怎么肯为他奔走，还为他冒险？”

这人虽然奇奇怪怪的，但程光还是采纳了他的意见。

为了保险，他让陆经年站到远处车道上，自己拿着匕首进去。

手电筒一照，沈清河果然像陆经年说的奄奄一息，看起来半条命都快没了。

程光一把扯过毫无抵抗力的沈清河，匕首抵在他脖颈上，恶狠狠地对林枝道：“要是不想你男人出事，就乖乖听我的。”

林枝小腿打战，胸口剧烈起伏：“我听你的，你别、你别伤到他。”

程光指挥：“出去！”

林枝的视线艰难地从沈清河身上移开，跌跌撞撞地往外走，走几步回头看沈清河一眼。

沈清河掀开眼皮。

天边还有最后一丝光，落在青灰色的云顶，那一抹淡黄色，就在光亮中冲进沈清河的眼底。

她再一次转头，目光关切地看着沈清河，裙摆随着动作轻轻地荡着。

囚禁他的小黑屋门口，蓦然见到了光，有光，还有穿黄色裙子的姑娘。

眼前的这一幕，和多年前被遗忘的某些画面重合到了一起。

沈清河眯着眼，脑中纷纷乱乱，破碎的镜片一片一片地被捡起，拼到一起。

他看见那一年的自己被人从小黑屋救出来之后，遇到了一个小小的女孩。她穿着黄裙子，手里抱着一只脏兮兮的流浪猫。

她对他笑，脸却看不清："这里居然有人呀！我叫枝枝，小哥哥你叫什么？"

……

沈清河攥紧拳头，神志渐渐清明。脖颈处的冰凉匕首格外碍眼，眼看着前面林枝已经走到陆经年的车边，他开口，声音仍然虚弱到不行："你知道，你儿子并不是你亲生的吗？"

程光手一晃，但没应声。

沈清河喘着粗气，艰难地说："警方怕你知道了之后就彻底不联系家里，所以就没告诉你，你心存愧疚的儿子，心心念念想见的儿子，其实不是你的，唉……"

"你胡说！我老婆怀孕的时候我一直在家里，怎么可能不是我的！"程光怒喝。

沈清河迅速攥住程光拿匕首的手，用了十分的力道，攥得程光骨节都要移位。

"你是装的！"程光的手还在和沈清河撕扯着匕首，另一只手攥拳狠命地往沈清河腹部打。

沈清河躲闪不开，咬着牙硬生生挨了这一下，随后猛地一撞将程光扑倒在地，刀尖朝着沈清河，这一下，锋刃从他肩膀处划下去，血瞬间溢了出来。

"啪"的一声，匕首滚到了地上。

"沈清河！"林枝率先看到了两人的缠斗，拼命地往回跑。

"哎哎哎，边儿待着去。"陆经年从后备厢拿出根高尔夫球杆，扯住林枝往后面拽，"打架有我们男人呢！"

他沉着脸，飞快地跑过去。

那边程光手上没了武器，但求生的本能还在——这次如果跑不了，就全完了！

他用力抬腿，膝盖撞着沈清河的后背，一下又一下。

沈清河今天状态本来就不好，刚才又挨了好几下，程光看准时机出手，反身将沈清河压在身下，双手狠狠地去掐他的脖子。

"都是你，都是你！"程光一张脸扭曲涨红，沈清河皱着的眉头陡然一松。

"砰！"程光整个人猛烈一抖，鲜血从头顶往下流，他张着嘴，不断地翻着白眼。

沈清河扯开他的手坐起来，咳嗽了几声："你再不来，我真的要死了。"

程光倒在地上，陆经年收起结实好用的球杆，叹气："这不是想给你好好表现的机会嘛，你越惨，你老婆越心疼。喏，你看看，眼泪汪汪的。”

沈清河失笑，扭过头去看站在车前的，他的“老婆”，林枝。

这段时间，他做了长长的一场梦。

第一个梦里，他以为自己被林枝下药，从而和她产生交集。

第二个梦里，他是痴迷林枝的追星男孩，一心一意想捧她站在娱乐圈的巅峰。

第三个梦里，他误以为自己在高中时被林枝抛弃，为了报复她从而想要和她炒CP营业，最后却不可自拔地再次喜欢上她。

第四个梦里，他从小呵护着她长大，为了保护她，和她隐婚。

在这一场场梦里，他对她从爱而不得，到爱而终得。

现在，梦醒了，一切都应该回归于现实。

沈清河手撑着地，站了起来，一步一步，朝着林枝走过去。

可是一起撑过伞走过的红毯不是假的。

月夜下玫瑰园里的亲吻不是假的。

人群中他抱着她起舞不是假的。

所有所有的一切，都是他经历过的，都是真的。

所以那些都不是梦，而是机会。

一个个，让他喜欢上林枝的机会。

这是命中注定。

沈清河终于走近她，他看清她满脸的泪，苍白的脸和紧张到咬破的下唇。

“你、你……”林枝定定地看着他的脸，视线下移，落在他肩上还在渗血的伤口上，“快去医院包扎一下，要是感染就不好了。”

林枝拉着他的手，刚迈开步子整个人就软软地往下倒。

沈清河眼疾手快地上前一捞，她稳稳地落在怀里，累极昏睡了过去。

在他因为小黑屋恐惧的这大半日，一直是她在照顾他。刚才又经历一场惊吓，这样殚精竭虑，铁打的人都熬不住。

沈清河将她打横抱起来，小心地放进车后座上。

“去宋医生那儿，开快点儿。”

陆经年点头，指着地上横躺着的程光：“他呢？”

“塞后备厢里，就近找家医院扔下去，喊黄副队长去接手。”

“妥了！”

夜深深，有星垂。

宋医生接到沈清河的电话，从家里赶到医院，到达后，沈清河的伤口已经上过药包扎好，又挂了一瓶葡萄糖。

宋医生看着沈清河：“你好了？”

“嗯，好了。”

“这次是怎么好的？”

沈清河将棉签扔到垃圾桶，略想了想，说：“因为林枝。”

沈清河将这段时间发生的事情，删掉不可描述的部分和宋医生简单讲了讲，又着重地说了小黑屋的事。

“也就是说，林枝的穿着和当时的场景，跟你小时候经历的几乎一致，之后你不仅从这次的臆想里走了出来，而且还想起来小时候你忘记的那次臆想现实？”

沈清河点头：“确实是这样。”

“我被绑架出来之后碰到了穿黄色裙子的小女孩，之后我设想的臆想里就都有她的出现。”

第一段臆想里，他和绑匪串通好然后逃学，最后被家里发现，是穿黄色裙子的小女孩替他解释，让他爸妈没有惩罚他，之后他们两个在一起上课，在一起玩耍。

第二段臆想里，他得了影帝，领奖台上，上届影后手里牵着穿黄色裙子的小女孩给他颁奖。领了奖状之后，小女孩伸手要抱抱，他弯下腰，将她抱在怀里。她乖乖巧巧地亲了下他的脸颊，管他叫“哥哥”。

而第三段臆想里，没有黄色裙子的小女孩，只有林枝，全是林枝。

宋医生听出了沈清河的弦外之音：“你猜测那个小女孩，是林枝？”

“我想不起来那个小女孩的长相，但想起了她对我说的话。她说：‘我叫枝枝，小哥哥你叫什么？’”

宋医生惊愕不已，说这都是巧合，也太过自欺欺人，可又确实是太巧了。

“你也觉得很巧是吗？”沈清河长指点着桌面，一下又一下，“我倒觉得不是巧合。”

“为什么？”

因为……那个小女孩，是他劫后余生中看到的第一抹亮色。

小黑屋是地狱，她就是人间的太阳，代表着希望。从此痛苦绝望的臆想里，他都会将那个小太阳偷偷地带进去。

可他却不记得自己的小太阳了。

在《天生舞台》遇到，臆想中的他早早窥探出一切。那个夜里的意外，他再次进入了臆想中。

他的小太阳，长大了。

每一个臆想故事中，他都靠近他的太阳一点点，再一点点，直到他认出她。

这一场场的臆想，不是巧合，是机会。它们让他找回太阳，找回她。

“我们一起学沈清河叫，一起说：‘枝枝可爱，枝枝可爱，今天我的枝枝也依旧可爱——’”手机铃声响起，是陆经年打来的。

他和陆经年说好，林枝醒来第一时间叫他。

沈清河直接挂断，站了起来：“有关我痊愈的这件事，你先别和林枝说。”

出了宋医生办公室，沈清河给未来大舅哥发了条消息。

[沈清河：枝枝想要一张她小时候的照片，穿黄色裙子的，她参加一档节目需要用。但是她不好意思和你直说，就托我来和哥说一声。]

[林末：滚！不给！哥也是你能叫的？]

骂完之后半分钟内，林末就发了照片过来。

沈清河仔细地看着照片里粉雕玉琢的小女孩，记忆里那个模糊的小姑娘，脸部渐渐清晰。

命中命中，人间太阳。

真的是她。

沈清河伸手扣住林枝病房的门把手，嘴角勾起，沈编剧的新剧本，现在开始。

（三）

林枝睁开眼，就被一双大手紧握住手。

大手的主人温柔如水地看着她，许诺道：“你放心，我会对你肚子里的孩子负责的。”

“孩子？”

沈清河的眼落在她平坦的肚子上，羞涩地红了下脸：“其实那一夜我并不是一无所知，我期待很久了。”

林枝：“……”

沈清河的话在耳边回荡，一圈一圈又一圈。林枝的目光逐渐呆滞，抬起另一只没被握住的手，掐了掐自己的脸颊。

嘶，疼的，没做梦。

沈清河看到她的动作，好看的唇形好看地抿紧，很认真地说：“你不用这么自虐，如果你不愿意我是不会勉强你的。可是，孩子是无辜的，他需要一个好的环境长大。枝枝，宝宝他，需要一个爸爸。”

林枝望了望天花板，不知道自己昏睡过去这段时间究竟发生了什么，但听沈清河这话，他是又换了剧本没错。

按照目前几句话的信息量，这一次的剧本大概是，那一夜她把他这样那样然后怀孕了，但是她对他貌似没什么意思，即使如此他还是愿意和她结婚，给孩子一个家。

太感人了，她又要落泪了。

林枝刚睡醒，脑子思考起来有些慢，怕稀里糊涂刺激到了沈清河，也怕稀里糊涂，自己又被沈清河的剧本台词刺激到。

她以为自己经历了那么多次剧本，能对沈清河开盲盒的台词免疫。

事实证明，她不可以。

林枝抽出一只手，遮住自己半张脸，以防止被沈清河这个演技帝王看出她是装的高冷洒脱：“我累了，这些事等我出院再谈吧！”

这台词，多么像个无情的渣女。

“好，我听你的，那我先出去了。”沈清河声音透着三分委屈，还有七分恋恋不舍。

林枝想起一件事：“等一下。”

“怎么了枝枝？”沈清河的尾音上扬，充满了期待。

“你出去的时候叫一下宋医生。”

“哦，我还以为……”沈清河声音顿了顿，微微叹了口气，低落道，“我这就去。”

等病房内一切重归寂静，林枝才放下手臂，一下坐起来，拍拍自己的脸：“我的天，这个剧本里的沈清河……怎么有点儿可爱啊！”

可爱得她都想冲下去揉他脑袋。

宋医生之前和她说过，沈清河进入新的臆想现实里性格不会变，只会把他原有性格的一部分放大一些。

所以“可爱”，也是高冷影帝沈老师性格里存在的。这男人，居然该死的甜美！

如果不是他生病，林枝可能这辈子也不会知道沈清河的真实性格。

林枝揉揉太阳穴，门被人敲开，宋医生双手插在白大褂的口袋里，温和地笑着：“小林医生醒来之后觉得怎么样，有哪里不太舒服的？”

“其他还好，就是还有些晕晕的。”

“这是正常的现象，今天出院回去，好好养一养，明天就好了。”

“谢谢宋医生。”林枝的视线往门外望了望，声音压低一些，“宋医生，沈清河又换了新的臆想剧本。”

宋医生的笑变得有些古怪：“哦，是吗？”

“是。”

“那这一次他的臆想现实你知道是什么吗？”

“应该是我怀孕了，然后他想对我负责，想和我结婚。”

“噗！”

宋医生没绷住笑出声。

“您也觉得很离谱是吧？”林枝叹了口气，颇为头痛，“我在昏睡过去之前沈清河人还好好的，这说明并不是小黑屋再次刺激到了他。难道是我昏睡过程中有人和他说了什么，挑破了隐婚剧本的漏洞了吗？”

宋医生恢复一开始的儒雅温和：“你昏睡的时候我大部分时间都在办公室，陆经年陪着沈清河在外面守着你，天这么晚了，应该不会有别的什么人和沈清河说什么吧！”

“陆经年？”林枝眼一闭，“那我知道了。”

陆经年之前吵吵嚷嚷想要看他们两个的结婚证，对他们隐婚的事情格外上心，在她昏睡的路上，陆经年再一次提起这件事，最后说出了隐婚剧本的错漏，刺激到了沈清河……这个推测非常合理。

好样的陆经年，我杀了你！

“阿嚏——”

电梯里，陆经年鼻子发痒，猛地打了个喷嚏：“谁在背后骂我呢？”

“叮”的一声，电梯到了私人医院地下停车场，他拿着东西大步走了出去。

陆经年开了辆黑色的路虎，之前往钢材厂飙车时整个车身跟泥里滚过一样，他找了好几圈才找到车。

拉开副驾驶的车门，陆经年钻了进去。

“黄副队长刚才和我说，程光醒了。”陆经年扭了扭手腕，“我这打人的技术堪称一绝，疼而没事，算算时间也应该是这个时候醒。”

陆经年说着扭头看着坐在驾驶室里的人，对方胳膊架在车窗边，唇边叼着一根烟，吞云吐雾间看向前方的眼神深邃而忧郁。

陆经年纳闷：“你不是早就把烟戒了？怎么又开始抽了？”

沈清河把烟抽完，按灭，冷冷淡淡地说：“你不懂。”

陆经年：“……”

“程光的家人呢？”

“原路送回去了，本来也是用来钓程光上钩的，既然鱼都抓到了，这饵也该放回去。”陆经年伸了个懒腰，“你说这程光是真傻还是假傻，刑事案件不能撤销他不知道？居然一头撞上来，我找人做那假的证明可费了不少事呢。”

“他能避开那么多人潜逃回来，当然不是真傻。”沈清河轻笑，“只是人被逼到绝路上就什么办法都想试试，即使最后被抓也比在外面担惊受怕，四处流浪要好。我盯了他家里那么多年，为的就是这一天。”

“那时候你才十来岁吧，就这么心机，可怕，太可怕了。”陆经年说着双手抱胸，离这个可怕的人远一点。

程光的事情，后续有黄副队长，不用沈清河再操心。折磨他这么多年的阴云，终究散去。

阴云不再，阳光永续。

他让陆经年先回去休息，自己又上楼去找林枝。

VIP 病房里灯都熄灭，只留了一盏床头灯。这是和他住在一起之后，林枝养成的一个小习惯。

沈清河心尖发痒，轻轻地靠近。

床上躺着的林枝并没有睡着，沈清河刚一进来她就睁开了眼，等他靠近时，她坐了起来。

“你还不睡的吗？”沈清河眼尾泛红，轻声责怪，“你现在不是一个人了，不能再熬夜了，你不睡宝宝还要睡。”

林枝鼻尖轻动，闻到沈清河身上浓重的烟味：“你什么时候开始抽烟了？”

“想起你不肯答应我，以后宝宝长大我想看他的时候看不到，有些难受就抽了几根。”沈清河坐在床边，手试探着想去摸林枝的肚子，半路却又克制地收回。

林枝受不了他这可怜样子，认命地伸手拽过他的手放在自己平坦的小腹处，劝道：“以后别抽了，对身体不好。”

“嗯。”

“至于其他的……”林枝嘴角抽搐了一下，硬着头皮说，“顺其自然吧。”

本来她已经想好从小黑屋出来就去领证。

怀孕……之后也不是不可以。

沈清河眼睛一下亮了：“所以说我还有机会是吗？枝枝，我会努力的。”

努力让过去的每一个剧本的结局，都假戏成真。

然后我的太阳，就落进我怀里了。

第九章 我带你去疯狂一场

（一）

林枝出院之后，又回到了《九日》剧组继续拍摄。

她的戏份已经拍摄过半，再有十天左右就差不多杀青。

本来林枝还担心沈清河的“准爸爸”剧本会让拍摄时有意外发生，但到了现场她发现自己的担心是多余的。

沈清河就算变一万个剧本，骨子里还是那个演技大佬。

拍戏时他全心投入，每句台词每个表情都无可挑剔，一场戏拍完，摄影棚里是经久不绝的掌声。

这样的沈清河，比所有时候都耀眼。

不过很快，林枝就知道，自己真是放心早了。

几场日常戏拍完之后到了重头戏，就是林枝在小黑屋背过台词的那一段。

顾小蔓和陈夺的情绪表现一个外放，一个内敛，但都是感情浓厚饱满，两人还有一段亲密戏和一段激烈的推搡戏。

“嫂子，嫂子！”休息室，宋小野探了个头进来，“沈哥说自己去换衣服，半天也不出来，我叫他他就说没穿好，我要进去帮忙他还不让。导演已经催过两回了，嫂子要不去看看，沈哥最听你的话了。”

林枝已经换好衣服有一会儿了，沈清河再怎么手残也应该换完了才对，肯定是出了什么问题。

沈清河自己有一间单独的休息室，他本来想让林枝和他一间，被林枝给拒绝了。他们两个在剧组本来就很惹眼，要是休息室也用一间那可真是过于招摇了。

“沈哥，嫂子来看你了。”宋小野推开门，把亲爱的嫂子送了进去，自己就飞也似的退场了。

休息室有个拉帘，沈清河就在里面。林枝怕看到什么不该看的，隔着帘子和沈清河对话：“你还没穿好吗？”

里面一阵沉默，沉默到林枝都怀疑沈清河原地蒸发了，他才撩开帘子走出来。

这场戏陈夺刚从马场回来，所以衣着是一身骑马装，及膝的皮靴勾出笔直两条大长腿，斗篷随意搭在肩头，腰身被三指宽的皮带勒住，腰线弧度完美诱人。

林枝自认不是个色欲熏心的人，可真的，沈清河穿制服的时候，比平时还要勾人。

这男人，真的是好绝。

她打量了半天才想起此行的目的：“小野说你半天都没换好衣服，所以我过来看看。既然已经换好了，你干吗不出去？”

“下一场戏是激烈的动作戏，而且还有……床戏，万一伤到你肚子里的宝宝怎么办？”沈清河眼神无辜地看着她，耳尖泛红，“我不想让宝宝觉得他爸爸是个禽兽。”

“砰！”门外响起什么东西惊慌中掉在地上的响声。

林枝：“……”

沈清河：“……”

门外，知道林枝今天拍戏，从隔壁剧组窜过来探班的林末，人傻了。

其实这是林末第四次来和林枝“偶遇”了，前三次他来都撞上林枝当天不在组，第三次走之前他给组里的一个化妆师发了个红包，语气诚恳，红包额巨大。

化妆师被这有钱又帅的妹控哥哥感动了，承诺林枝再来拍戏就通知他。

如此，林末才得以今天在《九日》剧组见到林枝。

他刚一过来，就看见林枝往一间休息室去，林末也没多想就跟了过去，然后就听到了那震撼他全家的对话。

他的宝贝妹妹，未婚先孕，怀了沈清河的娃！

休息室里面，林枝深深呼吸了几口气，转身打开门，却见是林末。

林末静静地站着，表情木然。林枝叫了好几声，他才回过神，僵硬地转回脸：“是你叫我？你哪位？”

林枝：“……”

别人不知道，林枝却知道，自己这个哥哥从小就是个“死傲娇”，小时候一闹别扭就装不认识她，现在林末这样子倒是让她有些怀念。

林枝带着林末回了自己那边，几人间的休息室里，兄妹两个对峙着。

林末气得不行，说话也是阴阳怪气：“怪不得你让我偷户口本，原来是先上船后补票。现在户口本被锁了，钥匙我吞了，你不要妄想了。”

林枝：“……”

很好，一不小心这戏就串一起了。

林末说完看林枝光着两条腿穿着旗袍，还踩着高跟鞋，不甘不愿地把她按到旁边椅子上。

肚子里有崽也不注意点儿，真是气人。

林枝眼珠转了转，手抚上自己的小腹：“我知道你不太喜欢沈清河，可他是我孩子的爸爸，你想让我未婚生孩子，而且孩子一出生就是黑户吗？”

“可那个狗……不对，沈清河居然做出这样的事情，他个禽兽，我不会放过他的！”林末撸起袖子，气势汹汹地就要往外冲。

电光石火间，林枝想起她在医院醒来时，沈清河羞答答说的那句话“其实那一夜我并不是一无所知，我期待很久了”，她脱口而出：“是我强迫他的。”

林末：？？？

林末今天第二次被雷劈了。

其实话刚出口的时候，林枝也有点儿觉得不敢置信，但旋即就释然了。

近朱者赤，近沈清河者编。这说明和沈清河在一起之后，她的各方面能力都在提升。

开头基调定了之后，接下来就是自由发挥了。

“其实一开始我和沈清河就是炒的 CP，不是真的谈恋爱。但沈清河演技太好，炒 CP 都像是在真的谈恋爱，相处过程中我逐渐地就沦陷了。

“你可能不知道沈清河这个人，他是圈里出了名的冷心冷情，从来不让女人近身。为了让这个完美的人留在我身边，我用了不少方法，慢慢走进他的生活里，他终于接受了我，我们公开了关系。

“可这远远不够，他身边有太多人觊觎，可我的世界就只有他，所以、所以我趁着来拍戏和他住在一起，我、我给他下了药。”

林末：“……”

林枝眼中泛着泪：“之后我才知道，他其实早就明白我的意图，但不想让我难堪。他早就准备好和我共度一生，是我的不信任造成了这一切。可木已成舟，我们能做的，就是尽量弥补。”

这信息量太大，林末脑子要炸了。

怪不得，怪不得之前沈清河和他说什么自己和林枝结婚之类的言论，他以为沈清河是在瞎扯，现在看来那是沈清河在给他做心理铺垫。

这么想，这人还有点儿不错。

林末甩了甩脑袋，手指颤抖着指向林枝：“你怎么能，你怎么能给人下药……”

林枝咬唇，低泣：“情不知所起，我没办法。”

林末的表情变幻莫测，一会儿红一会儿白。林枝想，他们兄妹也算是同病相怜，这种被震撼得整个人稀碎的感觉，他们都体会过。

脑子飞速转了半天，林末的灵魂重新归位。

他蹙着眉头，像个正经兄长一样沉稳地说：“这事在我偷到户口本之前不许和任何人再说。”

林枝乖乖地点头，心道，对不起了哥哥。等到事情解决之后，我再找机会和你解释。

我第一次喜欢一个人，我想让沈清河在这个剧本里尽快痊愈，不想他被你挑中剧本漏洞再被刺激，进入下一个臆想中。

我不想放弃和他走在一起的机会。

我想和他，和真正的他在一起。

林末以前每次看沈清河，都是双眼冒火，下巴微扬，恨不得今夜就找人暗杀他。

沈清河也理解，当他痊愈清醒过来时，想的第一件事就是怎么找机会和未来大舅哥修补一下关系。因为随着剧本不断升级，他们之间的关系已经恶劣到了水火不容的地步。

可没想到还没等他行动，大舅哥对他的态度就变了。

和林枝谈完之后，林末去见了沈清河，表情是难得的舒缓，还带着一丝丝……愧疚。

林末上前，拍了拍沈清河的肩膀，动作无比僵硬：“你，枝枝做出这种事，是我们不对。不过好在你们两情相悦，过程虽然有点儿歪，结果好就好……等我消息吧！”

从要暴打他身亡，到亲切拍肩膀，大舅哥这个转变之突然、之巨大，沈清河有点儿不适应。

不过他面上还是一如既往淡然如风：“大哥别这么说，不管枝枝做什么，我都觉得她做得对。”

“可下药……罢了罢了，你们年轻人会玩，我老了。”林末尴尬地摸了摸鼻子，没再说什么转身走了。

“沈哥，导演又催了。”出去浪了一圈的宋小野回来，就看见自家沈哥帅气逼人地立在门前，目光深邃，眺望远方。

眉宇间，是愁苦，是悔恨。

沈清河是脑子转得多快的一个人，林末只言片语间，他大概就知道林枝说了些什么。

林枝把事情揽到自己身上，说什么自己给他下药才有了孩子云云，让林末自觉林家有亏，就不会再把他怎么样了。

当然沈清河也没忽略林末说的那四个字：两情相悦。

沈清河不确定林枝之前所表现出来的关心和不舍，到底是喜欢，还是出于照顾他的病情，抑或是其他。

林枝没有说过“喜欢”。

得不到准确的答案，沈清河怕他一痊愈，林枝就会离开。

他认定了她，就不想放手。所以他才用孩子的剧本，让林枝暂时留下。

只要确定她喜欢自己，他就立刻“痊愈”，以真正的面目和她谈真正的恋爱。

如果她不喜欢，他就在这段时间再创造机会让她离不开，然后慢慢地、一点点地让她真的喜欢上自己。

可现在……林枝为了维护他不惜和林末撒谎，他俩经历下药疑云未婚先孕的事情已经在林末那儿“坐实”，事情就有点儿麻烦了。

沈清河有种抬起石头砸自己脚的感觉。

算了，走一步看一步。

先让她说喜欢，再接受疾风吧！

这一场戏，最后还是顺利拍摄完毕。

怕沈清河再说什么“怕宝宝觉得爸爸是禽兽之类”的话吓到别人，林枝在开拍前很正经地拉着沈清河的手，放在自己的小腹上：“宝宝睡得很熟了，不会知道的，不信你感觉一下……是不是什么反应都没有？”

她演得貌似比自己还要入戏。沈清河紧绷住嘴角，真的认真地体会了下才收手：“那开始拍吧！快点儿拍完，不然宝宝要醒了。”

“卡！一条过！”郑导十分满意这一场，沈清河和林枝两个人的对手戏精妙无比，火花四溅，又撩又欲又杀机四溢，真是酣畅淋漓。

“林枝，你真的进步很大，很好。”

能得郑导一句“很好”，林枝开心得想去山顶唱歌。

沈清河在旁边一挑眉：“我家枝枝当然是很好很好的，从前那些人没眼光罢了。”

郑导无奈地笑了：“你啊！”

下了戏，两个人回到了影视城边的小区。

门口，林枝看到了个熟人：“方姐？”

方姐点点头：“小林总交代我给您送点儿东西过来。”

方姐全名方喃湘，是林岳庆最后一任秘书，林岳庆回家养病之后，她就跟着林末了。

半小时后，林枝和沈清河看着堆满屋子的孕期补品，俱是沉默。

方喃湘笑着说：“小林总说这些只是一部分，他找人从国外订了一大批东西，要过几天才能到。”

林枝：“……”

沈清河：“……”

这房子不大，这些补品堆起来显得屋子更小了。

林枝现在是“带着球”的状态，收拾这些乱七八糟东西的事情，就交给沈清河了。

林枝在屋子里，从这个房间逛到那个房间，逛得累了就躺一会儿。她伸了伸腰翻了个身，瞥见床缝里掉了什么东西。

林枝伸手够出来，是一本黑白格的笔记本。

这间次卧，沈清河刚搬进来时住了一天。

“所以这笔记本是沈清河的？”

林枝知道翻人笔记不是好孩子，可她实在是好奇沈清河在上面写了些什么。

“就看一页，不多看。”林枝深吸口气，搓搓手，翻开第一页。

一行字，冲进眼底。

杀不了我的伤痛，只会让我更坚强。

林枝：？

真是“沈依萍”啊！

林枝合上笔记本，放轻脚步走到门口。

沈清河还在客厅和厨房间来回奔波，看见她走出来，他把手边东西放下：“渴了吗？我给你倒水，不用你动。”

沈清河快步走进厨房，不一会儿端出一杯鲜榨橘子汁塞到林枝手里，又去忙了。

这一次剧本里的沈清河，真是柔情似水，林枝又忍不住想他能永远留在这个剧本里就好了。

可惜他不能，她也不能这么自私。

“我困了，先睡一会儿。”林枝对着厨房喊了一声，得到沈清河“知道了”的回应，

才又折身回房间，将门掩上。

以沈清河现在贴心准爸爸的人设，她“醒来”之前，他应该不会再进来了。

林枝喝了几口橘子汁压惊，坐在床边，仔仔细细品读“沈依萍”的大作。

扉页的第二行字，震撼程度和第一行字相比不遑多让。

对旧情人仁慈，就是对自己残忍。

第三行字。

她变了。

第四行被撕下去了，不过撕的技术不怎么样，留了一小截，林枝可以依稀拼出全句。

这我不又可以了。

第三行、第四行是连起来的。

“她变了，我又可以了！”林枝纳闷，“我哪里变了？”

初中语文课上，老师常常会在黑板上列出好几个问题，然后说：“请各位同学们带着这些疑问再一次阅读全文，找出答案。”

林枝就带着自己到底哪里变了这个疑问，仔细地通读沈清河的这本笔记本。

笔记本是从 7 月 3 日开始记的，算算时间，是在沈清河第三个臆想，也就是他们是高中恋人的那个剧本。

虽然林枝已经知道那段时间沈清河的心理活动非常复杂多变，但亲眼看到他写出来的日记，她还是没忍住表情逐渐僵硬。

林枝不爱我，她玩弄了我。

这对她而言，才是真正的报复。

林枝无语一阵，又往下看。

7 月 4 日，阴，家中

她住院了，过敏。

我借口有事早早离开了医院，医院门口有无数狗仔在蹲着。按照我的营业计划，这时我应该故意做些什么，可我完全顾不上，近乎落荒而逃地回了家里。因为我发现，我看见过敏躺在医院的她，心里隐隐有些疼。

我对抛弃我的那个女人，还在心疼。我怎么可以！怎么可以！

我不可以我不可以我不可以！

林枝翻了一下，“我不可以”四个字写了三页，沈清河仿佛在编咒语给自己洗脑。

高中恋人部分，直到 7 月 8 日结束。之后隐婚剧本部分空白，直接跳到了现在这个准爸爸剧本，日期是昨天。

7 月 25 日，晴，家中

枝枝怀了宝宝，我很开心，希望枝枝能给我个机会，让我对她负责。

我就是有些担心，那一夜我神志不太清晰，不知道有没有发挥出全部能力，万一枝枝不满意可怎么办，好苦恼哦。

林枝的脸腾地涨红，把烫手的笔记本扔出去了。

（二）

晚上林枝回主卧睡觉的时候，沈清河将自己裹成蚕蛹，离林枝远远地躺在窗边，一动不动。

林枝问：“你干吗呢？”

沈清河没看她，眼观鼻鼻观心：“防止自己做些什么禽兽事情。”

“你可以回次卧去睡的。”

沈清河摇头：“我不想让宝宝在肚子里的时候就知道父母分居，感受支离破碎的家庭环境，万一影响到宝宝的发育和成长怎么办？”

林枝嘴角一抽，自觉这对话无法再进行下去，索性随他去了，自己闭上眼躺下。

过了大概五分钟，身后窸窸窣窣有了动静，那股橘子甜味，轻轻悄悄地朝她靠近。

林枝就知道沈清河不会那么消停，下一秒，沈清河的胸膛就贴到了她的后背。

这个度掌握得非常有技巧，若有似无地贴，还隔着两床被子，所以也算不上是“贴”，但两个人离得非常近，近到林枝都能听到他的呼吸声。

他还在身后小声说：“我刚才听到宝宝呼唤我了，他希望，爸爸离他近一点。

“宝宝还说希望爸爸今夜心脏病发，把所有遗产留给他。”

沈清河摇头，鼻尖轻轻蹭在林枝后颈：“这不行，宝宝的妈妈不会舍得的。”

后颈那点异样的感觉酥酥麻麻地漾开，沈清河这男人真的是无时无刻不在撩人，每个剧本都能撩出新感觉。

“让我们一起学沈清河叫，一起说：‘枝枝可爱，枝枝可爱，今天我的枝枝也依旧可爱——’”沈清河的电话响了，这是林枝第一次听见这个羞耻的铃声。

沈清河录的时候，应该在笑。每句话的尾音都微微上扬，明明是那么性感撩人的声音，听起来居然有几分小俏皮。

沈清河看着屏幕上的显示，眼尾勾了勾，看了林枝一眼，翻身下床到外面去接了。

林枝终于能喘一口气。

过了一会儿，沈清河又进来，身上已经换下了那身睡衣。

林枝看他系着衬衫的扣子，目光从那一片结实的肌肉间游走。

“你要出去？”

“家里有些事情，我要回去一趟。”沈清河双手撑在床边，目光灼灼地盯着她，“你要跟我一起回去吗？我爸妈要是知道你肚子里有了孩子，一定会很高兴的。”

林枝立马把被子拉高，遮住自己半边脸：“慢走不送。”

“唉，就知道，你只是馋我的身子，对我逢场作戏。不过我会等，等到你回心转意。毕竟除我之外你找不到更好的身子了。”

林枝把耳朵堵上，等沈清河走了，她才从被子里爬出来，刷“知情 CP”超话嗑糖。

他们两个踏实在剧组拍戏，“知情 CP”超话那边得不到多少两个人的新物料，就变着法的用陈年旧料剪辑制作成新糖，可还是满足不了嗷嗷待哺的 CP 粉们。

她在超话发了条微博。

@知情真爱，无可取代：沈老师和枝枝的初吻是在医院的病床上，我的一个朋友认识沈老师工作室的一个工作人员，料保真，不真我自杀。

[有图吗，没图不信！]

[不管有没有，反正我是嗑到了嗑到了，谢谢谢谢，今天我也有力量活下去了。]

林枝感叹，正主带头发真糖，“知情 CP”粉真是全天下最幸福的 CP 粉丝了！

沈清河驱车赶到了济城国际机场。

晚上九点十分，沈清河在 VIP 出站口接到了刚刚回国的母亲梁沅芷。

梁沅芷从小就是大美人，如今上了年纪也只是平添了几分成熟韵味，皮肤白皙紧致，丝毫看不出是这个年纪的人。

沈清河上前给了母亲一个大大的拥抱：“这一次走了有两个月，辛苦了。”

梁家在国外有几家分公司，梁沅芷结了婚之后就不怎么管梁家的事。父亲去世后梁氏内部不太稳，梁沅芷的大哥坐镇总部，她就帮着去国外跑一跑，这两年在国内的时间很少。

沈家根基在洛省，沈父常年忙于打理沈家企业脱不开身，沈清河则在济城。

他们这一家三口常年分居三地，各自美丽。

上了车，沈清河惯例问了一句：“老沈好吗？”

“昨天和老沈视频的时候，看见他又秃了一些。”梁沅芷叹了口气，“幸好你的头发随我，不然我年纪再大一点就要面对两颗卤蛋，太可怕了。”

沈清河握着方向盘，笑了笑以示对她伟大基因的认可。

梁沅芷侧头看了看他，欲言又止。

“妈，有什么话你就说吧！但如果是劝我不要和林枝在一起的话，那你还是别说了，说了我也不会听。”

梁沅芷刚张开的嘴又闭上。

老沈那个老古董不上网，不知道他的恋情很正常。但梁沅芷向来紧跟热点，居然按住不提这么久，沈清河就知道她是什么意思了。

沈清河从小到大就是个极有主见的人，他认定的事情谁都别想扭转。

梁沅芷自然是知道这一点，她又叹了口气：“天天堵住妈妈的嘴不让我说话，不再是小时候那个可爱的小男孩了。”

梁沅芷回忆了一下往昔，停了停，整了整自己爱马仕的丝巾，又道：“你妈不是那种豪门小说里会给姑娘几百万让她离开我儿子的恶毒婆婆，只是那个林枝……她妈妈，苏眉，前些日子找人联系到了我。”

“吱——”

沈清河刹车踩到底，车猛地在道边停下。他皱紧眉，不悦到了极点：“她和你说什么了？”

“倒是也没说什么，不过是说林枝和她赌气很久不回家里。说林枝现在和你走得近，我们母子关系又一向很好，要是我去劝劝林枝，林枝说不定就听了。”

沈清河冷笑一声：“她倒是很会找人。”

苏眉这么一说，听起来真情实意，但谁听了都会觉得林枝是个不懂事的孩子。梁沅芷可能反应还不那么大，但老沈是个老古板，最看重仁义礼孝，这话要是传到老沈那里，林枝想过他这关就难了。

沈清河摸不透苏眉对林枝到底是个什么打算，要是真想钓金龟婿，找遍济城也找不到比他更好的，但现在看来明显不是。

只是苏眉已经在行动了，这一点毋庸置疑。

沈清河重新启动车子，滑入茫茫夜色里。他的目光，比夜色更凉。

“我爱林枝，这一生我只会娶她一个人。如果你愿意站在我这边我会欢迎，如果你反对，那也无所谓。”

梁沅芷被儿子这霸气宣言给惊到了：“老沈多难斗啊，你斗不过他的！”

“斗不过啊？”沈清河淡淡一笑，“怎么可能，一定斗得过，毕竟我还有帮

手呢！”

“你说林枝？”

沈清河点头，又补充：“还有我们的宝宝。”

梁沅芷惊愕：“你……你们有孩子了？”

“还没有，不过快了。我孩子的妈，一定叫林枝。”

苏眉在行动，他也要快点行动了。

只要让林枝说出“喜欢”，剩下的步骤，他会努力赶超的。

他已经等不及了。

早上七点半，晨曦的光经云层过滤几个小时，刺眼的筛去，留下一方柔和。

城西的疗养院占地和一家公立医院相差无几，高墙外种着一排高大的樟树，枝繁叶茂，将这处围成一个远离城市的休养去处。

疗养院的门被人推开，苏眉扶着林岳庆缓步往下走。

这一场病让林岳庆瘦得厉害，两个人依偎着往下走，边走边说话，倒是有那么几分夫妻和顺的模样。

林末到疗养院，看到的就是这样一幅画面。

林岳庆当年就是穷小子一个，但为人善良实在，打动了方家千金的心。

方家是书香世家，对阶层门楣没有别家那么看重，林岳庆娶得娇妻，婚后生下一子，就是林末。

在林末的印象里，父亲永远都是笑眯眯的和善样子，对母亲宠爱有加，父母之间甚至都没有过争吵。后来母亲得了癌症不幸去世，父亲消沉了几年之后又为了他重整旗鼓，开始打拼事业，将林氏集团越做越大。

那些年不是没有女人往父亲身边来，可父亲一概拒绝，独自带着林末生活。

就是这样宽厚但执拗得近乎有些偏执的林岳庆，最后却为了苏眉打破了固有的原则。

“小末来了。”苏眉先看到了林末，微笑着对他招招手，“你爸爸刚才还说到你呢！”

“我才没有说这小子。”林岳庆的手搭在长椅扶手上，“都这么大年纪，成天也不知道在忙些什么，连个女朋友都找不到，我才懒得说他。”

为林氏集团生死存亡忙到快脱水的小林总，内心有些苍凉。

他适时避开这个每次谈到父子两个就会不欢而散的话题，抓紧时间进入正题：

“爸，公司目前投了三千万在一档 B 级电视剧《烟雨长安》中，因为电视剧制作流程时间长，再加上播放需要层层审批，所以得到收效的时间会相应地拉长。现在林氏最新的产品开发已经接近尾声，我想投一个短期内能获得反响的新项目，譬如热门综艺节目。”

林末顿了顿，继续道：“不过现在线上的这些综艺节目的赞助商是一早就已经谈好的，如果想要中途插入，需要的资金会更多。”

林末话留了一半，但林岳庆已经明白了。

林氏的问题他不是不知道，只是凭自己那套老派的管理已经改变不了什么，才放手交给儿子。他能看得开，但董事会那帮老东西不一定。

林末肯定是在董事会遭到了反对，才来找他求道“圣旨”。

苏眉紧了紧肩上的真丝披风，扶着林岳庆坐下：“你呀，就不用再犹豫了，等会儿就帮小末打个电话回去，小末的能力你还不放心？”

林岳庆无奈地笑了：“你看看你，从小就惯着他，惯得他都不找女朋友了。”

苏眉浅笑不语，林岳庆拍了拍大腿：“行吧，就听你苏阿姨的。”

得了林岳庆的许诺，林末心里却高兴不起来。父亲对苏眉的依赖和信任，实在是太深了。

“小末留下陪你爸爸吃个早饭吧！”苏眉道。

“好。”

林岳庆的早饭，向来是苏眉亲自下厨做，十几年不变。

熬得香甜浓稠的鸡丝粥，煎得香脆的黄金起酥饼，一笼鲜肉灌汤包，再加上几样小菜，林岳庆胃口大开，喝了两碗粥，再要喝第三碗的时候被苏眉拦了下来：“医生说要少食多餐，你忘了吗？”

林岳庆颇为遗憾地放下碗。

一顿饭林末吃得味同嚼蜡，略坐了坐就走了。

疗养院门口，林末打开驾驶室的门坐进去，刚启动车子，不经意地往后视镜一瞥，就看到后座上钻出个头发很长的白衣女人，林末吓得爆了句粗口。

后座的人乐不可支地狂笑着，这声音，他可太熟悉了。

林末额角青筋猛地跳了几下，将车开出去，到远离疗养院的僻静处停下，转过头盯着后面的人：“你怎么上来的？”

那人将头发撩到两边，露出白白净净一张脸，眉眼间一片厌世的死寂，嘴角却不怀好意地勾着。

“你忘了，你所有的钥匙我都有一份。我以为我们分手了，林总为了避免我这个前女友的纠缠会将锁都换一遍呢，结果没有。不过你这锁可不好开，我拿钥匙捅了半天，比和你在一起时还艰难。”

“你好歹是个公众人物，说话注意点儿！”

应筱说：“这又不是公众场合，咱们现在不是私下说嘛！”

她一脸无所谓，更凸显了她身上那种淡漠却迷人的奇异气质。林末盯了她半天，突然胸口有些闷。

他一脚油门踩出去，应筱大佬坐姿靠在真皮椅背上，问：“去哪儿啊？”

林末沉着脸：“捅你。”

（三）

《九日》拍摄顺利，林枝的戏份还有一周杀青。

剧组开放了粉丝探班，为了保证秩序，这次先由各家官方后援会确定参与的粉丝名单，再统一报到《九日》官博那里。官博将每个艺人的探班时间表排好，各家粉丝按时间一批一批入场。

自从知道这个消息，林枝就有些心虚。她现在的粉丝构成，就是积年老粉＋知情 CP 粉。

前者人少，没钱，多是上学党，只有零星几个能过来。所以这次来探林枝班的粉丝，百分之九十五，都是“知情 CP”粉。

林枝在“知情 CP”超话逛了一圈，发现了他们的狼子野心。

[虽然剧组说各家粉丝探自己正主要按照时间表来，但是，沈老师和枝枝的探班顺序万一是紧挨着呢！那我们和枝枝说完话故意走得慢一点，沈老师再来得快一点，那么沈老师和枝枝就同框了！]

[我们虽然是作为枝枝的粉丝身份去探班的，但我们要牢记自己的身份，我们“知情女孩”永不认输！给我同框！给我发糖！]

然而剧组最后贴出来的探班时间表却让广大“知情女孩”大失所望。

沈清河在第一个，林枝在最后一个。他们之间，隔了一大片银河。

“知情 CP”粉每天私信轰炸官博，冷酷的官博仍然没有调整时间。

探班由《九日》官博实时直播，沈清河出去见粉丝，林枝就去了他的休息室，用小号点进直播间。

沈清河还穿着戏里的服装，制服诱惑帅得要命，直播间里是齐刷刷的“沈老师娶我”。

林枝撇了撇嘴，发了一条弹幕。

[@ 知情真爱，无可取代：都死心吧，沈清河只会娶我。]

这条瞬间淹没在弹幕洪流之中，无人关心。

这场粉丝见面，除了沈清河的美颜暴击外，其他环节毫无爆炸点，然后就结束了。

结束后，沈清河被郑导叫走，一直没回休息室，不过让宋小野回来给林枝送了点儿东西。

“这是什么？”

“沈哥的录音。”宋小野将蓝牙耳机递给林枝，点开手机里的音频文件。

“当你听到这段录音的时候，说明我一定是有必须要去处理的事情不在你的身边。我人不在，我的心却还在你那儿，你听到我心跳的声音了吗？”

沈清河话音一落，耳机里传来“怦怦怦”的心跳声。沉稳有力，就和她曾经靠在他怀里听到的一样。

林枝抿了下唇，明明什么糖也没有吃，却是一嘴的甜。

她仔仔细细、认认真真地把这段心跳声反复听了无数遍，直到颜熙催促她该她出去和粉丝见面才停下。

这不是林枝第一次和粉丝见面，却是第一次见数量庞大的 CP 粉。她们会问什么林枝已经在“知情 CP”群里打探清楚了，问题一个比一个深刻，再深刻一点，直播就要被举报了。

沈清河人不在，这些疾风她就只能自己面对了。

林枝深深吸一口气，面上挂起营业的甜美笑容，在剧组临时搭建的见面会地点坐好，等着粉丝们进来。

剧组工作人员领着粉丝们往林枝这边走，她们统一穿着林枝官方后援会的服装，大红色的短袖 T 恤，胸前印着一只可爱的小仓鼠。

小仓鼠的叫声是“吱吱”，和枝枝同音，林枝的粉丝名就是这么来的。

入场的每一只“小仓鼠”脸上的表情，都是激动的、喜悦的，仿佛自己春天种的稻子，终于到了收获的季节。

林枝有些纳闷，这反应和她之前在“知情 CP”超话看到的，因为她和沈清河不能同框而死气沉沉可不太一样。

难道说，她们的提问自动升级了？升级成直播分分钟要被举报的那种尺度了？

林枝低了下头，将差点儿崩了的表情整理一下，再抬起脸时，整个人愣成一座雕塑。

刚踏进视线里的那位“粉丝”，身高太高，在人群里一眼就能望到。他嘴角微扬，笑着走过来。

直播间炸了。

[沈老师这是给女朋友撑场子去了？]

[沈老师的内心：唯粉少不要紧，你男朋友一抵百。]

[“知情”是真的！今天我死了也无憾了！]

林枝微张着嘴，看沈清河逆着光在她面前站定。他身后的“知情CP”粉捂住嘴，努力抑制住快乐的尖叫声。

“我是今天新上任的后援会会长。”沈清河正正经经地介绍自己，然后说，“我想问问枝枝小姐姐对合作演员沈清河的评价，可以是两个字，也可以是三个字。”

林枝不明所以：“两个字，三个字？”

沈清河点头：“‘喜欢’和‘最喜欢’，两个字和三个字，枝枝小姐姐你可以任选一个回答哦。”

“哦，我的上帝，瞧瞧我听到了什么？”

“沈老师也太会了，我就知道这一趟不会白来！”

“枝枝宝贝快回答快回答，说喜欢说喜欢！”

粉丝群里窸窸窣窣一片压低的自言自语，直播间里另有几千万的人群围观，等着林枝的世纪回答。

林枝喉咙发干，一时说不出话来。

她自然是喜欢沈清河，如果沈清河现在是清醒的，她可以当着千千万万人的面，和沈清河说上一百次“喜欢”。

可现在沈清河还在未婚先孕带球跑的剧情里，而且设定是，他想负责，她不太愿意。

这要是她直接说了喜欢，那就代表着她已经愿意了。

纸是包不住火的，肚子鼓不起来是生不了娃的。按照沈清河“要给孩子一个完整的家”的执念，他俩真的要结婚。

如果她今天说了喜欢，沈清河可能半夜就要拉着她去结婚，听说没户口本他肯定无所不用其极去拿，到时候要是惊动了苏眉还不知道要惹出什么事情来。

所以，暂时还不能说。

林枝心里叹了口气，在沈清河期待至极的目光里，露出了官方的营业笑容：“沈老师的高尚品德我喜欢，沈老师的业务能力我最喜欢。”

[都是男女朋友了，至于这么避嫌嘛，假得要死，粉丝别天天吵吵“知情”是真的了。]

[上面“知情黑”又出来反串了。]

[枝枝脸红了嘻嘻嘻，这种事情人家小两口要留在家里说嘛！]

……

林枝是真的脸红了，不过不是因为害羞，而是被沈清河盯的。

沈清河在听到她回答之后，神情就变了，从之前成竹在胸的满眼期待，变成了目光幽幽的探究。

他那双眼不笑的时候惯来是深邃且凌厉的，望过来时似轻而易举一下能看穿人心底。他不动声色地盯着她，用目光编成大网，毫无预兆地向她撒过来。

林枝有些慌地别开眼，微微缓了片刻，面上又迅速抿出笑，继续往下走流程：“大家有什么问题现在可以问了哦，早问完大家早点儿回去。”

沈清河倒是也没再说什么，站到了一边去。

林枝松了一口气。

粉丝们早已经按捺不住，纷纷举手，或提问或表白。

梳马尾辫的女生是林枝的老粉丝，也是今天来的少有的唯粉之一，被点到名字站起来时，她眼泪一下就下来了，说：“我刚认识你的时候，你还是栎木的练习生。你永远都那么元气满满，永远都那么努力。你不知道，你带给我多少鼓励。这两年你过得不太好，我每次追你的直播时都会很难过，我在想我的宝藏女孩什么时候才能有机会继续发光发热。现在，我等到了。我来到这儿就是想告诉所有人，我们林小枝就是最好的！”

最后一声，女生脸色涨红，喊得近乎破音。

在粉丝心里，偶像，不仅仅是一个人，还是信仰。

人会走，会变，但信仰永不灭。

林枝眼圈泛红，走到女生面前亲昵地抱了她一下：“谢谢你，谢谢你一直喜欢我。”

女生抹着眼泪，吸了吸鼻子：“我还有个问题想要问枝枝。”

林枝笑着点头：“你问。”

“你和沈老师的初吻真的在医院的病床上吗？”

“哇！”

这一问，现场又沸腾了。

林枝：“……”

这位积年老粉，痴心唯粉，你怎么能问出这种丧心病狂的问题呢？

林枝不得不感叹，“知情 CP”对粉圈荼毒之广、渗透之深，连老粉都沦陷了。谁不说一声“知情天下第一”呢！

其实林枝本来还想参照回答沈清河时的踢皮球方法回答这个问题，但她想起之前用小号在 CP 超话里发的“初吻爆料”，只好干咳一声，含糊说：“好像是吧！”

女生捂着心口，满足得就差当场表演个胸口碎大石了。

这个口子一开，后面的就收不住了。

“我想问，枝枝和沈老师是怎么在一起的呀？”

林枝说：“因为薛定谔。”

他们在一起还是没在一起，要看沈清河的剧本走到哪里。

“那沈老师有没有送过枝枝东西呢？”

林枝回答：“送了心跳。”

录的心跳声，刚送的。

这一问一答，全都是和沈清河有关的内容。林枝有种梦回十年前看小说，看到最后夫妻性向一百问的错觉。

她刚一晃神，有个娃娃脸的小姑娘站起来：“沈老师的体力好吗？”

林枝怀疑这个提问打印出来的字体都是黄色的，但她没有证据。

林枝再怎么口齿伶俐，在这种事情上还是纯洁得很，她一时间有些蒙，下意识地就往沈清河那边看。

沈清河倒是真的来解救林枝了，他提步走过来，站到林枝身边，看了林枝一眼，随后弯腰，一只手出其不意地去勾她腿弯。

林枝出于本能反应，手臂直接去钩沈清河的脖子。

两人的动作像做过无数遍，这种自然的亲昵，是再好的演技也演不出来的甜。

沈清河轻轻松松地将林枝抱起，在手臂上颠了一颠，然后放下，一本正经地说：“我体力挺好的。”

粉丝尖叫：“啊啊啊！”

林枝心里有小烟花噼里啪啦地放，五颜六色，璀璨斑斓。

（四）

这场粉丝探班的直播毫无意外又把在公众面前消失有一阵的“知情 CP”送上了热搜。

“知情 CP”超话热闹得胜似过年，今天，是真的丰收的一天。

林枝也丰收了，不过丰收的是她的小号，从直播结束到天黑之前涨了一万多粉丝。原因就是她之前那条“初吻爆料”，被正主盖章认定了。

所以在“知情 CP”粉的眼中，她有路子能得到一手的消息。同好姐妹来私信，想知道“知情 CP”更多的爱、更深的情。

林枝没回私信，就只高深莫测地发了一条新微博。

@知情真爱，无可取代：我不可以单身，知情必须结婚。

发完，她深藏功与名，将手机放起来，安心地看剧本。

明天要拍她的最后一场戏，戏份很重，大段大段的台词，撕心裂肺的情感，郑导私下和她说这场戏是顾小蔓的落幕，但一定是她的新生。

这段时间林枝的努力有被看到，也有了回报。

台词本上用笔标注了林枝对此刻顾小蔓情绪和心境的理解，她将自己沉浸在其中，随着顾小蔓的一生游走，在女校门口的樟树下，在漆黑电影院的座位上，在陈家公馆的独楼中……

“咔嚓——砰——啪啦——”

一声声响动将林枝从角色环境里抽身而出。

林枝合上剧本走出去，卫生间还有水流声，沈清河在里面洗澡。

“你怎么了？”

沈清河没回答。

林枝有些担心，怕沈清河突然晕倒在里面，然后病情加剧。

她的手刚握住把手，门从里面被人推开，沈清河下身松松垮垮套了条短裤，上半身赤裸着，头发湿漉漉的，有水滴沿着脸颊往下滑，一路没到有布料的地方。水汽氤氲间，沈清河整个人性感到不行。

林枝的眼睛都不知道该往哪儿放：“我……我还以为你晕倒了。”

“没有。”沈清河冷声回答，直播结束之后他就一直这样阴阳怪气的。

林枝也不管，“哦”了一声就要回去，眼睛一错间瞄到一抹殷红，她视线顿住：“你受伤了！”

沈清河的手背上好几处伤口，血已经渗了出来，看大小，像是一拳捶到了什么上。

林枝越过他往洗手间里看，果然，洗手台上方那片镜子已经碎了一地。

“你发什么疯，手招你惹你了？”林枝气得想骂人，到客厅去找药箱。

沈清河几步跟了上来，从后面将她整个人拦腰抱住：“手没招我，是你招我了。”

他声音委屈得要命，手更紧了紧，死死地抱住她不放：“你白天不说喜欢我，我知道你已经想好了要抛弃我了。

“你不仅不想要我，还不想要宝宝是不是？

“呵，我们父子，真是这滚滚红尘里的苦命人。”

原来是因为这个阴阳怪气。林枝叹了口气，试图从他的怀抱里挣脱出来，正面和他说话，可沈清河怎么也不放，她就只能安安静静地窝在他怀里。

不过这样也好，背对着他说台词，对演技考验没那么大。

“我想要宝宝，但不想要你。因为……咳，我不喜欢男人，所以那一夜、那一夜我就是去取孩子的！你我，各取所需罢了。”

好渣，好渣一女的。

沈清河：“……”

他目露赞赏，低头亲了亲她发顶，心想，厉害了我的枝，说瞎话的水平快要和我并肩了。

演员之间，是互相成就的。对手演技强大，自己的潜力才会被激发出来。

沈清河心里产生了许久不见的胜负欲，他低低地一笑，偏头，张嘴衔出她白嫩的耳珠。

林枝小腿一颤，听他热乎乎抵在自己耳间问：“不喜欢男人？我不信。这样，没感觉？”

林枝强撑着：“没、没有……”

“那……这样呢？”沈清河的手带着魔法，从她肩颈处往下落。

林枝脑中轰地炸开，不受控制地低低哼了一声，整个人软成一摊水。

……

“不喜欢男人？”沈清河的声音很执着。

林枝沉默着，最后被逼得没办法，颤着声音说：“喜欢。”

清清凉凉的月光透进窗，玻璃上漾着细碎的光。布艺的沙发承重不及皮质沙发，两个人的体重往下，布面下沉，沙发就发出“吱嘎”的拖长声。

这声音随着姿势的调整，一声接着一声，林枝本来头昏脑涨的，被这声音一激，人就有些清醒了。

不过清醒只是瞬间，她又再次陷入迷失。

她红着脸，眼神茫然地看着沈清河，本来的灵魂似被困在蛹茧中，此刻被他润泽着外壳，撬开茧的一角，将被困其中的灵魂释放。

刚出来时，面对着陌生的环境，还觉得不适应。那是她没见过的高山流水，芳草萋萋。

可一见了，就再难移开眼。

“不行。”沈清河突然叹了口气，神态懊恼，“我答应过宝宝，不能做个禽兽父亲。”

流水刚看到，正要去攀高山，可高山却突然移开。

林枝声音哑着：“没、没事，宝宝说不介意。”

“可是我介意。”沈清河喘了口气，目光澄澈，轻易就能窥见深情，“这是我们的第一个宝宝，按照我的设想，他不会来得这么早。他会在我们感情稳定，结婚之后再来。

“但我想，上天让他这么早的来是有用意的。有了宝宝，我们之间就有了一个最重要的纽带。即使你不喜欢我，看在宝宝的面子上，也能再给我个机会。”

“宝宝前三个月还不稳定，我不能。”沈清河说着极克制地别开脸，语气坚持，“我不能伤害到他，我不能将我们最后在一起的机会毁掉。”

沈清河是不甘心白天林枝没有正面回答他的问题，他不是个会轻易放弃的人，有关于林枝的事情更是如此。

只要，林枝说一句“喜欢”，这个剧本就可以到此为止。他在等，等着她说他最想听的话。

林枝睁着眼，脑子已经乱成一团糨糊。

高山上有初升的太阳，有奔腾而下的瀑布。

有悬崖边盛开的白色的，层层叠叠的小花。

蝴蝶已经成型，只要震颤着翅膀向上，就可以看到这些绝美风景。

林枝现在只一心想攀上山顶，其他的什么也顾不上了。

她直起上半身，去抓沈清河的手，放在“宝宝”的地方。她今天穿着一条薄丝绸的长裙，料子软而薄，他指尖的水润轻易将那一块打湿。

林枝忍着颤音开口：“没、没有宝宝，我是假怀孕。”

沈清河顿住，这怎么和他想的不太一样？

林枝又说：“那一夜你睡得很沉，我们就单纯地躺了一夜，你是怎么以为我怀

孕的？”

“是你和我说的，你还拿了医院的确诊单给我。”

林枝点头，很好，有了素材她就有得编了。

“确诊单是我一个姐妹的，我让她借给我。我这么做，是想骗你。”

沈清河面部呆滞得很自然：“为什么？”

林枝推开他的手：“看你这样高高在上的影帝因为我有了孩子开始走下神坛，各种嘘寒问暖，各种体贴入微，我觉得有趣。”

“你以为，我会单单只因为孩子才想和你结婚？”

“一开始是那样想的。”

沈清河的手捏着她的下巴，让她的双眼再次对上自己：“那现在呢？”

林枝轻叹了口气，说：“现在，我知道你是喜欢我，才期待这个孩子。”

虽然你生病，但你喜欢我。

林枝仰头，唇贴上他的喉结，轻轻咬了一口。

心爱的仙女这么亲密地贴着自己，娇娇软软地对他说：“没有孩子，所以，你不用担心会伤害他。”

全身的血液都被这一句挑得沸腾开来，沈清河不再继续撒网布局让她说什么。

这一刻，这一秒，他只想将她融进自己的热血中，化为自己的一部分。

大手在墨黑的发丝间游走，他扣住掌下的娇软，让作乱的她重新回归到怀中。

“还真是牙尖嘴利的。”他轻声说了这一句，揉了揉脖颈上的红痕，俯下身吻住她的脸颊。

热浪包裹间，林枝闭上眼。

蝴蝶不用动自己的翅膀，它的小尾巴被一双炙热有力的大手捏着、揉着，成最合适捧在手心的形状，然后托着它一点点往高举，举过芳草萋萋地，举过狭窄潮湿的山洞，穿过去后，直举到山巅。

烈阳升天，是一派壮丽绮景。

瀑布在悬崖顶奔腾而下，一泻千里，猛烈地撞击着底下的大石头，发出清脆悦耳的轰鸣。

蝴蝶看到了最美的景致。

殊不知它自己也是景致的一部分。

在他心上，一瞬间绚烂。

第二天上午，颜熙来接林枝去剧组。

林枝一上车，机敏的她就看出来不对劲儿了。

以往林枝走路都是轻快的，今天脚步沉重而缓慢。

以往林枝见到她时都是热情洋溢地打招呼，今天则有气无力。

以往都是沈清河送林枝上车，之后自己才上车，但今天沈清河并没有出来。

林枝将车门关上，就听颜熙问："你和沈清河吵架了？"

林枝将自己摔到座位上，随口说："也不算吵架，是打架。"

从客厅沙发一直打到主卧，从主卧折腾到次卧，再去浴室打。

林枝体力哪里比得上沈清河，作为斗殴弱势的那一方，被打得近乎奄奄一息，差点儿就晕过去。

今天是她的最后一场戏，这么重要的日子差点儿就要爬不起来。

但林枝也不能怪谁，昨晚是她非要去看山看水看太阳的，怨不得别人。

早上沈清河也是这么说的——

"要不是你缠着我不放，怎么会起不来呢？"

气得林枝把他扔下，自己一个人先走了。

林枝躺下，抓紧时间再休息一会儿，动作间领口往下松了松，颜熙瞥见了里面隐隐约约的红痕，霎时懂了。

此"打架"非彼打架，枉她一瞬间担心这对互相家暴，谁知道人家只是生活太和谐了。

顾小蔓的最后一场戏，还是和陈夺的对手戏。

这时的顾小蔓已经经历过几次三番的自我救赎，但每一次都是往陈夺的圈套里走。

陈夺一点一点给她希望，让她拼了命地报复自己，最后，她撞得头破血流后，终于学乖，也清楚，她这一生都不是陈夺的对手。

这一场爱恨交织的旅途，陈夺从来都不在车上。

他没有心，没有爱恨。

顾小蔓被陈夺送给那个对她倾心的权贵，在路上顾小蔓借口去买东西，趁机逃跑，一路跑到第一次见到陈夺的学校，爬到图书馆的楼顶。

陈夺得到消息来找她。

这一场戏，就从这里开始——

陈夺从车上下来，脚步沉沉却走得飞快，被手下人领着去见顾小蔓。

“我们怕小姐出什么事也不敢上去，就通知先生过来了。”

陈夺在楼下立定，抬头一眼就看到抱膝坐在楼顶的顾小蔓。

她卸下浓妆，素面朝天，样子干净清纯，穿着他第一次见到她时那身蓝色的校服，恍然时间像回到了过去。

陈夺有瞬间的怔忪，但旋即就恢复了正常，冷声说：“下来，不要胡闹。”

“你来了呀，我就知道你会来的。”顾小蔓的下巴抵在膝盖上，清风将她的裙摆吹起，她笑着，调皮又娇俏，眼底却是哀伤一片。

这是时间刻下的痕迹，是人为改变不了的蹉跎。

“可你为什么来呢？是为了抓我回去，还是为了来见我最后一面？我不知道，先生，不妨你告诉我？”

陈夺听出她话里的弦外之音，依旧是那副冷情模样：“廖先生要的是你这个活人，不是你的尸体。”

“我懂了。”顾小蔓将腿伸开，耷拉到外面，一双腿在半空中晃悠着，她直视着下面的陈夺，“廖先生要的是我的活人，那你呢？你想要活人还是尸体？我最听你的话了，你选什么，我就给你什么。”

“活人。”陈夺没有犹豫就开口。

顾小蔓轻轻地笑了笑，歪着头撒娇：“那你上来接我好不好？”

她撒娇的时候乖乖巧巧，是个男人都没办法拒绝。

陈夺将大衣脱下来扔给手下，自己沿着楼梯提步上楼，一步一步地向她走近。

顾小蔓轻轻地哼着一首乡间的童谣，眯着眼看天上的太阳。

“光可真好，好得让人忘不了。”她转过头，看着走到近处的陈夺，“先生，你会忘了我吗？”

“我猜你会，可我不想让你忘了我，那怎么办呢？”她唇边扬起笑，妖娆又诡异。

陈夺一晃眼，她人已经直直地往后栽，他上前一步，她倒在他怀里。

她腰腹处插着一把匕首，血迹将校服染红。在他上来时，她就动了手。

在他怀里是活人，等他将自己交出去，就是尸体。

陈夺的眼中终于见一丝波澜。

顾小蔓用尽最后的力气，将自己埋进他怀里。

“那就死在你怀里，以后不管你抱着哪个女人，都会想起我。

“先生，陈夺，你夺了我的心，要了我的命。

“杨花巷，小书堂，再没有小姑娘，穿着漂亮衣裳，去见她的情郎……”

她声音渐低，最后化成一声宿命的呜咽。

陈夺静静地看着虚无处，面上没有心疼，也没有可怜。

他沉静冷然，一如往昔。

半晌，一滴泪陡然从眼眶坠落，砸到她脸颊上。

清风吹，吹散情人泪。

……

“卡！过！恭喜顾小蔓杀青！”

郑导从监视器后面站起来，拍摄现场掌声雷动。

林枝从沈清河的怀里抬起头，弯腰鞠躬：“谢谢大家这段时间对我的照顾。”

沈清河走到她旁边，也跟着鞠躬：“谢谢大家这段时间对我家林枝的照顾。”

底下有个人笑出声：“沈老师这么跟着一鞠躬，两个人好像拜天地。”

郑导点点头：“别说，还真是。”

林枝站直，不管随时随地秀的沈清河，自己先下去把这身沾血的衣服换掉，准备等一会儿去吃杀青饭。

这栋图书馆也是仿旧式的建筑搭起来的，楼梯狭窄又阴暗。林枝走得慢，就这么被有心的人抓住了机会。

沈清河将她锁在墙边：“恭喜杀青。

“顾小蔓的角色你拿了高分，接下来新的角色可以拿满分。”

林枝眨巴眨巴眼：“新的角色？我的新戏还没定。”

准确地说，是还没人来找他。

沈清河脸在她颈窝蹭了蹭：“早就定了。”

“戏名《和沈清河的婚后日常》，角色是沈清河老婆，都不用签合同，我就知道你能拿满分。做沈清河老婆，你天赋异禀。”

林枝的心怦怦跳，一日复一日，每一日都忍不住想彻底沦陷。

沈清河又说：“我都被你吃干抹净了，以后不是个纯洁的影帝了，你必须得对我负责。”

林枝拍拍他的手：“吃完杀青饭回去再说。”

“好，我回去会努力让你对我负责的次数多一点，这样谈起来我会更有把握。”

林枝的腰又开始泛酸了。

不必，告辞。

（五）

林枝在《九日》的戏份正式杀青，杀青饭就是在她试镜之后吃的那家酒店。而那一次沈清河还沉浸在高中恋人的虐恋剧本中，当着众人的面拉林枝营业。

一进门，那些画面就冲进沈清河脑子里。

沈清河又一次意识到，“自己”曾经都做了些什么羞耻的事情。

他第一次意识到，是在他清醒后翻到自己的复仇日记时。

他当时想把它毁尸灭迹，可即使日记消失了，那段羞耻记忆还是抹不去的。既然忘不了，那不如好好利用起来，化羞耻尴尬为神奇助攻。

于是，沈清河就又在日记后面将这一次“准爸爸”的剧本加了进去。

之后林枝“恰好”看到了日记，知道了沈清河在这个剧本里的想法，就会顺着剧情往下走。然而，她走的路子……好像有点儿偏。

“来，让我们恭喜林枝杀青！”席间，副导演举起一杯酒，林枝刚拿起杯子，就有两只手同时挡住她。

沈清河先一步将林枝手里的杯子拿走，看着坐在林枝另一边的郑导，以目光询问。

郑导低低咳嗽一声：“前两天我在外头抽烟，碰上隔壁组的小林总了。小林总说，最近林枝身体不太舒服，要是有什么酒局之类的尽量不要让她碰酒，也不要让她太劳累了。”

沈清河和林枝同时怔了一下，两个奥斯卡级别戏精都差点儿忘了这个早已跑偏的剧本里，还有存在的第三人：最近致力于全球各国置办母婴用品，林枝亲爱的哥哥，林末。

沈清河率先反应过来，手压着林枝的肩膀，将她按在椅子上，自己拿起那杯酒一干而尽，语气是前所未有的豪气冲天：“我家枝枝不太能喝酒，我替她喝双份。”

“哈哈，终于逮到机会了，可不能放过沈老师。”

“我们这么喝人家可不太道德，这样，一人说一句祝福，我先来，祝沈老师再夺影帝。”

“祝沈老师百年好合。”

“祝沈老师早生贵子。”

“祝沈老师……”

沈清河来者不拒，最后离开饭店的时候成功醉倒了。

林枝不知道一个人喝完酒之后，居然能醉成这样，进了房门就开始放飞自我。

沈清河抬起手扯着自己身上的衬衫衣襟潇洒一扬甩到地上，指尖搭着皮带，要去脱裤子。

林枝连忙将窗帘拉上，回来制止住他狂放不羁的手：“先喝点儿温水再脱衣服去洗澡，然后去睡觉。”

沈清河当真停了手，咂咂嘴：“你喂我喝。”

林枝将水杯送到他唇边，他摇头：“不是这么喂，是你用嘴喂我。”

“你爱喝不喝！”

沈清河嘴角抿平：“昨夜用完人家，今天就抛弃人家。枝枝，你好狠的心。”

林枝：“……”

“是昨晚我表现得不好吗？还是……”

林枝喝了一口水，嘴唇覆了上去，堵住了他的话。

沈清河闭着眼，喝完了水之后开始喝只属于自己的甘泉，林枝只觉得肺部的空气都要被他吸走，缺氧到快要窒息。

“既然表现不好，那我今夜多努力努力。”沈清河模模糊糊地贴着她说话，捞着她半抱半拖进了浴室，“听枝枝的话先洗澡，洗完澡澡睡觉觉。”

林枝脑子要炸开了：“你自己洗！”

“我自己洗就没办法睡了。”

花洒被一下拍开，林枝薄薄的裙子被打湿，瞬间贴在身上。沈清河将她濡湿的长发拨到一边，埋首在她白嫩的肩膀上。

林枝的手无处安放，只能环住面前的醉鬼，以防止自己滑倒。

热水将整间浴室氤氲得白茫茫一片，林枝的所有感官抽离，变成了一具提线木偶。沈清河的手上缠着她的线，他的手往左她人就往左，他的手往右她人就往右。

最后一场木偶戏结束时，舞台上一束灯光直直地打到她的身上，漫长又炽热，四肢百骸都像是能一下子被打通。

“枝枝，喜欢吗？”

“枝枝，喜欢我吗？”

迷蒙里，有人一声声追问。

林枝双眼放空，颤着声说：“喜欢。”

我喜欢。

我喜欢你。

第二天，林枝一睁开眼，已经快到中午。她浑身酸酸软软，嗓子也哑了。

旁边沈清河不在，但是枕边留了一张字条。

To 枝枝：

我去拍戏了，醒来记得好好吃饭，我喊陆经年做了几个你爱吃的菜，放在餐桌上，热一下就好。

昨晚经过我们深刻又漫长的“谈话”，终于在精神层面达到了一致。

我喜欢你，你喜欢我。

《和沈清河的婚后日常》剧本已经在写中，演员林枝，请准备好接这一场戏。

ps：如果演员林枝对昨夜的“谈话结果”拒不承认，我将出示证据录音。

林枝哆嗦着手打通了沈清河的电话：“你你……你还录音了？”

林枝杀青了，但沈清河还没有，那边吵吵嚷嚷的，沈清河一声轻笑仍是无比清晰地往林枝耳朵里钻，不知怎么，林枝一下想起昨夜最后他抵在自己耳边喘息着的声音。

那真是……性感撩人得要命。

“没有。”沈清河说，“我就是随手写的。”

林枝放下心来，又想起什么咬牙切齿地问：“你昨晚是不是装醉？”

“也没有，只不过我满心满意惦记的都是你，醉后自然也只想着你。我这个人醉后醒来，对发生的事情都有印象。”

“沈老师呢？准备好了吗？”电话那头有人在现场高声喊。

林枝轻声说：“你好好拍戏。”

沈清河提要求：“你亲我一下。”

林枝脸热了热，“啪”地把电话挂了。

她往后一栽，重新躺回床上。

记忆模糊又清晰，她对沈清河说了“喜欢”。

其实也没什么不能说的，喜欢就是喜欢，不管沈清河是契约恋人，是忠诚粉丝，是高中旧爱，是隐婚哥哥，还是她肚子里“孩子”的准爸爸，她都喜欢他。

之前犹豫的是沈清河如果知道她没孩子，会刺激到他。但林枝已经将孩子的事情解释了，那这个问题就不存在了。

现在他们两情相悦，互通心意，是很好的恋爱状态。

但是这个剧本里的第三人林末要是知道她忽悠他，心心念念的外甥女还在未知的远方，这辈子她都不要想拿到户口本和沈清河百年好合了。

“一个谎言，要用无数个谎言去圆，这话真的没错。”林枝脑壳疼时，“准舅舅”打了电话过来。

“阿枝，爸爸要见你。”顿了顿，林末又道，“苏阿姨不在，你不用担心会碰到她。”

林枝眼神凝滞。

林末知道她怕见到苏眉？他是早就知道了？

第十章 热爱温柔，热爱你

（一）

这是林枝自两年前从林家搬出来后，第一次见林岳庆。

林末亲自开车，往疗养院去。一路上，兄妹两个都没有说话。

气氛沉默得有些安静，直到下车前，林末才说了第一句话：“阿枝，我希望你活得开心。”

他没再说别的，林枝却像是全都懂了。

她有一个很好的哥哥，这是她到林家之后，老天赐她的礼物。

林枝低着头，不想让林末看到自己发红的眼眶。

林末见她没说话，叹了口气，下车绕到副驾驶室给林枝开车门，手掌撑在上面：“小心一点儿，别伤到孩子。户口本我还在找，放心，不会让‘外甥女’是黑户口的。”

林枝目光奇异地看了一眼林末，刚累积起来的感动情绪荡然无存。

疗养院的樟树长得极好，叶子油绿，郁郁葱葱，兄妹两个就在最高大的樟树下找到了林岳庆。

林岳庆手扶着树干，一下一下摸着上面的纹路：“我当年种下你的时候，你还是小小的树苗，现在长这么大了。时间过得可真快，一眨眼这一生就要走完了。”

林岳庆转过头，目光一下柔和下去：“我的阿枝又变漂亮了。”

林枝睁圆着眼，看着这个被病痛折磨到瘦了几十斤的人，一瞬间不敢相认。那个曾和樟树一样高大得坚不可摧的男人，也抵不过生老病死，抵不过岁月。

林枝刚忍住的泪倏然掉落，双肩颤抖着，不敢靠近林岳庆。像是不靠近，就可以不接受现在的他，就可以把从前的他换回来。

林岳庆缓慢挪着步子，走近她，伸出粗糙的手去抹她的泪，叹息着道：“傻孩子。”

林枝的泪随着林岳庆这句话流得更汹涌，林岳庆拍着她的背，轻轻地哄着，就像小时候一样。

林末看林岳庆站着腿有些发颤，上前来劝道：“阿枝别哭了，鼻涕眼泪都蹭爸身上了。”

林岳庆瞪他一眼：“滚远点儿！”

“好，阿枝来了我就是该扔到垃圾桶的弃子，我懂了，我走了。”林末受伤地摇摇头，却并没有走，只站到远一点儿的地方。

林枝拿纸巾擦了擦脸，看林岳庆肩膀上的一摊水迹不好意思起来。林岳庆丝毫不介意，只拉着她的手：“走，阿枝，跟爸爸到那边坐着说。”

樟树边搭着两把吊椅，林枝扶着林岳庆坐下，自己却站在他身侧。

“这两年，过得开心吗？”

林枝刚干透的眼眶又变得潮湿，她点点头：“开心，我一直在朝着我的目标努力，而且已经实现了大半。我遇到了很好的朋友、很好的同事，我很开心。”

“开心就好，开心就好啊……”林岳庆抓着她的手，扣在掌心里摩挲，“有遇到喜欢的人吗？”

林枝愣了愣，随后笑开：“遇到了。”

“他是一个很优秀的人，是一个很多人喜欢的人。放在以前，我从没想过我和他会有什么交集，但是一切都是这么奇妙，我们变得不可分割。”林枝说着，眼底淬了一银河的光，“很多人喜欢他不要紧，他现在只喜欢我。”

她提起心上人时眼角眉梢都是欢喜，林岳庆很欣慰看到女儿遇到了她的爱情。

“我记得第一次看到你的时候，你就这么高。”林岳庆的手虚虚地在半空比了比，颇为怀念地笑了笑，“我啊，一直就希望能有一个女儿，可小末他母亲去得早，之后我一直忙着打拼事业，忙着照顾小末，也就没那个心思了。等到我认识你妈妈，看着她有时候带着你出门，我就想，你一定是老天爷派给我的小天使。”

林岳庆握着她的手紧了紧：“你妈妈应该和你说过你亲生父亲的事情。”

林枝点点头：“是，说过。”

其实不过是个心思单纯的女孩被伪装温柔善良的渣男骗财又骗色，最后还被抛弃的故事，俗套普通得每天在城市的小报纸上都能见到。

大多数女孩会因此郁郁感伤，可这个女孩是苏眉，是高傲又美丽的苏眉，她不肯回家，独自带着枝枝，努力捡回孕前所扔下的专业，拼得破了头往上爬，最后才得以有机会站到林岳庆的眼前。

苏眉永远是光鲜亮丽又温柔如水，对待所有人都是妥帖又亲近，林岳庆自亡妻病故后第一次动了成家的心思。

“这些年我自认对你妈妈，对你，尽到了为人夫，为人父的职责，可世事难两全。”

林岳庆闭了闭眼，“小末外祖父家一直对你妈妈有偏见，我从中调和了数次也没有起到什么效果。其实两个老人家担心的无非就是怕小末受委屈。当时林氏集团资金链断裂，在破产的边缘，肯出钱相救的也就只有小末的外祖父。他们出钱但有个条件，要么我要把公司所有股份转移到小末名下，要么就和苏眉离婚。为了林氏能够继续发展下去，我就选择了前者。”

那之后的事情，林枝知道。

那一晚林岳庆和林末不在，喝醉的苏眉撕开温柔的假面，声嘶力竭地吼着，质问着，林岳庆究竟将她当成了什么。再之后，就是林枝离开，两年，再也没有回来。

“让你妈妈再一次被抛弃，我做不到。

“可我后来选择的，却是你妈妈所不能接受的，我甚至都分不清，到底是抛弃她，还是把股权都转给小末会让她更痛苦。我能撑起一个家，却扭转不了你妈妈心里根深蒂固的念头。

“但其实最让我难过的，是你离开了家。”

“我的阿枝啊，我恨不得捧着这个世界上所有的美好到你面前，怎么能看你一个人辛苦去打拼。不过后来小末去偷偷地参加了你的一个见面会，他说你看起来很开心，比在家里的时候笑得灿烂，笑得真实，我也就没再插手你的事情了。”林岳庆仰着头看天，泪光闪烁，“只要你开心就好，开心就好。”

林枝蹲下来，伏在他的膝上流着泪，像小时候缠着他撒娇的模样。林岳庆摸着她柔顺的长发，一下又一下。

“不哭了阿枝，不哭了。爸爸没多少时间了，就想着多看看你。

“至于你妈妈，这半辈子，我将我能给的都给了她，因为我爱她，我可以忍受她的算计和心思，我也能做到在我活着时她不会走上真的歪路。而你，我还是那句话，只要你开心，你想怎么样对她都行。你还有那么好那么长的一生，不用勉强，不要委屈，你要开心。

“我的阿枝，要永远开开心心，这样爸爸就放心了。”

林枝的手紧攥着林岳庆的裤脚，泣不成声。

上天赐她伤疤，也赐她良药。

予她寒冬，也给她艳阳。

让她对这世界永不失望，永怀希望。

沈清河在《九日》剧组的戏份在林枝杀青十天后结束。

郑导本来也想给沈清河筹备个杀青宴，以感谢沈清河来临时救场，自降番位演了个男配角，不过沈清河给婉拒了："前些天给林枝办的那场杀青宴就当是给我们两个办的，反正我们一体。"

郑导："行吧……"

这边工作刚结束，程珂就转发了新的工作邀约邮件过来。是《X关系》新一期节目录制，想邀请林枝和沈清河继续参加。

这也是《X关系》节目组第一次，连续邀请同一位明星。

原因很简单，沈清河和林枝之前录制的那一期刚刚做完后期，本来素材就够让人甜得嗷嗷叫，一做完效果整个制作组都沸腾了。

而且有个人傻钱多的新投资商想注资一期，点名要投钱给两个人合体再上的那一期。制作组出于多方考虑，给两人发了邀约。

沈清河想了想，回了两个字：再议。

现在，他还有更重要的事情要做。

林枝站在客厅里，对着屋子里的一景一致出着神。

拍摄已经结束，她和沈清河要搬离这里。来的那天她没想过，会在这里和沈清河创造那么多回忆。在这里，没有狗仔，没有粉丝，没有纷扰，就只有她和他。

一日三餐，等黑夜，等白天。

现在要走，她还真的有点儿舍不得。

后背倏地一热，继而结实的手臂将她抱住。

"我已经和陆经年说把这里买下来了，等之后要是还在影视城拍戏，或者闲暇时，我们就来这儿住几天。"

林枝眼睛又开始泛酸，最近她好像是太容易情绪波动掉眼泪。

两个人来的时候没带多少东西，走的时候却拉了一车，大半车是林末叫人送来的各种价值不菲的补品。

宋小野开车，在林枝的家门口停下。林枝下车，和沈清河摆手告别。

沈清河倚在后座，隔着车窗看她，然后笑了笑，跟着下了车："上去收拾下东西，住到我那儿去。"

"为什么？"

沈清河垂着脸，睫毛颤颤，脸红红："你都玷污了人家，当然要和人家住在一起。"

跟着下车被迫听到这一句的宋小野摸了摸鼻子："那什么，我忘了拿东西了。"说罢又游鱼一样钻回了车里。

“你要是不想住我那儿也行，我收拾收拾东西住到你这儿来。”沈清河看了林枝一眼，又低下头，“屋子小一点也好，人家就做什么都能和你挤在一起了呢！”

林枝小腿肚又开始发软，她是没想到进度条拉得这么快。

在她看来，在影视城住在一起是为了拍戏事出有因。现在这个，就是真的同居了……在他们刚刚互知心意没有多久之后。

“这附近可能有狗仔跟着，你再不点头，我就要去爆料你始乱终弃了。”

林枝嘴角一抽：“上去吧！”

沈清河满意一笑，拍了拍车门喊“宋鸵鸟”：“上去吧！”

林枝的房间，倒是和沈清河想的差不多，整洁干净，小而温馨。

客厅旁边靠窗的地方有张书桌，上面放着两个小书架，大多都是有关表演学的书，页角泛黄，看得出来被翻了很多次了。

她还真的是为演戏做了很多准备。

沈清河想到自己在录制《天生演员》时对林枝可以算得上苛刻的评价，不免有些懊恼，但转念一想，要不是那一场戏，他和林枝可能还走不到一起，人生的境遇就是这么奇妙不可捉摸。

林枝进卧室去收拾，沈清河就去另一间次卧。墙上贴了好几张海报，按时间排列，从尤潜刚出道一直到去年巡演时。

“枝枝还真的挺欣赏她这个师兄的。”

尤潜也确实很有才华，《九日》的主题曲很快就写好了，郑导那边很满意。

沈清河面无表情地看了一会儿，叫外面的宋小野进来。

林枝和每一个女生一样，衣服可以塞好几个衣柜，再加上内衣睡衣、丝袜短袜各类物品，光收拾这些就花了一个多小时，终于打包好之后，她走出主卧。

“打包好了，可以搬了。”

沈清河站起来，往主卧走时随口说了句：“你看看别的屋子里还有什么要带走。”

林枝喝了一杯水，到处转一转看有没有落下什么重要的东西。转进次卧，她一眼就看到墙上的改变，被沈清河的操作震得一窒。

本来贴着的尤潜海报都被摘下来，整整齐齐地叠在一边，取而代之的，是沈清河的大海报。

选的图是沈清河穿衣服布料最少的一组写真，一半背露着，一半被披风遮着，一半天使，一半恶魔。

沈清河一只手轻松提着行李，从她身边经过，很认可地道：“你的眼光真的绝好了。”

林枝回应：“你的脸可真的绝厚了。”

沈清河另一只手来提她的衣领：“走了，回家了。”

回属于他们两个的家，真正的同居生活，正式开始。

两人下了楼，宋小野尽心尽力地为嫂子服务往车上搬东西，沈清河尽心尽力地为女朋友服务，往车上搬女朋友。

林枝刚被抱进去，就察觉到沈清河脸色不太对劲儿。

一辆黑色卡宴停在他们车的后面，司机下车小跑到后面，将车门打开。

梁沅芷穿了条手工高定的某牌改良旗袍，优雅复古。她看着沈清河，目光有些沉，表情也不像平时那么轻松。

下一秒，另一侧车门被打开。

苏眉挎着手袋，温温柔柔地笑着：“沈老师，我们又见面了。”

沈清河眉尖蹙起。

车里面的林枝听见这声音，整个人呆立当场。

（二）

沈清河察觉到林枝的一瞬间僵硬，俯下身唇贴了贴她的额角，低声说：“你要是不想见她，我去打发她。”

林枝目光有些呆，没有说话。

沈清河拍了拍她的背，逗她：“看你男朋友去披荆斩棘，等打赢了这场仗，我告诉你个秘密。”

说完，沈清河站直，迎上苏眉的目光，随手将门带上。突然一阵力道从里面传来，将门又顶开。

沈清河回头，就看到一只纤细的手抵在门上，晃眼的白和车身的黑对比强烈，林枝仰着头看他，轻轻地冲着他笑了笑，从车上走了下来。

她不想总让沈清河独自一人去面对所有风浪，她不是被他娇养的花。

苏眉看见两人站在一起眼底闪过异样情绪，笑容却越发和善：“沈太太你看，这两个孩子相处得多好，看起来就像亲兄妹一样。”

梁沅芷小时候是梁家团宠，结婚之后又有丈夫替她撑腰，在生意场上雷厉风行，

而人际交往上却并不擅长，现在听苏眉说话奇奇怪怪的，她也不知道怎么反驳，就点了点头："你说像就像吧！"

苏眉："……"

苏眉找上梁沅芷来堵他们两个目的不会很单纯，沈清河深知这一点，扬了扬下巴，说："这儿人来人往，不适合说话，前面有家还不错的咖啡店，不介意的话去那边喝杯咖啡。"

沈清河提议，没有人有意见。

车开到一条街开外，在巷子里有一家不大的咖啡店，大提琴曲低沉优雅，现磨咖啡豆的香气醇厚浓香，一切都惬意得恰到好处。

沈清河明显是这里的常客，服务员对他的到来没有显出过分的惊喜，不过在看到他手牵着的林枝时，面部表情却不受职业素养控制地一亮："你你你……你是林枝对吧！我特别喜欢你！天哪，本人比电视上还漂亮！能给我签个名吗？"

在现实生活里遇到纯的唯粉，如果在平时林枝会开心到不行，但今天实在是提不起嘴角去笑。沈清河顺手接过笔："今天枝枝手疼，不方便签字，我替她签，回头等她手好了再签一个寄给你。"

"好的好的，麻烦了麻烦了。""纯唯粉"毫无今天得不到正主签名的遗憾，反而更开心了，沈清河在本子上签了林枝的名字，再将自己的名字签到林枝旁边。

"纯唯粉"嘴角忍不住疯狂上扬，双手抬高姿势很是虔诚地接过签名，报着菜单回后厨了，不一会儿咖啡上来，几个人说着话气氛也算融洽。

苏眉抿了一口咖啡，笑了笑说："也就两年的时间，阿枝就从一个无人问津的小艺人变成了会有人要签名的大明星，这还得要谢谢沈老师的一路扶持和帮忙。阿枝，还不快谢谢沈老师。"

苏眉这话一出口，梁沅芷暗中掐了掐自己的大腿，将嘴巴闭得更紧，低头研究桌子上的花纹。

林枝抬眸，对上苏眉那双温柔眼，默默不语。

"我家阿枝从前在家里大声说话都不敢，现在在娱乐圈里都可以和男生很亲近地说话了，真的是成长了很多。"

林枝的脸苍白一片，握着咖啡匙的手微微打战。

她睫毛不住地动，沈清河看在眼里，心被狠狠地拧了一下。

他的枝枝，过去就是在这样的环境下长大的。每天面对着亲生母亲言语的打压、行为上的利用，早早地看到了这世界上的阴暗面，固执地自己孤身一人在外闯荡。

这样的枝枝对他说喜欢，是经过了多少的努力和挣扎才能做到的。

枝枝，是真的很喜欢他。

沈清河的心炽热而滚烫，他现在只有一个念头，就是立刻清除枝枝所有的麻烦，然后，给她一个家，以后有他爱她。

沈清河站起来，还没开口，旁边林枝的手倏然一松，咖啡匙落下，在杯沿上飞出“叮”的一声。

她垂着头，鬓边的长发滑落，遮住大半张脸。

她的声音很轻，听起来没什么情绪：“嗯，沈清河在工作上是帮了我很多，否则我也不会有今天。不仅如此，一开始我们还炒CP炒绯闻，为了更有热度，那时候也谈不上有什么感情，这些您说的都对，不过您还有别的话要说吧？

“比如我很小的时候就开始偷看哥哥的日记本，去记哥哥的喜好，然后投他所好，让他喜欢我、宠着我。再比如我会每天假装笑得很乖，对继父撒娇，让继父也和哥哥一样把我当成掌上明珠。即使继父和哥哥都对我这么好，我还是不知道感恩，在继父被查出患病的时候，叛逆地离开林家，去追寻我所谓的娱乐圈梦想。在这段时间，继父病情逐渐加重，几次三番想见我，都被我无情拒绝……”

林枝无声地笑了笑，一滴泪砸到桌上。她伸出手，指尖将泪花抹开：“这些我都做过，我就是这样的一个坏人。”

苏眉的笑敛了敛，也是没料到林枝会说这些。

林枝又抬起头，泪痕已经干透，她歪着头看着苏眉：“我其实也不知道你到底和多少人说过这些，也不知道有多少人背后戳着我的脊梁骨对我指指点点。这两年，我在娱乐圈生活得很艰难，也有您的努力，我都知道。

“可我从来没想过低头，也没想过回头。我拼了命地努力，拼了命地往上爬，就是想摆脱这一切，我不要再做木偶，我要做活生生的人。

“您以为我很在乎别人的想法？我以前也以为我是，可后来我发现，我真的不在意，我只在意我爱的人。

“从前我为您难过，是因为我爱您，今天开始，我不会了。我的出身，我的家庭，我没办法选择，这不是我的错，我不需要为此付出我的一切。我会好好地活着，开心、肆意地活我的每一天。”

苏眉被她的剖白镇住，面部绷紧，脸色很是难看。

林枝不再看她，站起来，对着梁沅芷鞠了一躬：“对不起伯母，耽误您的时间听我说这么多，您放心，我不是那种死缠烂打的人，我不会缠着沈清河不放。”

“沈清河……”林枝偏头，看着他的侧脸，“我很喜欢你，真的很喜欢，可我知道我配不上你，但喜欢你一场，我的人生就没什么遗憾了。”

“也谢谢你喜欢我。”林枝用尽力气地笑，笑得比任何时候都灿烂。

她不再和苏眉有瓜葛，她什么也不在乎了。

至于沈清河，她想，她这一生都不会忘记他。

忘不了和他参加的第一次活动，录的第一场综艺，拍的第一场戏。忘不了他的怀抱，他的亲吻，他的温柔。

全世界毁灭，他仍偏爱她。

她可真开心。

沈清河，谢谢你偏爱我。

我先走，让时光停留在我们最甜的时刻，这样以后你想到的，就不会是因为最终失去你而面目狰狞声嘶力竭的我。

林枝迈步，往有着光的外面走，手腕却一下被抓住。

“你的人生没有遗憾，就想让我的人生留遗憾？”沈清河的声音很低，很哑，“林枝，我不允许。”

他自后面扣住她的肩膀，不让她走，眼睛看着还在咬牙憋着不说话、低头数纹路的自己母亲：“我要和林枝结婚。”

苏眉的表情怪异又惊奇：“就这样，你还愿意娶她？”

“林枝做过错事，可又和我有什么关系？我喜欢她，当然是喜欢她的一切，哦，我肯定是喜欢不来您，这您放心。”沈清河将林枝拖到自己身边，“以前她受的伤，现在我替她医治。不管她做过什么，我就是偏爱她。”

苏眉想起什么，又笑了起来：“你年轻，做事情难免冲动，我想你妈妈和你不一样，肯定会长远考虑一切。”

梁沅芷眼神示意沈清河。

沈清河说：“您可以说话的。”

梁沅芷嘴巴解禁，长长地吐了口气，然后对着苏眉尽兴地翻了个白眼：“不知道的还以为你是什么皇后后妈，每天闲着没事就到处说公主的坏话。”

林枝愣住了，苏眉也愣住了，她眉头皱了皱，这些年第一次在公众场合失了态：“你怎么这么说话？”

“我怎么不能了？我儿子都让我说话了，你凭什么不让我说？要不是看你是枝枝的亲妈，我怎么可能会见你！要是知道你拉着我到这儿来就是来专门黑枝枝的，你看我还会理你吗？”梁沅芷将旗袍领子最上面的扣子松开，骂人就更方便了，“我就纳闷了，枝枝是你亲女儿吧？我感觉不像，是不是你偷的啊？天哪，沈清河，快，带着枝枝去验个 DNA。”

梁沅芷说话一会儿变个样，苏眉被说得一愣一愣的，眼看今天这场会面没什么结果，她拿起手包维持最后一丝优雅：“我还有事，先走了。”

“我们沈家呢，别的没有，就是钱很多，人脉很广。我希望林太太以后最好不要再有单独见枝枝的机会了，我怕枝枝哪天会被气死，那我可就没儿媳妇了。我也希望林太太回去好好想想，如果还有下次，我想我会倾尽沈家一切，来和林氏集团对打。我想林太太养尊处优的，应该也不想有这么一天吧。”

苏眉额角跳着，深吸了好几口气才强自稳住，迈开步子往外走。

梁沅芷一下没了力气，瘫在座位上：“沈清河，快给你母后喂水。”

沈清河得令，端水给劳苦功高的母后，林枝已经被震惊到没话说了。

谁能想到，沈清河母亲看着那么端庄优雅的人居然那么毒舌。

不过她居然这么维护自己。

还有沈清河……刚才纷纷乱乱中，林枝听见沈清河说要娶她之后，整个人已经没有办法思考。

这一切，都和她想的背道而驰，她已经不懂了。

给母后喂完水，沈清河再看林枝，一下沉下脸：“居然想和我分手，该当何罪？”

城西疗养院。

院中高大的樟树下摆了一张摇椅，林岳庆躺在上面，旁边竹制的小几上放着一本宋文选集，页码翻到那篇《醉翁亭记》。

林岳庆闭目养神，面色安详，看夕阳一寸寸下去，看月亮从天际攀上夜空。

苏眉在外面远远地看了一会儿，将表情重新规整出林岳庆最喜欢看的温柔样子，若无其事地走了过去，将摇椅上搭着的毯子抖开，轻轻地盖在林岳庆身上。

苏眉的动作即使很轻，林岳庆还是立刻就转醒了，看见妻子，他是一如既往地面带宠溺，枯朽的手抬起将她鬓边的发绕到耳后：“回来了？”

“嗯，回来了，晚上吃东西了吗？”

林岳庆摇头：“他们做的东西我吃不下。”

“我现在去做，晚上吃点儿好消化的米汤，再煎几个野菜卷，陈阿姨下午去挖的野菜，还很新鲜，今年是最后一顿了。”

林岳庆眼角已有疲惫的青色，点了点头：“都听你的。”

“那你等我一会儿。”苏眉将手包放在小几上，瞥到书上的标记，将书合上，起身往疗养院的厨房方向走。

“小眉。”他张口唤她。

苏眉停下：“怎么了？”

“野菜卷里不要多放其他调味料了，野菜本身的清香就够了，再加其他的会夺走野菜本身的味道，就丧失了本来的口感了，就让它保持原样就很好了。”

苏眉轻笑：“好，我知道了。”

她走进厨房，将灰蓝色的围裙穿在精致的高定套装外：“野菜，本来也不是好吃的东西，保持原样，谁会看到它？”

负心男林愈将她扔在济城时，说过几句话。

他说：“越是像你这样长得好看的女人，就越好骗。你们以为自己能靠着脸将男人留下，实际上男人也只是对你的脸感兴趣。而好看又新鲜的脸，随时都会出现。”

她当时被林愈骗得团团转，也不是没想过抽身而出，可太难了。她什么方法都试过，还是太难了。

林愈每天给她灌输这样的想法，她就越发依赖他，等他彻底将她抛下，什么踪迹也找不到之后，她整个世界就跟着坍塌。

太痛苦了，痛苦到她无数次想一死了之。

那段时间浑浑噩噩的，她已经记不太清到底是怎么走出来的，只知道那之后她就懂了一个道理——这个世界上，没有什么是永远不变的。

她没有永远的依靠，也没有可信的人，她只能信她自己。

林枝，林枝长得很像她，可也很像林愈。

苏眉每当看见林枝，都会想起林愈。林愈怎么对她，她就忍不住怎么对林枝——时好时坏，若即若离，让林枝离不开，让林枝逃不掉。

苏眉学着掌控别人的人生，她让林岳庆独爱自己，让林末敬重自己，让林枝爱自己恨自己为自己做事。所有的一切都在她的掌控中，这滋味可真好。

可林岳庆将公司交给了林末，事先没和她提起过。

林枝脱离了她手中攥的线，飞向了蓝天。

林末也像是知道了什么，不再像从前那样对她。

她自以为尽在掌握的一切，都飘浮在空中。被林愈抛弃的那种恐慌，那种战栗再次袭来，她不想，也不能，再去经历一次。

手机铃声响，苏眉一阵颤抖，缓了缓心神，将手机接起来。

电话那头的人低声说："事情办得差不多了。"

苏眉单手拿着刀，将野菜根削去，一刀一刀切成碎末，半晌才开口："好，那就尽快开始吧！"

（三）

沈清河开始和林枝冷战了，他自咖啡店回来就没有和林枝说话，不过也没把她从自己家赶出去。

林枝觉得，问题还不大。

虽然不大，但到底是他们恋爱中第一次正式的矛盾，深知隔夜的矛盾会影响感情，林枝想速战速决，把沈清河哄好。

不过在这方面，她属实没什么经验，就去问了几个人。

[姚秋秋：你晚上热情点儿就行，保证他什么气都没有了。]

[颜颜颜熙：你要不试试猫系制服装？沈老师很喜欢小猫。]

所以中心思想，就是出卖自己，来哄沈清河的灵魂？

"呵，真是肤浅。"林枝冷笑一声，然后迅速搜索地图找了下附近的内衣店，然后化了个伪装的妆面，戴着帽子悄悄地出了门，半小时后又悄悄地回来了。

她轻轻打开门，先探进了个头，看客厅没有人才放心进来，一只手背在身后，猫着腰往楼上走。

刚走了两步，男声幽幽地从头顶传来："这么晚出门，还这么鬼鬼祟祟的，去买毒药想暗杀我？"

林枝怔怔地抬头，沈清河靠在楼梯上，似是刚洗了澡，头发还湿漉漉的，正面无表情地看着她。

他眼一眯，问："你手上拿的什么？"

林枝摇头："没什么，就是'大姨妈'突然来了，出去买了些必需品。"

"你这个月大姨妈不是已经来过了？"沈清河缓步往下走，站在比她高一级的台阶上，手点着她的嘴角，面无表情地说。

林枝红着脸拍开他的手。

沈清河出其不意地一个绕后，仗着手长的优势将她手上的袋子抢了过来。

"哎哎，别打开！"林枝阻止已经来不及了，沈清河暴烈地撕开袋子，毛茸茸的几件东西就落在他眼底。

“猫耳朵？这是什么？”他拎着一件黑白相间的小衣服，手拨了拨上面的带子，还有衣服后面的猫耳朵，问林枝，“这么小，给家里的猫买的？”

林枝磕磕巴巴地说：“嗯……给猫买的。”

沈清河像是信了，点点头说：“有心了，走吧，给猫试试。”

林枝愣住了：“你家有猫？”她怎么没看见？

沈清河脸上终于有了一丝笑：“当然有，很貌美，但有些不听话，我带你去看。”

林枝从小就喜欢猫，她之前还救过不少流浪的小猫，只是苏眉不许她养，她只能都送到宠物店去，希望它们能拥有新的家。

听沈清河这么说，她兴致勃勃地跟了上去，过了一会儿——

“啊——沈清河你干什么？”

“给小猫换衣服。”

“我又不是小猫，你换我的衣服干什么？”

“你自己都给自己买了小衣服，你不是我的小猫，谁是？”

卧室里换上小猫装的林枝被沈清河压在身下，耳垂被他含在唇里撕咬，听他哑着声音说：“叫两声，喵喵喵的那种。”

您还真会玩。

林枝先前扭捏着不肯叫，后来被逼无奈，只能颤着声音说他想听的。

“喵喵喵……喵喵喵喵喵……沈清河我的腰要断了。”

“喵喵……你、你是不是假装和我生气，骗我送上门的？”

沈清河俯下身，拽了拽她脑袋上歪着的猫耳朵发箍：“我的小猫变聪明了。”

聪明又怎么样，还不是要被榨干？

沈清河的灵魂被哄好了，林枝的灵魂却飘走了。等再有意识时，她已经被洗过澡，浑身香香地躺在沈清河的怀里了。

林枝喘着气问他：“你还没告诉我呢？”

沈清河揉着她的脸：“我确实生气了，因为你那么轻易地就替我做了决定，觉得我会因为你的家庭而不接受你，从而想和我分手。不过看见你想方设法地勾引我，我就不生气了。”

“其实我说那些话，也不是想替你做决定，只是现实就是那样，我不说，它也存在。既然她已经将事情捅破，我就干脆当着你和你家人的面一次性说清楚，反正迟早也是要面对的。我不是个什么太善良的人，还有个那样的妈妈，那样的家庭。就算你不介意，你妈妈也不可能不介意，到时候你和你家人反目也好，被家人逼着和我了断也好，都不是我想看到的。所以，还不如我们到此为止。当然我没想到，你妈妈那么……不走寻常路。”她说完停了停，“不过我让你告诉我的事情，却不是指的这个。”

沈清河低头问：“那是什么？”

“你在车上说的，打赢了这场仗，就告诉我一个秘密。现在仗算是打赢了，你的秘密呢，也该告诉我了。”

沈清河重重地吐了口气，将脸埋进她的发间，少见地有些紧张。

林枝更好奇了，手指戳了戳他的胳膊：“沈清河？”

“你等我一下。”沈清河翻身下床，赤裸裸的。

林枝急忙转过脸，他虽然好看，但她还是有些害羞的。

过了好一会儿，沈清河才回来，手里拿着一个黑白格的笔记本，这个林枝可太眼熟了。

沈清河揉着她的长发：“枝枝，我很久以前就开始喜欢你了。”

这一晚，林枝知道了沈清河的秘密。

一个，属于他们两个的秘密。

在只有他们的玫瑰城堡里，她是穿黄裙子的公主，不太熟练地拿着刀剑，一下一下砍着咆哮的恶龙，一级一级台阶艰难地往上爬。

王子被困在不见光亮的阁楼中，她终于爬上去，身上的漂亮裙子被刮破，手上的刀剑也已卷了刃。

她终于将他救了出去，他们终于相遇。

作为回报，王子送了公主新的裙子，做她的刀剑陪伴在她左右。

他给了她新的人生。

他们将彼此拯救。

……

林枝那时候太小，对自己成为沈清河白月光的事已经不剩下什么记忆，听完故事，她歪着头问：“你会不会认错人了？”

沈清河万万没想到林枝知道真相后第一个反应会是这个，他耐心道：“不会的，我已经管林末要了你小时候的照片，确实是你。

“这些年我的心被莫名的情绪占得满满的，没有人能走进去，起先我还不知道我每天在想谁，等我终于想起来才发现，我的心早就被你独占了。”

沈清河认真地道：“越是在意就越是想让你也这么喜欢我，可我也不确定你对我好是出于喜欢，还是为了配合宋医生给我治病。我就在痊愈之后又编了个剧本，想把你留下。这一点，是我骗了你，对不起。”

林枝沉默了。

这一天的信息量太过爆炸，她一时反应不过来。虽然被骗肯定会心下不舒服，可想想她也就理解了。

喜欢一个人，总是会小心翼翼的，她之前刚发现自己喜欢上沈清河，也是各种纠结挣扎，很久之后才敢放任自己。更别说喜欢她时间那么久，又那么苦的沈清河。

林枝抿了抿唇，伸出双手：“哥哥，你抱抱我。”

这个称呼，和记忆里稚嫩的声音重合。沈清河心绪翻涌，将她一把抱在怀里。

“没关系，真的没关系，反正你在骗我，我也在骗你，我们就当一起飙一场戏了，反正这场戏就只有我们两个演员，没什么影响的。”

沈清河提醒道：“其实还有第三个演员的。”

“谁啊，我怎么不记得……”

林枝说着说着一愣，手机在此刻适时地响起，屏幕上，三个大字闪烁：狗哥哥。

林枝伸出手接通，按开了扬声器。

林末的声音十分得意，能想象到他此刻嘴角咧到耳朵的快乐样子：“我得手了，我把户口本偷出来了，明天我就给你送过去！快，把手机放在你肚子上，我要告诉我外甥女，她没能成为黑户口，都是本舅舅的功劳！我还要告诉我外甥女，如果不是因为她，她爸爸想娶她妈妈，那是妄想，我把户口本撕了都不会成全他的！”

林枝：“……”

沈清河：“……”

这场戏的第三个演员，登场了。

“喂，喂，怎么不说话？不想要户口本了？”

“要要要。”林枝说话快得差一点儿把自己舌头咬了，“刚才你外甥女……让我有些不舒服，去吐了。”

沈清河赞许地竖起大拇指。

“啊，那你赶紧先睡吧，别累到我外甥女，等我明天送户口本的时候当面和她说。”中国好舅舅林末直接将电话挂断。

林枝听着外放的嘟嘟声，面部表情很惆怅：“怎么办？我哥要是知道我根本没怀孕，我们两个都在骗人，他真的会烧了户口本。”

沈清河却很淡然："那就不让他知道，我们结婚。"

"那他外甥女呢？"

沈清河揉揉她小腹，笑得很坏："我努力。"

林枝彻底没话说了。

结婚，这一次他们真的要结婚了？

"林枝。"他突然叫了她的全名。

林枝看他："嗯？"

沈清河牵起她的手，按在自己的心口。那里因她的触碰而炽热，而滚烫。

"我不是因为林末的话，也不是因为其他任何原因才选择跟你结婚，我想娶你，是因为我爱你，和别的一切都无关。林枝，我想给你一个家。"

沈清河常常说情话，可那是在剧本里，或者是林枝以为的剧本里。

对林枝而言，这是沈清河第一次以真真正正的自己，和她表白。

她不用再有担心，不用再有忧虑，过去的现在的未来的，剧本里的剧本外的，每一个沈清河，都爱她。

"沈清河，我等着你给我的家。"

《X 关系》新一期播出，收视率勇夺同时段第一，# 知情 CP# 词条在热搜上再一次爆了。

两个人默契十足，一个伸手，一个搀扶，都是细碎的糖屑。

林枝一天视线被遮挡，沈清河就当了她一天的眼睛。两个人谈起"高中"，谈起过去，彼此之间的羁绊，没有人能够拆散得开。

所以林枝不是因为沈清河现在的影帝身份倒贴，在林枝认识沈清河时，他可能还一无所有，这个事实让喊反对的声音消弭不少。

林枝微博有无数沈清河粉丝拥入表白，小号也被粉丝攻占撒泼卖萌求继续爆料，还有人拿着别人的料来求真假。

[@ 沈清河的前女友：有人说看见沈老师和枝枝和双方的妈妈一起谈话，言语间提到结婚什么的，还有签名为证，不过她的签名两个都是沈老师的笔迹，也不知道该不该信，就来问问太太。所以太太，沈老师和枝枝要结婚了吗？【图片】]

上面贴的图片，是并排的两个签名：

林枝 沈清河

就是在咖啡馆里沈清河给"纯唯粉"服务员签的那张。

怪不得当时她没得到自己的签名反而更激动，这位的真实属性原来是“知情CP”粉。

“以我之手，写你之名。”

哪个现实里看到正主这么发糖的粉丝能不昏厥呢，沈清河还真是撒糖的一把好手。

当然，作为沈清河的未来老婆，林枝的撒糖水平也不会输给他。

[@知情真爱，无可取代：确实是要结婚啦，一切准备就绪就等户口本到来就可以领证了！]

林枝打这行字的时候，嘴角都是上扬的。

林末本来说第二天就送户口本过来，但临时有事，就往后推了几天，林枝实在是等不及，就来公司找林末。

秘书引她在办公室坐了半小时，林末才回来。

林枝放下手机，看林末皱着眉，一脸的怒气，不由得一愣：“公司出什么事了？”

林末将领带扯开，坐在她对面：“也没什么，不过是一帮老东西，看爸身体不行，开始作妖要造反，放心，我搞得定。”

“你是要户口本是吧？”林末倒了两杯茶，想了想又摇头，“不行，你有外甥女不适合喝茶，你喝奶吧，喝啥补啥。”

林末喊秘书倒一杯纯牛奶进来。

林枝：“……”

“户口本我可以给你，不过你得帮我办件事。”

林枝警觉：“什么事？”

“《X关系》新一期你和沈清河要上一下，我和节目组已经谈好了，砸了重金上了新产品的广告植入。如果你俩不去我的钱就白花了，我外甥女就要有个穷舅舅了，我不允许！”

林枝思考了下，说：“我得问问沈清河的意见。”

“不用问，他肯定能答应，不然就别想娶你。”林末撸着袖子，对着空气捶了捶又说，“放心，为了不累到我外甥女，这次你俩的拍摄就在济城，不用长途跋涉，我都安排好了，你点个头就完事。”

林枝这回没犹豫，直接点头：“行，我答应了。”

“录制完之后，户口本就奉上。”

从林氏大厦走出来之后，林枝拨通了沈清河的电话。

“拿到户口本了吗？”

“还没有。”林枝将刚面对林末时的笑脸卸下，深吸一口气，“林氏集团好像出事了。”

林末这个人，越是事情大，他越是不想露什么痕迹。今天他表现出的淡然让林枝明白，这次林氏面临的麻烦不会小。

“你在哪儿？我去接你。”

“不用，我现在回去。”林枝只是有些慌，想第一时间听到沈清河的声音，现在听到了，她的心就安定不少。

林枝挂断电话，旁边一辆全是灰的桑塔纳停在林氏门口，林枝本来也没在意，可从驾驶室下来的人一瞬间就将她的注意力勾过去。

那人一双大长腿包裹在黑色铅笔裤中，走路带风，A到不行，脸上黑超遮面，灰蓝色的短发又酷又张扬，旁若无人地往大厦里走。

只是那人走了几步之后，又向后倒退回来，一路退到林枝面前。

林枝戴着口罩，一张脸只露出一双眼。那人戴着黑超，一张脸只露出一张嘴。两个人对上的第一秒，却都认出了彼此。

那人“啧”了一声：“我进去林末估计也不会见我，没意思。妹妹你去哪儿，姐姐开车送你。”

林枝磕磕巴巴地说：“回……回家。”

“走吧！”

林枝没想到，她嗑的前CP正主之一应筱，居然认识她哥，而且看起来关系还很熟的样子，这两人哪儿来的交集？

应筱将桑塔纳开出了越野的水平，一路疾风，林枝心脏都要跳出来，下车时腿都是软的。

应筱顺手将林枝被吹乱的头发捋了捋，突然叹了口气：“近距离看还是这么好看，怪不得林末那个老贼这么疼妹妹。”

应筱说这话时，语气有些许低落。

林枝满腔的疑问想要说，应筱却极快地恢复，挥挥手上车就走了，没给她任何反应时间。

车轰鸣声飘远，沈清河听到声音出来接人，看林枝瞧着远方发呆：“怎么了？见一次林末失魂落魄成这样？”

林枝幽幽道：“我房子好像塌了……还是被我哥搞塌的。不对，是以前住的‘房

子’。还好我换‘房子’换得快，悲剧没有追上我。”

沈清河拿出手机划了划，很认真地说：“怎么没找到林末去炸人房子的消息呢？”

林枝：“……”

她那点儿淡淡的忧伤顿时被沈清河搅和散了。

沈小甜，是她的一颗快乐糖果。

（四）

林氏集团的事情很快就被星星点点爆出来。

起因是林氏新董事长小林总，主张投资的那部剧因为涉嫌安全问题被调查，再之后两个主演粉丝撕番位导致双方互爆，牵扯出一连串大瓜。

从整容抢人资源，到劈腿家暴，从娱乐版面一脚跨到法治版面。八月三号这一天，每个网友都像在瓜地里东奔西走的猹。

剧组已经进行到拍摄尾声，只能无奈停工。

投资商能撤的就撤，撤不了的只能自认倒霉。林氏集团作为第一批资方，就是自认倒霉的那一伙。

林氏的资金一半套在剧组和新的综艺项目里，另一半用于新产品的开发。剧组的投资是在等后续回报，但因为连锁反应，剧组资金收不回来，而新产品则因为原料的问题成本增加，但公司已经没有多余的资金去做。

这一系列事件导致公司内部质疑小林总的声音越来越多，高层几次会议的中心思想，就是指出小林总行事太过激进浮夸，和林氏一贯稳中求进的风格不符，才导致现在这个两边为难的局面。他们提议让小林总收回在综艺项目和剧组项目的相关资金，但林末坚持不肯，也让几个年纪颇大的高层对他更加不满。

林枝担心林末，但林末完全没当回事她就只好去找沈清河。可她一提起这件事，沈清河就将她往床上拖。

林枝在这方面完全不是沈小甜的对手，一被压下去就满脑子糨糊，什么都想不起来说了。

她以前学跳舞，腰软腿软，浑身每一处都是软的，可以任由沈清河摆布。

林枝有时候也会抗拒，沈清河就深情眼看她，问：“不舒服吗？”

林枝：“……”

其实还，咳，还挺舒服。

但舒服多了也不行，林枝走路都有点儿打摆子，为了拍摄时保持良好的状态，不被人窥探出他们“不可告人”的生活，林枝就彻底不再说关于林末和林氏集团的事了。

自从《九日》杀青之后，林枝这边就收到不少剧本的邀约，就等着《X关系》新一期录制结束之后正式投入到下一阶段的工作中。

在挑剧本这方面沈清河是专家，他给林枝把控演戏的方向，最后选了校园剧《致璀璨》，女主角林灿是城大最年轻的教授，美貌孤冷，却有一颗炽热的心。

林枝看了人设和前五集剧本，立刻就被林灿吸引住了，也不得不佩服沈清河眼光的独到。

“林灿的CP方城亦是法医学教授，法医，听起来很带感，不知道片方想找谁来演。啊，之前我看过电影的楚跃好像很适合，穿白衣服很好看，穿白大褂也一定能好看……那个演《她心跳怦怦》的萧南方也不错，干净帅气，那双手戴手套的时候很绝……”林枝躺在床上絮絮叨叨地展望，双脚上下晃着。

那边在衣柜前套上衬衫的男人走过来，一把将她从床上提起来，弯下腰，让她给他系扣子。

林枝嘴角弯弯的很快系好，沈清河将腰弯得更低，脸就抵在她唇边：“你亲我一口，我告诉你一个秘密。”

林枝从善如流地偏头，“吧唧”亲了他一口。

沈清河满足了，动手揉了揉她的头：“演方城亦的人不是楚跃，也不是萧南方，而是我。”

林枝：“……”

“你的男主角只能是我。”

沈清河“礼尚往来”地亲了回去，回礼时间有点儿长，他拍了拍她发红的脸颊：“我出去了，等会儿忙完了接你出去吃饭。”

林枝轻哼了一声，显然是不满自己被沈清河摆了一道。

沈清河看她脸颊鼓鼓，像只小猫，比平时还要可爱，心里痒痒的，手里不干不净地揉了揉才舍得走。

宋小野在楼下等着，看沈清河一脸春风，颇为感慨地道：“我第一次听沈哥说起嫂子，还是在骂她演技烂，现在呢，恨不得将嫂子揣在口袋里随时随地宠爱着，时间啊真是沧桑，人事啊真是无常。”

沈清河冷眼看着宋小野，宋小野连忙闭紧嘴巴，开车走人。

今天是休息日，车一路没碰上堵车也没被红灯拦截，不到半小时就到了林氏大厦。宋小野将车开进地下停车场，沈清河在车里坐了一会儿，听到手机铃声响起，才有了动作。

“你在这儿等我，最多半小时就出来了。”

“好的，沈哥。”

沈清河下车，看着手机相册里枝枝小时候的那张照片，手戳了戳她的脸颊：“怎么会有人不喜欢你？”

林氏大厦顶层会议室。

巨大的落地窗，视野宽敞，看得见这城市的最远方，也能将近处的一点一滴都尽收眼底。

林末就站在窗前，俯瞰下面的车水马龙。无数人在其中来来往往，为了生计奔波劳苦，可在上层人的眼中，他们渺小到近乎是蝼蚁。

每个人都想往上爬，站到顶端，成为上层人。然后再往下，嘲笑那些蝼蚁。

这就是人的本性。

身后的嘈杂声渐渐降低，曹副总手点了点桌子：“所以小林总，你的意思呢？”

林末转回身，单手插在口袋，视线在每个人脸上缓缓扫过，最后落在坐在最前边的苏眉身上：“你们是觉得我让林氏受了损失，不堪大用，所以让我把董事长的位置让出来？”

曹副总说：“也不是让出来，只是让林总回来管一管，以安公司上下所有员工的心，等小林总再历练历练，成熟稳重些，这林氏啊，还得你来带。”

林末对上苏眉的眼，她淡淡然的笑容，一如往昔。

其实她的手段仔细想起来算不上太高明，不过是找人盯着剧组报些料，再到有关部门举报查一下，引发后面的连锁反应。

但苏眉高明在驭人之术上，公司这几个高层个个老奸巨猾，各怀鬼胎，这么多年连父亲都拿他们没办法，而苏眉却能不动声色地将他们一一攻破，收为已用，赶在父亲生病时发难。

父亲现在的情况不可能真的去管林氏，到头来实际的掌控权就在苏眉手上了。

林末讥讽一笑：“等到那个时候，这就不是林氏，而改叫苏氏了。你们质疑我的点无非有二，一是产品资金链断导致停工，二是剧组投资失败觉得目光短浅，如果我能将你们这两个质疑点攻破呢？”

苏眉脸色一变。

“我先说二吧，实际上我在那部停掉的剧里只投了百分之五的钱，因为当时那部剧虽然看着能赚钱，但品质相当一般，我去了几次剧组考核之后就没有再追加，剩下的百分之九十五都投在已经拍完的，播了肯定会爆的《九日》上了。”

会议室里的人面面相觑，都傻了眼。《九日》是什么品相，就算不了解娱乐圈的人也都会知道，这是一本万利的投资。

苏眉目光凝滞，但声音已经压不住阴鸷感，细细尖尖：“那产品的资金链呢？现在《九日》所有流程都在正常走，你短时间内没办法将钱收回来去做新产品，做不出来产品，你就会把整个林氏拖死。林氏是你爸爸的心血，我不能眼睁睁看着它倒下。”

林末一挑眉：“资金链的事情，要请我的合伙人出来和大家讲一讲了。”

林末拍了拍手，会议室沉重的大门被打开。

万众视线中，来人一身黑色西装，身姿挺拔，唇边是漫不经心的笑容，将这一室的紧张压抑、肮脏混乱撞破。

苏眉心下一沉，是沈清河。

林末起身迎了上去，和沈清河进行官方式的亲切握手：“欢迎沈总。”

“小林总客气了。”

沈清河的到来，是在场人所始料未及的。

苏眉短暂的惊愕过后，神思平静下来。人心难测，她好不容易等到这个时机，如果今天不能成事，林岳庆知道之后不可能再信任她，多年的经营就此付诸东流。

她不能慌，绝对不能。

曹副总眼珠滚了滚，语气颇为疑惑道：“我要是没记错，这位是个演员吧？正所谓隔行如隔山，戏演得再好，在做生意上到底还是个外行，小林总所找的合伙人实在是不能让我们放心。”

沈清河信步走到会议室最前面，冷冽的目光直盯着上首座位上的苏眉，在她有所反应之前又倏地笑开，退后一步，拉着左手边的椅子向后，坐了下去。

他这个态度，让人捉摸不透。

“今天我来到这儿，不是以我本职演员的身份来的，而是以副业的身份，算是兼职吧。”

曹副总冷笑一声：“兼职？做兼职的就敢到这儿来？你拿我们林氏集团当你家小厨房了？”

沈清河略想了想：“好像也差不多。”

曹副总：“你！”

“曹副总也只是担心林氏，沈老师可不要介意。”苏眉一句话将曹副总掩过去。

沈家和梁家的根基都不在济城，沈清河又从没透露过自己的出身，如果不是细致地打听，苏眉也不知道沈清河居然是梁沅芷的儿子，在场的这些人就更没几个知道的。

梁沅芷的态度，上次在咖啡店已经体现得很明显了。

今天，沈清河八成是用梁氏来和林氏合作。梁氏现在主要业务都在国外，远水解不了近渴，倒是不足为虑，怕就怕——

苏眉眉尾一勾，捧着杯子的手放缓，心道，肯定不可能。她已经找人放出风到洛省，以沈意那固执又古板的性格，怎么可能会放任沈清河将沈氏拿出来帮林家，绝不可能。

沈清河长指一下一下地敲着桌子：“我今天来，是以洛省沈氏集团副总裁的身份来和林氏达成全方位的合作。”

“沈氏？”曹副总混浊的眼都瞪圆了，“这、这怎么可能……”

“我姓沈，沈氏集团的‘沈’。”沈清河微微笑，“投胎就是如此，我也改变不了。沈氏将出资林氏新产品的开发，而我本人则以旗下工作室和小林总合作投资影视项目，请问各位还有什么疑问吗？”

沈氏财力雄厚，是洛省企业的龙头，和沈家一比，林氏只能是个小作坊。而在影视项目上，又有几个人能比得过影帝沈清河的眼光和能力？

沈清河以双重身份出现，将高层对林末的质疑点一个接着一个打碎。会议室里一片死寂，几个高层的视线都往苏眉身上凝聚。

苏眉的手捏着白瓷杯，骨节隐隐泛着青色：“沈意怎么肯？他怎么可能肯？”

沈清河叫秘书进来送杯热茶，他亲自拿着，端到了苏眉手边，换掉了她手里凉掉的那一杯。

他声音压低，一个字一个字，却是重锤擂鼓：“为人父，为人母，做什么都是为了自己孩子开心。他为了帮自己儿子此生最爱的人而改变固有的想法，很难理解吗？哦，对你而言，确实很难理解。”

苏眉的脸一瞬间煞白，指尖不住地颤抖，气极怒极之下，是满满的悲凉，凉到心底里去。

她咬着牙忍住那股灼心的疼，深吸口气站起来，尽力维持笑容：“该到时间给老林做饭了，剩下的事情就交给小末了。”

“太太，你就这么走了？”曹副总犹不甘心。

苏眉闭了闭眼没再说话，快步离开会议室。

沈清河动手，将她坐过的那把椅子正了正方向，伸手做了个“请”的姿势：“小林总。”

林末意气风发，就着妹夫的邀请施施然坐下：“和沈氏开展合作之前，我想我们集团内部有必要先对各位的职位，进行一个调整……”

沈清河此行目的已经达到，不再多留，转身离开。

电梯里，他拨通电话，笑意温存：“终于谈完棘手的事情了，我这就回去接你吃饭，吃龙虾？”

电话里林枝的声音雀跃：“好呀，不过你谈的是什么啊，居然有让你觉得棘手的事情？”

沈清河的指尖在电梯的光亮面画了个小小的“心”：“你。”

“叮”一声，电梯门开，沈清河走了出去。

随着电梯门一开一合，折进来外面的光，留下的那颗“心”在发亮。

……

除了你，没人能成为我的顾虑。

城西疗养院。

车横冲直撞地停在门口，苏眉紧闭着眼，压住这一路翻涌的情绪。她不能认输，她还没有彻底输，一切才刚刚开始而已。

苏眉睁开眼，对着镜子摆出林岳庆最喜欢的温柔脸，打开车门走下去。

林岳庆正在床上休息，他的睡相这么多年一贯很好，呼吸很浅。苏眉坐到床边，忍不住伸手，去摸他越发憔悴的脸。

还没触碰到，林岳庆的眼倏地睁开，那里面没有丝毫倦意，炯炯有神，似等了她许久。

苏眉的手僵在半空，一颗心也悬着。

林末一定是已经通知过林岳庆了，这在苏眉的料想之中。

不过她太了解林岳庆，只要她和从前一样，把阿枝推出来，再诚恳地道歉，不管她做什么林岳庆都不会太生气的。

苏眉收回手，微垂着脸，轻声说：“对不起，我瞒着你做了错事，我实在是太担心阿枝的以后，我拼了命想给她一个好的未来，我……”

“小眉。”林岳庆粗糙的手，覆上她的手背。

苏眉话音一顿。

“最近没睡好吧，你看你眼睛里都泛红血丝了。”他声音温和地说，“这段时间我经常睡着，没能像以前那么照顾你，你自己要知道照顾自己。”

苏眉梗着脖子抬头，林岳庆的眼里，是一如既往的宠溺深情。

她的不安，她的悲凉，一瞬间寻到了个出口奔涌而出，在他知道一切之后的温柔间，所有伪装都被击溃。

她突然间什么都懂了。

“你早就知道……”

“在你我之间，我总是会输的那一个。”林岳庆颇为无奈，“我爱上你的那一日，就已经认识到这一点。如果这世上只有你和我，那我什么都能捧给你，可是这世上还有小末，还有阿枝……这世上，我不能只爱你。

“我知道，你想要的并不是单纯的公司，或者家产。你只是不信任任何人，你想把所有都掌握在手中才安心。可小眉，钱财可以永远地掌握，可人心，你是永远不能独占的，除了我。可我啊，也不能陪你多久了。”

林岳庆偏头，看着窗外的流云与飞絮：“小眉，你太累了，停下来吧。”

林末厌恶她，自己的亲生女儿林枝和她形同陌路。这世上唯一一个还肯留在她身边的林岳庆，将不久于人世。

从此，她身边不会再有人关心她、爱护她。

她马上就要一无所有，做这世上的行尸走肉。

苏眉瞪大了眼，喉咙里涌出一声凄厉的呜咽，颓然地倒在林岳庆怀里放声大哭。

林岳庆闭上眼，低低地叹了口气。

让她不再自苦，是他这么多年一直在做的一件事。在闭眼前做到，他也能放心地走了。

只是做错了，就总要接受失去。

接受他走之后，她孤苦一人，再无所依。

（五）

济城进了八月下旬，夏日进了最盛时。

灼灼的太阳，明朗的花花万物，清爽可爱的草莓冰沙，混合成这个时节最斑斓的所有。

林枝到达《X关系》新一期录制地——济城的一家市内游乐场。

这次到济城来拍外景的导演，还是上一次的那一个，一见到林枝，他整个人发出猛男惊呼：“‘知情’是真的！”

林枝：“……”

“咳咳，对不起有点儿没忍住，我们今天的录制呢，还是和往常一样。”导演递过去一张任务卡。

林枝轻车熟路地往后翻，看沈清河留给她的线索。

早上起来的时候，她抱着沈清河说要串个供，不然如果一不小心没找到人，他们的感情估计要破裂了，直播破裂，林末会杀人，户口本肯定被他活撕了。

但沈清河很坚持：“我们的爱情，怎么能允许作弊？”

林枝翻到任务卡后面，表情一瞬间凝滞。

上面干干净净，一个笔画都没有。

沈清河是忘了，还是觉得他们已经默契到能远程听到彼此的心声了？

她问：“导演，你是不是拿错了？”

导演摇头：“这是沈清河亲手交给我的，不可能拿错。”

林枝额角青筋狂跳，如果真的破裂，她今晚一定要手刃沈清河。

什么线索也没有，她就随便找吧！

林枝吐了口气，导演拍拍手，工作人员拿出今天的道具，一条长长的、手工绣制的蕾丝头纱。

工作人员将头纱戴到林枝头上，长长的后摆垂到地上。

林枝一愣：“今天的任务是什么主题？”居然还要戴婚礼的头纱。

“这是个秘密。”导演笑，将林枝往外推，“好了好了，任务开始！”

林枝觉得哪里怪怪的，但又说不出来。

她拖着长长的头纱，经过游乐场的旋转木马，钻过云霄飞车的跑道，走到密室的机关门。

从这里出去，再往前走，就是游乐场的大门。林枝伸手，将门推开，随后发出一声惊呼。

挤挤压压上百个粉白色的气球从门里钻进来，熙熙攘攘地奔向天空。

气球飞走后，门外多了一个人，多了一个一身白色西装，和她绝配的那个人。

是她最爱的人。

沈清河笑着说：“之所以没留线索，是因为你一出来，就能看见我。”

他定定地看着她，突然单膝下跪。

林枝整个人僵在原地，浑身的血液都要凝结。

“我拜托了节目组，拜托了你哥，让你答应这一次的拍摄。今天的主题，是‘未来’。你踏出这扇门，将手交给我，就代表你将未来交给我。

“林枝，在你来之前，我的世界混沌不堪，我的灵魂无处安放。

“你来之后，将歪斜的世界调正，将我的灵魂收容。

“我爱你带来的一整个四季。

“我爱你，我永远偏爱你。”

林枝治愈了他，拯救了他。

那一场场戏里，他们没有离别，只有靠近。

林枝忍住哭意，将自己此生最灿烂的笑，赋予此生最爱的人。

今天的白纱，是为他而披。

今天的林枝，会成为他的妻子。

林枝迈开脚步，踏出那扇门，走到他的身边。

上天拿走她的所有，将沈清河补给了她。

他将整个银河捧在手中，靠近她，温暖她，点亮她。

世界混沌，寒冷，凉薄。

可有他偏爱她。

“沈清河，我把未来交给你。

“我爱你，我永远热爱你。”

我热爱玫瑰花园的月亮。

热爱在路灯下璀璨的露珠。

热爱炽热，热爱明亮。

热爱温柔。

热爱你。

番外一 余生多关照

（一）

《X关系》新一期一播出，沈清河的录制求婚轰动全网。

CP粉在过大年，沈清河唯粉在默默神伤，然后在林枝微博留言，咬牙切齿地让她照顾好自己哥哥。路人粉对这对掀起全网嗑CP风潮的情侣欣然送上祝福。

全世界都在庆祝沈清河和林枝要结婚了，除了他们自己。

此时此刻的沈清河和林枝，正在为怎么从林末那儿弄到户口本而操心。

因为林末知道了林枝没有怀孕的事实，推测了是沈清河引导林枝装作假怀孕骗自己拿户口本。

哥哥很生气，后果很严重。他扬言要把户口本烧了，灰装在盒子里锁上，沉到海中，再把钥匙吞掉。

林末知道真相的契机，也很魔性。

那一日，林枝搭了应筱的顺风摩托车回沈清河那里，被眼尖的应筱看到了她脖子上深红色的印子。后来，应筱和林末随口说了句："没想到沈清河是个禽兽，还喜欢在林枝身上留印子，啧啧啧。"

应筱一贯不羁，林末早就习惯，但这次他的反应却很强烈，霍地站起来，然后冲进沈清河家里，一拳照着沈清河的脸挥过去："阿枝肚子里还有孩子，那么柔弱，你怎么能下得去手？"

沈清河之前生病臆想时对这位大舅哥很是针对，因此现在也不敢还手，就任他打。

林末经常锻炼，那一拳也发了狠。林枝心疼坏了，护夫狂魔一样冲出去，抱住林末的腰："别打了，别打了，他还要靠脸养我呢！"

林末不听，林枝只好咬着牙道："我没怀孕！"

林枝说自己为了逼婚沈清河假孕，但在林末的眼里心里，自家妹妹可爱无双、善良温柔，怎么可能会做这种垃圾事。

肯定是沈清河忽悠了她，最后还让她出来接锅。

林末高冷一笑，扬了扬手里的户口本，大踏步地离开：“我外甥女都没了，你个狗东西还想领证，做梦！”

林枝：“……”

沈清河：“……”

自从苏眉在林氏集团闹了那么一场之后，林末每天在忙着和沈氏的合作，以及对新产品项目的推进，一天只睡三四个小时。即便应筱穿黑丝内衣在他面前晃，他也只是流了鼻血，而身体没有动作。

小林总这么殚精竭虑之时，接到了来自合作伙伴沈氏集团的电话，说最近资金出了点儿问题，可能没那么快能到账。

林末气势汹汹地拨通沈清河的电话：“想威胁我让我低头？我告诉你，做梦！”他一边说一边拍桌子，硬生生拍出一曲《小星星》。

现在就敢拿钱威胁娘家人，以后还不知道要对阿枝怎么样呢！

这毛病不能惯着！

另一边，沈清河将手机扔到一边，对着林枝的殷切目光摇摇头。

林枝像泄了气的皮球，躺倒在沙发上，眼神放空看着窗边吊着的风铃：“我让我哥去偷偷拿户口本，是为了领证。为什么现在他会成为阻碍我们领证的绊脚石？”

“古往今来的神仙爱情都不是一帆风顺，都要经历一些磨难。”沈清河说着揉了一把女朋友的脸，起身走进厨房。

《九日》拍完，陆经年就消失了，厨子不在，沈清河又不放心给林枝吃外卖，就自力更生，洗手做厨郎。

可能是吃得多、吃得精，沈清河别的不行，炖鸡汤却是一绝。一砂锅鸡汤的香味飘出来，林枝的口水都被勾出来了。

炖得软烂的鸡肉一嚼，齿颊留香，一碗下去，林枝的烦恼也跟着消散，笑得眼睛弯弯：“我想起我当初还因为鸡肉的事情骂过你。”

那是沈清河的第一个剧本：影帝的契约情人。

沈清河听罢放下汤匙，嘴角斜斜地向上：“不要以为你扯出过去的事情，我就会因为旧情对你有所怜惜，林枝，你要记住自己的身份。”

冷不防沈清河这个腔调一出来，林枝颇为怀念，也跟着表演：“什么身份？我怎么不记得了？”

沈清河站起来，轻佻地捏了捏她的下巴：“我会用行动来提醒你，究竟是什么身份。”

话音一落，他一把将林枝抱起来扛在肩膀上，往楼上卧室走。

林枝惊呼一声，两条细白的腿来回晃悠着挣扎，喊得声嘶力竭：“你放开我，你要对我做什么？”

沈清河一巴掌拍下去，冷笑一声：“越挣扎，一会儿就越痛。不过让你觉得痛苦，我才会感到快乐。”

林枝：“……”这是又串了一点儿高中恋人的剧情。

沈影帝将林枝扔上了大床，林枝在上面弹了弹，看沈清河单手将灰色家居服扒下去，饿狼一样扑过来，她笑着往旁边躲：“别闹了，别闹了。”

沈清河不理，将她的手腕控制住，将不知道什么时候顺手牵过来的领带一端系在上面，一端绑在床头。

林枝开始慌了：“喂，沈清河你来真的啊！昨晚闹到那么晚我腰还酸着。沈清河我警告你，不要总做兽，还是要做个人的。”

“沈清河，唔……”林枝的喋喋不休全都化在沈清河的亲吻间，就算她没有和别人的经验，也知道沈清河撩人之处不只是长相和眼神，还有技术，全方位的技术。

身体的每一寸肌肤都化成玫瑰色，在唇间绽放开来，他模模糊糊地在她耳边低语：“其实我想到让你哥屈服的方法了。”

林枝的手揽着他的肩膀，眼神已经涣散，颤着声问：“什、什么方法？”

“他不是因为外甥女没来而生气吗，那我们就还给他一个外甥女好了。”

林枝眨巴眨巴眼。

然后，沈清河为了给林末造外甥女，将林枝里里外外又压榨一遍，才鸣金收兵。她倚在沈清河汗津津的怀里，睡了过去。

沈清河不是个特别喜欢和林枝说太多的人，譬如找他爸沈意处理苏眉的事情，再比如，他趁着林枝睡着后，自己去找了大舅哥“密谈”。

谈的结果就是，下午林枝睁开眼，床头柜上摆着大红色的户口本。

她的。

林枝愕然：“你是怎么拿到的？”

“发挥我的口才，晓之以理动之以情，让你哥觉得全天下除了我之外，你嫁给谁都不会幸福。顺便还承诺了，三个月之内让他拥有外甥女的绝美B超照片。”

林枝：“……”

她的腰又开始痛了，酸痛无比：“不过他居然能被你说动，有点不可思议。”

沈清河啄了口她的眼角，说：“你要相信你男朋友的魅力，是男女老少通吃的，没人能抗拒。”

行吧，这个确实。

两人的视线聚集到户口本上，然后粲然笑开。

真好啊，终于等到这一天了。

事实上，沈清河确实说动了林末。

但除了口头说之外，还附上了一张保证书，在律师公证下签的。内容是，如果他对不起林枝会将名下所有财产转给林枝，还要发声明致歉。

林末的担忧他懂，无非是怕自己妹妹受苦受骗，尤其是林枝这样经历过苦难的女孩子，林末对她的心疼，更胜过寻常兄长。

当然，这件事是属于沈清河和林末的秘密，林枝不会知道，也不需要知道。

本来以为多艰难的领证，其实不过是在一个阳光明媚的上午，两个人手牵手走进民政局，填好资料，盖上章，对着镜头笑着拍下照片。

流程简单快捷，不过一个小时，这世上就少了两个孤独的灵魂，多了一对有情人。

沈清河不想低调，两个人没有化妆，没有戴口罩，从出门那一刻，到进民政局为止，欣然接受所有人的目光。

“快看快看，是沈清河和林枝！他们来领证了！”

“啊啊啊，今天我不光把自己嫁出去了，我还目睹了我嗑的 CP 成真了！老公快扶着我，我幸福得快晕厥了。”

“我还是第一次看到明星不提前清场就这么来领证了，好甜！呜呜，我哭了。”

沈清河和林枝手牵手，头贴在一起亲昵耳语：“我就是要让全世界都知道，今天我结婚了。”

林枝笑了：“你有时候还挺幼稚的。”

不过这种幼稚，可甜了，她喜欢。

她喜欢沈清河向全世界炫耀她的样子。

两个人排了一个小时的队，工作人员喊他们进去。沈清河伸出手，到林枝面前：“来，我请你结婚。”

林枝“噗”地笑出声，将手放上去，任他牵着，带着，走向未来。

填资料，拍照。两个人对着镜头，笑得无比灿烂。“咔嚓”一声，他们的人生从此紧密相连，再没什么能够将他们分开。

拿到小红本，沈清河迅速地拍了一张发了微博。

@沈清河 river：知情是真的，是不是沈太太？【图片】@林小枝

林枝转发。

@林小枝：知情真的是真的，我和沈先生会用一生来保证。/@沈清河 river

那么余生。

多关照呀。

（二）

领完证，正式成为被法律保护的夫妻关系之后，沈清河和林枝夫妻双双投入下一轮的工作中。

林枝积极想搞事业，沈清河也很支持她，帮她挑了部校园剧《致璀璨》，饰演城大最年轻的教授林灿。沈清河自己亲情出演男一号方城亦，两个人在剧中扮演一对大学教授 CP。

新戏确定之后，林枝的生活就是，出席各种活动，上综艺，休息间隙看剧本琢磨角色。

沈清河的生活就是，陪老婆出席各种活动，陪老婆上综艺，陪老婆一起看剧本，帮她琢磨角色。

这段时间沈清河在人众面前出现的次数，要比过去五年加起来还要多。

问：一个八十年不营业一次的偶像突然积极进取，每天露面，美图产出一波接一波是什么感觉？

答：快乐齐天。

沈清河的唯粉落泪了，迅速倒戈爱上林枝。于是每次沈清河出来，粉丝都会去林枝微博下夸人。

今天林枝来拍一本杂志封面，拍完要做一个简单的采访。文元官博发了林枝的行程，“顺便”提了一嘴“林枝在家属的陪同下元气满满开工了”。

沈清河的粉丝闻风赶来，虽迟但到。

[小嫂子真棒，又带沈老年人出来放风了。]

[小嫂子爱你，今天小嫂子超美的。]

[今天是小嫂子颜粉，沈清河是谁我都记不起来了呢！（亲亲）（亲亲）]

林枝将这些评论截图存下来，传到小号的私密相册里。

相册名字叫：靠近老公一点点。

里面存了有关于沈清河的一些截图，他的精修美照，还有“知情 CP”的剪辑截图等等。这些图放在手机或者电脑里沈清河可能会看到，林枝就干脆将图存在这个他不知道的小号里。

“在干吗，笑成这样？”沈清河走进休息室就看见林枝在捧着手机傻笑，他走近，手背蹭了蹭林枝的脸颊。

林枝将手机扣在腿上，若无其事道：“刷到了个沈腾的视频集锦，还挺好笑的。”

沈清河歪着头看她，皮笑肉不笑。

林枝说：“干吗这个表情看我？”

“你还记得我们签过合同的吧！新增营业条款。”沈清河坐到她旁边，“新增条款第一条，乙方，也就是你，在合同期内，不得以任何理由，寻找任何下家。如有违反，参照合约第一版 2.2.1 违约处理条例赔偿甲方损失。”

林枝当然记得，她在高中恋人剧本里签下的丧失灵魂条约。

“刚刚你对我说谎了，我有理由怀疑，你想找下家，所以我要向你索赔。”沈清河半垂着脸，睫毛委屈地一颤一颤的，“不知道我哪里让你不满意了，我明明什么都以你为重，工作你是一番，床上让你……”

林枝截住他的话：“你可闭嘴吧！”

“看，现在连我说话都不允许。”沈清河哀怨地叹了一口气，“我就是你生命里的路人，被你用成二手货就要被始乱终弃，我……”

林枝的手直接捂住沈清河的嘴。

沈清河那双眼直勾勾地盯着林枝，下一秒林枝就觉得手心被他软软的唇贴上，湿漉漉地碾压过去，林枝浑身像有电流窜开。

“咚咚咚！”

门被敲响，颜熙在外喊话：“里面的那对夫妻有做什么杀狗的亲密动作吗？没有的话回应一声，有的话停一下，我有点儿事。”

林枝慌忙将手收回来，清了清嗓子：“进来吧！”

颜熙推开门，眼睛在满面春风的沈清河和羞羞答答的林枝身上一转，“啧啧”两声，再想起刚上了热搜第一的词条，又“啧啧”两声。

“你们夫妻让我说你们什么好，你们甜成这样，简直不给圈里其他夫妻档留活路啊！”

林枝不明所以：“怎么了？”

颜熙微笑：“沈太太，您，掉马了。”

林枝问：“是我想的那个意思吗？”

颜熙继续微笑：“应该是。”

林枝沉默了几秒钟，一个鲤鱼打挺蹦起来，她颤抖着拿出手机，瞬间心如死灰。

刚刚她将存图发到小号私密相册时，沈清河突然进来，她手忙脚乱点错，发到了新建的一个相册。

该相册是公开的，所有人可见。

而且要命的是，她截图是用大号 @ 林小枝截的。玩微博多的人一眼就能认出来，截图是原博主截的，还是别人截的。

也就是说，@ 知情真爱，无可取代 传到相册的图，是 @ 林小枝 截的。

当然也不排除两个人认识的可能。

但高端网友随手查了下 IP，证明这两个号确实是一个人，都是林枝。

@ 知情真爱，无可取代 的所有微博，只有一个主题，那就是嗑“知情 CP”，嗑“知情 CP”，嗑“知情 CP”。

林枝嗑自己和沈清河的 CP 上头到这个程度，让一众 CP 粉汗颜。

林枝小号 # 冲上热搜，无数吃瓜网友赶来观光浏览。

甚至还有“显微镜女孩”，从之前《九日》粉丝探班直播中无数弹幕中，找到了小号发的一条——

[@ 知情真爱，无可取代：都死心吧，沈清河只会娶我。]

柠檬精大军再次出发，酸味炸弹在网络蔓延，将单身狗的活路彻底堵死。

……

林枝绝望地从喉咙里发出一声嘶吼：“我要注销这个小号！”

颜熙一边截图一边说：“没用的，粉丝们早已截图，这个小号里的所有内容会永远和林枝这个名字相连。”

林枝：“……”

“沈老师的腰好得不得了！不要造谣啦！”沈清河念了一条林枝小号转发的微博，原博主说沈清河腰不好，林枝小号在线激情辟谣。

这下全娱乐圈都知道，沈清河的腰，胜皮条。

林枝：“我死了……”

沈清河继续往下翻：“沈老师和枝枝的初吻，是在医院的病床上。”

沈清河不认同地摇摇头，嘴角却疯狂上扬：“我还是觉得你这样爆料我们的私密不太好……对了，我们第一次是在哪儿来着，你下次可以爆这个料。”

颜熙捂着耳朵赶紧跑了出去。

林枝尴尬得脚趾在鞋里蜷缩，捂着脸，呜呜咽咽：“我没脸见人了。”

沈清河连忙将她搂过来，轻声哄：“我等会儿也弄个小号，跟你一起嗑 CP，名字我都想好了，就叫‘知情真爱，老婆可爱’。”

林枝脊背一僵，这是他们领证以来，她第一次从沈清河嘴里听到“老婆”这个称呼。

很奇妙，很……好听。

“以后我们一起努力，让‘知情 CP’每天都有新糖产出，让我们这对可怜巴巴的嗑糖小夫妻每天都有粮可以吃。”

林枝笑起来，这样说起来还挺有趣的嘛！

林枝开心了，就投桃报李地夸回去：“知情真爱，老公最帅。”

沈清河一挑眉，对老婆的夸赞照单全收：“那是当然。”

自己产糖，自己吃糖。

我们每天都比前一天甜一点。

欢迎光临，我们这座造糖城堡。

番外二 致璀璨的你

（一）

林枝和沈清河进组《致璀璨》的那一天，刚好是这一年的冬至。

冬至的白天最短，夜最长。林枝感慨，自己已经和沈清河走过一个夏日和一个秋日。

也是在这一日，林枝接到林末的电话，林岳庆病重。下半夜四点多，林枝和沈清河从外省拍摄地赶到了城西疗养院。

雪花簌簌地飘，落了一地白霜。疗养院一楼的灯昏黄，将门口林末的身影衬得寥落沉寂。

“哥！”林枝松开沈清河的手，朝着林末跑过去，一下扑进他的怀里。

林末下意识地将她接住，拍拍她的肩，语气温柔：“回来了。”

“嗯，爸爸怎么样了，我想去看看他。”

“现在在睡着，苏阿姨在陪着。”林末知道她在想什么，又说，“明早爸一醒，我会想办法把她支开，到时候带你们进去。”

林枝沉默地点着头。

林末偏头，看着站在不远处的沈清河。

“我之前问了爸，他明知道苏阿姨这些年都在做什么，他为什么不拆穿，甚至还一直纵容到现在。阿枝，你知道是为什么吗？”

林枝抿紧唇，摇了摇头。

“因为他爱苏阿姨，他怕一旦拆穿，以苏阿姨那么骄傲的性格，一定会头也不回地离开。只有留在身边，他才能照顾她，才能让她不至于做真正伤天害理的事情。

“这么多年，爸为了我们，为了苏阿姨，每天不知道要花费多少精力，才能将这个家维系。我为人子，不明白他的苦心，让他积劳成疾，这是我的错。”

林末第一次在林枝面前红了双眼，不过只是瞬间他就将自己情绪调整好，又是对阿枝语重心长教导的兄长。

"沈清河对你多好，我都看在眼里，每次我和爸说起你们，他都笑得很开心。我们都要过得很好，爸才能放心。"

林枝看着沈清河，他站在雪夜茫茫白色间，张开嘴，唇形辨别出他的话：别哭，我在。

她不哭，她要笑，要告诉爸爸，她过得很好。

遇见沈清河之后，她每一天都过得很好。

今晚黑夜最长。

可遇见璀璨的人，每一寸黑暗都会被照亮。

疗养院有专门的家属陪护房，林枝和沈清河这一晚就住在这里。

林枝本来睡不着，但沈清河的怀抱太温暖，她慢慢地也有了困意，恍然间，梦到了过去。

梦见她被苏眉牵着手，在那一年的冬日初来时，离开县城走进了林家别墅。那一天很暖，薄薄的一层雪被晒化，湿漉漉地贴在地面上。

车驶进院中，苏眉伸出手拍拍她的头顶："阿枝记住妈妈说的了吗？"

她乖乖地点头，回答："记住了。"

车门被打开，她第一眼就看见那个高大，甚至于有些粗犷的男人。

在这之前，她已经见过林叔叔几次，他会带着她去吃妈妈不让吃的冰激凌，还会偷偷地问她妈妈喜欢的颜色、妈妈爱读的书。

而这些，林叔叔说，是属于他们之间的小秘密。

可在林枝这里，面对苏眉，她没有任何秘密。

"阿枝啊，叔叔今天太忙了，没来得及去接你，阿枝会不会生叔叔的气？"林岳庆朝她伸出手，她软软的小手攀上他的手臂，被他稳稳地抱在怀里。

林枝在他脸上亲了亲，乖乖巧巧："阿枝不会生爸爸的气。"

林岳庆愣了愣，苏眉温柔地对他点点头，他才反应过来，喉头紧张地滚了滚，小心翼翼地伸手摸了摸她的头顶，一丝力气也不敢多用："乖乖……阿枝乖……"

在济城靠着硬骨头拼了几十年的林岳庆，还是第一次这么手足无措。

"这是你林末哥哥。"林岳庆指了指站在旁边的男孩。男孩面上没什么表情，甚至在她对着他甜甜笑时哼了一哼别开脸，傲娇得要命。

林岳庆"啪"地拍了一下他的头，骂道："以后要是敢欺负妹妹，看我不揍你！"

林枝有些犯困，眼睛都睁不开，林岳庆亲了亲她娇嫩的脸颊，抱着她去了准备好的房间。

粉粉嫩嫩的公主床，软得像大号棉花糖，她一躺上去就将自己缩成一团。林岳庆耐心地将她翻过来，将被子角掖住。

他小声地嘟囔，一遍一遍地重复着：“我有女儿了，我有宝贝女儿了。”

……

“丁零丁零——”

陪护房里一阵刺耳的铃声划破晨曦方初的天空，林枝从睡梦中猛地睁开眼，沈清河正屈着手指抹她眼角的泪。

她急急地喊：“爸爸，是爸爸！”

沈清河伸长手臂，将床头柜上的提示铃按掉。

林枝已经坐了起来，连鞋都来不及穿，匆匆忙忙地往外面跑。

沈清河拎着她的鞋，几步追上她。

这层走廊尽头的VIP病房前，几个医生和护士在和林末说话，一边说一边摇头，苏眉从人群里穿出来，一步一步往这边走。

看见林枝，她没有任何停留，像一具行尸走肉，连眼中都是空洞一片。

林枝的心，一下沉到了谷底。她的脚钉在原地，一步也迈不开。

那边林末闭上眼，沉默良久，才重重地点了头。

医生和护士又进去，半晌，林末才有了动静，他一睁开眼就看见自家的妹妹，颤颤地站在不远处看着他流泪。

他的妹夫，蹲在她的身边，细心地将她的鞋穿上。

他能让林氏起死回生，可他做不到让自己的父亲，在这世上多留一秒。

生老病死，每个人都逃不过。

林末快速地眨了眨眼，将泪意逼退。

过了会儿，医生和护士又出来，他才走向林枝，揽着她瘦弱的肩膀往病房里走：“爸爸说了，等你睡醒了再去看他，我要是敢打扰你睡觉他就打死我。天哪，你才是他亲生的，我是从隔壁垃圾桶捡的没错了。”

林末语气轻松，捏着门把的手骨节却已经逼成了青白色，他牙根咬了咬，若无其事地开门，将妹妹送了进去：“去吧，我这个捡来的不打扰你们父女俩亲亲爱爱了。”

门关上，林枝站在那里，眼泪止也止不住。

不过也就两周没有看到，林岳庆就已经瘦得只剩下一把骨头。他歪在床头，脸

上泛着不正常的红润，唇颤着张开，在喊她的小名：“阿枝，到爸爸这儿来。”

林枝几乎扑着过去，扑到了床边：“爸爸，阿枝回来了……阿枝回来了。”

“不哭了……”林岳庆抬着手，只剩下一层皮的手背上血管凸起，上面有数个针口，都是这段时间为了让他多留在这世上所尽的最后努力。

可没人能敌得过天命。

林岳庆虚弱地笑着，手摸着她的头，像她第一天来到林家一样。

“我这一生，有出色的儿子，有让我一生骄傲的乖巧女儿，还有我爱的人……在我走之前，这些人都陪在我身边，这是幸事。我之前一直担心你，怕你心思重，活得辛苦，不过现在也不用担心了，沈清河很好，很好……”

他之前单独见过沈清河，避开林枝见的。

他见过那么多的人，但像沈清河那样优秀又心志坚定的人，实在难得。

那个年轻人在他的面前，郑重地道：“我会对林枝好，我会照顾好她，我会永远爱她。”

想起沈清河，林岳庆的笑意更深：“爸爸在这世上，就再也没有什么不放心的了。

“阿枝啊，爸爸对不起你。

“这些年，我知道你受了委屈，可我没能替你做什么事情。爸爸舍不得你难受，可也舍不得去伤害我最爱的女人，我勉力平衡，还是让你负气离开了家，为人夫，为人父，我做得都不够好。阿枝，你会不会生爸爸的气？”

“阿枝不会生爸爸的气，阿枝不会。”林枝哭着摇头，眼泪冰冰凉凉，林岳庆越抹流得越多。

他的小女儿，是老天赐给他的惊喜礼物。

他的阿枝啊，会得他所有的祝福和守护，幸福一生。

林枝在病房里陪了林岳庆一个小时，苏眉从外面又回来了。

她没了方才离开时的空洞绝望，除了眼角的一点红外，那张脸依旧是完美温柔得无懈可击。

林岳庆拍拍林枝的脸：“去吧，爸爸要休息一会儿。”

林枝知道他有话要和苏眉说，点点头，起身离开。

苏眉手里提着一碗白粥，走了这一路略微有些凉，入口刚刚好。她拿起汤勺舀了一口送到林岳庆嘴边，林岳庆张嘴，缓慢地嚼着咽下去。

一碗白粥，他喝了三分之一。

米粒熬得炸开了花，糯香浓稠，他发苦的嘴里终于有了一丝甜味。

“再喝些，我熬了这么久，你可不能只喝这么一点儿。”苏眉轻声劝道，声音带了几分委屈，林岳庆又撑着吃了几口。

苏眉拿着手帕，擦了擦他的嘴，将靠枕放平，扶着他躺下。

“小眉，今天外面天气好吗？”

苏眉偏头看了看窗外，点点头：“很好，太阳很大，一点儿也不像冬天。”

“林愈……”他突然间提起这个名字，苏眉怔了怔，僵着脖子转回头看他。

林岳庆顿了顿，继续说：“在你嫁给我的第二年，林愈回来找过你。”

“什……什么？”

“我给了他一笔钱，他拿着这笔钱去了国外，从此再也没有回来。”林岳庆叹了口气，“我知道，你心里只有他一个，我嫉妒，也害怕，害怕你看见他就会将我抛下。这些年我有很多次想告诉你实情，可是一想到你会因为他离开我，一想到你和他继续在一起后他还会伤害你，我就又忍了下来。”

“我不知道这些年对你而言是快乐多，还是痛苦多。可如果时光倒流再回到过去，我还是会做一样的选择。我认定了你，我不会放手。”他情绪激动，面颊涨红，眼底的光摄人心魄。

他在用最后一丝气力，将他最后的心事吐露。

苏眉看了他一会儿，突然笑了笑，笑着张开手，与他相握。她轻声回答：“是快乐多。”

如果没有林岳庆出现在她的世界，她可能连活下去的力气都没了。

这些年不过是不甘心，不过是不相信，不过是怕了，怕极了他像林愈那样将她抛下。

她缩在自己的世界里那么多年，却不知道那个让她觉得安心至极的世界，就是他手掌呵护下的天空。

她低低地说着从未和他说过的温言软语，眼泪渗进十指相扣的指缝间，将他们相连处模糊掉，让他们融为一体。

林岳庆累极了，眼缓缓合上，世界在他的眼中越来越狭窄，越来越模糊。

最后的最后，他看见有东西穿过密密云层，穿过叠叠树荫，穿过繁华，穿过喧嚣，照进来。

璀璨，明媚。

那是光。

那是多年前，他与她初见。

她一回眸，温柔轻笑，他便有了这无憾的漫长一生。

（二）

林岳庆在冬至的第二日离开了这人间，丧礼一切都由林家长子林末操持。这个被林岳庆一路摔打，又一生引以为傲的儿子，成了林家的新一任家主，用宽厚的肩膀撑起林氏的所有。

葬礼过后，苏眉离开了济城。

她走的那一天，济城下了这一年最大的一场雪。

雪花像鹅毛一样纷纷扬扬而下，遮天蔽日般，满世界都是白。

广播里航班延期的消息一遍一遍地响起，她坐在VIP休息室，戴着墨镜，坚持等着可以飞的第一刻，离开这座再也没有林岳庆的城市。

余光里，一道白色映入眼底。

苏眉侧头，那个世上仅剩的和她有血缘关系的女儿坐到了她的旁边。

“我听哥哥说，你今天要离开济城，你打算去哪里？”

苏眉问：“你关心我？”

林枝这些日子消瘦许多，本就是巴掌脸，又小了一圈，下巴尖尖的，看着惹人心疼。可她的话却锋利，并不是需要被人可怜的小孩。

“也谈不上关心，你这一走，可能以后我们都不会有机会再见了。不管怎么说，你是我的妈妈，这一点，没有人能改变，于情于理，我都应该来送送你。”她说得冷静而克制。

苏眉一怔，旋即笑开：“很好，很像我。”

她曾经一度因为林枝长得太像林愈而厌烦，林枝听话、乖巧，这都和曾经的林愈一样。只是越长大，林枝掩藏在娇弱外表下的锋利就越明显。

这个女儿和自己一样，都是不甘做被人随意把玩的花，要做薄薄的锋刃，卷翘也不停歇地去砍风劈浪。

“那天在咖啡店和沈清河妈妈见面，你为什么要故意说那么多？”

林枝也是后来回想起那日，才发觉苏眉的反应不太对劲儿。她做事说话向来都是润物细无声，是一滴一滴的毒药，一点一点地渗入人心里。

而对沈母，苏眉则格外“坦诚”。

只是那时林枝的心里全被每天都有新剧本的沈清河占据，也就没有时间再探究这些。今天她将问题抛出，无论苏眉给予她什么样的答案，她都可以坦然接受。

苏眉的目光变得幽远，略想了想，才道：“我没有和任何人说过我家里的事情，包括岳庆。其实林愈走之后，我带着你回到家里过。可他们觉得我丢了他们的人，败坏了家风，这一辈子都是家里的污点，后来我就又带着你回到了济城。在济城，我就是个孤女，我曾亲耳听到有人说，嫁给林岳庆是我高攀。

“那些上层的人，对出身门第的要求是普通人难以想象的严苛。我安排你去相亲，挑的也就是家世一般但家底丰厚的，不会计较那么多。可你最后偏偏挑上了沈家那样的高门，梁沅芷是个嘴硬心软的，你越可怜她大概就会对你越多几分好感。”

苏眉眼里，有算计成功的精光：“你不用感激我，岳庆走了，如果有朝一日我再回来，不是名副其实的林太太，却是沈家太子爷的岳母。顶着这层身份，就没有人敢看轻我。”

广播里女声再一次响起，这一次，是催促旅客登机。从济城出发，飞往欧洲的一个小岛。

苏眉站起来，脊背笔直，是风雪都不能压弯的骄傲。

“我走了。”

她迈开步子，纤细的高跟鞋踩在大理石地板上，摇曳着走向远方。

这座城，没有人在等她，她不会再回来了。

苏眉的身影在视线里消失不见，林枝揉了揉发酸的眼，将那一点泪意碾碎。

她从前也曾自怨自艾，恨过苏眉的利用，也怨过上天的不公。

可时间将一切都风干，她有了自由，也有了自我。小时候每年生日都会许的那一个愿望，已然实现——成为被人疼爱的公主。

“枝枝。”

身后有人喊她。

林枝回头望，沈清河张开双臂，献上自己的心。

这一刻雪停风止，万物明媚。

“我来接你回家。”

番外三 我天生属于你

（一）

沈清河和林枝从济城离开继续拍摄《致璀璨》，再回来，冬日已去，又是一年的春天。

《九日》在这个春天正式上映，不仅口碑爆棚，而且票房频频刷新纪录，在网上掀起了一股讨论《九日》的巨大浪潮。

剧情精妙，立意深远，演员们在这一部电影中纷纷贡献出神级表演，而作为新人演员，林枝也用自己的演技征服了所有质疑她的人。

她饰演的顾小蔓，和沈清河扮演的陈夺组成的“多慢CP”冲进CP榜超话前五，成为“知情CP”粉的竞争主力。

知情CP粉：我们结婚了，我们是真的，虚假的角色粉不要来蹭热度了。

多慢CP粉：纯甜都是工业糖精，我们虐恋情深才是最绝的！

有粉丝来林枝小号留言，问她嗑“知情CP”还是嗑“多慢CP”。

@知情真爱，无可取代：小孩子才做选择，成年人当然是都要了。

之后林枝靠顾小蔓一角，提名了国内最权威的金奖最佳新人演员和最佳女配角。

而沈清河也同样提名最佳男配角，提名名单一公布，他们这一对夫妻的配角提名风头，甚至成功压过所有影帝影后。

林枝倒是没想得不得奖的事情，这次入围的几部影片质量很高，竞争激烈，她得奖希望不是很大。倒是沈清河，几个提名演员里他几乎是演技单方面碾压，这个最佳男配几乎可以算是稳了。

为了庆祝自己提名，以及自家老公提前锁定奖项，林枝提议出去庆祝。

之前两个人出去约会都是沈清河包办一切行程，这一次他甩甩手，任由老婆安排。

林枝没有和其他人约会的经验，想了想，还是决定走经典约会三部曲：吃饭、逛街、看电影。

现在电影院排片最多的就是《九日》，除了这个也没什么可选的。两个人穿着情侣衫，买了可乐爆米花，戴了墨镜口罩低调进场。

林枝选了最后一排，她咬着可乐的吸管，得意地道：“一路都没人认出我们来，不像你之前安排约会时清场还是会被拍到。”

沈清河“嗯嗯”应着：“我老婆天下第一厉害。”

放映厅坐满了人，林枝不由得开心，这也是她第一次在电影院看自己参演的电影。

巨大的屏幕上，每个表情都会被无限地放大。屏幕上那个穿着旗袍，艳绝大上海的人，是她，又不是她。

风雨飘摇，浮云散，明月照人来。

月影里，顾小蔓披着一身风霜，将陈夺按倒在床上，涂着大红蔻丹的手，顺着他的脸部线条游走。

光影交错间，艳丽旖旎。

顾小蔓的手顺着往陈夺下腹游走，放映厅响起几声惊叹，林枝心乱跳，脸烧得通红，胡乱地往嘴里塞爆米花。

耳畔传来一声轻笑，沈清河凑过来咬她耳朵：“又没有继续往下，你害羞什么。哦，你是觉得遗憾是吧，晚上我们回家补一下。”

林枝离他远点儿，否认道：“我才没有！”

她这一声稍微有些高，前面正为了陈夺和顾小蔓虐恋哭得稀里哗啦的小姑娘凶狠地回头瞪他们：“麻烦不要打扰到别人看电影好吗？”

林枝歉意地道：“好的，不好意思呀。”

小姑娘转回头，停了三秒，又猛地转回来，双眼不敢置信地睁人：“你……你是林……”

林枝食指抵在唇边：“嘘！”

小姑娘又看了看她旁边的人，沈清河眨眨眼：“我们只是来看个电影，可以不要声张吗？”

小姑娘忙不迭地点头：“可以可以。”她又转回去，椅子却仿佛着了火，坐都坐不安稳。

两个半小时的电影，一帧一帧画面勾勒出那个时代，一幕幕离合悲欢。

小楼顶，那个艳丽的女人做回了自己最喜欢的模样，倒在了自己最爱的人怀里。

“先生，陈夺，你夺了我的心，要了我的命。”

那轻灵的声音，断断续续，唱着童谣：“杨花巷，小书堂，再没有小姑娘，穿着漂亮衣裳，去见她的情郎……”

林枝泪流了满脸，真是遗憾，那个小姑娘最终没能和她的情郎到白头。

影片结束，屏幕上出了字幕，林枝擦擦眼泪要起身出去，趁着别的观众还没动之前走，避免被人认出来。

她刚站起来，手腕就被沈清河拉住，拽着坐下。

林枝一脸疑惑，沈清河则站起来，大步向前走。

影院的灯一排排亮起，像一路在追着他的脚步。他将脸上的口罩摘下去，再是头上的棒球帽。

刚还在屏幕上的人，就这么明晃晃地出现在眼前，厅里的观众都傻了，随即是一派尖叫惊呼声。

林枝不知道沈清河要做什么，却又隐隐地能察觉出来。她手心濡湿，看沈清河在众目睽睽之下，站在了最前面。

影片的片尾曲唱到尽头，他做了手势示意大家先安静一下，放映厅里瞬间静默一片。

“首先谢谢大家来电影院支持《九日》这部片子，你们肯定以为我站在这里，是为了宣传电影。”

众人都认同地点点头。

沈清河笑了笑：“也算是活动，不过不是为了宣传电影，而是为了宣传我和我太太的婚礼。今天这个放映厅里所有的观众朋友都会收到我们的请柬，我，沈清河，诚挚邀请大家，来见证我们的幸福。”

一室震惊，刚压抑下去的喧嚣加倍地沸腾起来。

林枝的震惊不比别人少，她和沈清河自从领证之后一直忙着，从来没有谈过婚礼的事情。没想到，他居然就在这里给了她这么一个意外的大惊喜。

沈清河再次做了手势让大家安静：“不过呢，我太太还没有答应我要办婚礼。沈太太——”

他抬起头，朝着林枝的方向看过来，一眼锁定她。

“你愿意以新娘的身份，出席这一场婚礼吗？愿意的话，就下来抓住我的手。”

众人循着目光往后看，才发现林枝的存在。

“快说愿意，快说愿意！”

“林枝不愿意我愿意！”

“你不要做梦，‘知情’是真的！”

周围乱糟糟的，可林枝像是什么也听不见。

隔着人海，她对上他的眼，缓缓慢慢，将自己的手抬起。

最快十秒钟，就可以放在他的掌心里。

沈清河，现在，我要向你奔跑。

放映厅的光明晃晃，将那道奔跑着的影子绚得碎光粼粼。

她披着星星和月亮，小鹿一样跑下来，踏过众人的目光，踏过未知的荆棘，将自己变成一朵花，开在他的掌心里。

软软的手，被他的大手攥住。

林枝看着沈清河，没有丝毫犹豫，重重地说出那三个字："我愿意。"

沈清河扣住她的肩膀，张扬得意地对着整个厅中的人高声喊："她说愿意！"

"啊啊啊！"

"'知情'是真的！"

沈清河的爱从来不藏着掖着。

他爱林枝，他要让全世界的人来做见证。

沈清河偏头，呼吸灼灼，和她低语："你是我的了。"

一想到这辈子你都是我的，我就忍不住偷笑。

林枝不甘示弱，对他眨眨眼："你也是我的了。"

在光明，在黑暗。

我是你的，你是我的。

我们手牵手，走在永恒交替的四季。

（二）

四月末，金奖电影节在安颜举办。

安颜是座临海城市，这个时节海风温柔，最适合度假。沈清河和林枝提前几天过来，打算到处逛逛。除了散心外，林枝还藏了点儿小心思。

她从小对婚礼的向往，就是碧色的海、金色的沙滩。她和自己心爱的人，相携着走过搭起来的花架，有海风吹，吹起她的白头纱。

安颜的海和沙滩，在国内是数一数二的，林枝想趁机说动沈清河，将婚礼定在这里。

主办方将景区包下来，除了受邀的嘉宾不会有其他人过来。

在没有人的宁静海滩上，牵着心上人的手，在夕阳金光中，踢着浪花，说着情话，

再浪漫不过，再温馨不过。

林枝抱着这样美好的幻想兴冲冲地拉着沈清河到海边，然后人就傻了。

“哟，虐狗大队主力军到了。”肌肉猛男摘下墨镜“噫”了一声，是《X关系》的导演。

旁边躺着的人，应该是导演的同事，直起腰感叹一句：“做后期的时候就为这一对的爱情上头，没想到今天见到真人了，也不枉我废掉年假也要跟你过来参加电影节。”

那边《九日》剧组和《致璀璨》剧组一干演员正打沙滩排球，两队啦啦队热火朝天地加油助威。

这整个海滩上，几乎都是林枝认识的人。

“好奇怪，他们怎么聚到一起的……”

沈清河淡淡地说：“今年是电影节大年，为了造势，主办方把圈里现在能叫来的人都叫来了。我们能想着提前过来玩，他们自然也能想到。”

林枝默默地点头，总觉得哪里怪怪的。

不过很快，她的注意力就被油画般的海吸引。海浪翻卷，白色的泡沫堆积在她细白的脚踝，来了又散。浪退去，脚边就落了各式各样的小贝壳。

林枝弯下腰，将小贝壳一个一个捡起来，她的手小，很快放不下贝壳，就让沈清河接着。

“你挑一挑，把长得一般好看的扔掉，不然我们等会儿要拿麻袋装贝壳回酒店了。”沈清河说，“这要是被狗仔拍到，稿子标题我都想好了——震惊，沈清河夫妇无戏可拍，竟在海边捡垃圾卖钱为生。”

林枝想，那可太刺激了。

她甩甩手上的海水站起来：“那你伸出手，我挑一挑。”

沈清河听老婆的话伸出手，林枝真的很认真地在挑小贝壳：“这颗不光滑不要，这颗……颜色太暗了，这颗奇形怪状的……”

林枝一颗一颗地将小贝壳扔开，手指触碰到沈清河掌心底一个硬硬的小东西，触感和贝壳不同，长得也不一样。

沈清河诧异地一挑眉：“你怎么捡贝壳还把石头混进来了。”

那是一块圆圆的，透明的石头，缀在一个圈上，小小的碎钻嵌在四周，将石头衬得绚烂夺目。

林枝傻了眼。

“这个长得还挺好看，就别扔了。”沈清河装模作样地说道，捡起那颗“石头”，套在林枝右手的无名指上，大小刚刚好。

沈清河牵着她的手左右看看，满意地点点头：“你还很会捡，跟你很搭。”

林枝也不要什么小贝壳了，她的眼定在钻戒上移不开，看了一遍又一遍。

沈清河不满地捧着她的脸，迫使她抬头看自己，恶狠狠地逼问：“我没有钻戒好看？”

他这才发现，林枝的眼眶有些红，她抽抽搭搭地说：“沈清河，你上辈子一定是个盲盒精。”

病中每句话都像拆盲盒，完全没有规律可以摸清。病愈后每个平平无奇的事件，因他的盲盒属性都会变得精彩绝伦。

每一次她随随便便地拆开，里面都是他准备良久的惊喜。

“上辈子我不是盲盒精，我是你的心。”

我天生属于你。

我必须喜欢你。

金奖电影节进行到最后一天，万众瞩目的颁奖典礼如期举行。

过去的一年是华语电影的大年，年票房突破两百亿，多部高质量电影口碑热度双丰收，有影评人说，这一年，是电影界最好的一年。

电影是造梦的过程，在短短两个小时中，观众在这梦中和角色同呼吸，共感情，他们得以脱离平凡的现实，拥有一段精彩至极的人生。

演员赋予角色以生命，观众从角色里找到人生。

角色，是演员和观众间交流的最好媒介。明星艺人都会消失在时间里，但经典的角色，会永远留存在心间。

林枝是个对自己很有数的人，她知道自己距离创造“经典角色”还有很长一段路要走，但看网上大家真情实感为顾小蔓流的泪，看他们写顾小蔓的角色小传，她想，她迟早会实现那个目标。

夜风温柔，月亮灯被人按下按钮，青亮的光将人间照亮。

林枝今天的礼服是沈清河挑的，一条纯白色的裙子，层层叠叠的裙摆拖在地上，一层一层的星星缀在上面，走起路时，带起一条银河。

这条裙子，就叫“银河”。

沈清河的“河”。

沈清河穿了一套白色西服，左胸口别了个银河图样的胸针，和林枝的裙子呼应。

两人一上红毯，就是在场摄影师镜头聚焦的对象。林枝挽着沈清河的手，抿开一个笑，不再像从前那样刻意，却看起来更甜，沈清河觉得自己劳苦功高。

“我最近感觉你长高了一些。”沈清河说。

“嗯？”

“肯定是我养得好。”

“好了，闭嘴，回家补偿你。”

沈清河的套路，无往而不利，得到许诺他心满意足，跟在老婆身后做个“没长嘴”的沈影帝。

《九日》一共获得九项提名，除了沈清河的最佳男配角、林枝的最佳女配角之外，另有最佳男主角、最佳导演、最佳改编剧本、最佳影片等多项提名，可以说是今晚奖项最大竞争者。

会场里沈清河刚入座就被人叫走。他刚走，林枝另一边的位置上就有人落座，还是个她很熟的人——她嗑的前 CP 正主之一，开摩托带她飞驰过济城的应筱。

应筱对人一贯冷脸，可看见林枝却很友善：“恭喜你了。”

林枝不好意思地笑了笑：“入围就是肯定，拿奖就不用想了。”

应筱“哦”了一声，尾音上扬，意味深长。

就在这时，沈清河回来了，应筱转过脸不再说话，拿出手机打了一行字。

[小狐狸：你说我如果现在和你妹说真相，她会怎么样？]

[野鸡：你敢！]

应筱脑补了一下对面林末气急败坏的样子，顿时乐不可支。

[小狐狸：你知道的，这世上没有什么我不敢的事情。]

[对方正在输入中……]

[野鸡：你想怎么样？]

[小狐狸：想吃野鸡肉了。]

[野鸡：今晚结束房间等我！]

应筱收起手机，偏过头，由衷地和林枝说了一句：“谢谢。”

林枝一头雾水。

晚上七点，金奖颁奖典礼正式开始。

林枝认定自己不会得奖，但还是很紧张，为沈清河紧张。

最佳男配角奖是第一个颁发的演技类奖项，上届最佳女配角款款走到舞台中央："今天获得最佳男配角提名的五位演员，年纪轻轻，却有着超越年纪的精湛演技。他们未来可期，即将开启华语电影的下一个时代。"

大屏幕上，五位提名演员的片段依次播放。

沈清河的那一段，是在楼顶，顾小蔓死在陈夺怀里之后。

他目光有短暂的悲戚，那一滴泪，毫无预兆地倏然而落，惊了他自己。

陈夺缓缓地低头，看已经毫无气息的顾小蔓，他苍白的唇，贴了贴她的鬓边。再抬起脸，他的恍惚、他的哀伤全都消失不见。

他目光锐利逼人，喊手下人将顾小蔓的尸体带回去，再没多看她一眼。

仿佛他本无心，方才一刻的难过已经是奢侈。

手下人的脚步声远离，他轻轻地溢出一声："我后悔了……"

这一句如落叶飘落，如浪花没于海中。

她走了，再无人听。

……

"获得本届金奖最佳男配角的是——"

林枝攥紧了沈清河的手，屏住呼吸。

上届最佳女配角得主打开信封："《九日》沈清河，恭喜。"

全场响起雷鸣般的掌声，林枝一贯不太好意思主动地亲近沈清河，尤其是在公众场合，可这次完全克制不住，猛地一下抱住他。

沈清河拍了拍她的后背，她才松开他，催促他上台领奖。

奖杯拿在手，沈清河的表情依旧淡然："以前我得奖的时候总会说一句，我是一个演员，我为戏而生。今天呢，我想改一改。"

摄影师非常懂地将镜头对准台下，大屏幕上顿时出现激动不已，眼泛泪光的沈太太。

沈清河笑得很温柔："沈太太，我为你而生。谢谢大家。"

沸腾的尖叫夹杂着口哨声，送给这对比蜜糖还甜的小夫妻。

林枝的脸红了又红，今天的"沈 · 盲盒精 · 小甜甜"依旧让她怦然心动。

颁奖典礼结束后，主办方会办一个庆祝的酒会。沈清河奖拿到手，林枝今晚已经满足，和他商量着酒会结束后该去哪里庆祝。

"去海滩上吧，夜景肯定绝美。"

林枝还惦记着为海边婚礼踩点呢！

沈清河提醒她：“马上要颁最佳女配角了。”

林枝赶紧调整好表情坐好，等会儿摄像机扫过来看见她张牙舞爪的可不太好。上届最佳男配角拿着信封出场，林枝突然开始紧张起来。

她像一个拼尽全力答完卷的学渣，交了卷之后嘴里喊着“努力也没什么用，学渣就是学渣”，心里却期待着奇迹降临，期待着会有一个好的结果。

提名的女演员出现在大屏幕上，林枝所在的那一角突然扩大，整个屏幕只剩下她一个人。

“让我们恭喜林枝，刚刚沈清河也得了奖，今天你们家也是双喜临门了。”

林枝整个人都傻掉，任由沈清河牵着她的手，将她送上舞台。

他绅士般地退场，在台下望着他最爱的人，闪闪发光。

直到拿到奖杯，林枝才有自己得了奖的实感，她站在立麦前，尽量控制自己不跳起来，可刚二十出头的女孩子，太开心时怎么能忍得住。

林枝背过身去，跺了几下脚，才深吸一口气转回身：“实在是太高兴了，没控制住，大家不要笑我。

“大家都知道我丈夫是个演员，其实我也是个演员来着。”

这下底下人都笑起来。

“演戏对我来说，是有机会去过戏中角色的生活，让自己从现实的苦痛中短暂地走出来的一个好方法。可真的演起来才知道，戏中角色活得更苦，比我自己的现实生活苦多了。顾小蔓一颗心为陈夺支离破碎，最后死在他怀里。可我却遇到了一个，为我而生的人。

“谢谢《九日》所有的工作人员，谢谢主办方，谢谢我的丈夫。戏里的顾小蔓和陈夺没有结局，戏外的我们会用一生来写。”

《九日》剧组九提七中，成了今晚的最大赢家。而沈清河和林枝的双双获奖，在颁奖典礼之后的酒会上成了焦点，沈清河替林枝喝了一轮酒之后给陆经年使了个眼色，陆经年点了点头招呼着业内人，沈清河得空带着林枝出了门。

“咦，这是要去哪里啊？”

林枝被塞进了副驾驶，驾驶室坐进来的却不是沈清河，而是宋小野。

沈清河弯腰，将林枝的安全带系上：“你不是想去海边看夜景？”

林枝眼睛一亮，又问：“那你呢？”

“我回去和郑导他们打个招呼，等会儿让陆经年开车送我过去。”

宋小野开着车往海滩去，一路嘴巴抿紧，生怕说出任何一个可能会引起杀身之祸的字。

林枝今晚太激动，沉浸在这份快乐里无法自拔，也没注意到宋小野的异样，更没注意到车绕了好几个圈，比平时慢了一倍的时间才到目的地。

“咚咚！”

车窗被敲了两下，林枝从快乐里抽身而出，红着脸往外看，一下愣住。

林末怎么在这儿啊？

车门被人从外面打开，一只修长的手伸到她面前。

林枝问：“哥你没事吧？”突然这么有仪式感，被人魂穿了？

林末的脸色有些别扭，把手又收回去：“差点儿忘了件事。”

他往旁边侧，换刘嘤嘤上来。

下一秒，林末的手遮住了林枝的眼睛。

刘嘤嘤在她头上好像别了什么东西，折腾了有十来分钟之后拍了下手：“好了！”

林末另一只手抓住林枝的手腕，将她带下车，遮住她眼睛的手放下去的瞬间，一层白纱跟着遮住了她的脸。

白纱上有着手工刺绣的星，和她的礼服相称。

碧色的海，金色的沙滩。搭起来的花架，紫藤花缠绕，层层叠叠地开。

海风吹起她的白纱，她看见花架的尽头，站着她最爱的人。

沈清河像个写童话的诗人，将林枝梦中的婚礼，在现实中勾勒实现。

怪不得之前在海滩上出现的人都是她认识的，原来沈清河是早有准备，准备在这里将她梦中的婚礼还原。

沈清河居然背着她，偷偷做了这么多。

林末将林枝的手揽住自己的手臂，看林枝被沈清河美色所迷，恨铁不成钢地提醒：“别傻愣着了，那边有摄像机在拍。”

林枝眨眨眼，忍住眼泪，挽住林末，一步一步地往前走。

小型的乐队奏出乐曲，尤潜手执着话筒，在月光下歌唱，唱着沈清河亲自填词的歌，送给他此生挚爱。

我演了一场戏。

戏里我遇上了你。

你的裙摆摇晃，你的舞步缓缓。

我却跟不上。

我被困在橱窗。

我隔着玻璃看你歌唱。

你的笑璨璨如光，你的泪灼灼滚烫。

我伸出手，却擦不掉你的悲伤。

你转回头，看见了橱窗。

你脸上挂着泪，将我从困境解放。

我遇上你，就遇上了光。

我怀念着这场戏，久久不忘。

我将戏中的你牵在手里，一辈子也不放。

今夜，你是我的新娘。

我愿，做你一生的糖。

紫藤花摇摇晃晃，几片花瓣落在林枝的白纱上。穿过长长的花架，林末将她的手交到沈清河的手上："你要好好对阿枝。"

沈清河郑重地点头："我会的。"

林末揉了揉发酸的眼睛，站到一边。

沈清河双手握住林枝的手，月光将他眼底的深情照亮。

"我买通了所有人，让他们瞒着你，自己准备了这一场婚礼。紫藤花是我秋天亲手种的，你的头纱是我和服装设计师学习后自己做的。伴奏是我编的，歌词是我写的……我把这一场我亲手设计的婚礼送给你，把我也送给你。

"林枝，我爱你。不管贫穷还是富贵，坦途还是崎岖，我爱你，我只爱你。

"你愿意，陪我这一生吗？

"陪我去疯，陪我去闹，陪我朝朝暮暮，岁岁年年。你愿意吗？"

林枝哭得哽咽，不住地点头："愿意，愿意，我愿意。"

今夜我是你的新娘。

你是我苦涩人生的糖。

我走进那一场戏，顺手敲开了橱窗。

我被你牵住了手，被你跟上。

你赐我一生甘甜。

让我念念不忘。

银河遥遥，岁月迢迢。

这一场戏，我们要演到白发苍苍。

再杀青退场。

番外四 卿卿我我

（一）

林枝和沈清河结婚之后，事业一路走高，在第四年，凭借一部文艺片里的绝佳演绎，获得金奖最佳女主角。

有人说林枝手握了大女主剧本，逆风翻盘，遇神杀神，遇佛杀佛。

林枝却觉得，自己拿的是小甜文女主角色。

因为只有她自己知道，沈清河为了磨她的演技，究竟做过多少努力。他就是一个最好的老师，将自己所长倾囊相授，教她演戏，教她成长，教她爱这个世界。

她想要有一个让所有人难忘的角色。

他让她，梦想成真。

得奖的那一晚，她站在众人目光中，已经不是四年前拿到奖时那个激动得手舞足蹈的女孩，可她看向台下那个男人的眼，比四年前还要明亮。

“我想把这份喜悦分享给所有在这个行业里努力的人，好的作品永不消亡。

“谢谢我的丈夫，最好的你，让我变成了更好的我。

“下一部影片，我已经挑选好了。”

沈清河心下好奇，他这段时间给林枝挑了好几个剧本，可林枝都不想接，怎么突然……

他看见林枝狡黠地眨了眨眼，那一刻沈清河突然福灵心至，紧张得喉咙发干。

下一秒，他就听林枝笑着说：“《沈清河带娃记》，是一部纪录片，先导篇时长十个月，正片，至少一年，希望大家期待。”

“轰”的一声，林枝扛着大炮将他所有的理智城墙炸毁。

摄像师的镜头捕捉到沈影帝，出道以来第一次灵魂出窍，目瞪口呆。

林枝……怀孕了。

沈清河这段时间到国外拍戏，每天下戏和林枝视频。也就是他不在济城的这段时间，林枝身体有了变化，而第一个发现的人，是林末。

沈清河前脚一走，后脚林末就喊人接林枝回家住了。

这几年这样的事情常有，每次刚到家林末就会开个小的家庭会议。

第一年成员只有哥哥林末，妹妹林枝。

第二年就多了一个，嫂子应筱。

第三年又多了一个，侄子林逍。

今年第四年，林逍刚满周岁，皮得不行，家庭会议刚开始就去抓自己爸爸的耳朵，“喔喔喔喔”地学鸡叫。

林末一脸严父的深沉，可对着林逍这张跟应筱极像的脸，一点儿力气也不敢用，任由他蹂躏自己的帅气脸庞，声音都被扯得含含糊糊的：“这次的会议主题，是抨击沈清河抛下我妹妹独自一人去拍戏的不道德行为。”

林末声音断处伴随着应筱一串嘲笑的“哈哈哈”。

林枝端着果盘，签子扎着大颗的草莓往嘴里送，一边吃一边敷衍地点头。会议场面一度非常和谐。

应筱眼看着林枝迅速将一盘草莓吃光，疑惑道：“你今天怎么这么爱吃水果？”

往常林枝来，对这些都不怎么动的。林枝拿着小菠萝的手一顿，思忖道：“可能是天太热了吧！”

一场简单的家庭会议，林枝吃了一肚子水果，上楼的时候都是扶着楼梯扶手走的。

她回到卧室刚躺下，林末就跟了上来，站在床边居高临下地看她，眼神里，有一丝丝火苗炸开：“明天去趟医院，我已经和宋医生联系好了。”

林枝问：“去医院干吗？”

林末的眼睛，从她的脸挪到她的小腹：“去拍我外甥女的绝美 B 超照片。”

林枝不知道林末是怎么总结出她怀孕了这个惊天结论的，不过看林末一脸严肃认真，她还是决定不和他对着干。

毕竟人在屋檐下，不得不低头。

第二天一早，林末就开车带着林枝去了医院。

检查结果很快出来，宫内早孕。

随着化验单一起出来的，还有一张 B 超照片。林枝和林末盯着那个模糊的一小点，兄妹两个猛虎落泪。

医生也很高兴：“等会儿告诉沈清河，他一定会开心坏了。”

“不要！”

“不要！”

兄妹两个异口同声。

林枝知道以沈清河的性格，听到这个消息一定立刻跑回来，他那部戏在瑞士取景，现在正在拍摄的尾声关键期，她不想让他那么奔波劳累，还拖整个剧组的进度。

而林末——

“人都不在这儿，还想知道我可爱外甥女来了的消息？他做梦！”

林枝和宋医生商量道：“您先帮我瞒一下，我想找个好时机亲口告诉他。”

回去的路上林枝问起林末，是怎么猜到的。

林末傲娇地说：“我外甥女最爱我这个舅舅，她给我感应了。”

实际上，是应筱看林枝吃东西口味变化那么大，猜她可能是怀孕了。

到家后，林末开始联系在各国工作的朋友远程代购，等沈清河和林枝从安颜回济城，一进门就看到被各类母婴用品淹没的客厅。

这熟悉的一幕，时隔四年再次上演。

只是那时候他们是假装有了孩子。

而现在，是真的有可爱的宝宝，即将来到他们的身边。

在济城休息几天之后，沈清河又陪着林枝去了一趟医院。

林枝拍那部文艺片的时候，女主角是一名抑郁症患者，她入戏太深，戏杀青之后情绪有一阵低落，连带着生理期都不太规律，调养了小半年才好。

这个月林枝的“大姨妈”没到访，再加上情绪有些躁动，她以为还和从前一样，休息休息就好了也没多在意，没想到居然是怀孕了。

医生一条一条说着注意事项，沈清河认真地听着，时不时点着头。

林枝的手放到自己仍平坦的小腹上，下一秒，一只大手覆在她的手背上，和她十指相扣，共同感受那一份新生的悸动。

或许是怀孕的缘故，林枝比往常情绪还要敏感。

她睫毛根被泪珠打湿，笑容却灿烂：“宝宝一定很乖。”

沈清河低头，侧脸贴上她的，和她一同去看交缠在一起的双手：“那是当然，我们的女儿一定像你一样，又乖又可爱。”

确定怀孕之后，林枝就把工作都推了。沈清河的新戏刚杀青，后续配音制作，还有宣传都不能扔，他经常两地往返，早上林枝还睡得晕晕乎乎的时候他离开，等到下午她吃饭时就回来。

林枝心疼他做空中飞人，劝他等那边后期工作彻底结束了再回来，有陈阿姨从家里过来照顾她，还有应筱三天两头地往这儿跑，不会有什么事的。

沈清河一如既往，她说什么都答应，等到第二天她吃下午甜点时，他又准时准点风尘仆仆地回来。

林枝有些生气，一块蛋糕只吃了三口就扔下，一眼都不看他，扶着肚子就往外走。

沈清河几步跟上，扶着孕妇大人，林枝烦躁地甩开他："你干吗啦，我自己能走，不用你扶！"

"嗯，你能走，我不能。"沈清河小腿一软，就要往前栽，林枝急坏了，手顺势伸出去拽了他一把，他站直，手穿进她的臂弯里，那么大一只贴到她身边，"老婆扶住我，不然摔到了脸，以后就不能以色伺你了。"

林枝知道他是故意的，嘴巴噘得高高的。沈清河俯身在上面亲了亲，携着她往花园走。

今天阳光暖洋洋，熏得人跟着犯懒。

林枝走了一会儿小脑袋就开始点啊点，在沈清河肩膀上蹭。沈清河失笑，伸手将她打横抱起，坐到花园里搭着的缠枝秋千上。

林枝窝在他怀里，声音闷闷地说："对不起，我不应该冲你发脾气的。"

沈清河顺着她一头长发，声音很轻："我就是个受虐体质，你一天不和我发脾气，我浑身不舒服。"

沈清河婚前也就是不要脸而已，婚后则彻底把脸皮踩在了脚下。

林枝的肚子已经很大了，四肢却仍然纤细，她连人带崽窝在沈清河腿上，乖乖巧巧。

晚霞开始上班，在天边涂抹嫣红的颜料，拿着画笔，一层一层地晕染开。清风将来不及涂开坠下来的颜料吹开，红色碎成千万瓣，有一瓣漫在林枝眼角。

沈清河一下一下啄着那道娇红，问她："女儿今天乖不乖？"

林枝困得眼泪都要出来，怔怔地点着头："乖，很乖。"

她孕期除了脾气不好一点儿之外，没有任何不适感觉。

这个可爱的小女儿，从胚胎时就这么贴心，和她妈妈一样乖巧。

沈清河的手搭在圆滚滚的肚子上，里面的小东西像是感觉到父亲的靠近，咚咚地踹了他两脚。

沈清河的手轻轻拍了拍，低声哄着："乖，妈妈困了，不要闹妈妈。"

小不点立刻安静下来。

林枝睫毛颤动，闭着眼睛，揽着他的脖子亲了他一下：“你一定是个好爸爸。”

沈清河理直气壮：“那是当然。”

林枝对他的不要脸早就习以为常，在他怀中寻了个更舒服的姿势窝了过去。

你除了是个好爸爸，还是个好丈夫。

我花光了今生的幸运，才能遇到这么爱我的你。

谢谢你呀，给了我一个家。

（二）

林枝孕晚期的时候，身子越发重，心思也跟着重了起来。

她每天早上迷迷糊糊醒来第一件事就是照镜子，看鼻翼两侧新添的几个小斑点，愁眉苦脸：“好烦，都不漂亮了。”

林枝从小好看到大，别人可以质疑她的演技，但没办法质疑她的绝美长相。

越是好看的女人越接受不了自己有一星半点儿的不好看，可孕期为了宝宝着想不能多用彩妆，林枝就只能嘴上嘟囔，一点遮瑕膏也不敢涂。

沈清河也醒了，跟着拐进了卫生间，听到林枝的小声抱怨，从后面抱住她，下巴上青色的胡楂亲昵地蹭着她头顶：“谁说的，我们枝枝漂亮着呢！济城第一小漂亮。”

林枝稍稍被安慰到，可嘴巴还是噘着：“那大漂亮是谁？”

沈清河打了个哈欠：“我。”

林枝：“……”

可能是沈清河和林末的双重祈祷真的起了作用，林枝肚子里还真的如他们所愿，是个安静的小姑娘。

沈清河自从知道这个消息之后，就经常出去参加活动，顶着一张“我家有喜事，你不问我你死定了”的脸，接受各路采访，非常矜持含蓄地说：“我和林枝都很期待孩子的到来。”

沈清河说起名字的事情包在他身上，林枝刚好不用费脑子，可眼看女儿要出来了，沈清河还没想好。

“你要是没有想到太好的，不如找哥和嫂子他们一起想？”

沈清河深沉道："不许告诉他是女儿。"

林末抢在他前面看到了女儿的绝美B超照片，沈清河对此耿耿于怀，至今都没有告诉过林末，他们已经知道孩子的性别了，让林末一个人既期待又怕受伤害。

林枝"唔"了一声，浑身突然像被定住一样，难以动弹。

她抓住沈清河的手腕，眼泪汪汪地指着肚子说不出话，沈清河往下面一看，立时卷起旁边搭着的浴巾，将小妻子一裹抱在怀里。

"别怕，医院那边早就准备好了。"

沈清河套上衣服，喊陈阿姨将车准备好，一路往医院疾驰而去。

沈家小公主自窝在母亲子宫就是安静的性子，从来不闹人，可在出生一事上却急吼吼的，早预产期一周就迫不及待地想看外面的花花世界。

好在沈清河早有准备，医院一切都准备就绪，林枝刚到就被推进手术室。

沈清河本来想进去陪产，被林枝死命拦住。

等林末闻风赶到，手术室外就两个帅哥家属丹凤眼瞪桃花眼。

林末穿着一身笔挺的手工定制西装，连头发都用发蜡打理得一丝不苟，可见是精心装扮过的，就想第一眼看见外甥女时给她最好的印象。

最神的是，他手里还拿着一只毛茸茸的小兔子娃娃，是他亲手做的，扎了他十根手指头。

反观沈清河这个亲爹，因为林枝突然的发作而手忙脚乱，头发乱糟糟，胡子还没来得及刮，连鞋都套错了一只。

林末一边搓手，一边冷瞄着他，颇有些胜利者姿态地哼了一声。

手术室门严丝合缝，听不到里面什么动静，沈清河沉沉地吐出一口气，将注意力短暂转移，叫了林末一声"哥"。

林末脊背下意识一颤，沈清河这么老实地喊他哥，怎么感觉不安好心哪？

林末问："叫我干吗？"

沈清河深沉地叹了一口气："之前本来想告诉你，但枝枝说怕你难过，就没有和你说。"

林末有些口干舌燥："怎么了？"

沈清河看着他，表情有些不忍："之前宋医生告诉我，枝枝肚子里，很可能是个男孩子。"

"啪"的一声，林末手里捏着的小兔子可怜巴巴地掉在地上。

他大张着嘴，脸上表情像被一键清空，将沈清河的话一个字一个字消化掉，一瞬间像被九十九道大雷劈中，劈得他魂飞魄散，心如死灰。

林末没得灵魂地跌坐在走廊的长椅上，半分钟内自己表演了一场无声话剧。

过了一会儿，梁沅芷和沈意夫妇赶过来，梁沅芷看到颓废不堪的大龄少年林末，颇为感动地对自家儿子说："林家哥哥跟枝枝感情可真好，瞧这担心的，眼神都涣散了。"

沈清河不置可否："是吧！"

沈清河表现得还算冷静，只是眼睛时不时往手术室瞄。梁沅芷拍拍他的肩膀："我还以为你得着急得上蹿下跳的，没想到我儿子这么沉稳内敛，儿子长大了妈妈很欣慰……"

"手术中"三个字猛然一变，"沉稳内敛"的沈清河一蹿三尺高，直接蹦了过去。

梁沅芷："……"

手术室的门推开，护士长走了出来："恭喜了，母女平安。"

沈清河愣了愣，随后哈哈大笑起来，笑得眼睛红了一圈。

他有女儿了，他有女儿了！

梁沅芷本来还想吐槽儿子，这下也是什么话也说不出来。沈意环住她发颤的肩膀："好了，做奶奶的人了还哭，等会儿孙女出来该笑话你了。"

过了会儿，林枝躺在病床上被推出来，小小的一个婴孩被裹着抱出来。

沈清河第一时间去看林枝，她苍白着一张脸，额上濡湿一片，冲着他虚弱地笑着："宝宝好不好看？"

沈清河不住地点头："好看，长得像你，漂亮得不像话。"

"胡说，你都没有看呢……"

沈清河握着她的手，不住地亲她的手背。林枝的手指蹭着他的掌心："老公，不哭了。"

林末一个游魂，在梁沅芷抱着小婴儿给他看时才反应过来究竟发生了什么。

"枝枝哥哥你看，这小丫头是不是和枝枝长得一样？"

林末呆呆地重复："小丫头？"

他往梁沅芷怀里看，小婴儿皱巴巴一张小脸，皮肤还有些红，像小猴子一样。可鼻梁高又翘，眼睛又黑又大，从出生起就站在了颜值巅峰处，看着和小时候的林枝像极了。

林末的手指打着战："是，小丫头？"

梁沅芷腹诽，这舅舅高兴得都傻掉了。

“是啊，漂漂亮亮的小姑娘呢。”

林末呆愣了一会儿后，大吼：“沈清河，你给我过来！”

沈清河瞥他一眼：“小点儿声，别吵到我女儿睡觉。”

林末立刻闭了嘴。

看在绝美外甥女的分上，今天就饶你狗命！

（三）

沈家小公主的名字在出生三天之后定下来，沈卿卿。出自《世说新语》那一段：“亲卿爱卿，是以卿卿；我不卿卿，谁当卿卿。”

林枝是沈清河的卿卿。

卿卿，是他们爱情的证明。

小卿卿满月时，样子已经变了很多，白嫩可爱，和林枝小时候一样，只那双眼睛里的炯炯神色像极了沈清河。

卿卿的性格跟林枝一样，不哭不闹，乖乖巧巧，而且特别黏沈清河。

一听到沈清河的脚步声靠近，她就抿开没牙的嘴对着他笑。

沈清河每天最爱的就是这个时候。

他悄悄凑近，看着乖乖女儿甜甜的笑容，再把她从婴儿床里抱出来，去找乖乖女儿的乖乖妈妈。

林枝月子里被照顾得很好，气色红润透亮，身材也迅速地瘦了下去，还像少女一样青春逼人，像卿卿的姐姐。

她抱着卿卿哄着喂奶，沈清河进了洗手间，不一会儿又回来，眉头皱了皱：“老婆，我是不是老了？”

“为什么这么说？”

沈清河少有的惆怅：“你看着像个高中生，我呢，虽然依旧帅裂苍穹，依旧美得济城难寻，可我们现在外表突然有了一丝丝……怎么说，我只想唱首歌——《不搭》。”

林枝拍着卿卿肉肉的后背，等卿卿被拍出了奶嗝，她笑着亲了亲小姑娘的小脸蛋，随口说：“毕竟你比我大了八岁，这也正常。”

林枝说得轻松，可听在沈清河耳朵里就换了个意思。

——枝枝，有点儿嫌弃他年纪大了。

晚上，沈清河哄着卿卿睡着后，就摸上了床，将刚有了睡意的林枝扳过来，直接亲上去。

林枝被亲得差点儿缺氧，缓缓清醒，就看见自己上方的沈清河，正眯着眼看她，“不怀好意”四个字刻在了眉眼间。

林枝如临大敌，可人已经被敌军主帅困住，根本来不及逃，只能不甘不愿做他大刀下的鱼肉。

晚上，林枝这条鱼被大刀磋磨得快要缺水昏迷，又被他含着水的一个吻拯救，听他说：“叫人。”

林枝哼哼唧唧：“老公。”

沈清河皱着眉：“不是这个。”

“沈老师？孩儿她爹？”

沈清河：“叫弟弟。”

林枝一头雾水。

沈清河羞涩地道：“我是你今夜点的黄马会所520号弟弟，今年二十岁。”

林枝本来一瞬间以为沈清河又发病了，臆想自己堕落风尘，靠身体赚钱。不过转念一想她就明白了，沈清河是在暗暗记仇她白天说他年纪的事情。

520弟弟，让林枝领悟到了。

羞涩弟弟，真是该死的甜美。

卿卿一周岁的时候刚刚会走路，字能一个一个地蹦，不过只会说“爸爸”和“妈妈”。

她一周岁生日的主办权在激烈的竞争中，花落舅舅手里。

林末将背着应筱攒了一年的私房钱全都砸在了外甥女的周岁宴上，各界名流巨星汇聚一堂。空运来的花将会场装饰成城堡，缩小版的旋转木马、海盗船、云霄飞车，将城堡一角装点成游乐场。

万众瞩目间，主办人林末抱着卿卿出场，卿卿手里，搂着那只舅舅亲手做的小兔子玩偶，沈清河和林枝跟在后面。

林枝小声问：“你这回怎么没和我哥争？”

沈清河低声说：“你哥要给我家卿卿送钱，我为什么要拒绝？”

林枝真是心疼工具人哥哥。

林末外甥女在手，天下他有，胸中满溢着前所未有的豪情壮志。

他握着话筒，精英范儿十足地致辞：“欢迎大家来到我外甥女卿卿的周岁宴，今天对我而言，是很特别的一天。一年前的今天，我亲爱的外甥女卿卿来到这个世上，给我们全家带来了欢笑。我希望我的小卿卿，这一生平平安安、快快乐乐地长大，舅舅会永远做守护小公主的老骑士……”

林末说得官方却温馨，俨然一派大家长的模样。在他怀里玩着玩偶的卿卿突然模模糊糊地冒了两个字：“啾啾！”

大家长林末愣住，低头看着小卿卿，激动得磕磕巴巴：“你、你在喊我？”

卿卿抬头，水汪汪的大眼睛眨巴眨巴，突然笑起来，手一边拍林末的脸一边又喊了一句，这回清晰很多：“啾啾！”

林末像学过川剧变脸，一秒泪汪汪，脸埋进小卿卿的脖颈间，猛男哭泣：“舅舅爱你！”

应筱：“……”

林枝：“……”

沈清河：“……”

林枝看着那啼笑皆非的一幕，将头靠在沈清河肩膀上：“我其实知道，哥哥为什么这么想要我生一个女儿。”

“为什么？”

林枝弯着眼：“因为他总觉得小时候亏欠了我，他想将世上所有最好的东西补给卿卿。其实他不用这样，我从来没怨过他。”

那厢林末让卿卿骑在他脖子上，他兴高采烈地带着她坐上了旋转木马。

木马一圈一圈地向前，重复着轨道，像极了这人间日复一日的每一天。

可有深爱的人在，有疼爱自己的人在。

每一天，都有轻轻的微笑。

每一天，都对世界倾心。

爱你。

爱我。

爱他。

爱这人间。

图书在版编目（CIP）数据

橘子甜 / 澄以著．—成都：四川文艺出版社，
2021.7
ISBN 978-7-5411-6044-8

Ⅰ．①橘… Ⅱ．①澄… Ⅲ．①长篇小说－中国－当代
Ⅳ．① I247.5

中国版本图书馆 CIP 数据核字 (2021) 第 102516 号

JUZI TIAN
橘子甜

澄以 著

出 品 人　张庆宁
责任编辑　邓　敏
封面设计　白砚川
版式设计　马雅婧
责任校对　汪　平

出版发行　四川文艺出版社（成都市槐树街 2 号）
网　　址　www.sewys.com
电　　话　028 － 86259287（发行部）　028 － 86259303（编辑部）
传　　真　028 － 86259306

邮购地址　成都市槐树街 2 号四川文艺出版社邮购部 #610031
排　　版　长沙大鱼文化传媒有限公司
印　　刷　长沙鸿发印务实业有限公司
成品尺寸　145mm × 210mm　开　本　32 开
印　　张　9.5　字　数　350 千字
版　　次　2021 年 7 月第一版　印　次　2021 年 7 月第一次印刷
书　　号　ISBN 978-7-5411-6044-8
定　　价　39.80 元